# 死亡的渴望

Lawrence Block

勞倫斯・卜洛克 著
劉麗真 譯

Hope to Die

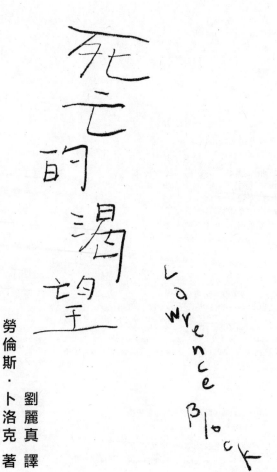

馬修・史卡德系列 15
死亡的渴望 Hope to Die

作者——勞倫斯・卜洛克 Lawrence Block
譯者——劉麗真
美術設計—— ONE.10 Society
編輯協力——黃麗玟、劉人鳳
業務——李振東、林佩瑜
行銷企畫——陳彩玉、林詩玟
事業群總經理——謝至平
發行人——何飛鵬

出版——臉譜出版
115台北市南港區昆陽街16號4樓
電話：(02)2500-7696　傳真：(02)2500-1952
臉譜部落格 facesfaces.pixnet.net/blog

發行——英屬蓋曼群島商家庭傳媒股份有限公司城邦分公司
115台北市南港區昆陽街16號8樓
客服服務專線：(02)2500-7718；2500-7719
24小時傳真專線：(02)2500-1990；2500-1991
服務時間：週一至週五上午9：30~12：00；下午13：30~17：00
劃撥帳號：19863813
戶名：書虫股份有限公司
讀者服務信箱：service@readingclub.com.tw

香港發行所——城邦(香港)出版集團有限公司
香港九龍土瓜灣土瓜灣道86號順聯工業大廈6樓A室
電話：(852)2877-8606　傳真：(852)2578-9337　E-mail: hkcite@biznetvigator.com

馬新發行所——城邦(馬新)出版集團 Cite(M)Sdn Bhd (458372U)
41, Jalan Radin Anum, Bandar Baru Sri Petaling, 57000 Kuala Lumpur, Malaysia.
電話：(603)9056-3833　傳真：(603)9057-6622　E-mail: services@cite.com.my

初 版 一 刷　2002年9月
三 版 一 刷　2024年3月
ISBN 978-626-315-467-4

定價520元(本書如有缺頁、破損、倒裝，請寄回本社更換)


國家圖書館出版品預行編目資料

死亡的渴望／勞倫斯・卜洛克(Lawrence Block)著；劉麗真譯. --
三版. -- 台北市：臉譜出版：家庭傳媒城邦分公司發行，2024.03
面；公分. --(馬修・史卡德系列；15)
譯自：Hope to Die
ISBN 978-626-315-467-4(平裝)
874.57　　113000422

〈新版推薦序〉

# 關於我的朋友馬修・史卡德

臥斧

有很長一段時間，遇上還沒讀過「馬修・史卡德」系列的友人詢問「該從哪一本開始讀？」或「你最喜歡、最推薦哪一本？」之類問題，我都會回答，「先讀《八百萬種死法》，我最喜歡《酒店關門之後》。」

如此答覆有其原因。

「馬修・史卡德」系列幾乎每一本都可以獨立閱讀——作者勞倫斯・卜洛克認為，即使是系列作品，每部作品都仍該是個完整故事，所以倘若故事裡出現已在系列中其他作品登場過的角色，卜洛克就會簡述來歷，沒讀過其他作品或許不會理解角色之間的詳細關係，不過不會對理解手頭這本的情節造成妨礙。事實上，這系列在二十世紀末首度被引介進入國內書市時，出版社選擇出版的第一本書，就不是系列首作《父之罪》，而是第五部作品《八百萬種死法》。

出版順序自然有編輯和行銷的考量，讀者不見得要照章行事，我的答案與當年的出版順序並無關聯，《八百萬種死法》也不是我第一本讀的本系列作品。建議先讀《八百萬種死法》，是因為我認為這本小說最適合用來當成某種測試，確認讀者是否已經到達「人生中適合認識史卡德」的時期；

倘若喜歡這本，約莫也會喜歡這系列的其他故事，倘若不喜歡這本，那大概就是時候未到——生命中的哪個階段會被哪樣的作品觸動，每個讀者狀況都不相同。

這樣的答覆方式使用多年，一直沒聽過負面回饋，直到某回聽到一名友人坦承，自己初讀《八百萬種死法》時，覺得這故事「很難看」。有意思的是，這名友人後來仍然成為卜洛克的書迷，讀完了整個系列。

概略討論之後，我發現友人覺得難看的主因在於情節——這個故事並未完全依循推理小說作者與讀者之間不言自明的默契，結局之前的轉折雖然合理，但拐彎的角度大得讓人有點猝不及防，有部分讀者會覺得自己沒能被說服接受。可是友人同時指出，史卡德這個主角相當吸引人——這系列故事主線均由史卡德的第一人稱主述敘事，所以這也表示整個故事讀來會相當吸引人。能夠吸引讀者、呼應讀者自身的生命經驗、讓讀者打從心底關切的角色，總會讓讀者想要知道：這角色還會面對哪些事件，又會如何看待他所處的世界？

這是讓友人持續讀完整個系列的動力，也是我認為這本小說適合用來測試的原因——《八百萬種死法》是全系列中結局轉折最大的故事，也是完整奠定史卡德特色的故事。從這個故事開始認識史卡德，就像交了個朋友；而交了史卡德這個朋友，會讓人願意聽他訴說生命裡發生的種種故事。

約莫在友人同我說起這事的前後，我按著卜洛克原初的出版順序，重新閱讀「馬修・史卡德」系列，然後發現：倘若當初我建議朋友從首作《父之罪》開始讀，友人應該還是會成為全系列的忠實讀者，只是對情節和主角的感覺可能不大一樣。

## 史卡德登場

二十世紀的七〇年代，卜洛克讀了李歐納．薛克特的《論收賄》，這是薛克特與一名收賄的紐約警察一起完成的作品，內容講的就是那個警察的經歷。那是一名盡責任、有效率的警察，偵破不少案子，但同時也貪污收賄、經營某些不法生意。

卜洛克十五、六歲起就想當作家，他讀了很多偉大的經典作品，不過一開始並不確定自己該寫什麼；剛入行時他用筆名寫的是女同志和軟調情色長篇，市場反應不錯，六〇年代開始寫「睡不著覺的密探」系列，銷售成績也不差。七〇年代他與出版社商議要寫犯罪小說時，認為《論收賄》裡的警察或許能夠成為一個有趣的角色，只是他覺得自己比較習慣使用局外人的觀點敘事，沒什麼把握能寫好一個在警務體制裡工作的貪污警員。

於是卜洛克開始想像這麼一個角色：這個人是名經驗老到的刑警，和老婆小孩一起住在市郊，有辦案的實績，也沒放過收賄的機會；某天下班，這人為了阻止一樁酒吧搶案而掏槍射擊，但跳彈意外殺死了一個街邊的女孩。誤殺事件讓這人對自己原來的生活模式產生巨大懷疑，加劇了喝酒的習慣、與妻子分居、獨自住在旅館，偶爾依靠自己過往的技能接點委託維持生計，但沒有申請正式的偵探執照，而且習慣損出固定比例的收入給教堂……

真實人物的遭遇加上小說家的虛構技法，馬修．史卡德這個角色如此成形。

一九七六年，《父之罪》出版。

一名女性在紐約市住處遭人殺害，嫌犯渾身浴血、衣衫不整地衝到街上嚷嚷之後被捕，兩天後在獄中上吊身亡。女孩的父親從紐約州北部的故鄉到紐約市辦理後續事宜，聽了事件經過後找上史卡德——就警方的角度來看這起案件已經偵結，這名父親也不大確定自己還想做什麼，他與女兒幾年來鮮少聯絡，甫知女兒死訊，才想搞清楚女兒這幾年如何生活、為什麼會遇上這種事。警方不會處理這類問題，於是把他轉介給曾經當過警察、現已離職獨居的史卡德。

以情節來看，《父之罪》比較像刻板印象中的推理小說：偵探接受委託，找出凶案的真正因由。這個故事同時確立了系列案件的基調——會找上史卡德的案子可能是警方認為不需要處理的，或者是當事人因故無法、或不願交給警方處理的；而史卡德做的不僅是找出真凶，還會在偵辦過程裡挖掘出隱在角色內裡的某些物事，包括被害者、凶手，甚至其他相關人物。

緊接著出版的《在死亡之中》和《謀殺與創造之時》都仍維持類似的推理氛圍，不同的是卜洛克對史卡德的描寫越來越多。史卡德的背景設定在首作就已經完整說明，卜洛克增加的是史卡德處理事件過程的生活細節——他對罪案的執拗、他與酒精的糾纏、他和其他角色的互動，以及他在紐約憑藉公車、地鐵、偶爾駕車或搭車但大多依靠雙腿四處行走查訪當中的所見所聞，這些細節累疊在原先的背景設定上，逐漸讓史卡德越來越立體，越來越真實。

史卡德曾是手腳不算乾淨的警員，他知道這麼做有違規範，但也認為這麼做沒什麼不對——有缺陷的是制度，他只是和所有人一樣，設法在制度底下找到生存的姿態。這使得史卡德成為一個特殊的冷硬派偵探——這類角色常以譏誚批判的眼光注視社會，史卡德也會，但更多時候這類譏誚會轉為自嘲，因為他明白自己並不比其他人更好，這類角色常面不改色地飲用烈酒，史卡德也會，但酒精因而成為一種將他拽開常軌的誘惑，摧折身體與精神的健康；這類角色心中都會具備一套自己的道德判準，史卡德也會，而且雖然嘴上不說，但他堅持的力道絕不遜於任何一個硬漢。

我私心將一九七六年到一九八一年的四部作品劃歸為系列的「第一階段」。這四部作品的情節不只呈現了偵查經過，也替史卡德建立了鮮明的形象——作家替角色設定的個性與特質會決定角色面對衝突時的反應，而讀者會從這些反應推展出現的情節理解角色的個性與特質。史卡德並非完人，沒有超凡的天才，反倒有不少常人的性格缺陷，對善惡的標準似乎難以解釋，但他面對罪惡的態度會讓讀者清楚地感知那個難以解釋的核心價值。

讀者越來越了解史卡德——他不是擁有某些特殊技能、客觀精準的神探，他就是個試著盡力解決問題的凡人。或許卜洛克也越寫越喜歡透過史卡德去觀察世界——因為他寫了《八百萬種死法》。

反正每個人都會死，所以呢？

《八百萬種死法》一九八二年出版。

打算脫離皮肉生涯的妓女透過關係找上史卡德，請史卡德代她向皮條客說明。皮條客的行為模式與眾不同，尋找時花了點工夫，找上後倒沒遇到什麼麻煩；皮條客很乾脆地答應，但幾天之後，史卡德發現那名妓女出了事。史卡德已經完成委託，後續的事理論上與他無關，可是他無法放手，認為這事八成是言而無信的皮條客幹的；他試著再找皮條客，雖然不確定找上後自己要做什麼，不料皮條客先聯絡他，除了聲明自己與此事毫無關聯，並且要雇用史卡德查明真相。

在妓女出現之前，史卡德做的事不大像一般的推理小說；接下皮條客的委託之後，史卡德的工作方式則與前幾部作品一樣，不是推敲手上的線索就看出應該追查的方向，而是透過皮條客手下的其他妓女以及史卡德過往在黑白兩道建立的人脈，扎扎實實地四處查訪。因此之故，《八百萬種死法》有不少篇幅耗在史卡德從紐約市的這裡到那裡，敲門按電鈴，問問這個問問那個；其他篇幅一部分用來講述史卡德的生活狀況——主要是他日益嚴重的酗酒問題，酒精已經明顯影響他的神智和健康，但他對戒酒無名會那種似乎大家聚在一起取暖的進行方式嗤之以鼻，另一部分則記述了史卡德從媒體或對話裡聽聞的死亡新聞。

《八百萬種死法》的書名源於當時紐約市有八百萬人口，每個人可能都有不同的死亡方式；這些死亡事件與史卡德接受的委託沒有關係，史卡德也沒必要細究每樁死亡背後是否藏有什麼祕密。如此安排容易讓讀者覺得莫名其妙——我要看史卡德怎麼查線索破案子，卜洛克你講這些無關緊要的東西做什麼？不過讀者也會慢慢發現：這些插播進來的死亡新聞，讀起來會勾出某些古怪的反應，有時是深沉的慨嘆，有時是苦澀的笑意。它們大多不是自然死亡，有的根本不該牽扯死亡——例如有人扛回被丟棄的電視機想修好了自己用，結果因電視機爆炸而亡，這幾乎有種荒謬的喜感——讀者認為它們「無關緊要」，是因它們與故事主線互不相涉，但對它們的當事人而言，那是生命的瞬間消逝，可一點都不「無關緊要」。

是故，這些死亡準確地提出一個意在言外的問題：反正每個人都會死，所以呢？每個人如何迎來生命終點都無法預料，甚至不可理喻，沒有善惡終報的定理，只有無以名狀的機運；在這樣的世界裡，執著地追究某個人的死亡，有沒有意義？或者，以史卡德的處境來說，遠離酒精，讓自己清醒地面對痛苦，有沒有意義？

推理故事大多與死亡有關。古典和本格派將死亡案件視為智力遊戲，是偵探與凶手、讀者與作者之間鬥智的謎題；冷硬和社會派利用死亡案件反映社會與人的關係，什麼樣的環境會讓人做出什麼樣的掙扎，什麼樣的時代會讓人犯下什麼樣的罪行。其實，推理故事一直是最適合用來揭示人性的故事，因為要查明一個或數個角色的死因，調查會以死者為圓心向外輻射，觸及與死者有關的其他角色，釐清他們與死者的關係、死亡對他們的影響、拼湊死者與他們的過往，這些調查會顯露角色們的個性，死因與行凶動機往往就埋在這些人性糾葛之中。

《八百萬種死法》不只是推理小說，還是一部討論「人該怎麼活著」的小說。

「馬修．史卡德」是個從建立角色開始的系列，而《八百萬種死法》確立了這個系列的特色，這些故事不僅要破解死亡謎團、查出凶手，也要從罪案去談人性。

## 我們終將孤獨

在《八百萬種死法》之後，卜洛克有幾年沒寫史卡德。

據聞《八百萬種死法》本來可能是系列的最後一個故事，從故事的結尾也讀得出這種味道——史卡德解決了事件，也終於直視自己的問題，讓系列在劇末那個悸動人心的橋段結束，是個合理的選擇，也是個漂亮的收場——不過從隔了四年、一九八六年出版的《酒店關門之後》來看，卜洛克還想繼續以史卡德的視角看世界，沒有馬上寫他的故事，可能是自己的好奇還沒尋得答案。

因為大家都知道，故事會有該停止的段落，角色做完了該做的事、有了該有的領悟；但在現實生活裡，時間不會停在「全書完」三個字出現的那一頁，就算人生因為某些事件而轉往新方向，等在眼前的也不會是一帆風順「從此幸福快樂」的日子。卜洛克的好奇或許是：在史卡德直視自身問題、做了重要決定之後，他還是原來設定的那個史卡德嗎？那個決定會讓史卡德的生活出現什麼變化？那些變化是否會影響史卡德面對世界的態度？

倘若沒把這些事情想清楚就動手寫續作，大約會出現兩種可能：一是動搖前五部作品建立的系列基調——既然卜洛克喜歡這個角色，那麼就會避免這種情況發生；二是保持了系列基調但破壞了《八百萬種死法》那個完美結局的力道——真是如此的話，不如乾脆結束系列，換另一個主角講故事。

《酒店關門之後》是卜洛克思考之後的第一個答案。

這個故事裡出現三樁不同案件，發生在《八百萬種死法》之前。案件之間乍看並不相干（不過後來發現其中兩起有點關聯），史卡德甚至不算真的在調查案件——第一樁案件是酒吧常客妻子被殺，史卡德被委任去找出兩名落網嫌犯的過往記錄，讓他們看起來更有殺人嫌疑；第二樁事件是另一家起酒吧帳本失竊，史卡德負責的是與竊賊交涉、贖回帳本，而非查出竊賊身分。至於第三樁事件，史卡德完全沒被指派工作，那是一樁搶案，史卡德只是倒楣地身處事發當時的酒吧裡頭，而且也沒被搶。

三樁案件各自包裹了不同題目，這些題目可以用「愛情」、「友誼」之類名詞簡單描述，但真要說明白它們內裡的複雜層次，卻常讓人找不著最合適的語彙。卜洛克擅長用對話表現角色個性和推進情節，因此故事讀來一向流暢直白；流暢直白不表示作家缺乏所謂的文學技法，因為《酒店關門之後》完全展現出這類文字的力量——倘若作家運用得宜，這類看似毫不花巧的文字其實能夠帶領讀者無限貼近這些題目的核心，將難以描述的不同面向透過情節精準展演。

同時，卜洛克也在《酒店關門之後》為自己和讀者重新回顧了史卡德的完整形象，他的私人生活，他的道德判準，以及酒精。《酒店關門之後》的案件都與酒吧有關，故事裡也出現了非常多酒吧——高檔的酒吧、簡陋的酒吧、給觀光客拍照留念的酒吧、熟人才知道的酒吧、正派經營的酒吧、非法營業的酒吧、具有異國風情的酒吧、屬於邊緣族群的酒吧。每個人都找得到自己應該歸屬、宛如個人聖殿的酒吧，每個人也都將在這樣的所在，發現自己的孤獨。

史卡德並非沒有朋友，但每個人都只能依靠自己孤獨地面對人生，不是沒有伴侶或好友的孤獨，而是有了伴侶和好友之後才會發現的孤獨，在酒店關門之後、喧囂靜寂之後，隔著酒精製造出來的朦朧迷霧，看見它切切實實地存在。事實上，喝酒與否，那個孤獨都在那裡，只是少了酒精，有時就會缺乏直視的勇氣；可是理解孤獨，便是理解自己面對人生的樣貌，有沒有酒精，這都是必要的人生課題。

同時，《酒店關門之後》確立了這系列的另一個特色。假若從首作讀起，讀者會知道系列故事按著時序發生，不過與現實時空的連結並不明顯——那是二十世紀七、八〇年代發生的事，至於確切是哪一年則不大要緊。不過《酒店關門之後》開場不久，史卡德便提及事件發生在很久之前、一九七五年，是過去的回憶，而結尾則說到時間已經過了十年，也就是故事裡「現在」的時空應當是一九八五年，約莫就是《酒店關門之後》寫作的時間。史卡德不像某些系列作品的主角那樣，似乎固定停留在某段時空當中，他和作者、讀者一起活在同一個現實裡頭。

再過三年，《刀鋒之先》在一九八九年出版，緊接著是一九九〇年的《到墳場的車票》。卜洛克準備答案所花的數年時間沒有白費，結束了在《酒店關門之後》的回顧，史卡德的時間繼續前進，他用一種與過去不大一樣的方式面對人生，但也維持了原先那些吸引人的個性特質。

## 在人間與黑暗共舞

從《八百萬種死法》至《到墳場的車票》是我私心分類的「第二階段」，卜洛克在這個階段重新整理了對角色的想法，讓史卡德成為一個更有血有肉、會隨著現實一起慢慢老去、仿若與讀者一同生活在現實的真實人物。而系列當中的重要配角在前兩階段作品中也已全數登場，史卡德的人生即將邁入新的篇章。

我認定的「馬修・史卡德」系列「第三階段」從一九九一年的《屠宰場之舞》開始，到一九九八年的《每個人都死了》為止，卜洛克在八年裡出版了六本系列作品，寫作速度很快，而且每個故事都很精采，人性描寫深刻厚實，情節絞揉著溫柔與殘虐。

雖說先前談到前兩階段共八部作品時一直強調角色塑造，但不表示卜洛克沒有好好安排情節。卜洛克的確認為角色很重要——他在講述小說創作的《小說的八百萬種寫法》中明確寫道：「幾乎所有讀者持續翻閱任何小說的主要原因，就是想知道接下來發生的事，讀者之所以在乎接下來發生的事，則是因為作者描寫人物性格的技巧。小說中的人物若有充分描繪，具有引起讀者共鳴與認同的力量，讀者就會想知道他們下場如何，並深深擔心他們的未來會不會好轉，」「馬修・史卡德」系列可以視為這番言論的實際作業成績。不過，同一本書裡，他也提及寫作之前應該重新閱讀，不是以讀者的眼光閱讀，而是以作者的洞察力閱讀。卜洛克認為這樣的閱讀不是可以學到某種公式，而是能夠培養出一些類似「直覺」的東西，知道創作某類小說時可以用什麼方式。

說得具體一點，「以作者的洞察力閱讀」指的不單是享受故事，而是進一步拆解故事，找出該故事的作者用什麼方法鋪排情節，如何埋設伏筆、讓氣氛懸疑，如何製造轉折、讓發展爆出意外。

開始寫「馬修．史卡德」系列時，卜洛克已經是很有經驗的寫作者；要寫犯罪小說之前，他已經拆解了不少相關類型的作品。史卡德接受的是檢調體制不想處理、或當事人不願交給體制處理的案件，這些案件不大可能牽涉某種國際機密或驚世陰謀，但往往蘊含隱在社會暗角、體制照料不到之處的幽微人性——而史卡德的角色設定，正適合挖掘這樣的內裡。

從《父之罪》開始，「馬修．史卡德」系列就是角色與情節的適恰結合，而在寫完前兩個階段、史卡德的形象穩固完熟之後，卜洛克從《屠宰場之舞》開始加重了情節的黑暗層面。《屠宰場之舞》出現性虐待受害者之後將其殺害、並且錄影自娛的殺人者，《行過死蔭之地》出現綁架、性侵，並以切割被害者肢體為樂的凶手，《一長串的死者》裡一個祕密俱樂部驚覺成員有超過正常狀況的死亡機率，《向邪惡追索》中的預告殺人魔似乎永遠都有辦法狙殺目標。

這些故事都有緊張、刺激、驚悚、駭人的橋段，而在經營更重口味情節的同時，卜洛克持續讓史卡德面對自己的人生課題——前女友罹癌、要求史卡德協助她結束生命；原來已經穩固的感情關係，忽然出現了意想不到變化；調查案子的時候，自己也被捲入事件當中，更糟的是，自己的朋友也被捲入事件當中、甚至因此送命——諸如此類從系列首作就存在的麻煩，在第三階段一個都沒少。

史卡德在一九七六年的《父之罪》裡已經是離職警察，可以合理推測年紀可能在三十到四十之間，因此到一九九八年的《每個人都死了》為止，史卡德處於從三十多歲到接近六十歲的中壯年時期。在人生的這段時期當中，大多數人已經成熟、自立，有能力處理生活當中的大小物事，但也必須承受最多生活壓力——年長者的需求、年幼者的照料、日常經濟來源的提供、人際關係的維繫——而總也在這類時刻，一個人會發現自己並沒有因為年紀到了就變得足夠成熟或擁有足夠能力，毋需面對罪案，人生本身就會讓人不斷思索生存的目的，以及生活的意義。

「馬修．史卡德」系列的每一個故事，都在人間與黑暗共舞，用罪案反映人性，都用角色思考生命。

## 新世紀之後

進入二十一世紀，卜洛克放緩了書寫史卡德的速度。

原因之一不難明白：史卡德年紀大了，卜洛克也是。

卜洛克出生於一九三八年，推算起來史卡德可能比他年輕一點，或者同樣年紀。在歷經種種人生關卡、頻繁與黑暗對峙的九〇年代之後，史卡德的生活狀態終於進入相對穩定的時期，體力與行動力也逐漸不比以往。

原因之二也很明顯：九〇年代中期之後，網際網路日漸普及，犯罪事件利用網路及相關科技的比例也慢慢提高。卜洛克有自己的部落格、發行電子報，會用電腦製作獨立出版的電子書，也有臉書帳號，這表示他是個與時俱進的科技使用者，但不表示他熟悉網路犯罪的背後運作。要讓史卡德接觸這類罪案並無不可——早在一九九二年的《行過死蔭之地》裡，史卡德就結識了兩名年輕駭客，真要寫這類罪案，卜洛克想來也不會吝惜預做研究的功夫；但倘若不讓史卡德四處走動、觀察人間，那就少了這個系列原有的氛圍。

另一個原因則相對沒那麼醒目：卜洛克長年居住在紐約，世貿雙塔就是史卡德獨居的旅店房間窗景，二〇〇一年九月十一日發生在紐約的恐怖攻擊事件，對卜洛克和史卡德這兩個紐約客而言都是巨大的衝擊。卜洛克在二〇〇三年寫了獨立作品《小城》，描述不同紐約人對九一一的反應與後續生活；史卡德沒在系列故事裡特別強調這事，但更深切地思考了死亡——史卡德這角色是因為死亡才成形的，那樁跳彈誤殺街邊女孩的意外，把史卡德從體制內的警職拉扯出來，變成一個體制外孤獨抵抗人性黑暗的存在。過了二十多年，人生似乎步入安穩境地之際，世界的陡然巨變與個人的生理狀態，則提醒每個人：死亡非但從未遠去，還越來越近。而這也符合史卡德與許多系列配角的狀況，他們和史卡德一樣，都隨著時間無可違逆地老去。

「馬修．史卡德」系列的「第四階段」每部作品間隔都較「第三階段」長了許多。第一本是二〇〇一年《死亡的渴望》，這書與二〇〇五年的《繁花將盡》是本系列僅有「應該按順序閱讀」的作品。下一部作品是二〇一一年出版的《烈酒一滴》，不過談的不是二十一世紀的史卡德，而是《八百萬種死法》之後、《刀鋒之先》之前的史卡德——這兩本作品之間的《酒店關門之後》談的是一九七五年發生的往事，以時序來看，讀者並不知道史卡德在那段時間裡的狀況，那是卜洛克正在思索這個角色、史卡德正在經歷人生轉變的時點，《烈酒一滴》補上了這塊空白。

餘下的兩本都不是長篇作品。《蝙蝠俠的幫手》是短篇合集，可以讀到不同時期史卡德遭遇的事件，讀者會發現即使沒有夠長的篇幅，卜洛克一樣能夠巧妙地運用豐富立體的角色說出有趣的故事。二〇一九年的《聚散有時》則是中篇，也是「馬修．史卡德」系列迄今為止的最後一個故事，事件本身相對單純，但對系列讀者、或者卜洛克自己而言，這故事的重點是交代了史卡德以及系列當中重要配角的生活，他們有的長大了，有的離開了，有的年老了，但仍然在死亡尚未到訪之前，在生命裡碰撞出新的火花，發現新的意義。

## 最美好的閱讀體驗

「馬修．史卡德」系列的起始是犯罪故事，屬於廣義的推理小說類型，每個故事裡也都能讀出推理小說的趣味，縱使主角史卡德並非智力過人的神探，但他踏實地行走尋訪，反倒看到了更多人間光景、接觸了更多人性內裡。同時因為史卡德並不是個完美的人，所以他的頹唐、自毀、困惑，以及堅持良善時迸出的小小光亮，才會顯得格外真實溫暖。

是故，「馬修．史卡德」系列不只是好看的推理小說，還是好看的小說，不只是好看的小說，還是好的小說——不僅有引發好奇、讓人想探究真相的案件，不僅有流暢又充滿轉折的情節，還有深刻描繪的人性。

讀這個系列會讓讀者感覺真的認識了史卡德，甚至和他變成朋友，一起相互扶持著走過人生低谷、看透人心樣貌。這個朋友會讓人用不同視角理解世界、理解人，或者反過來理解自己。

我依然會建議初識這個系列的讀者，從《八百萬種死法》開始試試自己和史卡德合不合拍，不過或許除了《聚散有時》之外，任何一本都會是很好的選擇——不同時期的史卡德作品會有些不同的質地，但都保持了動人的核心。

這些年來我反覆閱讀其中幾本，尤其是《酒店關門之後》，電子書出版之後，我又從《父之罪》開始依序閱讀，每次閱讀，都會獲得一些新的體悟。史卡德觀看世界的視角未曾過時，卜洛克對人性的描寫深入透澈，身為讀者，這是最美好的閱讀體驗。

〈導讀〉

# 如果你有負我們這些死去的人——

唐諾

在當前的危機中，質疑和人道的見解猶如空谷跫音，美國正升火待發，準備打一場遙遠的戰爭，而其盟邦也被迫加入，但卻不知為何而戰。如今我們必須從那道區隔人群的虛幻門檻退後一步，重新檢視各種標籤、重新考量有限的資源，下定決心，每個人都休戚與共，就如文化的融和作用，不要理會那一心求戰的口號和教條。

——薩伊德，九一一之後

這裡，讓我們從一個最典型的史卡德式問法開始——紐約九一一時，我正在做什麼？

我個人沒什麼戲劇性的場面發生（比方說小說家劉大任說他一對紐約友人夫妻正在大陸訪問，午夜十二點過了才回旅館，丈夫倒頭先睡，太太開了電視，丈夫瞥一眼螢幕災變畫面，還抱怨道：「這麼晚了還看這種好萊塢爛片子幹什麼？」），我就好端端坐在電視機前看新聞，先是跑馬燈出現有民航機撞上紐約世貿雙子星大樓的訊息，沒太久，Live畫面就出現了，說明這不是一般迷航空難，第二架七四七轉一道死亡弧線，準準撞進擎天的大樓化成一團火球，一次又一次，螢幕下方也出現驚悚但不怎麼真實的三個英文字：America Under Attack——

感覺非常恍惚，但也有某種冷酷的百感交集——你會想到從這一刻起世界整個變了，「安全」這兩個字的意思尤其變了，資本主義和全球化秩序的成本結構和一貫遊戲規則得調整改寫，而且朱天心到柏克萊的小說學術研討會大概也泡湯了，還有，小布希代表的保守勢力一定快速抬頭，自由主義又再次挫敗，還有，劉大任張北海郭松棻幾個人都平安吧，才剛進哥大東亞系的老朋友、我們的美食女王Carol也平安嗎？還有，也在哥大任教那位身罹癌症的知識分子鬥士薩伊德這下怎麼辦，他的獨立處境更艱難了吧……

眾聲喧譁中，我心裡卻也有一個奢侈不好為外人道的小小聲音冒出來——還有卜洛克該也無恙吧，他習慣使用的咖啡館並不靠近災難現場，過去我們讀小說也沒印象馬修．史卡德曾出入世貿大樓，卜洛克這個系列會不會有九一一為題的小說出現？或至少他會不會告訴我們，九一一時史卡德人在哪裡？正做些什麼？九一一後他有什麼想法有什麼改變？當然，真正的凶手尚未落網是因為他人遠在千哩之外的某山區洞窟裡藏得很好，並非不曉得是誰；事實上，小布希政府也絕不可能雇用這一位又丟掉私家偵探執照、重新回復孑然一身的自由工作者，他們緝凶的陣仗嚇人多了，其力量足以毀滅地球上任一個國家（但卻不容易逮著一個單一的人，這講起來像一則現代寓言），而我們的史卡德先生又太老了，上不了戰場，沒機會參與這場理由充分但仍屬不義的二十一世紀十字軍遠征之役。

你持續召喚死亡，且終其一生和死亡日日為伍，就像當年那個愛龍成性的葉公一樣，但終於有這麼一天，在風雨雷電聲中，悍厲而且巨大無朋的大龍真的來了。

死亡的渴望。

## 小說的死亡還原

但是還沒有，我們的好奇心還得再等等，我們現在手上這部《死亡的渴望》完成的時間是二〇〇一年，是蓋達組織猶在籌畫、訓練殉死飛行人員並堅固視死如歸信念的隱密時日；我們也不願妄言附會，這樣一個書名，這樣一個被死亡誘引從而大肆殺戮的瘋狂殺手，和半年後那些現代神風特攻隊的伊斯蘭聖戰士之間，卜洛克事先瞧出了什麼隱喻、預見或甚至某種靈異性的牽連。畢竟，死亡之事神祕，自成悲劇，我們應當小心別過度分類歸納，否則我們很容易將實體性的哀傷，轉變成統計性的、抽象性的概念乃至於數字，這往往是對死難者最大的冒瀆。

相對來說，小說原本就是處理個別死亡的，今天，它還可還原性的對抗統計學式的冷酷無感死亡——如此的死亡真實還原，是我們期待卜洛克把九一一納入小說的理由之一。

但真正的理由是，打從一九七六年的《父之罪》開始，或至少從一九八二年的分水嶺小說《八百萬種死法》開始，我們讀小說的人都已大致同意，這一組馬修．史卡德小說看起來已經和紐約密密實實交纏在一起了，除了是小說，它也像紐約的一部分歷史，記述著死亡心事的起居歷史，於是我們遂很難想像，當紐約蒙受前所未見的死亡暴烈襲擊時，這組小說居然可無事般略過它，不將它記憶存留下來，這是有點說不過去的。

當然，純粹從小說書寫一面來說，九一一這樣方式的死亡是很不好寫的；而純粹從小說書寫者的權利來說，他也有絕對的自由在現實中攫取他要的材料，沒有任何人可「規定」他得取這一塊不取那一塊，就像一九一四～一九一八，以及一九三九～一九四五那兩段可怖的時間裡，小說家仍可以別過臉去寫一段愛情、寫一個鄰家小孩的離家出走等等，他當然同時也知道歐陸戰場的壕溝裡，每一分每一秒中都有人倒下來死去。

讓我們來聽一下安伯托．艾可說的故事，是他第四次小說森林散步時講的，那處林子他稱之為「可能的森林」，而他使用的小說，內舉不避親，正是他自己那本難讀得要命的大部頭小說《傅柯擺》，我認得的人中好像只有張大春一個人喜歡。

## 一場消失的大火

《傅柯擺》發生什麼事？發生了一樁有點假戲真做也有點吹毛求疵的讀者來函指教之事——我們原文照錄艾可的話：「小說出版後我接到一位讀者的來信，他顯然去國家圖書館翻閱過一九八四年六月二十四日當天所有的報紙，發現荷木兒街（我書中未提及這條街，但聖馬丁街某段確實與此街交接）轉角處午夜過後，大約在卡紹邦走過時曾發生火災——如果連報紙都報導了，火勢應該還不小。這位讀者問我，為什麼卡紹邦沒有注意到？」

這裡，我們補充一下必要的背景資料。卡紹邦是《傅柯擺》小說中一個角色，在小說的第一一五章裡，他於一九八四年六月二十三與二十四日之交當晚，一個人著魔般走過整條聖馬丁街，穿過烏爾街，途經博堡中心，抵達聖美利教堂云云——在重述這段書寫經過時，艾可順帶講了一段滿好的話，值得小說書寫者（或有志書寫者）參考：「為了寫作這一章，我在幾個不同的夜晚走相同的路線，帶個錄音機，沿途錄下所見所聞和感想。／我有個電腦程式可以提供我任何年月的任何時間，在任何緯度下天空的樣子，我甚至花時間找出當晚是否有月亮，和不同時間裡月亮在天空的位置。我這麼做不是效顰左拉的寫實主義，而是喜歡敘景時景物如在眼前，這樣有助我熟悉書中所述之事，進入人物內心。」

好，準備充分，連月亮形狀到位置變化的微小細節（真需要到這樣子嗎？）都照顧到了，卻漏失了好一場喧譁蒸騰、染紅半邊天的大火；尤有甚者，艾可假事作真的詳述時間，有年有月有日有時，詳述卡紹邦行走路線，有街道名有建物名，但毋寧在夜黯中更醒目、更不可能不看到不記下的大火卻不在其中——艾可甚有風度的承認，這位讀者所說的「不無道理」，既然你費盡心機誘引人相信故事發生在「真實」的巴黎，連日期都清清楚楚，那讀者當然可理很直氣又壯的質疑這一場真實就在現場的大火何以憑空消失。

當然，艾可講述這個揭短自己的故事，可能不僅僅是風度而已，而是這個其實並不妨礙小說成立、進行、乃至於成果良窳的岔子出得太好玩了（會不會又是他自己編造出來的呢？），簡直就是一則天外飛來的寓言，可以引領他也同時引領我們往「可能森林」裡真實和虛構的林子深處走進去。

## 死去的不只是很多人而已

但我們得說，九一一之於紐約、之於馬修．史卡德小說，還是和這一場大火之於巴黎聖馬丁街當晚、之於艾可的《傅柯擺》有著不盡雷同的意義——《傅柯擺》可能該把大火給一併記錄下來，基本上仍是小說「內部」的家務事，決開的缺口是小說書寫真實和虛構界線的長期問題，會覺得趣味盎然參加討論的大體上只限於真正提筆寫小說的人，問題並未真格的浮現到讀者的閱讀舞台上來；但九一一不一樣，不是因為九一一真的死了人（巴黎那場大火可能也燒死人），而是九一一死太多人了，死亡的數字已然越過了冥冥之中的界線，量變引發質變，於是，死亡的意義不再只是單純的死亡而已，而是升格成為「毀滅」；死去的也不再只是單純的紐約市民而已，而是這一整座城市。

當然，較周延的來說，事情並不僅僅只是數量的問題而已，更不是美國人紐約人的命就比較值錢，我們誰都知道，在人類漫長歷史的每一刻，或就光只是同時間的此時此刻，地球上的另個角落可能都默默死去為數更多的人——九一一整體悲劇的鑄成，大量且即時性的傳媒的確幫了大忙，讓死亡就在你眼裡發生並持續；死亡的地點、方式及其可能的延伸影響也無不參與這個鑄造，包括殺人凶器的選擇居然是數百平民搭乘的民航機，包括死亡的執行地點選擇居然是充滿象徵意義的紐約雙塔摩天大樓，包括如此突如其來的、猛爆性的死亡背後，流淌著的是伊斯蘭世界和西方世界千年解不開且愈來愈走進死巷子的歷史仇恨，更包括，這是已完成已落幕的悲劇嗎？還是只是首部曲？就像喬治·魯卡斯耗資億萬的《星際大戰》系列電影那樣，時間一到續集又得轟轟烈烈上演……

也就是說，從人類歷史的宏觀角度來看，九一一的確不是什麼了不起的悲劇，集體性的瞬間死亡多了；然而，從紐約兩百年的歷史來說，這卻真的是一次難以抹消的劫毀——就像一場車禍便足以構成一個家庭的毀滅悲劇一般。從那一刻開始，人們的眼睛變了，這個城市不可能再回復原來的長相了，不管雙塔的原址是保留成歷史廢墟還是重建成更高的新摩天樓；人們的心思也變了，某些陌生人的意思變得不一樣，安全和自由的意思變得不一樣，生命和死亡的意思也變得不一樣，最終，你堅定相信或習焉不察相信的那些你出生之前就在的、因此大概也就會存留到你告別離去的種種，包括一棵樹、一家店、一幢樓、一條街，乃至於更堅固更難以流逝的，一些你相信且服膺實踐的道理、秩序、價值信念以及信仰，都彷彿繫上了日暮的動人色澤，有可能先你一步走開。

也許有犬儒些的人會說，看著好了，這一切終歸會回復「正常」的，人們的健忘無堅不摧，它還是會接管統治這一切的——這大致是對的，但不正因為最終不免這樣，我們才需要文學者的加入嗎？我們依賴文學來抵禦刻板、抵禦統計化數字化、抵禦萬事萬物成為一個個歷史的封存檔案，文學記錄人心、記錄情感、記錄一切時間一到會埋入沉睡的東西。重點不盡然是單純的「被遺忘」，而是轉化成的「遺忘形式」（如數字、檔案或簡略的歷史條目等等，這既是遺忘的催化劑，也是遺忘的最初階段），文學的抵禦和記錄，尤其是訴諸可感可摩挲細節的小說書寫，便是如此「遺忘形式」的某種「還原」，這還原不是單純的有聞必錄（有聞必錄是一種失焦的混沌狀態，最適合遺忘），而是動用真實和虛構的一切可能手段，努力讓事物駐留於當下，並保留該事物和人最原初的關係。

因此，不是《傅柯擺》那樣只關乎小說書寫的真實虛構問題，更不因為史卡德小說中伊蓮．馬岱的猶太裔身分問題（但這可能是小說切入的一個方便缺口也說不定），而是，用艾可的話說，既然這組小說已動用了超過二十年的時光，努力誘引我們走上這道紐約的死亡之路，卻硬生生要我們停在九一一之前，那就真的有點說不過去了。

## 達蘭道夫的「問題意識」

社會學衝突學派的大將拉爾夫．達蘭道夫，在批判社會學傳統「結構-功能」學派時，銳利的指出「結構-功能」的根本性大毛病，那就是「問題意識」的喪失——達蘭道夫說：「近代社會學中許多的缺點，尤其是社會學理論中的烏托邦性質都是由喪失了『問題意識』而產生；而這種東西的喪失本身就是值得研究的問題。社會學家處在這種到處都是問題、到處都是謎團的世界中怎麼能夠跟這些東西脫節呢？」「從他們看待社會的方式——說得正確一些，是該看社會而不看的態度——他們確實是在提倡一種不投入的心態，一種不肯為事情傷腦筋的態度，並把這種『節制』的態度提升為『科學性的理論』。……由於把傷腦筋的義務留給當權者，這些社會學家也就隱隱約約的承認了這些當權者的合法性；他們的不插手變成了一種插手——不論是何等無意——也就是插手贊同了社會現況。馬克斯・韋伯曾倡言要把政治和科學分開，此言不謬，可是這些人對他的話產生何等的誤解！」

我個人以為，這些話轉用到小說書寫的世界也是一針見血，而且遠比盧卡奇語焉不詳的「智慧典型」主張要好——他們看到的是大致同樣的問題，如盧卡奇所痛切批判小說自然主義那種無意志的、不選擇的、眼睛掃到哪裡筆就帶到哪裡的書寫方式，但盧卡奇的「智慧典型」主張管到人家成果的彼端去，其意接近「答案」，極容易流於教條性的嚴苛檢驗；「問題意識」的建議則注目於小說書寫之始這一端，只是問題不設定答案，相對的自由開放。

我們應該這麼講，不存在「問題意識」，小說仍是寫得出來的，不僅寫得出來，而且很多——像絕大多數的類型小說，還有很大一部分的所謂正統小說都是，但這些小說沒真正的疑問，沒有好奇，它只有設計性的懸疑，只有情節的暫時空白懸宕，「答案」老早就好端端備妥在書寫者的袖子裡只是不馬上秀出來而已。基本上，這樣的小說不冒險不探勘，無意挑釁並試圖衝決人類思維的邊界，一切都在已知的世界裡打轉，也就談不上什麼新的啟示，因此，它比較接近「表演業」，或像昆德拉講的「舞者」，大家不傷和氣娛性怡情用的。

對這樣的小說，昆德拉的態度比較嚴厲，他以為小說沒有疑問，那就是小說的死亡，一種無用的靜默死亡。

昆德拉這話說得很重，但他並非無的放矢——是什麼真正引領著小說書寫尋尋覓覓的前進？是什麼真正決定小說家的揀擇、在眾聲喧譁的萬事萬物中看這個不看那個、寫這個不寫那個？這絕不單純只是書寫技藝的問題，而是在技藝發生之先，小說家心中有事不能解，他被問題「抓住」了，循著問題的腳跡追上去，一路被前方逼著他但捉迷藏般的「答案」所誘引，是這樣，技藝才跟著重要起來，也複雜起來，技藝幫助他找對的路，搭對的車，免得小說家迷路，也免得我們讀小說的人跟著迷路。

因此，疑問在小說中起著脊梁骨的作用，是小說行進的「第一因」，推動者；同時，它也是小說的選擇聚焦之依據。

但小說的問題是什麼？這裡讓我們回到達蘭道夫的話來，事實上他已經給了我們很好的答案——達蘭道夫所說的問題對抗著「社會現況」，對抗著「當權者的合法性」，也就是說，小說家並不（不應該）對著當權者的問題乖乖作答，這些問題要不就只是關乎當權者自身利益的問題，要不就是「假問題」，有意無意的，這類當權者丟給社會的問題，往往只為著引導大眾的注意力，以排擠真正的問題被提出來，不真要找答案，而僅僅為了遮蔽加消耗。因此，這裡要計較的便不僅僅只是解答權力的爭奪而已，而是得更超前一步，從提問權力的維護開始。小說的提問得獨立、真實而且超越。

昆德拉把如此「到處是問題、到處是謎團」的遍在小說疑問，籠統歸結成某種「存在的問題」，揭示出問題的廣闊邊界，然而，讀昆德拉小說、對他有幾分理解的人都知道，這絕非對現實的背離、斯多噶哲學似的棄絕當下面向永恆——當然，人的問題從概念分類來看也許沒什麼新鮮的，就像某一位回教智者仿若無事說的：「人不過是出生、成長、戀愛、生育、蒼老然後死去而已。」然而，儘管問題來歷久遠沒一勞永逸解決的可能，但每一個不同的歷史階段、每一個不同國度不同社會不同人群的擠壓糾纏，都賦與了問題特殊的感性色澤、特殊的難度和特殊的激烈性急迫性，從而讓問題成為「真實」。小說的疑問正是這樣當下的、「一個」「一個」的真實問題，帶著他所在時空的獨特負擔，也許他對問題的源遠流長本質有著不同於一般人的意識，時間給了他的難題不一樣的深度和難度，也讓他的問題顯得不清晰不直接，但小說書寫者的工作場域仍在當下，驅動他思維的也仍是當下的獨特難題，他沒那個能力也沒那份悠閒，放著當前的事不管，跳躍到另一時空去操心那裡的小說家該操心的事。

我們常把小說書寫想成某種永恆性的行業，但其實永恆只是禮物，贈送給在屬於他的時代負責盡職而且工作有成的小說書寫者。

八百萬零一種死法

做為一個讀者，我們還是不難分辨出表演性的小說和有問題要問的小說，即便在基本上隸屬於表演業的類型小說世界中，我們仍輕易看出勒卡雷之於其他間諜小說家、雷蒙·錢德勒或約瑟芬·鐵伊之於其他推理小說家的不同——他們小說中那根直挺挺的脊梁骨，讓他們鶴立於眾多不傷腦筋的同業之中。

卜洛克，尤其是他的馬修·史卡德系列也是這樣。

而今天，死亡的難題排山倒海送到你眼前來了。我們不確知卜洛克本人是否也讀過達蘭道夫這番話，但九一一之後卜洛克的處境還真像達蘭道夫講的那樣——這不僅僅是個巨大的死亡悲劇問題而已，還包括問什麼樣的問題，以及由誰來提問。小布希政府再順勢不過把問題更形簡化成西方文明和邪惡伊斯蘭聖戰士的黑白對抗，要求國會提高軍事預算，出兵阿富汗造成不下於九一一的死亡，並藉此掩飾他在經濟上、在整體治國上的無能。這樣的生命代價，只得到這種程度的反省，甚至被利用，只剩在球場上唱唱國歌和〈天佑美國〉，在機場、在街道、在公共場所找阿拉伯裔長相之人的麻煩，是這樣才讓九一一成為更大的悲劇，甚至成為更大悲劇的首部曲。

長期以來，我們都記得卜洛克講紐約有八百萬種死法，現在顯然又多出了一種了；我們也記得他為自己的一部小說命名為「一長串的死者」，意思是那種不由自主排好隊、只能低頭默默向死亡走去的卑微人們；我們更印象深刻的，可能是他在《惡魔預知死亡》書中引述的那首詩，刻於德魏柯林頓公園雕像之下，原作者是約翰．麥克雷：「……我們是死去的人。不久之前，我們還活著，跌落，看夕陽的光輝，／我們有愛，我們被愛；／而現在我們在法蘭德斯的田野死去。……如果你有負我們這些死去的人，／我們將不能安眠，／縱使罌粟花仍舊開在／法蘭德斯的田野。」

憑心而論，要將九一一這樣真實且巨大的悲劇創傷納入小說中真的是很困難的，然而——「如果你有負我們這些死去的人，我們將不能安眠。」不是這樣子嗎？

永恆的絕頂雙峰，
陰寒蒼涼，
生命是夾在中間的狹窄谷地。
我們奮力登高，徒勞無功。
我們放聲痛哭——哀鳴的回聲是唯一的答案。
死者已矣，無聲的嘴唇沉默不語。
在死之深夜，
希望看見明星，
愛，聽到飛翔的沙沙聲。

——羅伯特．葛林．英格索爾，為其兄伊本．克拉克．英格索爾撰寫之墓誌銘
一八七九年六月

希望是唯一橫行四海的騙子，
他從來不曾折損誠實的招牌。

——羅伯特．葛林．英格索爾，曼哈頓自由俱樂部演說
一八九二年二月

1

完美的夏日傍晚，七月的最後一個星期一。賀蘭德夫婦在六點到六點半之間，來到了林肯中心。他們可能先在什麼地方碰頭——也許是在廣場的噴泉前，也許在大廳，誰知道——再一起上樓來。拜恩．賀蘭德是個律師，在帝國大廈，跟其他合夥人有幾間辦公室。他大概是直接從辦公室過來的，來這裡的人多半西裝革履，他並不需要換衣服。

他大約在五點多鐘離開辦公室。他們家在哥倫布與阿姆斯特丹之間的西七十四街，所以，他還有足夠的時間，去接他太太，再慢慢的走到林肯中心——也就半英里遠近吧，花不到十分鐘時間。我跟伊蓮也是這麼安步當車的散步過來。不過，我們倆的公寓在第九大道與五十七街的交叉口，比賀蘭德夫婦住的地方，總是要近一些。所以看來他們是叫計程車，或是搭公車到哥倫布來的，畢竟這段距離說近也不近，不像是他們走得動的。

反正，他們到了。時間還相當寬裕，可以在晚餐前，先喝上一杯。賀蘭德先生個頭不小，六呎二吋，五十二歲，下巴挺結實的，額頭很高。年輕時是運動選手，現在每天到中城的健身房報到，但是，中年發福的痕跡，終究沒法完全抹去。年輕時的他，好像老是吃不飽的樣子；現在的他，看起來富態穩重得多。賀蘭德先生一頭深色的頭髮，接近太陽穴附近，卻有些銀灰；眼睛是褐色的，一般人會覺得這種眼色的人，太過警覺猜忌，不過，這多半是因為他聽得多，說得少的緣故。

他太太的話也不多，長得很漂亮，雖然不再年輕了，但徐娘未老，風華正茂。及肩的頭髮是黑色的，幾縷紅色挑染，被她整整齊齊的往腦後梳好。她比賀蘭德先生小六歲，身高也差了好幾吋，不過，她腳底下的高跟鞋，彌補了不少差距。二十來歲跟她先生結婚之後，著實胖了好幾磅；幸好當時的她跟模特兒一般清瘦，稍微胖一些也不難看。

我想像著他們倆站在艾佛利．費雪廳，各拿一杯白酒，信手拈些點心的模樣，那畫面可說是栩栩如生。也許我們曾跟他們擦身而過，點點頭，微微一笑過也說不定，要不就是我見到了這麼亮麗的美女，所以多打量了她幾眼也不無可能。我們跟賀蘭德夫婦，還有上百位賓客，那天晚上都在場。難怪稍後我見到他們的照片，總覺得依稀相識。但是，說實在話，我那天到底有沒有見過這對夫婦，自己也沒有什麼把握。有可能是我別的時候，在林肯中心或卡內基廳碰過，也不能排除在我家附近見過他們。我可能瞥過他們好多次，卻始終沒有正眼仔細瞧瞧他們，就跟那天晚上一樣。

我倒是碰到別的熟人。伊蓮和我跟雷蒙．古魯留還有他的妻子蜜雪兒講了一會兒話。伊蓮把我介紹給幾年前她在曼哈頓上課的同學、一對經常上門照顧她生意的熱心夫婦。我也讓伊蓮見過我的朋友。一個叫艾佛利．戴維斯，是我在三一俱樂部認識的房地產大亨；另外一個是端點心盤的侍者，是我在聖保羅教堂戒酒無名會的難友。我只知道他叫做菲力克斯，姓什麼就弄不明白了；

我想他也好不到哪裡去，八成也搞不清楚我的底細。

我們也見到了一些久聞其名，卻無緣結識的名人，芭芭拉．華特絲（譯註：知名主播）、碧芙莉．希兒絲（譯註：在美國極受歡迎的女高音）都赫然在列。這是紐約仲夏音樂節的開幕酒會，喜歡莫札特的人，這個夏天可以聽個痛快。捐兩千五百元以上贊助這個音樂節的人士，就可獲邀參加感恩饗宴，享用外燴晚餐跟雞尾酒。

伊蓮總喜歡把她做生意賺來的錢，攢起來，差不多了，就拿去投資城裡的出租產業。紐約的房地產是連處處碰壁的人，都能蒙著眼賺上一筆的好勾當，更何況是伊蓮這麼精明的女人。她本來就是那種很少出差錯的人，處理她自己的生意，進出之間，更是料事如神。如今，非但我們倆在公園廣場的房子是出自她的手筆，我們在皇后區的出租公寓，也是她商場斬獲。單從經濟的觀點來看，我跟伊蓮都不愁錢，大可不用工作，過幾天清閒日子。可我還是做偵探的老本行，伊蓮，也還是在第九大道南邊幾條街的地方，開她的小鋪子。我們挺喜歡手上的工作的，多賺到的錢，也不愁沒有地方花用。話要說回來，就算是沒有人雇我查事情，或是伊蓮賣繪畫、古董的小鋪子沒人光顧，我們也不用擔心會餓肚子。

我們倆都覺得應該把一部分的收入捐出去。幾年前，我養成一個習慣：我會把收入的十分之一，順手放進隨便哪個教堂的捐款箱裡。近些年來，我想得多了，對於這種做法，有些保留，但是，我還是會找別的機緣，把錢捐出去。

伊蓮喜歡贊助藝術活動。要論起聽歌劇、參加畫廊開幕、博物館展覽的次數，我當然不及她。

（但是，我去棒球場、拳擊場的次數，可比她要多得多。）至於音樂，不管是古典，還是爵士，則是我們共同的興趣。爵士酒吧不會要我們捐錢，頂多就是收點入場費；不過，我們可寄了不少支票給林肯中心與卡內基廳。他們的回報是希望我們多參加他們的活動，今晚就是個例子——有飲料、外燴套餐，還有音樂節開幕的貴賓保留席。

六點半，我們坐上分配給我們的餐桌。同席的還有三對夫婦，我們自我介紹，一邊吃，一邊聊天，很是親切。如果硬要逼我，這三對夫妻的姓名，我就算是不全記得，也能說上個八九不離十。但，這有意義嗎？自此之後，我就沒有再見過他們了，在這故事裡，也沒他們什麼事。拜恩與蘇珊．賀蘭德並沒有跟我們一桌吃飯。

他們坐在別張桌子上，我後來才知道，賀蘭德夫婦倆在大廳的另外一頭。可能我先前見過他們，但在那天晚宴上，我們卻是緣慳一面了。

晚餐相當可口，同桌的客人也還算是談得來。演奏更是動聽，這個音樂節的主題是莫札特；他的鋼琴協奏曲跟布拉格交響樂，是音樂會的主軸，其間點綴了德弗札克的交響組曲。節目說明書說莫札特跟德弗札克好像有淵源；還是說莫札特跟布拉格有點關係？要不，就是莫札特寫過布拉格交響樂而德弗札克又是捷克人，所以兩者扯在一起了？實在搞不清楚，我沒花太多心思在這上面。我就坐在那裡，聽音樂。音樂會結束後，我們就回家了。

賀蘭德夫婦是走路回家的嗎？現在已經不可考了。沒有計程車司機指證他們曾經載過這對夫婦，路上的行人，也沒注意到他們。他們大概是搭公車回家的吧。但是，依舊沒有目擊者出面。

那麼，還是走路回家的機會大些。只是賀蘭德太太穿著高跟鞋，或許會減損她走路回家的興致；但是，那天夜涼如水，不悶，不濕，兩個人身體都不差，一時興起，就這麼邊聊邊走回家也說不定。音樂會散場之後，外面總有一大堆排班計程車，但是，卻有更多人搶著招手，走回家還簡單輕鬆些。不過，還是那句話，沒人知道他們是怎麼到家的。

演奏會結束，指揮鞠躬下台，樂師魚貫出場，拜恩與蘇珊．賀蘭德只剩下一個半小時的生命。

∞

再說一遍，我沒有證據，但根據我的想像，他們是走路回家的。他們倆聊了不少事情——剛剛聽到的音樂、餐桌上那個粗魯的同伴、在這樣的夜色下，散步紐約街頭，又是多麼愉快的感受。過街的時候，他牽著她的手，渾然不知她也正伸出手來，尋覓他的指引。他們就這麼手牽著手慢慢的回家。

他們的房子是豪華的褐石蓋成的，位於七十四街靠近下城的那一端，約略是這排房子中間的位置。這棟房子是他們買的，上面三層是他們的住家，一樓跟地下室租給一個高檔古董店的老闆。二十六年前，他們買下這棟房子，主要靠的是繼承來的財產收入，花了二十五萬多美金；幸好來自古董店的租金，應付稅金跟維護費用綽綽有餘。現在，這棟產業的價值，起碼是過去的十倍；樓下古董店的租金，一個月更高達七千五百美金，賀蘭德夫婦一年的稅金都用不了那麼多。

他們總是欣悅的表示：如果不是當初投資正確，他們可負擔不起這樣的豪宅。賀蘭德先生當律師，收入相當優厚——他們的女兒念了四年私立學校，沒跟銀行貸半毛錢不說，就連存款都沒動用到——只是他也沒那個餘力另外再買一棟價值三百萬的洋房。

他們倆可用不了這麼大的地方。買這棟房子的時候，她剛巧懷孕了。五個月後，孩子流產；一年內，她二度懷孕，生下他們第一個女兒，克莉絲汀。兩年後，獨子西恩出生。西恩十一歲的時候，參加少棒聯盟比賽，被球棒誤擊頭部，傷重不治死亡。死亡，來得突然，一時之間，兩人都不知所措。接下來的一年，他每天爛醉如泥，難得清醒；她則是跟朋友的先生勾搭上床。隨著時間過去，兩人的傷口慢慢癒合。賀蘭德先生對於酒精漸漸節制，賀蘭德太太結束婚外情，回歸家庭。這是他們結婚以來，第一次的緊張關係，也是最後一次。

她是一個作家，出版過兩本小說跟十幾篇短篇故事。她的文藝生涯並沒有為她帶來什麼利潤。短篇小說偶爾在雜誌上亮相，沒有稿費，頂多賺到點名聲跟一些作者贈書罷了。兩本小說雖評價不差，銷路卻不怎麼樣，現已絕版。不過，她倒挺享受創作的過程，不怎麼在意物質回報；常常看到她坐在桌前，蹙眉沉思，尋詞覓句，反覆推敲，一連一個星期。

她在頂樓有間工作室兼辦公室，寫她的小說。他們的臥室、克莉絲汀的房間跟拜恩的居家辦公室，都在三樓。克莉絲汀二十三歲從衛斯理學院畢業後，回到家中，跟他們生活在一起。前一年，她跟男朋友同居，分手之後，克莉絲汀又搬了回來。她經常在外面過夜，說要有個自己的地方。可是紐約的房租跟天一樣高，合適潔淨的房間又很難找；她的房間舒服、方便，熟門熟路，再怎麼嫌，也找不出言之成理的理由。賀蘭德夫婦很高興有女兒作伴。

他們使用的最低樓層，是二樓。褐石豪宅的住戶都清楚，這裡就是所謂的客廳；房間比較大，天花板也比其他樓層高。賀蘭德家的廚房，寬敞得很，放得下正式的餐桌；真正的餐廳，被他們改裝成書房與視聽室。他們也有待客用的起居間，地板上鋪著東方地毯，藝術家具看起來有氣質，使用起來也舒適；火爐旁邊是頂到天花板的整排書架。起居間面朝西七十四街，厚厚的窗簾已經拉了起來。

在窗簾的後面，有一把老橡木做成的大椅子，還有深褐色的皮革鑲飾，名貴非凡，上面坐著一個人。另外一個人在火爐邊踱來踱去。兩個人正在等待。

∞

這兩個人已經在房間裡待了一個多小時了。他們是在拜恩與蘇珊．賀蘭德夫婦中場休息，重新回到座位的同時，闖進他們的住宅的。音樂會結束後，他們已經把賀蘭德家裡翻過一遍了。這兩位膽大妄為的歹徒，翻箱倒櫃，掀開桌子，把書架上的書抖落一地，沒半點顧忌。他們在梳妝檯的抽屜裡，找到了價值不菲的珠寶跟小擺飾；在辦公桌跟衣櫥的暗櫃裡，找到了現金；在廚房的櫥櫃裡找到了銀器，還在別的地方，找到了值錢的財物。他們掏空了兩個枕頭套，塞滿了他們精心挑選的贓物；現在這些到手的贓物就擺在客廳。他們大可背著贓物，在賀蘭德夫婦返家前離開，結果，他們還是一個人坐在椅子上，一個人在爐邊踱步。按照我的想像，他們應該已經撈夠了。今晚的收穫著實豐碩，可以回家了。

但他們沒有。如今無路可退。賀蘭德夫婦到家了，他們已經爬上通往前門的大理石階。他們可曾感覺到家中有人入侵？有此可能。蘇珊．賀蘭德是那種原創性的藝術家，有與生俱來的直覺。她的先生比較傳統、務實，被訓練得只會處理邏輯跟事實，但是，他豐富的經驗，也可能會提醒他，家裡有些不大對勁兒。

她顯然是覺得有些不安了，緊緊的抓住丈夫的手臂。他微微轉身，看著他的妻子，好像讀出妻子臉上傳遞出的緊張。不知道為什麼，幾乎所有人都有這種本能，多少可以感覺到一點不安的徵兆，得到一點騷動的訊息；但是，大部分的人會撇開這說不出道理的暗示，認為自己疑心生暗鬼，完全不理會個人體內的早期警示系統。還記得車諾比核能意外吧，監測數據已經顯示狀況異常了，但是，監管人員卻認為是儀器故障，完全不予理會。

他掏出鑰匙，滑進鎖孔。屋內的兩個人都聽到外頭的聲響。坐著的那個站了起來，踱步的那個朝門邊移動。拜恩．賀蘭德轉動鑰匙，推開門，先讓蘇珊進去，自己跟在後面，也進了家門。

他們看到屋裡有兩個人。但，為時已晚。

∞

我可以告訴你他們做了什麼、說了什麼。賀蘭德夫婦又是怎麼求情討饒，討價還價，但是，這兩個歹徒心意已決。他們拿出點二二的自動手槍，加裝滅音器，對著賀蘭德先生開了三槍，心臟兩槍，太陽穴一槍。其中一個，踱步的那個，強暴了蘇珊．賀蘭德，前後都來，在她的肛門射精，又把撥火棒插進她的陰道；原本不動聲色坐在橡木椅子上、冷眼旁觀整個過程的另一個人，不知是出於憐憫還是急著離開此地，這下過來抓著她的頭髮，向後扯，力道之大，甚至把頭髮都給扯了下來。然後，順手用從廚房抄來的利刃，割開她的喉嚨。這是一把碳素鋼刀，鋸齒狀刀鋒，製造商保證說，這種刀連骨頭都可以砍斷。

我可以想像出整個犯罪過程，就像我想像得出賀蘭德夫婦手牽著手過街的模樣，甚至這兩個人是怎麼等待他們回家、誰坐在那張有皮革鑲飾的椅子上、誰在火爐邊踱來踱去，我都可以在腦海裡，鉅細靡遺的描繪出來。我讓我的想像力跟事實糅合在一起，絕不曲解附會，只在空白處填補潤飾。舉個例子來說，我就不知道到底是拜恩還是蘇珊有那種感受危機暗藏的直覺，說不定兩個人都覺得有些不安。我也不知道強暴蘇珊跟揮刀砍死蘇珊的凶手，是不是同一個人。也許他還在她體內的時候，就把她給砍死了，因為這樣更有趣。也許他真這麼幹了，說不定得到前所未有的高潮，也許根本不是這麼回事，我不知道。

蘇珊．賀蘭德坐在褐石樓房頂樓的書桌前，馳騁想像力，寫她的小說。我讀過幾篇，結構緊湊、情節紮實，有幾個故事的背景在紐約、幾個在美國西部，還有一篇發生在不知名的歐洲國家。故事中的角色時而內斂深沉，時而莽撞衝動；讀起來無甚趣味，但是，說服力不弱，彷彿真有這麼個人似的。雖然，我也知道這是她想像的產物；她幻想出這些角色，使之躍然於紙上。

大家都覺得作家應該有想像力，卻不知相同的能力，也是警察不可或缺的本領。少了槍跟記事本，還無所謂，少了想像力，就肯定是個蹩腳警探。不管是吃公家飯的條子，還是自行營業的私家偵探，不外乎是發掘、整理事實，但是，我們得有反思跟想像的能力，才能找到一條出路。兩個在辦同一起案件的警察，肯花時間談的，一定不是目前蒐羅到的事實，而是雙方想像的場景，有什麼差異。他們先建構起可能發生的情節，然後，才去尋覓事實，加以佐證，或是徹底摧毀。

拜恩與蘇珊．賀蘭德人生旅程的最後一幕，已在我的腦海中成形；在我的想像中，其實還有更多細節，只是我覺得沒有必要在這裡重述。真正的場景，應該比我的想像更過火一點——四處飛濺的血跡、點點滴滴的精液，藏在現場暗處的線索跟碎片，夠鑑識科的技術人員忙活半天的了。就算是蒐證結束，有些問題大夥兒不見得敢斷定。打個比方，是賀蘭德先生，還是賀蘭德太太先死？我想在他們強暴賀蘭德太太之前，就槍殺了賀蘭德先生；但也可能是倒過來幹的。現場蒐集到的證據，沒有辦法排除任何一種可能性。也許賀蘭德先生聽到他妻子被強暴時發出的呻吟與慘叫，然後，第一顆子彈，無情的鑽進他的身體，讓他眼前一黑，耳朵再也聽不到任何聲音。也許是她看到她先生的死亡，然後才被綁縛，剝下身上的衣服被強暴。這兩種可能性我都推測過，也推敲過每一個可能發生的細節。

我是寧可這麼想的：賀蘭德夫婦一進門，兩個歹徒立刻把門踢上，其中一人朝賀蘭德先生開了三槍，但第三顆子彈鑽進他的身體前，賀蘭德先生就已經倒在地板上死亡。這幅血腥的景象把賀蘭德太太的靈魂嚇出了竅，飄到了天花板上，完全切斷了情感跟肉體的連結，看著她的身體被歹徒凌辱。然後，他們割斷了她的喉嚨，那身體死了。有一部分的她被拖進了長長的隧道，可能就是所謂的瀕死經驗吧。然後，一道白光，把她帶到一個白色的世界中，深愛她的人，在此等待。其中，當然有她的祖父、她在童年就故去的父親、兩年前辭世的母親，當然，還有她魂牽夢繫的愛子，西恩。她沒有一天不想起這個孩子，如今，他也在這裡，等她。

她的先生也在。他們只分離了幾分鐘罷了，現在，又重逢了，再也不分開。

我寧可這麼想。這是我的想像。愛怎麼想像，隨我高興。

## 2

發現屍體的，是他們的女兒，克莉絲汀。她跟朋友在喬爾西消磨了一個晚上，還打算去倫敦台地一個女性友人家中過夜。但是，這樣一來，她只能穿前一天的衣服去上班，要不，就得回家去拿換洗衣物。有個男生自願送她回家，克莉絲汀答應了。他將車子並排停靠在西七十四街讓克莉絲汀下車時，時間剛過凌晨一點。

他想下車送她進去，克莉絲汀說不必麻煩；然後，她過馬路，踏上通往家門的階梯。這個男生始終在車裡等她，看著她拿出鑰匙，開門，走進去。他可曾感到些異狀？我想沒有。我想這只是一種習慣，他從小到大，大家就是這麼教他：送女生回家，一定要看到她安全進門，才可以離開。

所以，他還待在那裡，正想要離開的時候，忽然見到她站在門口，一臉驚駭。他立刻熄火，下車察看。

∞

案子爆發的時候太晚，報紙已經截稿。地方電視台可不會放過這個可以炒作的社會案件，我跟伊蓮吃早餐的時候，就知道這個新聞了。紐約第一電視台的女主播說，受害者是從林肯中心返家後遇害的，我們這才發現，他們跟我們還曾經同處一室，聽過相同的音樂。那時我們還沒有想到他們倆也出席了感恩餐會。單單發現，他們曾經跟我們（還有上千個閒雜人等），一起聽過相同樂團演奏的相同曲目，感覺就已經夠異樣的了。稍後，才發現我們可能跟他們在感恩餐會擦肩而過，心情就更加忐忑了。

這起雙屍命案還不只是個頭條新聞，它更是記者口中的好故事。受害者是素有名望的律師、才華洋溢的作家，優雅、尊貴，竟然在自己家中，遭到如此殘忍的屠戮。何況女主人還被強暴，錦上添花，小報讀者絕對難以抗拒，撥火棒插進她的陰道，更增加了血腥驚悚的戲劇性。在我們那個保守的年代，這樣的消息會做適當的修飾遮掩。警察也不會把消息和盤托出，總是會掌握關鍵，篩檢嫌犯的供詞。這一次，媒體的表現落差很大。《時報》沒有報導，可能是因為措辭不易，太過殘忍。電視台只暗示歹徒有進一步的侵犯賀蘭德太太，卻沒有交代細節。但是，《新聞報》跟《郵報》卻大肆張揚，不見半點節制。

警察地毯式的搜查鄰近區域，終於找到一個目擊者。這位鄰居說，她見到兩個男人，在午夜到一點之間，離開一棟房子，可能是賀蘭德家吧，她不確定。之所以會注意到這兩個人，是因為他們身上都背了個洗衣袋；她不覺得有什麼可疑，常常有人背著這樣的洗衣袋，在阿姆斯特丹街角，找二十四小時的洗衣店，一時之間，她也沒有想到這兩個人是小偷，只想到：這兩個年輕人真可憐，工作那麼忙，好不容易在午夜才能抽點時間，清理這些日子留下來的髒衣服。

這位鄰居的說法，相當含糊，警方的素描畫家，束手無策，因為她根本沒有仔細看到這兩個人的臉。身材嘛，她只記得這兩個人，不高不矮，不胖不瘦。有一件事倒是挺特別的，但她自己承認，沒什麼把握。聽好囉，其中一個人好像留著一把大鬍子。

法醫認為她的說法有些根據。他們在現場找到兩撮毛髮，應該是男性鬍鬚，連DNA比對都用不著，因為賀蘭德先生的下巴刮得乾乾淨淨。

目擊者還說，其中一個疑似為殘障人士。她覺得他走路怪怪的，不過有可能是因為他肩膀上的那包東西太重的緣故。當然不能排除其中一名嫌犯是殘障人士。只是，當時她可沒法確定。

碰到這種能賣的新聞，不管有沒有進展，報紙一定是把這條新聞放在頭版的。《郵報》的報導多半是臆測想像，甚至於還附了一張素描，「你可曾見過這名殘障人士？」素描中的男性一把梅菲斯特的大鬍子，五官猙獰，邪惡一如鬼魅，一個大袋子橫過肩頭，把他壓得有些駝背，朝著阿姆斯特丹大道，還是伯利恆街前進？我不大確定。《郵報》刊登這幅素描的用意，大概是暗示，這是警方提供的線索。其實，壓根不是這麼回事。報社請來的素描畫家，經常添油加醋，為的是上頭版好看。結果，《郵報》的讀者捕風捉影，胡亂猜測，累及不少無辜的人。

免不了有十幾個人會根據《郵報》的消息，向警方通風報信；報上的消息，足夠他們把故事編得天花亂墜的了。碰到這樣的大案子，就算對方是胡說八道，你也得提起精神，全力對付，明明知道對方是從報紙上看來的，明明是被報紙記者洗腦也一樣。別不信邪，就是會有線索從這種電話中冒出來。會打這種電話的人，多多少少覺得誰有點可疑，希望警方去查查看。每個線索都需要查清楚，倒不是真的希望能從其中得到什麼線索，而是擔心這通電話，事後證明確實有真憑實據，那時再懊惱，可就來不及了。這是你在紐約警局非得學會不可的頭等大事，警察學校當然不會教你這些，但卻是實戰的保命要訣。只要你幹警察一天，經驗就會一遍一遍的教你。

一個人告訴警方，他們應該去查一個叫做卡爾．伊凡科的人。報紙上的素描並不頂像他，因為伊凡科有些嘴歪眼斜的，感覺起來，他的臉龐比報上的素描要來得窄一些。這個人倒不知道伊凡科有沒有留鬍子，不過，鬍子這種東西，每天都會變的。他有一陣子沒見過伊凡科了，幸好，這輩子再也看不到他，他也無所謂。

儘管卡爾跟素描中的人物不大像，但是，有個事實卻讓警方鎖定卡爾這號人物，積極偵辦。這事兒在素描中可沒說得那麼詳盡：卡爾的屁股不知哪兒有問題，有的時候，走路會怪怪的，算不上殘障，但是，毛病一犯，走路的模樣會很滑稽。

問題是屁股有毛病、膝蓋不聽使喚，外帶留大鬍子的人可不少。引起警方注意的是撥火棒，那個通風報信的人也沒舉出什麼具體的事例。他只是說，卡爾不只一次掛在嘴邊說，哪個女人對不起他，或是，在街頭上讓他瞧上了哪個女人，他就要來這麼一下。卡爾說，我要把滾燙的撥火棒插進她的陰道。

或是諸如此類的話。

卡爾．伊凡科有前科，大概誰也不會意外吧。未成年的記錄歸到限閱檔，但是，自此之後，他因為竊盜罪被捕兩次。第一次緩刑，第二次，他在紐約北部的監獄服刑三年。還有一次，他被指控強暴未遂，罪名不成立，因為受害者沒有辦法在一群人中，把他指認出來。

大家知道他最後落腳的地方，是他媽媽的家。底層是一家印度餐廳，他媽媽住五樓，坐落在第一大道跟第二大道之間。那裡每棟樓房的底層，好像都是印度餐廳。只是伊凡科老太太已經不住在那裡了，鄰近的住戶根本沒聽過卡爾，沒人知道他是何方神聖。

追一個人急了，有成千上萬的辦法可以逼他出來。不過警方才正要大顯身手，這個卡爾就自動現身了。布魯克林警方據報，前往康尼島大道處理一起居民的申訴案件。他們說，有一棟樓房的底樓，大門深鎖，不斷冒出惡臭。警方破門而入，發現了兩名高加索男性，年紀在二十五到三十五之間，死亡時間在幾天之前。現場找到的文件跟稍後的指紋辨識，都確認死者是傑森・保羅・畢爾曼與卡爾・強・伊凡科。畢爾曼的皮夾裡有一張駕照，登記的就是康尼島大道的現址。伊凡科的皮夾裡，沒有駕照，倒是有張學生證，透露了一些訊息。那是在紀念品店可以找到的小玩意兒，伊凡科就讀的是「黑街大學」，地址是「紐約貧民窟」，如果發生意外或是罹患重病要通知誰呢？伊凡科的建議是「市立停屍間」。

兩個人都死於槍擊。伊凡科四仰八叉的躺在光禿禿的地板上，胸口挨了兩槍，太陽穴一槍。死法跟拜恩・賀蘭德先生，有些神似；經過彈道比對，凶手用的是同一把點二二自動手槍。警方沒花多少工夫就找到凶槍——握在畢爾曼的手裡。他坐在房間的角落裡，背抵著牆，握著槍的手，垂在兩腿之間。看來他是把槍管伸進嘴裡，再把槍口朝上，開了一槍，貫穿上顎，直達腦際。職業殺手很喜歡使用這種點二二自動手槍，子彈會在腦子裡，像撞球一樣亂彈，對方罕有倖理。畢爾曼一槍斃命，只是在這種狀況下，用哪種手槍，結果大概都差不多。常常有喝得爛醉，或是鬱悶不已的警察，一時想不開，掏出執勤用的點三八，飲槍自盡，也是朝上顎這麼一槍，雖然沒有點二二那麼會彈，照樣可以魂歸西天。

兩個竊自賀蘭德家的枕頭套也找到了。一個已經被掏空了，捲成一團，胡亂塞在地板的角落，另外一個還有半袋贓物，放在凌亂的雙人床上。純銀鑲飾的大木匣、十二人份的銀餐具，放在畢爾曼的大櫥櫃裡。經過克莉絲汀的指認，這些都是她家裡的東西，還有幾件她母親的珠寶跟小擺飾，也陸陸續續的發現了。

根據鑑識人員的說法，命案現場發現的男性鬍鬚，來自於卡爾・伊凡科。蘇珊・賀蘭德肛門裡的精液，也是這位老兄的傑作。死後X光的檢驗結果，伊凡科的臀骨窩有些退化，所以，他走路時才會一副滑稽德性。目擊者跟通風報信的不知名人士，回報得相當正確。

那個時候，儘管報紙跟電視成篇累牘的報導，我卻不知道這麼多細節；別的事情，正盤據我的心頭。

8

除了定期捐款之外，伊蓮碰到像莫札特音樂節這樣連續十來場的演出機會，通常還會訂一大堆票。我常常陪她一塊兒欣賞這些藝文活動，偶爾缺席，不過也沒關係，她總是找得到人用我的票。去年，她帶阿傑聽一場男高音的演唱會，伴奏的還是小管弦樂團時期的古樂器。我很喜歡聽這樣的音樂會，但是，我那時有案子要辦。據我們所知，這是阿傑第一次欣賞古典音樂。伊蓮說，整體而言阿傑還挺喜歡的，歌聲、音樂，整個氛圍，但是，我們也別期望他會因此跑出去買整套CD回來聽。

星期一晚上，我們參加了開幕音樂會，下一場，是星期四，門票已經售罄的羅洽鋼琴演奏會。到了星期四，我們已經知道，我們不但跟賀蘭德夫婦欣賞了相同的音樂，在感恩餐會上，這兩個人也在場。凶手還沒抓到，艾佛利．費雪廳一片嗡嗡的聲音，都是在談論這起慘絕人寰的凶殺案。只要是我耳朵聽得到的地方，話題都沒有離開賀蘭德夫婦。

我照例在中場休息的時候，到貴賓長廊去走走，不是為了這裡免費供應的咖啡和巧克力，而是想多聽聽人們在說些什麼。有一對夫婦，我們常常見到，覺得不是點個頭，微笑一下的陌生人了，現在的交情，應該可以挨過去，聊個兩句。他們問，怎麼好像沒在餐會中看到我們？有沒有見過賀蘭德夫婦，或是跟他們聊過兩句？我們說，我們不認識他們，可能在哪兒見過他們，但現在已經沒人知道了。

「就是這麼回事。」那位太太說。「跟我們坐一桌的人，我們都不認識，拜恩或是蘇珊．賀蘭德坐過我們身邊，都說不一定。」

「我們也有可能成為賀蘭德夫婦。」她的先生說。他的意思是歹徒也有可能找上他家。其實很方便的，你知道嗎？凶手知道賀蘭德夫婦當天晚上不在，也知道音樂會大約在什麼時候散場，兩個人什麼時候會回家。他們有沒有可能弄到一份感恩餐會的來賓名單？有沒有可能他們是隨意從名單上，挑一個人下手？

這未免扯得太遠了。但我了解他的想法，知道他為什麼如此擔心。任何災難——犯罪也好，地震也罷——只要有可能發生在我們身上，當然免不了有或多或少的衝擊。賀蘭德夫婦跟我們有什麼差別？在晚宴的時候，既然他們可能坐在我們身邊，我們當然也有可能會被找上門來的歹徒幹掉。怎麼沒可能？所以，所有的賓客，都可能成為下一個犧牲者——擔心受怕之餘，也慶幸逃過一劫，舒了一口氣。

貴賓長廊上全是慶幸自己還活著的人——不過他們同時也怕到不敢回家，畢竟誰敢保證那些凶手已經洗手不幹了呢？

這是星期四的事。星期六的早上，警察踢開康尼島大道一棟民宅的房門。幾個小時之後，警察跟全城人——特別是切身相關的上西城，還有參加過音樂會的人士——都知道這件事情了，也都輕鬆了不少。凶手不再逍遙法外不說，更棒的是，他們全死了。對於報紙來說，接下來幾天，還是可以炒作這個題材，多賣幾份報，但這個題材終究後繼無力，遁入歷史。大家不再害怕。原本搶手的防盜器，銷路恢復正常，不再供不應求。參加音樂會的婦女，每個人的包包裡面，本來都有一個防狼噴霧器，現在也放在家裡，不必隨身攜帶了。有很多男人原本還跟他們的律師抱怨，弄一個帶槍的執照，真是麻煩；現在他們覺得，實在沒有必要花這麼多工夫，帶把勞什子在身上。

不過我並沒有因此而退燒，新聞照看不誤，報紙刊載的消息也照單全收。星期一，我跟喬．德肯共進午餐。這時我手頭沒有工作，因此純屬社交。差不多是一年前吧，為了一件事情，搞得我連私家偵探的執照都被吊銷了，而我們倆的關係也因此鬧得有點僵。我幹這行二十年了，沒有執照其實也無所謂；放不下的是我這些年建立起來的人脈，老交情畢竟還是老交情。所以，我決定盡釋前嫌，三不五時的跟喬敘敘舊，儘管我沒有什麼事情需要他幫忙。

他是中城北區的警官，這個案子不是他的，跟他的管區也沒有半點關係。但是，我們的話題卻沒有辦法離開賀蘭德雙屍命案。這案子雖然沒有先前那麼扣人心弦，但是，大家在茶餘飯後，還是聊得很起勁，只是有些人是職業需要，有些人純屬瞎扯。「犯罪率下降了。」他說，「為了彌補犯罪率下降，這些狠角色決定用兩倍殘酷的犯案手法填補這層遺憾。他媽的，什麼時候，偷東西非得跟主人硬幹不可？以前的賊，不是看到人就跑嗎？」

「紳士珠寶大盜。」我補了一句。

「現在好像沒有什麼這種賊了，是不是？以前的行家，還有點賊樣，只挑精品，不值錢的東西，瞧都懶得瞧。一得手，馬上走人，神不知，鬼不覺，行動從容。現在可好，街頭上的混混，胡亂把櫥窗一敲，房門一踢，看到什麼就拿什麼，十塊錢的收音機也要，拿了東西撒鴨子就跑，什麼玩意兒？現在更絕了，偷了東西，還在屋裡等主人回來，你知道這是什麼吧？這是賊跟私闖民宅的混血雜種。私闖民宅哪。你明明知道受害者就在裡面，硬闖進去，因為你就是想要硬幹。」

「通常是找上賣毒品的。」

「沒錯，這種人樹大招風，是主要的目標。」他同意。「『你把錢放在哪裡？說！否則，我就把你孩子的頭砍掉。』招跟不招沒差別，他們都會動手，王八蛋。這兩個王八蛋，闖進別人家，翻箱倒櫃，值錢的東西都裝起來了，還要等主人回家，幹嘛？難道有更多的錢可以撈嗎？」

「可能吧。他們覺得收穫應該不只那麼一點點才對。」

「我想，可能是他們忙活了半天，發現了新的希望。他們見到那個女主人的照片，決定留下來跟她交個朋友。」

「說不定他們在事前就已經見過她了。」

「都有可能。我跟你說，馬修，不管你是紳士珠寶大盜還是耍猴戲的混混，都不應該把強暴這碼事扯進來。現在，好像非得來一下不可。人在那裡，長得不錯，管他媽的，應該很棒才對。冰箱裡有你喜歡吃的好東西，幹嘛放著不吃？」

「反正不該強暴女人就是了。」我說。

「這是以前道上兄弟告訴我們的老規矩。但是，對於某些女人、某些『賤女人』，他們就不會客氣。」

「再怎麼不客氣，也不能動到撥火棒吧。」

「真是王八蛋。你說得沒錯，一點也沒錯。怎麼說，這種行為也稱不上是愛吧？強暴女人。怎麼有人說，強暴跟性沒有關係？如果跟性沒有關係，那些王八蛋又是怎麼硬起來的？難道他們是把威而剛撒麥片裡，當早餐吃不成？」

「有人見到漂亮的女人，就是按捺不住！」

「是啊。」他說，「這是巧合嗎？他幹她，達到高潮。他會覺得感激嗎？如果他還有人性的話。為了表達他的感激，他就把撥火棒插到女人的陰道，割斷她的喉嚨。可惡。看到這樣的爛人，我就會覺得要是我們有死刑就好了。」

「我們已經有死刑了。」

他看了我一眼。「我希望的死刑是德克薩斯州的那種。你知道我的意思。」

「不管是哪種死刑，反正派不上用場。他們已經死了。」

「是啊，謝天謝地。至少不會有律師幫他們脫罪，假釋委員會也不會認為他們自我反省得很透徹，學到教訓，可以放出來了。用撥火棒的那個叫畢爾曼？還是開槍的那個叫畢爾曼？他這輩子總算開對了一槍。」

「我不明白他們為什麼要自殺。」我說。

「誰知道呢？誰又知道他們為什麼要幹這些事情？就算是你搞清楚了，又有誰會鳥你？反正他們已經掛點了，再也做不了壞事。」

∞

那天晚上，我往第九大道走去，過了兩條街，來到了位於聖保羅教堂地下室的戒酒無名會。我在拋棄老婆小孩還有紐約警局，一個人跑回城市廝混的時候，養成了到聖保羅教堂的習慣。我總是靜靜的坐一會兒，為我無法忘記，或是希望永遠不會忘記的人，點一根蠟燭；再把厚厚的一疊鈔票，塞進捐款箱。我捐的總是現金，十分之一的收入，匿名。我說不出來，我到底捐了多少錢，因為我也沒有記錄我到底賺了多少。現在想想，這又有什麼差別呢？難道我還希望聖保羅教堂的牧師，請我參加感恩餐會不成？

我以前常常參加的戒酒無名會，正在聚會；就在我點一根蠟燭，放一些錢到捐款箱的教堂地下室一樓。我喜歡這種巧合，而其中諷刺的意味，我熬了好久，才覺得它淡了一些。十八年來，我意志清醒，每一天咬緊牙根，竟然撐了這麼久，連我自己都嚇了一跳。絕不碰酒的時間比我幹警察的時間還長，幾乎跟我喝酒的歷史一樣。

先前的時候，我每天都參加聚會，有時光一天就去個兩三次；後來變成一個禮拜兩到三次；往往也有好幾個禮拜才去一次的時候。參加這種聚會的人，慢慢的離開這裡，並不奇怪；反而該說，這才是正常的現象，儘管有些人戒酒二、三十年，還是天天來這裡報到。有的時候，我挺羨慕他們的；有的時候，我覺得他們只是在逃避自己的生活。戒酒計畫應該是通往正常生活的橋梁。但是對於某些人來說，戒酒計畫是通向另外一個聚會的隧道。

我的輔導員已經死了兩年了。他死之前，我去戒酒聚會的次數好像比較頻繁。一個殺手，拿了錢，把他當成是我，衝進一家中國餐館，不由分說的，就把他殺了。殺他的人，現在也死了，跟這件事情有點關係的人，沒留半個活口。我還活著，更重要的是，我還清醒。

他們很清楚：如果你的輔導員死了、又開始酗酒了，或是把你老婆拐跑了，接下來，你該做些什麼。首先，你得移動尊臀，繼續參加聚會，然後，再替自己找一個輔導員。這是歷經風霜的小智慧，我沒什麼意見；但是，堅拒酒精誘惑超過十年的過來人，卻很信這套。不過，在我心中，沒有人能取代吉姆．法柏的地位。剛開始的時候，對我來說，他是力量的堡壘，總有源源不絕的建議，後來，我們倆比較像是朋友，我也不覺得他是什麼顧問。每個星期天，我們總會找家中國館子，吃上一頓，天南地北，無所不談。我確定就是他，讓我維持清醒、覺得清醒很舒服，或許這是我們這種關係的核心吧，但，我總覺得不止於此，好像還有些別的。反正，我始終不想找個人填補他留下的空間。

這些年來，我也輔導過不少人，斷斷續續的。一年前，我輔導了兩個人，一個戒酒一年，另一個剛剛從勒戒所出來。不管是哪個，都不像是能跟我長久交往的樣子；幸好，輔導講究的是實際，雙方只要能在這關係中，強化不碰酒的決心也就行了。因為我是輔導員，所以我出席聚會更加勤快，不管做什麼事，都更加積極。可是，其中一個——新來的那個——還是開始酗酒，然後就不見了；另外一個搬到加州去了。從此之後，我就沒再找人來輔導了。

我當然可以積極的找人來輔導，是吧？不過，我卻覺得沒有這個必要。神祕主義者說，徒弟準備好之後，師傅自然會出現。我想，這道理倒過來，應該也說得通才對。

當然也有人不參加聚會，照樣滴酒不沾。參加聚會嘛，不管要你做什麼、聽什麼，萬變不離其宗，主要的目的還是別碰酒。有的時候，我會懷疑，如果我真的不去聚會，會出什麼狀況？坦白說，我沒細想。我的時間又不值錢，一個禮拜花兩個小時，一點妨礙都沒有。

那天晚上，我們有音樂會的票，可是，晚上是女高音演唱，我比較喜歡樂器演奏，所以，伊蓮找她的朋友摩妮卡去林肯中心，我去參加戒酒聚會。我給自己倒了杯咖啡，跟朋友打聲招呼。只要我的興致高，聚會去得勤，我就能認識所有的人。我在後排挑了個位子，打量周遭的情景，我赫然驚覺自己已是在座資歷最深的那一個。

總是會有這種事。十八年究竟不是一輩子，多的是有人二十年、三十年，甚至四十年，沒碰過半滴酒。在都是退休老人的社區裡，聚會更不是什麼稀奇的事情。但是，在第九大道的教堂地下室，十八年，可不算是一段短時間。

在台上的那個人講的故事裡，有好多古柯鹼，酒精的分量也不少，至少夠格自詡為一個酒鬼了。我的心思遊走，但是，他談話的主旨，卻始終在我的方寸之間。他以前爛醉如泥，現在清醒了，清醒比較好。

是吧，阿們。

聚會結束了，我癱在椅子裡，本來想找幾個人到火焰去喝杯咖啡；但我卻直接回家。伊蓮還沒回來，我檢查了電話留言，有一通，我大兒子麥可打電話來過。

他說，「爸，你在嗎？在的話，請你接電話好嗎？我想你是出去了。我等會兒再打過來。」

他沒要我回電，我也搞不清楚他找我幹嘛。我倒帶兩次，想從他的語調跟用詞中，揣摩出點端倪。他的聲音有點緊張，但我覺得，大多數人跟機器講話的時候，都有點緊張。他可能有留言的習慣。麥可在矽谷的一家公司工作，職位不壞，都靠電話聯絡生意，半輩子就消磨在這玩意兒上。

當然啦，打電話給老爸，感覺是不一樣的。

十點剛過，加州比這裡早三個小時。我找著了他的電話號碼，撥了通電話給他。電話響了四聲，答錄機打開了，我掛掉電話，沒有留言。

我又聽了一遍留言。皺著眉頭，盯著答錄機發愣。

我走進廚房，煮了一壺咖啡。喝第一杯的時候，伊蓮回來了，摩妮卡尾隨在後。我給摩妮卡倒了杯咖啡，還把茶壺拿出來，伊蓮只有在早上才喝咖啡。我給伊蓮弄了杯甘菊茶，三個人團團坐定，聊起今晚的音樂會、慘死的賀蘭德夫婦。我本來想提麥可的留言，卻覺得有些怪，等到摩妮卡回家，再說無妨。

電話鈴聲響起，伊蓮近些，順手接了起來。「喔，嗨！」她說，語氣挺輕鬆的，但她在跟誰講話，我完全沒概念。她接電話的時候，總是這樣，就算對方是業務員，想請她換家長途電話公司，伊蓮還是這般和顏悅色。「加州天氣不壞吧？哦，你在這裡？那更好了！你爸爸在，」她說，「我請他來聽電話。」

我站起來，朝電話走去，伊蓮臉上，突然罩上一層陰影，揮揮手，叫我站遠些。「哦？唉，怎麼會這樣？麥可，怎麼會這樣？不曉得該說什麼好。到底發生了什麼事？天啊，我好難過。我找你爸爸來。」

她拿著電話，用手掩住了話筒。「他要跟你講話。」她說，「但是，我想，他要先跟我講，好讓你有點準備。」

準備什麼？他的婚姻出狀況，還是他的孩子病了？他來紐約幹什麼？什麼壞消息讓他風塵僕僕的趕到東邊來？

「安妮塔。」伊蓮說。她是麥可跟安迪的媽媽、我的前妻。「心臟病發作，死了。」

3

在它風華正盛的時代，這棟房子可是了不得的建築。這是那種典型的鄉下產業，石頭、木料混合建成的泥灰房子。當西歐榭區還是小村落，四周都是馬鈴薯田的時候，它就蓋好了。自此之後，愈來愈多的建築在這裡出現，馬鈴薯田被填平，只剩下幾棟老房子還是私人產業，其他的，不是被拆掉，就是充做公立療養院，或是改裝成辦公大樓。

當然，也有被當成殯儀館的，就像在艾伯馬爾路的這一棟。這還是我第一次開車經過這裡。錯不了，麥可指示的方向很清楚，更何況草坪上，還有一個大大的招牌。我想，我只是不想接近罷了。我想在這裡兜一圈，開到一半，本來該向右轉的，我卻向左轉，決定先去看看我們的老房子。

跟我的記憶一比較，覺得房子有點小，停車場卻寬敞多了。這種房子以前被稱為牧場式平房住宅，也許現在還是叫這個名字——三個臥室、一個起居間、餐廳、廚房，都在同一層樓，都在都市近郊，占地約四分之一畝。有的人會加蓋一個長廊，連結屋子跟車庫；還有的人（根據我的了解，這其實是同一種人）會把房屋前面的窗戶，改成落地窗。門前的灌木叢，種了，死了，換了。我在這裡種過一棵樹，長成了紡錘形的橡木小樹，現在靜靜的庇蔭著這棟房子。在前面草坪多了一株我還住在這裡時沒見過的樹。我種的一棵樺木也不見了。或許是新主人不喜歡，也許是他的孩子把樹皮剝了去做獨木舟。

也許是樹死掉了。樺木，我依稀記得，是壽命相當短的樹木。我離開這棟房子起碼三十年了，那棵樹是我在三十三，還是三十四年前種的？對樹來說，三十幾年似乎挺短的，就算對這種壽命不長的樹木來說也一樣。但不管你怎麼盼，事物衰敗的速度，總是比你想的快。

婚姻失敗了，人死了。樹，憑什麼例外？

我二度經過殯儀館。這次我找了個地方，停好我租來的車子。殯儀館裡有很多個廳，一個看起來比周遭環境誠懇些的人，站在入口，等待來人，指引他們正確的方向。他問我參加哪一家的喪禮，我想也沒想，就報上我的名字。好多年了，她一直冠夫姓。我大概是有點在乎吧，總覺得她可能會保留我的姓。

他的臉，很職業，面無表情。沒有一家登記史卡德這個姓，但是，他卻記得有個死者的兒子姓史卡德，好像還見過一面。在他還沒有進一步解釋之前，我馬上就糾正我自己。「對不起。」我說，「我認識她的時候，她是姓史卡德，現在她姓希爾了。」

我按照他的指示，走進玄關，屋裡盈盪著午後的陽光。我在最後一排找了個座位。儀式已經開始了，一個穿黑西裝的男子，用正確無誤的牧師語調敘述生命的脆弱與精神長存的道理。他沒說什麼我以前沒聽過的話，也沒說什麼我覺得特別的道理。

說教像潮水般在我耳際沖刷，我放眼打量這個地方。我在前頭看到一個人，我想他是葛拉漢·

希爾吧。我沒見過這個人，但應該沒錯，他的身邊坐了兩個女生，大概是他的女兒。他認識安妮塔的時候，老婆死了，家裡有兩個女兒。安妮塔那時兩個兒子都大了，搬走了，於是也就搬了進去，幫他把兩個女兒拉拔大。

我還看到幾個我認識的人——安妮塔的弟弟跟弟媳婦，不知怎的，這兩個人一下子就中年了，比我剛見到他們的時候胖得多，還有她好像總也不老的妹妹，喬西。挨著中央走道坐著的，是我的兩個兒子，麥可和安迪。麥可的妻子，君恩，坐在他們倆中間。麥可跟君恩生了個女兒，瑪蓮妮。一年前，我跟伊蓮到舊金山度了一個長週末，途中，開車到聖荷西去探望我的孫女。君恩是第三代的華裔美人，苗條優雅，瑪蓮妮更是跨國婚姻的美麗結晶。

我沒見到瑪蓮妮。她多大了？兩歲？應該不到三歲，參加喪禮未免小了些。

安妮塔也是，太早了。

∞

「她的生日在十一月。」我跟伊蓮說，「比我小三歲，三歲半，五十八了。」

「天啊，這麼年輕。」

「她有心臟病，我一直以為只有男人會得心臟病。」

「女人也會有這種毛病。」

「她不胖，又不抽菸。其實，我他媽的什麼也不知道。也許她現在已經三百磅了，還抽雪茄。我一直在想，我們見最後一面的光景，怎麼想，也想不起來。我記得那個瘋子摩利逃出來之後，只要是跟我有點關係的女生，就會莫名其妙的被他追殺。我打了通電話給她，跟她說，她很危險，最好出城避一避。」

「我記得。」

「她氣壞了。我憑什麼干涉她的生活？我跟她說，我別無選擇；但是，我明白她的想法。你選擇了一個新的男人，繼續過日子，卻因為前夫惹的麻煩，被列進死亡名單，還得躲躲藏藏的，這算是什麼玩意兒？」

「你以前就跟她解釋過了。」

「是解釋過了。我現在記起來了。瑪蓮妮出生的時候，我打電話跟她道喜。等等，不對。我是打過電話沒錯。但是，接電話的是她先生，希爾，他說，她坐飛機去探望孫女去了。」

「然後，你打電話到麥可家，這次找到她了。」

「沒錯。我還記得她一個勁兒的稱讚咱們的孫女有多漂亮，不過，她好像也是在跟她自己說。麥可跟君恩結婚的時候，她很不高興。」

「這我倒不知道。因為君恩是中國人嗎？」

「是啊。麥可是這麼說。因為這兩個人完全不一樣，生活在不一樣的文化裡，雞毛蒜皮的小事，她一直掛在嘴巴上嘮叨。但是，我猜，她是不想要一個中國媳婦，或是擔心生出一個斜吊眼的孫子。」
「但最後她還是屈服了。」
「喔，當然。人嘛。安妮塔心腸好，也不會鑽牛角尖。她只是以前不認識亞洲人罷了。她的兒子娶了個亞洲人，沒一會兒，她就習慣了。」
「你的感覺呢？寶貝。」
「你是說君恩嗎？我想，她是麥可這輩子最珍貴的寶貝了，也許只有瑪蓮妮有機會拚一下。你說的大概不是這個吧。」
「不是。」
「我真不確定我現在的感受。」我說，「好像少了些什麼，但到底是少了什麼呢？她已經好久沒在我生命中出現了。」
「也許就是少了過去那一塊。」
「也許吧。不管是什麼，反正我覺得有些難過。」
「我知道。」
我們倆沉默了好一陣子，然後，她問我想不想喝一杯咖啡。我說，摩妮卡好像把最後一杯喝掉了，沒關係，反正我也不想喝。
「她是在星期六上午過世的。」我說，「孩子們星期天飛過來。我不知道安迪現在住在哪裡。上次，我聽說他在丹佛，但那是好久以前的事情了。他不可能在同一個地方待那麼久。」

「免得發霉。」

「他們昨天飛到這裡來，」我說，「今天晚上才打電話給我。」我讓話懸在空中一會兒，然後說，「喪禮明天舉行，在西歐榭區附近。」

「你會去吧。」

「應該會。租輛車，開到城外去。時間是下午兩點，我可以避開尖峰時間來回一趟。」我看著我的手，「其實，我挺意興闌珊的。」

「雖然如此，我想你還是該去一趟。」

「我想我沒別的選擇了。」

「你要我陪你去嗎？如果需要的話，我就去；不要的話，我也不會在意。」

「你還是別去了吧。」我說。

「要不，我陪你去，我在車裡等著，這樣就不會讓安妮塔的親友覺得你在展示她的替代品。否則的話，我想阿傑也很樂意跟你一塊兒去。」

「那不如乾脆讓他戴頂司機帽。」我說，「這樣人家就以為這個黑人是幫我開車的小弟了。不，我自個兒開車去，一個人就行了。我不知道我會不會擔心孤獨，但是，一個人說不定反而可以想想事情。」

8

所以，我一個人坐在最後排的座位上想事情。儀式結束後，我走到前排跟葛拉漢．希爾嘟囔了幾句，大意是我很難過之類，他也嘟囔了幾句，表示他很高興見到我。我們以前大概用電話聊過幾句。然後，我去找麥可跟安迪。他們兩個都穿西裝，打領帶，看起來很體面，兩個帥氣的孩子。

「真高興你能到場。」麥可說，「儀式還可以吧，你覺得呢？」

「我覺得還不錯。」我說。

「你會送媽媽到墓地嗎？我可以去安排一下，看看禮車上還有沒有位置；你也可以參加遊行，走路到那邊去。不過，在葬禮的這種場合，好像不叫遊行，有個專門名詞，叫什麼來著？」

「執紼。」安迪說。

「然後，我們會回葛拉漢他家，呃，應該說是他們家才對。」

「我想我就免了。」我說，「我不去他們家，也不到墓地，我在這裡告辭了。」

「那也隨你。」麥可說，「你自己決定就成了。」

安迪說，「怎麼都行。我們倆還有活要幹呢。」他掏出一雙絲質手套套了上去。「我們倆要扶棺。」他說，「這一切真令人難以接受。你知道吧？」

「我知道。」

「他們就要闔棺了。如果你想見媽最後一面的話……」

我不怎麼想，但是，先前我也不怎麼想來這裡。有些事情你就是得做，管你想還是不想。我挨了過去，看著她，頓時便後悔了。她看來絲毫沒半點生氣，像個蠟人，彷彿她這輩子從來沒有活過似的。

我轉過身，使勁的眨了幾次眼，影像始終在我眼前。我知道它會跟著我好一會兒，然後，才會慢慢消失。最後，我會記起熟悉的她。我結過婚的妻子，我曾經愛過的女人。

我的眼光尋找我的孩子。他們在那裡，兩個人都換上了黑色的絲質手套，準備扶棺，臉上的表情，有些迷離，看不出心裡在想些什麼。「也許我們稍後可以找個地方聚聚。」我建議說，「咱們上次是什麼時候見的面？麥可，有兩年了吧。至於安迪，我已經搞不清楚到底有多久沒見了。」

「我還記得。」安迪說，「是上次我來紐約的時候。四年前，那還是我第一次見到伊蓮。咱們三個人不是還上館子，吃晚餐嗎？」

「巴黎綠。」

「就是那家。」

「這附近有沒有咱們可以坐一會兒，聊聊天的地方？咖啡館什麼的。在喪禮結束，送完賓客之後，說不定你們能抽空出來。」

他們倆交換了一個眼神。麥可說，「我們倆只要一進門，大概就走不開了。有許多人會過來坐，講幾句話，致個意，我們倆只要一不見，馬上就會被發現的。」

「媽媽有很多朋友。」安迪說。

「那麼送到墓地之後，回家之前，有沒有空檔呢？」我說。但是，他們都得坐禮車，麥可說。

安迪補了一句，禮車會把他們送回到這個地方來，原來就是這麼計畫的，因為他們倆都開了自己的車。

「這樣一來，君恩可以開你的車。」他說，「我載你，一起到賀喜酒吧去。」

「天啊，別去賀喜酒吧行不行？」麥可掉過頭來跟我說，「那裡是啤酒吧，裡面淨是高中生、大學生，鬧哄哄的，擠得要命。你不會喜歡的，就連我都受不了。」

「你以前很喜歡的啊。」安迪說，「在你變成現在這樣的老頭之前。今天也不是週末，時間又是下午，你說能吵到哪裡去？」

「天啊，賀喜酒吧。」麥可說。

「那好，你能想到更好的地方嗎？你找一個吧。」

「我想不到，大家都在等我們呢。賀喜酒吧就賀喜酒吧吧。」他告訴我賀喜酒吧大概的位置，然後在殯儀館禮儀師的指導之下，跑到棺木的另外一邊去了。棺木現在已經闔上了。安妮塔的弟弟菲爾，站在安迪的後面，另外一邊是三個我不認識的人。

我讓他們忙去了。

∞

我終究還是開車駛向墓地。我沒這麼計畫，但是，不知怎的，我的車還是排在大夥兒的後面，我只得坐在駕駛座上，跟著大家慢慢移動。我們有警察護送，所以不用理會街上的交通號誌。我跟自己說，這裡的警察真輕鬆，閒閒沒事幹，還可以護送車隊到墓地。但我心裡明白，不是這麼回事。長島的犯罪案件可不少，街頭上有賣毒品的，有吸毒品的，有的男人會打老婆，會虐待自己的孩子，有人酒醉駕車，一頭撞進學校。現在的街頭上，還沒有像洛杉磯那樣逞勇鬥狠的幫派，沒有人沿街開槍濫射，至少目前還沒有聽過，但是，想來，不用等多久。

我把車停在墓園，坐著沒動，看著大家下車，走進墓園進行儀式。從我停車的地方，可以看得很清楚，所以，當儀式一完，我立刻驅車離開那個地方。

我沒怎麼注意前往墓園的路——你只要跟著前面的車子走就行了，誰會注意是怎麼來的？我轉錯了好幾個彎，又多跑了一些冤枉路，這才找到賀喜酒吧。我停好車，走了進去，原本以為我的兩個孩子已經到了，沒有想到裡面沒半個人，就只有一個酒保。下巴看來好硬，理個平頭，穿著金屬製品合唱團的T恤，袖子捲得高高的，露出結實的肌肉，他唯一的顧客是個老頭子，戴了頂布帽子，穿著廉價商店買來的外套。看這老頭的模樣，應該是坐在布拉梨石或是白玫瑰的矮凳子上，但是，他卻坐在西歐樹區一家學生常去的酒吧裡，用一個笨重的馬克杯喝啤酒。

粗粗的木牆上，釘滿了學生比賽的錦標旗。梁柱上掛著陶土做成的大啤酒杯，吧台、酒桌上放了一碗一碗的小巧克力棒。這裡是賀喜酒吧〔譯註：剛好跟美國最大的巧克力廠商同名〕，當然少不了賀喜巧克力，碗裡盛著的種類五花八門，還有錫箔紙包的賀喜好時巧克力。酒吧跟巧克力公司同名，當然會搞這些玩意兒，但是，誰會想細嚼巧克力，搭配啤酒？我知道有些酒吧會附送一些帶殼的花生、豆子，當做是下酒的零嘴。麥斯的堪薩斯市酒吧選用的下酒菜是雞豆〔譯註：在台灣，也有人稱之為天山雪蓮豆，多半是乾貨〕。總之，在大口暢飲墨西哥啤酒跟德國啤酒的時候，有誰會想去吃賀喜巧克力？

酒保看了看我，眉毛一揚，可我不想喝啤酒，也不想吃巧克力，我想要波本，雙份，純的，不加水，最好整瓶留下。

我拍了拍口袋，一副掉了東西的樣子——我的皮夾、我的鑰匙、我的香菸。「我馬上回來。」我說。我趕緊離開酒吧，回到車上；把車鑰匙插進去，點燃引擎，打開收音機。我找到一個被稱為「古典鄉村歌曲」的頻道，伊蓮一直覺得這兩個矛盾的詞組合在一起很奇怪。這裡會播放漢克．威廉斯、巴特西．克林、瑞德．佛利跟凱蒂．威爾斯的音樂，就在這個時候，麥可跟安迪從一輛灰色的本田雅哥走了下來。這兩個人進門的時候，講了幾句話，安迪推了麥可的肩膀一把，打開門，然後兩個人就不見了。

我等著〈酒吧天使不是上帝造的〉〔譯註：It Wasn't God Who Made Honky Tonk Angels，這是鄉村歌曲女王凱蒂．威爾斯一九五二年的作品。她在聽到漢克．湯普森的Wild Side of Life之後，顯然頗有感觸，寫了這首歌回應。最後一段的歌詞是：打從一開始，幾乎每一顆破碎的心的後面，都有個該罵的男人〕這首歌唱完，才跟著走進酒吧。

## 4

麥可點了海尼根，我說我要一杯可口可樂。酒保問，百事可樂行嗎？我說，也行。不管百事可樂還是可口可樂，我都不想喝；我想要的，卻不能碰。其實，我也真的不想碰。強烈的需求壓迫我，讓我覺得非離開這裡不可，幸好，想要一杯跟真的來一杯，還是有點距離，更何況慾望衝撞一陣之後，也慢慢淡了。可口可樂可以，百事可樂也行，一杯水、什麼也沒有，都成。

安迪說，「管他媽的，這裡是長島，不是嗎？咱們來杯長島冰茶吧。」

這玩意兒是我不碰酒之後，才發明出來的，我一點概念也沒有，想來是混雜了各式酒類的雞尾酒，一絲茶味兒都不會有。這個酒名有點諷刺，很可能是禁酒時期還得走私酒類的時候，留下來的暗語；時代變遷，就可能更諷刺了。喝這玩意兒喝到不省人事的大學生，可能連越南在哪裡都想不起來了。

飲料來了。安迪喝了一口，立刻宣布這酒遜斃了。「這是誰想出來的？」他一臉狐疑，「應該很有勁兒的，但是，什麼味道都喝不出來。我想這就是重點吧，十九歲的少年郎，想把女朋友灌醉，就靠這個了。」他又喝了一口，「後勁來了。我本來想說這是我這輩子第一杯，也是最後一杯長島冰茶，但這下看來也許不是。等我幹完這杯，再來個半打。」

「我想你不該再喝了。」他的哥哥說，「葛雷（譯註：葛雷是葛拉漢的暱稱）要我們回家幫忙。」

「你們叫他什麼？葛雷？」

「那是媽這麼叫他的。」安迪說，「我根本沒有什麼機會叫他，真的。只有我打電話過去，剛巧被他接到，還有前兩次我去看他們的時候，叫了一下。」

「那是四年前囉。」我說。

「後來還去過一次。」

「哦？」

「我想是上個感恩節吧。我沒什麼機會好好看看這個城市，每次只是待個兩天，然後就直接走了。」他盯著手上的酒杯。「我打了幾次電話給你。」他支支吾吾的說，「每次都是電話答錄機，我不想留言。」

我說，「葛雷，看起來還不壞。」

「他人是不錯。」安迪說。

「他對媽媽很好。」麥可說，「總是陪著她，你知道嗎？」

不像某些人。「我真沒想到我得面對這一天。」我說，奇怪我為什麼會說這樣的話，從他們的表情看來，他們也著實詫異。「我以為我會先走。」我解釋道。「這事我想得不多，只是理所當然的覺得應該這樣。我比她大三歲，歷經滄桑，一般來說，男人會先死。哪裡想到她就這麼走了。」

他們什麼話也沒說。

「大家都說這樣是最棒的了。」我說，「前一秒你還在這裡，下一秒你就往生了。還來不及說痛苦，省得病魔纏身，不用站在邊緣，老是得瞪眼睛朝無底洞看。但我可不喜歡這樣的死法。」

「你不喜歡？」

我搖搖頭。「我需要時間確定我沒把身後事弄得一團糟，所有的麻煩都要打理清楚，我也需要時間讓我周邊的人，習慣這個想法。就這麼撒手走人，死者可能落得輕鬆，對活著的人來說，可就是折磨了。」

「這可不一定。」麥可說，「君恩有個嬸嬸得阿茲海默症，拖了好多年。如果她中風，或是心臟病發作，大家可就輕鬆不少了。」

我說他講得有道理。安迪說，輪到他的時候，他希望一頭栽進一大桶羊毛脂，渾身滑滑軟軟的死去。這話有些好笑，但是，酒桌上的氣氛凝重，沒人笑得出來。

「不扯了。」麥可說，「其實先前有警訊。媽媽一年多前，曾經有一次輕微的心臟病發作。」

「這我倒不知道。」

「我們也是後來才知道的。媽媽跟葛雷並沒有大肆張揚，但是，因為她有糖尿病、血壓又高……」

「這我也不知道。」

「你不知道？她得糖尿病起碼十年了。我只是不知道她有高血壓，身體不好有多久了。有很多人得了高血壓，自己卻沒發現。她的糖尿病不嚴重，不需要注射，只要口服胰島素就行了；但可能會影響到她的心臟，像高血壓那樣。她的心臟病曾經發作過一次，下一次只是時間問題，只是我沒有想到來得這麼快。」

「我原本以為她完全康復了。」安迪說，「感恩節的時候，她看起來還好好的。她跟葛雷計畫了好多事情，本來要搭郵輪到德國各地去玩的。」

「下個月。」他的哥哥說，「勞工節後一天出發。」

「這下全完了。」安迪說，「說不定他們的船票可以給你跟伊蓮。」

一陣難堪的沉默。然後他說，「對不起，我不知道我為什麼會說這種話。」他舉起杯子，透著天花板的燈光看。我記得我以前也常這樣，不過用的不是長島冰茶的杯子。「這玩意兒上面應該貼個警告標誌。對不起。」

「算了吧。」

「不好意思。我想伊蓮大概不會想到德國去，是吧？」

「你這話是什麼意思？」

「她不是猶太人嗎？」

「那又怎樣？」

「她對德國應該沒什麼興趣才對。她會不會擔心到那裡，被做成肥皂？」

麥可說，「安迪，你閉嘴好不好？」

「嘿，開個玩笑嘛，行吧？」
「這笑話很爛。」
「沒人欣賞我的笑話。」安迪說，「肥皂、羊毛脂，沒人笑。今天我的笑話不暢銷。」
「今天不適合講笑話，兄弟。」
「那麼今天適合幹什麼呢？兄弟。請你告訴我好嗎？」
「你們兄弟倆是不是該回去啦？」我說。我根本不知道他們接下來要幹什麼，我不在乎，我只知道我想趕緊離開這個鬼地方。「接下來幾個小時，葛雷可能很需要你們幫忙。」
「葛雷，」安迪說，「你見過他嗎？」
「剛剛見過，在喪禮上。」
「我還以為你們是老朋友呢，叫葛雷叫得這麼順。」
我轉向麥可。「等會兒還是你開車比較好。」我說。
「安迪沒問題。」
「你說了算。」
「他只是有些難過罷了。」
「當我的面議論我，好像沒我這個人似的。」安迪說，「我能問個問題嗎？他媽的，一個問題就好。」他無意徵詢我們的意見。「你媽的憑什麼說你才該是先走的那個？我說，你到底是憑什麼講那種話？你他媽裝得一副很難過的樣子，想騙誰啊？」

我感覺我的怒氣正朝我的脊椎急行軍。我得趕緊找個蓋子蓋上。

「媽活的時候，你根本不鳥她。」他還是不依不饒。「你真的愛過她嗎？」

「我想我曾經愛過吧。」

「這愛沒撐多久吧。」

「沒錯。」我說。「我們兩個都不怎麼適應婚姻生活。」

「她可能比你強些。是你離開她的。」

「我確定我不是唯一打過這種盤算的人。選擇離開對男人來說比較容易。」

「也不盡然如此。」他說，「這幾年來，我碰上不少說走就走的女性，打包，走出門外，世上最簡單的事情。」

「並沒有表面上那麼簡單。」

「特別是有孩子的時候。」他說，「是吧？」

「是的。」

「我想我們不算吧。我跟麥可。」

我被問得啞口無言。我先前感受到的憤怒，現在已經無影無蹤、回到原本的地方躲起來了。如果說我還有點感覺，那就是無窮無盡的疲憊。我不想講下去了，但我知道對話只會沒完沒了。

「你到底為什麼出現啊？」

「因為你哥哥打電話給我，談起這件事情。」我說，「不是星期六，他發現媽媽過去的時候，也不是星期日，你們兩個趕到東部的時候，是昨天很晚的時候。」我轉向麥可，「你真的很體貼，」我說，「這樣，我在喪禮之前，就用不著苦惱太久了。」

「我只是——」

「說實在話，」我說，「萬一我跟人約好了，來不及取消，我今天就不來了。你們的運氣不錯，我是一個最近沒什麼事可做的閒人。」

「我很害怕打電話給你。」

「你怕什麼？」

「我不知道。你會有什麼反應？會說什麼話？要來，還是不要來？我不知道。」

「我不能不來。」我說，「我不會假惺惺的說我多想來這裡，但要我假裝沒這回事，我也辦不到。為了你們兩個，我要來這裡，雖然你們可能寧願我不要來。為了她，我更要來這裡。」我深吸一口氣。「她是個好女人，你媽媽。那時候的我，跟誰都維持不了太久的婚姻關係。她已經盡力了。天啊，我覺得我們兩個都盡力了。誰不是這樣？盡力就好。誰不是這樣？」

安迪用袖子抹去淚水。他說，「爸，對不起。」

「沒關係。」

「我真的很抱歉，不知道怎麼了。」

「六種酒混在一起，」麥可說，「裝在杯子裡。你想會有什麼結果？」

誰會期待有什麼結果？

8

「我想這次你是見不到他們倆了。」我跟伊蓮說，「麥可跟君恩明天一早就飛回家了。」

「君恩是怎麼安排的？把瑪蓮妮託給她父母帶嗎？」

「他們把她一起帶過來了。」我說，「但是，我沒見著她。君恩覺得孩子不適合參加喪禮，所以，把她留在家裡了。我不知道她是找個臨時保母，還是請哪個親戚照顧。」

「所以你就連一面都沒見到嗎？」

「本來有機會。如果我決定跟他們一起回家的話，但我直接回來了。」

「我不怪你。安迪呢，他要直接回丹佛嗎？」

「土桑。」

「土桑？夏天的土桑熱得跟個火爐似的。」

「是嗎？我想他是覺得冬天很舒服吧，如果他冬天還在那裡的話。」

「你的滾石小子。」

「不是我的了。」我說，「再也不是了。這兩個人都不是我的了，親愛的。我根本不確定我是不是曾經擁有過他們。」

「會這麼說，只是因為你過了難熬的一天罷了。」

「部分原因。我還是他們的爸爸，他們還是我的兒子。否則的話，我們也不會把對方弄得一肚子火了。過聖誕節的時候，他們會打電話、寄卡片來。安迪搬家的時候，會通知我們一聲。有機會來紐約，他們也會撥通電話。雖然不是每次都打，至少打過幾次。他們也不是很常到這個城市來。」

「寶貝——」

「有一天我死了。」我說，「他們也會坐飛機來參加喪禮，西裝筆挺。他們倆穿西裝很好看，這我得替他們說句公道話。他們會來扶棺，這他們今天下午就練習過了。不過我猜，那時，抬那具棺材要費更多力氣。」

「說不定你會因為百病纏身，體重變得非常輕。」她說。

「你還真有一套。」我說，「說什麼也不肯放過我，是吧？」

「放過你，你會更愛我嗎？」

「我不確定還能怎麼更愛你。」我說，「他們會對你很客氣的，在那種場合裡。他們對葛雷也很客氣。他們是這麼叫他的，葛雷。」

「你說過了。」

「哦？我說過了啊？塊頭大大的，長得很好看，看起來很誠實、心胸很寬大的樣子。念書的時候，說不定是足球校隊。可能是後衛。年紀大了，難免發福，但是，身材保養得不壞。」

「你的身材也保養得還不壞啊。」

「對一個行將就木，即將百病纏身的人，還算不差。他們有點恨你，沒錯，但他們現在誰不恨呢？時候到了，我相信，他們會挺身而出幫我說幾句話的。」

「這話聽了讓人挺安慰的。」

「看情況。」我說，「話講在前頭，你記清楚。舉行儀式的時候，棺材要蓋上。」

「我會打理的。」她說，「但如果是我先走，就不管了。」

「你敢！」我說。

∞

我們大概是在十一點半的時候上床的。沒過多久，我就確定我是不可能睡著的。我輕手輕腳的溜下床，不想驚擾她，但她卻坐了起來，問我要到哪裡去。

「我的心裡很亂。」我說，「我想應該還趕得上午夜聚會吧，至少可以聽個大半場。」

「這主意還不壞。」

我穿好衣服。走到門邊，我頓了一下，說，「我可能會很晚。」

「替我向米基打聲招呼。」

「我會的。」我說。

我第一次戒酒成功的時候，在萊辛頓大道上的馬拉文教堂，還有午夜聚會。幾年前，那地方不見了。但是戒酒無名會像是隻九頭海蛇，砍掉一個，又長出兩個來：一個在市區休士頓街上，先前那地方是個惡名昭彰的深夜營業區。另外一個就是我今晚的目的地——戒酒無名會在西四十八街艾樂儂屋的俱樂部。通常我是用走的，但是，今天已經晚了，我才走到人行道，就見到一輛計程車，我伸出手，招了招。

我剛到那裡的時候，他們正在唸《美國憲法》序文。所剩位置不多，我撿了一個，坐下，這才想起來，我最近只來這種地方兩次。我突然有天天都來協會坐一會兒的心思，但沒多久，我就覺得一個星期之內，我是不會再參加這種聚會了。我根本不知道接下來要幹什麼，但是，這是我一個勁兒要來的地方，所以，我就坐在屋內，聽一個瘦巴巴的女生講自己的故事。她的五官很尖銳，皮膚斑斑點點；她跟我們說她是怎麼在十一歲的時候，偷偷打開父母的藏酒櫃偷酒喝，又是如何在十七歲的時候，為了賺錢打點快克而跑去賣淫。現在她二十三歲，成熟，年華不再，不過，她有高昂的鬥志、八個月拒絕碰酒的堅持，還有愛滋病。

午夜聚會的朋友有些不同。早年的時候，在馬拉文教堂，常常有醉漢朝大夥兒扔椅子，這時，會有兩三個人見義勇為，結伴把醉漢扔出去。在午夜聚會裡，你可以看到很多刺青、皮飾，身體上還有很多洞。一般來說，會在這個時候出現的人，都比較年輕，新近戒酒，特別挑最後一場聚會，免得想去買醉。聚會結束之後，賣酒的商店都已經關門。雖然酒吧開到凌晨四點，賣啤酒的小吃店更是通宵營業，但是，凌晨一點，你有很好的機會，可以不碰半滴酒就上床睡覺，而且真的可以睡得著。

除了這些新來的、可憐兮兮的人之外，午夜聚會也包容一些環境或是習性迫使他晝伏夜出的傢伙。這些人有的戒酒很久了，但就是喜歡來這裡找些刺激的，等著別人隨時抽刀子、扔椅子，突然開始顫抖，或是倒在地上抽筋。

我坐在那裡，想想我這輩子，六十二年，十八年是清醒的，感覺跟我周遭那些年輕的、新來的、狂野的傢伙，有很大的差別。

但其實也沒什麼不同。

聚會結束了，我謝謝主持人，幫著把椅子收好，然後遁入夜色之中。空氣異常厚重，像是潮濕的羊毛。我穿了過去，走到五十街與第十大道交叉口的西南角落，走進葛洛根開放屋。

葛洛根的主人是米基．巴魯。不過，在租約或是業主文件上，你是絕對找不到他的名字。他用相同的非正式手段，在這城裡經營許多生意。在歐斯特郡，他原本有個農莊，養幾頭豬跟一些生蛋的母雞，被大火燒掉之後，他就把那地方扔到一邊，再也不理會了。記錄上的農場主人當晚死亡，還有一大堆人跟著殉葬。我想是名義上的主人兒子出面，料理後事的。米基，我了解他，是不可能回頭的。他絕對不會接近那個地方。

開這個農莊不是為了賺錢，不過，他的葛洛根酒吧跟其他生意，應該有大筆盈餘。就算是這些表面上的生意賠錢也無所謂，反正他的大宗進帳，都是來自犯法勾當。他打劫毒品販子，合法、非法，大小通吃，還放高利貸給那些身上還有手有腳可以抵押的人。我以前幹警察，後來還當過有執照的私家偵探，但這個職業罪犯卻是我的好朋友，我在好久好久以前，就放棄探索究竟這是為什麼。

上輩子，伊蓮總是說，我們倆一定是兄弟。這是我能找到最好的答案。

酒保朝我點點頭。我只知道他叫做李奇，但我不確定是哪兩個字。他算是新來的，沉默寡言的小夥子，剛從貝爾法斯特飛來美國，在葛洛根打工。最近愛爾蘭的人口，進多出少，經濟反轉向上，為她贏得了賽爾特之虎的美譽。來找米基的訪客，顯然都不怎麼想去馴服這頭猛虎；不是身上背著好幾年的徒刑，就是被人追殺到無路可逃，心一橫，乾脆就離開那鬼地方來到這裡，一面躲著移民局官員，住在布朗克斯或是伍德賽大道，或在牢裡，或是黑街角落，替米基幹活。

他還是坐在他的老位子上，面前是一大壺水跟一瓶他最喜歡的十二年詹森威士忌。一見到我，他的眼睛一亮，這神情，最近還挺少見。我到吧台討了一杯咖啡，走到他的桌子對面，坐了下來。

「今個晚上不錯。」他說，「謝天謝地，有冷氣機這玩意兒。你出門了沒？你當然出門了，否則你也不會在這裡了。外面好一點了沒？」

「涼快多了。」我說，「但還是呼吸不動。」

「你根本搞不清楚，外面的空氣是該呼吸，還是該舀一匙來吃。但是，你的心事好像比空氣還沉重。」

「你見過我第一任老婆嗎？沒有吧。」

「那時候我還不認識你呢。」

「今天下午，我把她埋了。」我說。但聽起來不對。除非講話的這個人，自己拿過鏟子，劃一坏土，否則，這種說法聽來總是怪怪的，然而不知怎麼的，在這件事上，我這麼說特別不適當。

「她是別人埋的。」我說，「我在車裡，看他們劘土。」

「天啊。」他說，乾了一杯，我細啜一口咖啡，又聊了起來。

我們聊了兩個小時。我忘了當天說了什麼，但是，氣氛相當輕鬆，聊得時間長，沉默的時間也長。我約略記得我們提到了賀蘭德夫婦、謀殺這對夫婦的兩個凶手，沒想到他們沒幾天，也跟著死了。

「幸好他們死了。」他說那兩個凶手。

有的時候，我們長談竟夜，打烊之後，仍然不肯離去，所有的燈都熄滅了，就剩下我們頭頂上那盞昏暗不明的燈泡。有的時候，太陽都升起來了，我們倆還在磨蹭，米基穿起他父親傳下來的屠夫圍裙，哥倆到十四街聖本納德教堂去望屠夫彌撒。有的時候，我們在西街或是甘斯渥特的佛倫特吃完晚餐之後，再去吃早餐。

但這一次，我們什麼也沒做，也許是都沒力氣了。最後一個客人在三點三十分的時候，搖搖晃晃的走了，李奇鎖了門，關上酒吧，再把椅子一張張的擺到桌子上，方便早班的清潔工來打掃，擺到一半的時候，我叫他讓我出去。

我走回家。空氣感覺起來輕盈了一些，但可能只是我的想像。

## 5

星期六上午，時候不早了，我正喝著第二杯咖啡，看著電視節目表，心裡邊盤算今天該看什麼，是ESPN第三輪的高爾夫錦標賽，還是福斯轉播的大都會隊比賽。晚上已經決定了，HBO有中輕量級的拳擊賽，就是下午難打發。

電話響了，是阿傑。「是掛電話出門的時候了。」他說，「我在晨星，等你一塊吃早餐。」

「我已經吃過早餐。」我說。

「這樣啊，那你坐在我桌邊陪我吃也行。這樣對你的心臟比較好。」

「怎麼說？」

「伊蓮總說，看我吃東西，對她的心臟很好。你總說不出來這對你心臟有什麼壞處吧。」

「你可能對。」我說。我把剩下的咖啡倒進洗碗槽。十分鐘之後，我過街來到晨星，要了一杯咖啡，難喝得很，比起我剛剛倒掉的那一杯，連一半都不如。雖然我跟他通過兩次電話，但這一個星期以來，今天還是我第一次見到他，真沒想到我會這麼掛念他。

「節哀。你太太。」他說，「我的意思是前妻。」

「伊蓮跟你說的？」

他點點頭。「說你出去參加喪禮了。我沒參加過幾次。」

「你活得愈久，參加得愈多。」

「聽起來很令人期待。」他說。他前面的盤子裡面有蛋、香腸跟薯條。他邊講邊吃，我不明白這對我的心臟會有什麼好處，但我也想不出有什麼壞處。

他放下叉子，喝了一大口柳橙汁，用餐巾擦了擦嘴角。「有個女孩我想請你見一下。」他說，「人很好，漂亮又聰明。」

「聽起來很不錯。」我說，「但是，伊蓮會怎麼說？」

他轉了轉眼睛。「對你來說，也許她是年輕了點。」他說，「還是哥大的學生呢。」

「你是在那裡認識她的？」

「是啊。歷史課上，不過，她的主修不是歷史，是英文。」

「這樣看來，她英文一定說得很好。」

「想當作家。」他說，「跟她阿姨一樣。」

「她阿姨是誰啊？維吉尼亞・伍爾芙（譯註：著名的英國女性作家）？」

他搖搖頭。「再給你一次機會。」他說，「別浪費時間猜珍・奧斯汀（譯註：《傲慢與偏見》的作者）。」

不曉得什麼東西響了一下。我看著他，他也看著我。我說，「蘇珊・賀蘭德。」

「就說你一下就會猜到。」

「蘇珊・賀蘭德是她阿姨？這女孩叫什麼名字？」

「莉雅・柏克曼。她媽媽跟蘇珊・賀蘭德是姐妹。所以，蘇珊・賀蘭德是她阿姨，克莉絲汀是她表姐。」

「你希望我去見她？」

「如果可以的話。」

「為什麼要見她？」

「她認為有人殺了她的阿姨跟姨父。」

「她猜對了，可是好像沒什麼好意外的。」我說，「地球上每個人都同意她的看法。一對叫做畢爾曼跟伊凡諾夫的雜碎，殺了賀蘭德夫婦，還……」

「伊凡科，卡爾・伊凡科。」

「我剛剛說什麼？」

「伊凡諾夫。」

「也沒差到哪裡去。」我說，「這些名字我們遲早會忘記的，早忘早好。他死了，而且還饒上他的搭檔，現在再去找強尼・科克倫（譯註：在殺妻案中，為辛普森辯護，讓他成功脫罪的知名律師）幫忙，也無濟於事了。當然，大家在心理上，並沒有十分滿足，壞人在被逮到前就死了，不免有些遺憾。但是案子已經結了，我看大夥兒就省省吧。」咖啡杯空了，我四處打量，想知道服務生在哪裡。

「如果你的朋友麗莎，覺得這宗謀殺案不是這兩個雜碎幹的……」

「莉雅。」

「什麼莉雅？」
「她叫做莉雅。」他說，「拼法像麗莎，但是，少了個S。」
「原來是這樣。」
「其實也可能是L－E－A－H，但是，這樣一來，就會唸成蕾——雅。」
我還是找不到服務生，但總覺得這咖啡沒有好到足以讓我站起身來，為它奔波一趟。「證據很有力。」我說，「你朋友再聰明也沒用，我得說，警察這次對了，畢爾曼與伊凡諾夫真的是凶手。」
「聽起來是這樣。」
「我是說，伊凡科。我又說錯了，我剛要說的是伊凡科。」
「我知道。」
「你明明聽到我說錯了，但是這次你決定不糾正我。」
「誰曉得呢。」他說，「要是我偵探幹不好，還可以改行從事外交工作啊。」
「所以你剛剛這是在練習。好主意。多點外交手腕傷不了人。如果你的朋友真像你說的那麼聰明，她就該知道凶手就是這兩個人，畢爾曼跟他的朋友。」
「她知道。」
「也許說他是畢爾曼的朋友，是誇張了一點，因為畢爾曼已經買單了，兩個人的關係成了無頭公案。反正，她是覺得還有別人涉案就對了。」

「對。」

「先故布疑陣，把搶劫案跟賀蘭德夫婦命案，栽在畢爾曼跟他的朋友身上；然後，再把這兩個人騙出來，偽裝成火拚的模樣，先殺人再自殺，案子就結了。」

「她倒沒有想得這般活靈活現。」他喝乾了他的柳橙汁，擦了擦嘴角。他一轉頭，服務生立刻就拿著帳單過來了，好像是一個演員，在後台蹿了半天，就等這個暗號上台似的。阿傑沒有理會放在桌上的帳單，繼續說，「莉雅說，她不明白他們是怎麼做的，至於兇手是誰，作案動機是什麼，倒不難懂。」

「那麼，兇手是誰，作案動機是什麼？說來聽聽啊。」

「還是她親自跟你說，比較清楚。」

「這是該警察辦的案子。」我說，「而且也已經結案了。我不明白現在還有什麼好攪和的。」

「或許是吧。」

「但是，跟這個女孩聊一聊，會有什麼損失嗎？你是不是要這樣說？」

「你既然想到了，也就省得我白費口舌了。」

「這只是浪費時間罷了。你有多喜歡這個女孩？」

「我不是想追她，如果你要問的是這個。」

「根本沒有什麼案子好查。就算這個案子可以辦好了，她有多少錢？雇得起咱們嗎？」

「我猜她沒有錢到可以在錢堆裡游泳。這個女孩靠助學貸款過日子。」

「聽起來是愈來愈有意思了。」我說，「一個沒錢的女孩，雇我們偵辦一起已經結了的案子。她念哥大，住在上西城是不是？跟父母住在一塊兒？」

「如果是的話，那就真夠她東奔西走的了。她媽住亞利桑那，她爸住佛羅里達。」

「這個暑假她不會回家。」

「留在這裡上暑修課。她選了『法國大革命與拿破崙』。」

「你就是在這堂課上認識她的？」

「這堂課挺有意思的；那些傢伙明明大有可為，結果卻拱手讓機會溜走。莉雅選了這門課，還在一家假的愛爾蘭酒吧打工。這家酒吧混充名號，不道地，竟然供餐呢。」他深吸一口氣。「她今天休假。莉雅住在宿舍裡，有三個室友。我想我們還是到百老匯跟一百二十二街交叉口那邊，找家咖啡館再聊好了。」

「今天？」

他點點頭。「我跟她約一點鐘。現在走，不算遲。」

「如果我說不呢？」

「那我就一個人去。」他說，「跟她解釋，你在全力偵辦克雷特法官失蹤案（譯註：克雷特法官失蹤案堪稱是美國最神祕的案件之一。一九三〇年八月六日，他在銷毀部分文件以及提領大筆現金之後，就不見了，成為歷史懸案，傳言紛紛，至今沒有定論）跟林白（譯註：首位橫越大西洋的飛行家）之子撕票案，分不開身。」

「你覺得我一定會去？」

「我覺得你可能會去。」

「我想要看電視。」我說，「有高爾夫球跟大都會隊的比賽。」

「該看哪一台，著實費思量。」

「不管哪一台，都比到上百老匯的咖啡館裡浪費時間強。」帳單還在桌上，我嘆了一口氣，伸手去拿。「我來付吧。」我說。

「我就知道你會付。」他說，「我們已經在辦案了，這筆支出可以報。」

8

阿傑，是我幾年前在四十二街那裡撿回來的。如今，丟斯那一帶，已經被改裝成迪士尼世界了。他自命是我的助理，我也喜歡有這麼個人在身邊，從來沒有想過要趕走他。沒過多久，我就發現這小夥子著實能幹。他的模仿本事，與生俱來，從街頭黑人小混混的黑話，到皇后區的幹練英文，一學就精。不管是布魯克斯兄弟（譯註：美國相當老牌的高檔西裝品牌，有相當濃厚的休閒風格）的西裝，還是鬆鬆垮垮的短褲，外加突擊者（譯註：以奧克蘭為主場的美式足球隊）帽子，到他身上，看起來都服貼得很，挺像回事的。

有一陣子，我們根本不知道他住在哪裡；總覺得他的叩機號碼，就是他的永久地址。有一年聖誕節，我把從西歐樹區搬出來之後，就一直賴以安身的旅館房間，借給他住。那時，我已經跟伊蓮結婚，搬到凡登大廈去了，但是，我在對街還保留了原先的房間，名義上是辦公室，實際有點避難所的味道。更何況這個房間還受到租金管制（譯註：在美國，有些州實施租金管制制度，在雙方同意的租期內，房東不得任意調整租金）的保障，除非被槍指著，否則在紐約，誰會放棄受租金管制約束的房間？我把阿傑安置在這個房間裡，順便幫我打理生意。我還附贈一個聖誕節禮物——電腦，當然也是由他負責照料。他總有辦法從網際網路上找到一大堆相關資料，就好像從空氣中變出來的一樣。伊蓮也買了一部電腦，隔條街，兩個人傳電子郵件，傳得不亦樂乎，就像一對拿著兩個罐子，中間拉條線的小孩。伊蓮一直跟我說，她可以在十五分鐘內，就把我教會。找一天吧，我總是說。

我總能找到事情給阿傑辦，跑跑腿，處理處理文件，希望他別在刀鋒口上討生活。這也不難——我的工作本來就不是極端危險的那種——但他還是挨過一次子彈，受傷之後的阿傑，熱情絲毫未減。他有時幫伊蓮看店，態度自信驕傲，對客戶卻又不失尊敬親切，讓人誤以為他在蘇富比拍賣公司受過訓練。最近他把時間都耗在哥大，穿條卡其褲，上面套件馬球衫，瞧著哪堂課有趣，就進去旁聽。其實，沒有登記、沒繳交旁聽費，這麼幹是不行的；但是，有多少教授認得自己課堂上的所有學生？就算是有幾個注意到了，也肯定是樂不可支，畢竟這些旁聽生是不計較學分，只為聽課而來。

伊蓮知道他是這麼打發日子之後，曾經表示她可以贊助學費。這個點子可嚇壞他了。一年兩萬五、三萬的學費，把他放進教室裡，聽一樣的內容？唯一的差別就是混張文憑，以後用同樣的腔調、字句謀生？這是個什麼盤算？

在去地鐵的路上，我說，「伊凡科、伊凡諾夫，其實是同一個名字；只是一個是俄羅斯，一個是烏克蘭拼法而已。聽起來很炫，但說來說去，也就是英文裡的強森。」

「你知道我為什麼喜歡這個工作嗎？」他說，「因為每天都可以學到新的東西。」

「是啊，是克莉絲汀，對吧？」

「你說什麼？」

「她覺得整起事件是有人設計的，幕後黑手就是賀蘭德夫婦的女兒，她的表姐，克莉絲汀。她認定克莉絲汀是凶手就對了。」

「這個嘛，」他說，「反正不是珍．奧斯汀殺的就對了。」

## 6

幾年以前，大概是五〇、六〇年代吧，有一對才華耀眼的藝術家夫婦，只是他們的生涯，亦如流星一閃而逝。他們姓基恩，如果我沒有記錯的話。基恩先生筆下的兒童，都像是被人拋棄、在街上流浪的無辜孩子；基恩太太專畫青春期的女生，也是一對邪氣的大眼睛。就我看來，基恩太太的作品隱含著她先生沒有的肉慾，但我的看法可能有些主觀，從戀童癖的角度看來，說不定有別的詮釋。

基恩夫婦著實風光過幾年。全國各地的年輕夫婦爭相搶購他們的畫作複製品。有一天，出事了——不知道是沃斯達克、阿爾蒙特（譯註：滾石合唱團在這裡舉行演唱會的時候，曾經發生過死亡意外），還是越戰——反正原本瘋狂喜愛基恩夫婦作品、總喜歡讓那對眼睛隨著他們在臥室裡轉的人，突然覺得這些畫只配扔進垃圾桶，平凡陳腐，濫情到讓人作嘔。

基恩夫婦的作品被束之高閣，任憑它們在角落中堆積灰塵，最後畫作淪落到教堂的慈善義賣，或是在社區的拍賣場上，隨便討個價錢。基恩夫婦從此消失。根據伊蓮的猜測，這對夫婦隱姓埋名，開始描繪悲傷的小丑。

在過去幾年裡，伊蓮只要是在舊貨攤上見到這對夫妻的作品，一定悉數購下。截至目前為止，我們已經有了四十到五十幅這對夫妻的作品，全部藏在位於曼哈頓的小倉庫裡。每一幅畫敲進的時候，只消五到十塊錢，伊蓮很有把握，等到時機來了，每一幅作品都要用十幾、二十倍的價錢賣出去。

「共和黨下次執政，席次過半的時候，」她說，「我一夜之間，可以把畫全部清掉。」

也許吧，也許根本不是這麼回事。我的意思是，莉雅．柏克曼還真像基恩夫婦筆下的人物——尤其是基恩太太，她專畫這個年紀的女孩子。莉雅有個莫迪利阿尼（譯註：義大利畫家，巴黎畫派立體主義的代表人物。筆下人物的脖子都很長，臉是橢圓形的）的脖子，屁股沒幾兩肉，手指修長、頭髮灰灰黃黃的，皮膚白得近似透明，當然，也少不了一對大眼睛。她也給人些無家可歸的倉皇感覺，一如基恩夫婦畫作中那種讓人心碎的脆弱，只是不知這種感覺，能支持多久，會不會在幾年之內，就膩得慌。

她在一家希臘咖啡館，沙龍尼卡，等我們，跟我們剛剛離開的那家，有幾分神似。她的面前有一杯茶，搾得乾乾的茶包，放在碟子裡，一瓣檸檬在杯子裡載沉載浮。茶杯旁放了一本加裝圖書館硬殼的書，書脊上印著書名跟作者，還有杜威十進位分類碼。貝爾著，《恐怖統治》。一副圓框眼鏡放在書上。

阿傑介紹我們認識，順便滑進她對面的椅子。我在阿傑身旁坐下。她說，「我試著打電話給你。」

阿傑從口袋掏出他的行動電話，瞅了一眼，又放了回去。「沒有響。」他說。

「我沒說清楚。」她說，「我並沒有打電話給你，我忘了把號碼帶在身上了。我只是想打電話給你。」

「你想說什麼都成。」阿傑指出，「現在可以告訴我了，因為我人到了。」

「那我就實話實說了。」她說，「我本來想，不用你們麻煩跑這一趟了。我想我錯了，阿傑。」

「你現在又想把你說過的話收回去？」

她點點頭。「我當時是嚇壞了。」她說，「跟它多少有點關係，」她拍了拍桌上的那本書，「讓我老在這個地方打轉。羅伯斯比、丹頓、公安委員會。每個人都瘋了，行為很張狂。」

「馬拉（譯註：法國大革命的策動者之一）在洗澡，」阿傑說，「她走了進去，就這麼殺了他。」

「夏綠蒂・柯黛（譯註：她是法國大革命時代最著名的女刺客）。扯遠了，蘇珊阿姨跟拜恩姨父慘死，嚇得我魂飛魄散。或許我只是沒有辦法接受那麼簡單的解釋，兩個小偷隨機找上這家人，順手殺了他們，就因為他們回來得不是時候？」她看著我的雙眼。「實在太說不過去了吧，史卡德先生。沒人願意相信這種事情純屬意外，發生得一點道理也沒有。不過我想意外的確是會發生的，是不是？」

「你壓力太大了。」我說。

「沒錯。」

「又受到驚嚇，悲傷過度。所以，你會覺得事情並不單純，另有隱情，這沒有什麼好奇怪的。」

她點點頭，謝謝我替她解圍。

「你說說看。」我說。

「對不起，你說什麼？」

「你的想法是什麼？說出來聽聽看。」

「說出來可能很好笑。」她說。她想開口，可是女服務生一直在我們身邊晃來晃去。我反正也餓了，索性點一份起士漢堡跟一杯咖啡。阿傑也要了一份，他的漢堡加了培根不說，還多點了一堆薯條。阿傑的漢堡要全熟，薯條要炸透，另外把咖啡換成牛奶，還問他們有沒有酪奶？他們說有，阿傑說，那他改成酪奶好了。

這種吃法，居然從沒讓他長出半點贅肉。

莉雅說，她只想喝茶，沒一會兒，她又改變主意，決定加一份方形菠菜派，當做點心，正餐她是吃不下的。女服務生離開了，莉雅拿起杯子，看了一眼，又放了下來。

「可能很好笑。」我點了她一句。

「是啊，你說得沒錯。所以我根本不敢說出來。」

「連想都覺得不好意思，所以，很難說出口。」

「完全正確。」

「換個角度來看，」我說，「我們一路趕到上城來，吃的東西還沒做好，總要一會兒才會端上來。趁這空檔，聊聊天也無傷。」

「我想打電話給你們——」

「可你沒有。」阿傑說，「就算是你找到我們，我們說不定還是會來。」

這句話讓她很訝異。「為什麼？」

「想要確定你是真心誠意的。」我說，「沒有人拿著槍指著你的腦袋。」

「你想——」

「我什麼也想不到。我們到上城來，是想把一些事情弄明白。一個小時，兩枚捷運代幣，花了這番工夫，空手而回會很遺憾。而且，你沒有聯絡到我們，我們倆也就這麼過來了，既然人都已經來了，那我們就言歸正傳吧。你覺得有人設計，殺了你的阿姨跟姨父？」

「我不是這樣想的。我跟你說——」

「我知道。你不是這麼想，但你偏偏這樣想，而且還把你真正的想法隱藏起來。別老是在肚子裡做文章，莉雅。最好的方法，就是把它說出來。」

「否則的話，只會愈搞愈糟。」阿傑加了一句。

她深吸一口氣，點點頭，端起眼前的杯子，這一次，她喝了一口，才把杯子放回碟子裡。「所有的遺產都歸她了。」她說。

「克莉絲汀。」

她點點頭。「我第一件想到的事情，不是『可憐的克莉絲汀，她現在是孤兒了，在世上，一個人孤伶伶的。』我第一件想到的事情，就是她現在可有錢了。」

「多有錢？」

「我不知道。但是單單那棟房子，就不得了。在七十幾街，褐石豪宅。前幾天，我忘了聽誰說了，西八十四街，我想是吧，有人開價兩百六十萬。我不知道，也許沒多少。對那些荷包滿滿的達康族（譯註：doc com，在網際網路風起雲湧的一九九五年到二〇〇一年間，隨著風潮投入這個行業，因而大大獲利的一批人）來說，說不定還是個零頭。但是，對我來說，可是天文數字。」

「說不定他們拖了一屁股貸款。」我說。

「拜恩姨父說，他們已經把貸款還清了，現在自由自在的。他覺得很驕傲，因為他慧眼獨具，老早就買下這棟房子，現在價錢翻漲了好幾倍。事後證明，這筆投資比他每一檔股票，都強太多了。意思就是說，他還有股票。你說是嗎？」

「可能是不怎麼爭氣的股票。」

「多少值點錢吧。」

「當然。」

「我確定還有保險。他們的東西，蘇珊阿姨的珠寶、銀器、繪畫，都有保險。他們把珠寶跟銀器偷走了沒錯，但是現在找回來了，對吧。」

「應該是這樣沒錯。」

「至於其他找不回來的，也會有保險理賠。哦，我的天啊，我坐在這裡，滿腦子在算計別人的財產，我成什麼了，禿鷹？我的意思是，他們死了。有沒有錢留下來，有什麼差別呢？他們已經被謀殺了，死了。」

沉默，持續好一陣子，女服務生把吃的東西端上來了。阿傑挑了一根薯條吃，扮了個鬼臉，說薯條沒有炸透，不符他的要求，但他也沒有找店家重做，沒一會兒，盤子裡就沒剩什麼東西了。我想，薯條大概也難吃不到哪去。我的起士漢堡也還可以，咖啡也比晨星的強。「我很嫉妒她，」她突然說，「我是指克莉絲汀啦。他們還在世的時候，我就很嫉妒她。那麼好的父母，都好愛她，夫妻感情也好。我的父母——算了，我不想在這裡提他們。」

「沒關係。」

「拜恩姨父跟蘇珊阿姨時常邀我去晚餐。我起碼推掉一半，因為我不想占他們便宜。我老覺得自己是個窮親戚，其實我的感覺也沒錯，我不是個窮親戚，又是什麼？要不是有獎學金，一百萬年以後，我也上不起哥大啊。就算有獎學金，日子也過得不輕鬆。」

她嘴巴在說，手裡也沒閒著，比著手勢，撥著頭髮，好像想撥掉不存在的頭皮屑。她的指甲上泛著一層光彩，看來，她塗過透明的指甲油，保護指甲，卻又不至於顯得太愛漂亮。她的嘴唇也很正常，我看了半天，沒法確定她有沒有擦唇蜜。這些線索透露了什麼特定模式嗎？我又該如何看待它呢？

「你嫉妒克莉絲汀。」我希望她能接下去說。

「在他們還活著的時候。等我聽到那個噩耗，驚魂甫定之後，也許我一直沒有真正的放鬆下來，不知道——」她頓了一會兒，喘口氣，四處張望了一下，最後眼神正對我的眼睛。「我想，她現在有錢了，我可能更嫉妒她了。」

「你因此覺得你是個爛人。」
「我滿腦子這樣邪惡的心思，總當不上聖徒。你說是嗎？」
「我沒見過幾個聖徒。」我說，「不過主要也是因為我生活圈狹窄。我不會因為你嫉妒你表姐就看輕你，不論你嫉妒她是在謀殺前，還是慘案後。還有，我當然更不會因為你坦承了這件事而瞧不起你。只是，我怎麼看待你，並不重要，重要的是你自己的感覺。」
「我自己的感覺？」
「你現在有什麼感覺？」
她皺了皺眉頭，想了好一會兒。「我覺得還好。」她說，好像有點訝異。
「那就好。你是怎麼從嫉妒到懷疑的？」
「從嫉妒到——暫停一下，懷疑過分了點，我不會用懷疑這個詞。」
「那我們換個說法好了。你是怎麼想到那裡去的？」
「防盜警報器。」她說。
「你說他們有防盜警報器？」
「可是它卻沒有響。」
「也許他們忘了設定了。」
「報紙也是這麼說的。賀蘭德夫婦雖然裝設了防盜警報器，但是，他們離開家門的時候，卻忘記設定了。他們從來不會忘記設定警報器。買下這棟房子的頭一年，有人闖空門，拿走一些現金與手提電視機；在這起意外後，他們就裝了防盜器，連結到大門、一樓的所有窗戶跟樓下的店面。而且，他們也設定了啊。」

「他們偶爾會忘記設定吧。」

她搖搖頭。「蘇珊阿姨還有拜恩姨父，兩個人都一樣，就算是到街角去寄封信，也會設定警報器。那是全自動的。出門前，把密碼輸進去，回來之後，馬上輸入密碼解除。二十年如一日，從來沒有變過。哪裡會有這種事？剛巧忘記設定的那天，賊就闖進來了？」

「如果輸入鍵盤在門口——」

「不是，在衣帽間。」

「好一點。」我說，「但是，小偷還是會先找那個地方。」

「是要找什麼？」阿傑好生疑惑，但馬上就自問自答起來。「喔，是窗戶上貼的防盜磁條啊。那個沒兩秒鐘就拆下來了。」

「窗戶上貼著磁條，也不代表說屋裡就裝了警報器，也沒有辦法確定警報器到底設定了沒有。」我說，「但是，假如是我要闖空門，立刻就會四處看看。就算是沒瞧見窗戶上貼的磁條，一進來，也是會看看家裡有沒有裝防盜器。特別是我在事前已經勘查過地形，知道目標可能裝有防盜器的時候，更會先到前門附近仔細檢查一遍。」

莉雅說，「沒那麼簡單吧，是不是？他們還需要四個數字組成的密碼，輸入密碼之後，防盜器才會解除。」

「有別的方法，」我說，「如果你知道訣竅的話。可以重新配線，繞開警報器。這種異常狀況，要過一會兒，才會顯示。對了，密碼是幾號？你知不知道？」

「十—十七。」她說，「二〇一七。結婚紀念日。他們是在十月十七號結婚的。但我不記得是哪一年了。」

「你不用記得是哪一年，就可以解除防盜器了。」

「沒錯。」她說，眼睛突然睜得很大。「你難道以為……」

「你就是設下——陷阱的人。怎麼，是你嗎？」

「當然不是！」

「好，這下可以把你的名字從嫌犯名單中劃掉了。不過你大可以放心，因為你根本不在名單上。你是怎麼知道密碼的？」

「蘇珊阿姨跟我說的。」

「她把密碼告訴你，好拉近你們的距離，像是一家人那樣親？」

她的眼睛又睜大了，使得她看起來有些倉皇無依的模樣。「有一次我們去逛街。」她說，「回家的時候，她滿手抱的都是袋子。她叫我從她的皮包裡，拿出鑰匙開門，又告訴我密碼，叫我趕緊解除警報器，免得鈴聲大作。」

「你也知道輸入鍵盤的位置。」

「當然，我看過他們啟動還有解除防盜器。」

「密碼是她告訴你的？」

「我總不能胡亂按幾個號碼吧，是不是？她跟我說過號碼，還跟我解釋這號碼是打哪來的——他們的結婚紀念日。」

「你就記得了。」

「過程是倒過來的。我原先並不知道他們的結婚紀念日，但是那幾個號碼，不知怎的，卻烙印在我的心頭上，這樣一來，我就記得他們在幾月幾號結婚的了。」

「她覺得讓你知道密碼也無所謂嗎？」

「她還不至於覺得我會到她家打劫吧。」

「當然不會。但是，他們裝防盜器有多久了？二十年？至少有這麼久吧。他們很可能在很久以前，就選定了這四個號碼，一直沒有變更過；而且會把這組數字，用在別的地方。銀行提款卡跟信用卡密碼，說不定都是這四個數字。理論上，大家不能這麼做，從安全的角度來看，一無可取，但是，只要記四個數字，生活可就簡單得多了。」

「我也是……用四個數字走遍天下。」

「這四個數字不是你的生日，就是社會安全號碼的後四碼。」

從她的反應看來，我猜得沒錯，但她終究沒告訴我到底是哪一個。「我的美國線上密碼也是。我想我還是換一換。」

「你阿姨跟姨父大概就是這樣。」我說，「他們隨時會說漏嘴，任何人都可能知道是哪四個數字。小偷事前的研究工作可能很徹底，行家打探消息的手腕高明得很，被他利用了都不知道。修理匠、送貨員，都有可能。也許你阿姨曾經找人到家裡來過，釘個書櫃，或是在一樓重新配線什麼的，也說不定，你的阿姨跟姨父很相信這個人，就算是沒人在家，也同意他進進出出。」

「這個人始終守口如瓶。」阿傑自然流暢的接了下去，「他跟他太太說，這兩個人還真念舊啊，進門出門的時候，都要輸進自己的結婚紀念日。然後，她跟她兒子嘮叨，忘記父母的結婚紀念日是很不好的事情。有一天，不肖子嗑藥，淪落到瑞克島（譯註：在紐約監獄系統中，瑞克島主要用於臨時拘留，許多等待開庭的嫌犯，都會窩在這裡）吃牢飯，然後，他就跟牢友說，某某人家的防盜警報器密碼是某某人父母的結婚紀念日。恰巧有個人聽到了，覺得可以好好利用一下，他現在只要搞清楚到底是誰結婚了，要上哪兒去闖空門，打聽這樣的消息，應該不會太難吧。」

「也有可能是克莉絲汀洩漏出去的。」我說，「『我的父母很念舊……』如果剛巧被賊聽到了。」

她點點頭，好像突然有了什麼體會，然後，皺緊眉頭。「他們是從前門進來的，」她說，「一定有鑰匙。」

「你怎麼知道他們是從前門進來的？」

「還有什麼別的可能嗎？你說是不是？要不然他們怎麼會來得及把防盜器關掉？」

「總有四十五秒到一分鐘的時間吧，看是哪一種防盜系統。如果在事前就知道輸入鍵盤在哪裡，這時間綽綽有餘。你可能是對的，他們是從前門進來的，但這不代表他們有鑰匙。」

「如果他們是從前門硬闖進來的，不是會有徵兆嗎？為什麼我的阿姨跟姨父都沒有注意到呢？」

「兩個問題，一個答案。」我說，「很難說。這行的老手撬開標準的扣針倒鉤鎖，不會留下什麼明顯的痕跡。過程只要幾分鐘，乾淨俐落，雖然沒有電影上演得那麼簡單，但也不必是胡迪尼（譯註：美國著名的脫逃大師）之類的傳奇人物才能辦得到。如果你沒打算撬鎖，還是有很多方法，不用把門弄得粉碎，照樣可以進去。會不會留下闖入的痕跡呢？有可能，但是，需要在很亮的燈光下，有很好的眼力才看得見。又不是出了多久的遠門，誰在回家的時候，會想到有人闖空門，先盯著門鎖看個老半天呢？」

我們又推演了幾種狀況，她一個勁兒的點頭，玩弄頭髮，嘟著嘴好像在吹無聲的口哨一樣。

「我疑神疑鬼，無中生有了。」她說，「我應該打電話給你們，請你們不要過來才對，害你們白跑這一趟。」

阿傑回答她，幸好我們不是大老遠從倫敦飛過來的。「不過只是坐了一趟地鐵，」他說，「算得了什麼呢？」

我跟她說，這一趟也不是毫無所獲。「你起了疑心，而且你的想法，也不能完全算是空穴來風。有問題，找不到答案，就是個該解開的心結。你現在感覺如何？」

「有點蠢，我想。」

「除此之外呢？」

她想了一會兒，慢慢的點點頭。「好多了。」她說，「阿姨跟姨父留下來的，就剩下克莉絲汀了。我在喪禮上見到她的時候，腦袋裡盡是一些，呃，令人不舒服的想法。我真希望她完全不知道我在想什麼。」

「她可能有別的事情可以想吧。」

「對，說得也是。」

我們又聊了一會兒。她跟阿傑談到一個法國名字，大概是他們班上的同學。然後，她伸手想拿帳單，但我已經拿在手上了。她抗議說，至少應該由她請客。再怎麼說，她那份也該由她自己付。

「下次吧。」我說。

∞

我們的位置在一二二街跟百老匯的交叉口。地鐵ＩＲＴ系統在一一六街有一站，然後，軌道從地下逐漸升高，到了一二五街，月台已經在地面上了。我們距離一二五街的地面月台比較近，只有三條街，但是，明明是往前，又要掉頭到後面去找車搭，有違人的本性。其實，我也想不明白為什麼大家會有這種感覺，往前走，往後走，還不是坐一樣的地鐵？如果，現在下著傾盆大雨，我想，我們會依照比較合理的走法，先回頭，朝上城的方向去，再搭往下城的地鐵。但是，今天很舒服，比前幾天涼爽、乾燥得多，我們倆都想散散步。到了一一六街，我們倆對望一眼，聳聳肩，繼續往前走。

幾年前，有人拍了一部百老匯的紀錄片，從曼哈頓的底部，一直走到這個島的尖端，或者更遠，因為那裡並非百老匯大道的終點。有一座跨越哈林河的大橋，使街道向北延伸，穿過瑪爾伯丘（在行政轄區上，瑪爾伯丘是曼哈頓的一部分，但有些當地居民則認為他們是布朗克斯人）。如果，這批拍紀錄片的人真的跑到這麼遠，他們可能會穿過國王橋跟理佛道，連上威徹斯特郡線，但是，他們決定還是沿著直通阿爾巴尼的百老匯大道走下去，不另生枝節了。

這條街道很有意思，沿著一條老街，會切進曼哈頓的直線區格。我很久沒有到這附近來了，走著走著，覺得很舒服。

除了在咖啡桌上跟人搶帳單之外，這是我唯一的運動了。伊蓮每個星期都有三個早上會到健身房健身，每個月上兩次瑜伽課。每次過年，我都要來個新年新希望，希望能跟伊蓮一樣，但過沒多久，就放棄了，不管怎麼掙扎，從沒撐過一月。有人說，走路是最好的運動，我希望他們是對的，因為現在我只剩下這種運動了。

上城跟下城之間的建築區塊，每二十個區塊就是一英里。我們大概走了一又四分之一英里的樣子，來到了九十六街。「說不定你走煩了。」阿傑說，「這邊有個快車站。」

「我們得找個區域線的地鐵站才行。」

「怎麼說？」

「快車可不停哥倫布站。」我說，「D線跟A線都停，就是IRT系統的車不停。」

「七十二街那邊有個快車站。」

7

除了價錢高不可攀之外，我跟伊蓮都還有別的理由，反正從來沒有想過買一棟獨門獨院的房子就是了。我們倆都過慣了住公寓大樓的日子，有門房幫我們收包裹、過濾訪客，水管漏水、保險絲燒壞了，有專門的人來打理，倒垃圾跟剷雪，也不用傷腦筋。有棟房子就不同了，當然不見得要親自做這些雜事，大可雇個人來解決，但終究是你的責任。我們這間公寓的管理很上軌道，許多事情，非常神奇，就是有人會去照料。我跟伊蓮從來沒有想過搬家。

有棟房子的話，房間會比較多，可是這間公寓的房間就夠多了，比起我們倆以前住的地方，不知道要寬敞多少。打我從西歐樹區搬出來之後，我窩在一個比衣帽間大不了多少的旅館房間，自得其樂。伊蓮在東五十街租了間一個臥室的公寓，充作工作室兼住家，距離河邊只有一條街。對我們來說，有間兩個臥室的公寓，已經覺得像是徜徉在猶他州那般自由自在了。

不過，如今站在賀蘭德那棟褐石豪宅正對面，我可以想像住在裡面的那種滿足感。建築精美細緻，跟左右的房子相比，格外顯得出類拔萃。位置更是無可挑剔，一條街外，就是公園，左右各有一個地鐵站，距離都不遠。從大街上看不見，但想來後面一定有個花園。你可以在那邊放個烤爐烤烤肉，也可以挑個舒服的晴天，帶本書、一罐冰茶，消磨白晝。

謀殺案發生至今，已經十二天；在康尼島大道上，發現那兩個凶手的屍體，也是一個星期前的事情了。這起社會案件總算在報紙上消失了，但是對左鄰右舍的街坊來說，恐怖的陰影，短時間內，想來是揮之不去的。封鎖犯罪現場的黃色塑膠帶，已經被拆掉了，我在大門上，也沒瞧見封條。

我越過馬路，登上台階，仔細打量這棟房子。阿傑緊跟著我，問我下一步該做什麼。

「瞧瞧。」我說。

窗簾都拉上了，前門沒有窗戶，就只有在門楣上，有個霧霧的頂窗。我把耳朵貼在門上，阿傑問我可曾聽見海浪聲，我說沒有，什麼也聽不見。我退開兩步，按了按電鈴，我想應該沒有回應，果然也沒有人應門。

「沒人在家。」阿傑說。我看了看門鎖。要再亮一點才成，在昏暗的燈光下，的確是看不出任何異狀。在門柱上沒看見破壞過的凹槽，鎖頭上也沒有新近擦撞的痕跡。當然，在這起意外發生之後，換過鎖頭，不是什麼不可能的事情。如果你即將搬進這棟豪宅，或者只是待價而沽，換把鎖，絕對是第一要務。

位於一樓的古董店已經打烊了，大門深鎖，門前掛著面牌子，說明營業時間：星期一到星期五，中午十二點到下午六點，另外還有一張印製的警告標語，宣告本棟產業裝設有警報系統，一旦啟動，會有武裝人員趕到現場。

「如果我們是闖空門的，」阿傑說，「這個告示會把我們嚇得東倒西歪。『武裝人員』還不單單是警察，而是手上拿把槍的警察。」
「對很多人來說，想到這個場景會很安心。」
「拿把槍在手上的警察？」他搖搖頭。「還是禱告這輩子別碰上他們比較好。你要不要闖進去？輸入鍵盤在衣帽間，密碼是十一十七。」
「下次再說吧。」
「你被武裝警察的警告嚇到了？」
「沒錯。」
「如果我們還要走到布魯克林，我現在就跟你說，我不想走。」
「我們為什麼要到布魯克林去？」
「康尼島大道啊。」他說，「看看條子是破哪扇門而入的。」
「省省吧。」我說，「我想回家，去等地鐵吧。」
「已經這麼近了。」他說，「走回去就行了。」

∞

伊蓮做了一頓很清淡的晚餐，義大利麵跟綠色沙拉，我忙著看HBO的拳擊比賽。上床前，我洗了個熱水澡，但是，昨天那番折騰，又走了那麼長的路，讓我至今仍有些筋骨酸痛。我們在兩點多鐘的時候，離了家門，走到林肯中心。我們買了愛麗絲．杜莉廳下午的室內樂演奏會門票。弦樂四重奏，有一段表演中，還加了單簧管。

演奏的曲目是莫札特、海頓跟舒伯特的作品。室內樂跟爵士樂當然是兩碼事兒，但是，聆聽室內樂，特別是弦樂四重奏，卻不時讓我想到小型的爵士樂團，可能是樂器之間的銜接、烘托，跟爵士樂頗有神似之處吧。雖然明明知道樂譜在兩百多年前，就已經寫好了，現在聽起來，卻仍然洋溢著即興的率性。

音樂會結束後，我們在泰國餐廳吃了點東西，回家的時候，剛好趕上伊蓮想看的《經典劇場》。這已經是第三集，前兩集伊蓮都錯過了。不打緊，只要電視上的演員，說話帶有英國口音，伊蓮就會盯著看。我在廚房泡茶，門房用對講機說，有一位阿傑．山塔馬利亞先生來訪。

我給她倒杯茶，順便跟伊蓮說，我們有客人。她說，「山塔馬利亞？我們剛剛進門的時候，艾迪在當班，我猜，大概八點的時候，羅爾來換他的班了吧。」

我們從來不曾花工夫去弄清楚阿傑到底姓什麼。（其實，他的全名是什麼，我們也沒概念。）但可以確定的是：他絕對不姓山塔馬利亞。有的時候，門房非要他報上姓名，才肯幫他傳達，碰上這種狀況，他就會叫阿傑．史密斯。他好像比較常用史密斯這個姓，有時，也會改姓瓊斯或布朗，或是史密斯的合夥人，阿傑．威森（「這個人有點紈袴子弟的浮誇味。」他是這麼形容這個假名的）。如果當班的門房對種族特別敏感，他也會找別的名字來應付，比如說，阿傑．歐漢拉漢、阿傑．戈珀（假裝是琥碧．戈珀的子侄），現在又用這個山塔馬利亞。之前有好一陣子，我們的門房是個來自聖基茨〔譯註：中南美洲聖克里斯多福共和國的主要島嶼〕的人，裝模作樣，舉止矯揉；於是阿傑便樂得要那個可憐的混球稱他為阿傑．絲蓓〔譯註：美國知名時尚品牌〕。

他上來的時候，挾著起碼有半吋厚的文件夾。「報紙上登的消息，我找全了。」他說，「連網站上，只要有點關聯的玩意兒，全被我抓下來了。好玩的是：《紐約時報》竟然沒有發現賀蘭德夫婦的凶殺案跟莎朗．黛德〔譯註：六〇年代的著名女星，曾經主演《娃娃谷》等多部電影。夫婿是波蘭名導羅曼．波蘭斯基。一九六九年，莎朗．黛德被瘋狂殺人魔查爾斯．曼森的黨羽謀殺，震驚世界〕命案之間的關聯。」

「聽起來是滿合理的。」我說，「查爾斯．曼森涉案的程度，大概和克莉絲汀差不多。事實上，除了在布魯克林自相殘殺的兩個混混之外，其他人都是局外人，沒什麼相干。」他把檔案夾遞給我，我接過來，說，「幹什麼？這裡沒我們的事兒。我們昨天已經花了一個多小時跟你的心上人講了好久的話。」

「她不是我的心上人。」

「只是個朋友，是吧？」我揚了揚手上的資料夾，「我幹嘛要看這個？」

「為什麼我們要去看命案現場？」

「好奇。」我說。

「殺死貓。」他說，指了指檔案夾。「多殺幾隻貓吧。」說完，朝著電梯走去。

8

星期一上午，我打了通電話給喬．德肯，問他可不可以幫我個忙。「我每天早上到辦公室來，首要任務就是為了幫你的忙。」他說，「人民公僕的義務就先放一邊去吧。」

我跟他說，我想要什麼。

他說，「這是幹什麼？老天爺。你現在是怎樣，改行當作家啦？想把這個故事寫出來，投稿到偵探雜誌去？」

「我倒沒有想到，投稿賺點外快好像不錯。」

「大家應該會想看才對。說真的，馬修，你到底想幹什麼，難不成有人委託你辦這起案子。」

「辦什麼案子？我的執照早就吊銷了。」

「據我所知，你是自願放棄的。不過，有沒有執照又有什麼差別？你沒有執照還不是照幹了好幾年？」

「如果我沒有記錯，那句話不是以前我說過的嗎？」

「你說過的其中一句。」一時之間，我們之間的空氣凝住了。他問我客戶是誰，我很坦白的跟他說，沒有人雇用我。他說，「是他們的女兒？這結局還不夠好嗎？老天爺。殺她父母的人，自相殘殺，沒半個活口，幹嘛還花錢讓你在這兒問東問西的？」

「我根本沒有見過那個女的。」我說，「沒有人雇用我，調查這起案件，純屬個人興趣。」

「因為你是一個超級好公民，見義勇為，一定要伸張正義。」

「正義應該已經伸張了吧。」我說，「記不記得我告訴過你，賀蘭德夫婦被殺的那天，我曾經跟他們一塊兒吃過晚餐？」

「好像有這麼回事。我彷彿記得你們並沒有跟他們坐同一張桌子，是吧？你知道嗎？上個月有個老人家，在地鐵G線活活被人打死，G是我老爸中間那個名字的縮寫，但我也沒有因此跑去找偵辦這起案件的人湊熱鬧啊。當然啦，如果有人給我一筆錢去查，又另當別論了。」

「如果真有人雇我，不管是什麼案子，」我說，「我就有工作好做，有別的事情好忙了，不見得有工夫去查這種已經結了的案子。」

「單單這個理由就足夠了，你應該去把你的執照弄回來的。」他說，「你是認真的，對吧？我先打個電話，試試再說。」

他去忙活了二十分鐘，給我一個名字，一組電話。「我不認識這傢伙。」他說，「但是，有人跟我說，他是個耿直的人，而且心思縝密；不過，他也不是那種你會想在益智問答節目上求救的對象。」

「你在跟他談到我的時候，該不會也這麼『恭維』了我一番吧。」

「我明白你現在不知道該怎麼謝我，不過，沒關係，你會想出來的。」

∞

那個把車停好，看著克莉絲汀·賀蘭德進門的男生，身上有手機，他用手機打電話報警。二十分局立刻派了一輛巡邏車，就近察看，巡警回報現場狀況，一個小時之內，分局的兩個警官趕赴調查。這個案子原本是他們的，但是，就在隔天，高層看出媒體肯定會大肆炒作此案，於是決定重新洗牌，成立了一個由曼哈頓北區刑事組刑警帶頭的專案小組，專司其責。

「自己的案子得拱手讓出去，誰心裡都不舒服。」丹．史林說，「不過要是排除面子問題，我們放掉這件案子還比較好。否則，查沒一個小時，就得把手上的工作放下來，開記者會，這樣搞下去，能有什麼進展？刑事組的人知道怎麼搞公關，由他們出面跟記者打交道，我們全力調查，這樣單純多了。在布魯克林那間公寓傳出屍臭前，我們已經掌握了嫌犯姓名，也大概知道他們的長相。本來我們只需要出手逮捕他們就了結了，偏偏他們死了，我們也不算抓到了。」

喬暗示我史林不是什麼有胸壑的厲害角色，但是，就我看來，他算是挺聰明的了。他有一點莽戇，畢竟是來自中西部，雖然不嚴重，但是已經足以讓喬這種在紐約混久了的老油條，覺得他腦筋不甚靈光、魯莽。看到他，就讓我想起一個叫做哈利哲的警察，他也是從俄亥俄州來的。我很喜歡他，也很尊敬他，因此一直保持聯絡。但是哈利哲一點也不遲鈍。

史林是明尼蘇達州亞伯里人。進到明尼蘇達大學前，打過美式足球跟籃球。大學一年級的時候，專踢足球，但是，卻沒被選進金地鼠足球校隊。後來他也沒費心去試籃球校隊，因為隊員身高至少都要有六呎五吋高。

他的女朋友主修戲劇，畢業之後，為愛相隨女友到紐約，女友一邊在餐廳打工，一邊參加試鏡。他則是在某家公司找了個小職員的工作，每天搭地鐵上下班，直到有一天，他看到了紐約警察的求才廣告。他通過了考試，從此不再回頭。他跟女朋友的關係並沒有維持很久，現在他也搞不清楚她是留在紐約、去洛杉磯，還是回聖保羅老家去了。他不在乎，根本懶得去查。我問他想不想念明尼蘇達，他看我的眼神，好像把我當成是瘋子。

他們早在DNA檢驗報告出來之前就鎖定了伊凡科，因為他們在撥火棒上找到了部分大拇指紋，他這麼說。指紋只有一枚，而且還殘缺不全，本來沒有什麼價值，幸好有高人指點，調出了伊凡科的犯罪記錄，終於有了突破。

「幾乎吻合。」他說，「鑑識人員認為至少有六成把握。這證據拿到法庭，當然不能有百分之百的鐵證，但是，撥火棒上的指紋不全，有這樣的結果，其實已經夠了。換句話說，我們已經把這案子破了，但是，我們手上的證據，卻沒有用武之地，法官跟陪審團根本看不到我們苦心的成果。真的上法庭，我們有DNA、他的精液、在現場掉落的陰毛，還有布魯克林鑑識科在公寓裡的屍體上，蒐集到的微量證據。」

「微量證據？」

「這麼說吧。」他說，「卡爾在辦完事之後，可沒時間洗澡。」

線索逐漸浮現，破案在望，能量逐漸累積，情勢格外緊張刺激。專案小組，精銳盡出，布下天羅地網，全力獵殺人犯之際，布魯克林警方誤打誤撞，發現了畢爾曼與伊凡科的屍體。故事自此急轉直下，毫無張力。不過，他很高興這案子就這樣解決了。

「這樣比較對得起受害者。」他說，「不是真正的受害者，他們已經過去了，是他們的女兒。她太難受了，早了早好。這兩個傢伙死了倒好，省得她一天到晚上法庭，應付那些新聞界的瘋子。案子結得徹底，血債血還，她再也不用擔心，六個月之後、六年之後，或是她生命中的哪一天突然被傳喚作證，請她判斷這兩個混混可不可以被假釋。案子結了就好，管它是怎麼結的呢？父母慘死，不管是誰，這輩子都忘不了。但是，至少她跟我們一樣，畫上句點，到此為止，沒有以後了。」

他很同情克莉絲汀，一般人也多半是這個心理，但是，這不會讓他斷了調查她的念頭。「坦白說，這是你馬上就會想到的可能性。」他說，「父母在自家被害，第一個發現屍體的人是他們的女兒，你當然懷疑是不是她唆使別人去幹的。這類案子很常見。最近的一起發生在四個月前，阿斯托尼亞有一個高中女生，因為父母反對她跟男朋友交往，她就跟男朋友結伴殺了父母，兩人無一倖免。」

我記得這起案件。「過程好像留了不少破綻。」我說。

「她偷了她爸爸的槍，交給她男朋友，男朋友射殺了老爸，叫這個女孩殺了她老媽。親自動手說不定是這個女孩的主意，要看你聽哪一方的證詞。然後，他跑到外面去，偷了一部車，開到女孩住家，朝著窗子開了三四槍。女孩子待在屋裡，開完槍之後，立刻報警，裝出一副歇斯底里的模樣，更妙的是，她還在身上弄出許多小傷口，假裝是被飛散的玻璃刺的。想得是挺周到的，可他們沒料到子彈是直接貫入，只留了一個圓圓的彈孔，玻璃好端端的，根本沒有飛出來。

「假如這是玩『大家來找碴』（譯註：這是一種在美國常見的教學遊戲，畫一幅漫畫，讓孩子指出哪些行為或是現象是不正確的）的遊戲。老師問，哪兒錯了？答案是：哪兒都不對。兩具屍體都在前屋，照說應該是人在那兒被一個邊開車、邊開槍的殺手幹掉才對。但是廚房卻發現血跡，再加上其他的證據來看，至少有一個人是死在廚房，然後才被拖到客廳去的。此外，有顆子彈射穿了牆壁，釘在廚房裡，這也證明子彈是在屋裡射出來的。經過彈道比對，更發現從車上開的那幾槍軌跡根本就不對，統統射到天花板上去了。再說那個媽媽，不只是彈孔角度不對，傷口上還有灼傷的痕跡。這還真是高竿啊，從屋外飛來的子彈居然能在傷口附近留下灼傷的痕跡？」

要這種人不去探探克莉絲汀．賀蘭德的底，絕對是辦不到的；但他沒有逼人太甚，主要的原因是克莉絲汀涉案的機率不高，再加上這個女孩身心備受摧殘，誰也不忍再增添她的苦楚與創傷。他觀察克莉絲汀的反應，追查她的不在場證明，豎起耳朵，仔細聽她的供詞。

他找不到什麼疑點。「如果有人自稱，他是天生的測謊機，沒有失手過，絕對是狗屁。但是直覺是可以培養出來的。幹這行的當然知道每天要被騙多少次。壞人成天扯謊，就算是沒有理由，他們也要騙你一下。真有理由騙你，他們會一個謊一個謊的接著撒，賭賭運氣，看看其中一個能不能矇住你。『那袋毒品？我這輩子從來沒見過毒品啊，警官。這哪是毒品啊，只是袋痱子粉罷了，我帶在身上，萬一我老婆要給孩子換尿布，我好用來拍拍他的小屁股。要不就是……毒品？這是打哪來的？你別栽我的贓好不好？』你覺得好笑，但這些都是真的。」

「我是在笑這些毒蟲三十年來說詞都沒變。」

「我看他們是變不了啦。老祖宗留下來的渾話，可不能輕易竄改。偏偏每個人都以為他是第一個用這套來蒙混過關的，每一個都以為自己是開宗立派的騙術大師。但是，你早就把他們看穿了，連他們會搭配什麼肢體語言，都瞭若指掌。他們才說第一個字，你就知道他們在唬爛。」

克莉絲汀沒有撒謊，他非常確定。她那種反應是裝不出來的，蒼白的臉色是裝不出來的，聲音不由自主的顫抖、愈拉愈高，卻渾然不覺，這也是裝不出來的。醫生說，克莉絲汀驚嚇過度，必須要接受治療。一個人就算演技再精湛，也裝不到這個程度。

不在場證明，更是無可質疑。整個晚上她都跟朋友在一起，有些是她老朋友，有些是剛剛認識的，送她回家的那位男士，就是其中之一。串證的機會微乎其微，大家的證詞相互印證，沒有矛盾的地方，整個晚上，克莉絲汀全程在場，沒有離席的時候。

當然，她父母回家的時候，她不必在現場。當然她有辦法讓這兩個小偷先溜進去，或是把鑰匙跟密碼交給他們，血案發生的同時，再找個地方鬼混，製造不在場證明。但是，實在沒有什麼理由去懷疑她，也沒有證據證明她跟她的父母有什麼不合之處，沒聽說過他們惡言相向、大打出手，也沒有什麼解不開的深仇大恨。當然啦，這棟房子價值不菲，她能繼承的財物讓人眼紅，但是，這棟房子已經算是她的了，她住在裡面啊，又沒有什麼亟需要用錢的難關，無緣無故的，有什麼理由要犯下這種禽獸不如的惡行？

8

如果你以為康尼島大道，通往康尼島，或者穿過康尼島，那你可就錯了。這條路的起點是展望公園西南角的圓環，一直往正南延伸，直到距離柏沃克沒多遠的布萊頓海灘大道。我搭乘D線地鐵，在十六街與J大道的交叉口下車。如果我多搭一站，到M大道下車的話，應該可以省下幾條街的腳程，但我當時不知道門牌上的地址比較靠近哪個站。

我確認了方向，沿著J大道往西走。這是一條熱鬧的商店街，滿是小餐館與麵包店，大家管這個地方叫米伍德區。以前，在布魯克林還是猶太人、愛爾蘭人跟義大利人天下的時候，這裡涇渭分明，主要的居民多半是中產階級跟猶太人。從招牌來看，如今這地方還是有不少猶太人，只是比較找不到那種穿及膝大禮服、戴著寬邊帽的傳統猶太人，跟猶太區公園或皇冠高地那些地方相比，還是有段差距。

聚居在康尼島大道的人種，還更複雜些。猶太小吃店左右，各是一家巴基斯坦雜貨店與土耳其餐廳。我走過幾家二手車店、平價珠寶店，又走了兩條街，跟著號碼一家家走下去，終於走到我要找的那一家。在洛克斯特街角，隔兩棟房子，從康尼島大道歪歪斜斜的伸出一條巷子，夾在L大道跟M大道之間。

巷子裡有棟房子，就是畢爾曼與伊凡科的喪身之地，四層樓高，方方正正的，像是個長箱子。

起初只是間木造房子，我想現在還是，至少下半部是，但是，有人覺得加點鐵皮，改良一下比較好。這樣一來，還可以省下大筆的暖氣費用和幾年就得粉刷一次的麻煩，最棒的是牆壁從此獨樹一幟，堪稱獨步全球。因陋就簡，主人好像只想把屋子包起來就算了，懶得裝飾，也不講究建築細節，省錢就好，完全沒有驕其鄰人的野心。什麼東西都是四方形的，弄個屋頂，四面牆壁，胡亂找些外行人來做，到處都是東補西補的痕跡。

「瞧你這副專心的樣子，好像想把它買下來似的。」

我轉向聲音來源，在消防栓旁邊，有一部警車，一個一頭黑髮、留兩撇小鬍子的警官，探出頭來，跟我說話。他穿了一件夏威夷衫，手臂曬得黑黑的。「艾德·艾佛森，」他說，露齒一笑，「你一定是史卡德。」

一進大門，就看到八個電鈴，還有一個沒有標籤的在旁邊。「高級住宅。」他說，「管理員的門鈴可沒門牌。」他按了按沒有標籤的那個電鈴，對講機裡傳來男性的聲音。「警察。喬治，我帶了個朋友來見你。」

靜電劈哩啪啦的回應。幾分鐘之後，一個皮膚黝黑的西班牙人走了出來，個頭很矮，一雙蘿蔔腿，上半身很壯，彷彿舉重練多了似的。

「見過史卡德先生。」艾佛森說。「他想當你們1L室的新房客。」

他搖搖頭。「租出去了。」

「你開我玩笑？現在已經有房客了？」

「下個月一號。房東告訴我，他已經簽約了，意思是叫我去油漆，把房間弄乾淨。」他皺了皺鼻子，「得先把臭味除去才行。」

「油漆味兒說不定壓得住。」

「一部分啦。臭味兒已經深入地板了。」喬治說，「牆壁也有。我看得點香才成。」

「值得一試。」

「但是，到時候裡面又都是香的味道，那要怎麼除掉？」

「嘿，哈點草不就得了。」艾佛森建議說，「帶咱們進去看看吧。」

「我跟你說過，租出去了。」

「還是可以讓史卡德先生看看他錯過了什麼啊，他又不想租，喬治。你是要讓我們進去，還是要我把門踹開？」

∞

「味道輕多了。」艾佛森跟管理員說，「你一天到晚在這裡，可能沒注意到今天跟明天的差別。你先用阿摩尼亞洗地，再跟現在一樣，把窗戶全部打開，噴點空氣清新劑，誰知道這裡出過什麼事情？」

「你聞不出來？」

「當然聞得出來，但已經比以前好得多了。你說已經有個天才，租下這個地方？他是怎麼了？鼻塞？」

「他是在電話裡談好的。」

「肯定不是個龜毛的人，租房子來看一眼都懶得。去叫對面那女的滾回廚房去做事，少在這湊熱鬧。她不是抗議屋子裡有怪味道的那個人，是吧？」

「那是樓上的人。」

「從樓上就聞得到臭味？」

「上樓的時候經過這扇門，然後就聞到了。」

「我猜她那時候沒在對門張羅吃的吧，否則屍臭跟她煮的東西味道混在一起，相互抵銷，誰會想到屋裡面有死人哪？她到底在煮什麼？」

「柬埔寨食物吧，我想。」

「柬埔寨？」

「她是從柬埔寨來的，」喬治說，「應該是弄柬埔寨食物吧，不是嗎？」

「我猜柬埔寨國宴頭一道就是大蒜落水狗。」艾佛森說，「她那家子對於這道菜，百吃不膩。好啦，喬治，我們從這裡接手了。」

「接手幹什麼？」

艾佛森笑了笑。「接手幹活兒啊。」他說，「去忙吧，喝幾杯類固醇，舉舉重吧。」

「我才沒碰類固醇，都是自然的。」

「最好是啦。」

「那東西對人體不好。」喬治說，「蛋蛋會變小。」

「小得跟鷹嘴豆似的。」艾佛森說。門關上之後，他說，「你看那個小王八蛋的肩膀？自然個頭。那些矮個子，都想長高變大，逼急了，每個人都想試試類固醇，還真的有效，誰捨得不用？用多了，蛋蛋真的會變小。這些吃類固醇的人，嘴巴上這樣說，但是，跟肝癌一樣，都覺得只有別人才會得。」他搖搖頭。「其實，我們不都這麼想嗎？壞事只會發生在別人身上。否則的話，誰敢搭飛機、誰敢從酒吧出來以後開車回家、誰敢抽菸？說不定，連出門都不敢了。」

「也不敢去聽音樂會了。」

「什麼事都不敢幹了。這裡就是命案發生現場，你還可以聞到味道吧，是不是？情況比喬治想得好些。你能做的，就是拚命聞，因為什麼也看不見了。他把這裡打掃乾淨了，是吧？他也非打掃不可。沒有理由把那些亂七八糟的東西保留下來啊。法醫已經驗過屍了，證據打包、照片也都拍過了。門一撞開，這案子就破了，完全沒有保留現場完整的必要。」

他帶我進到前屋，穿過廚房，在後面找到第三個房間。「家具都不見了。」他說，「其實一開頭也沒什麼。客廳裡兩把救世軍捐的破椅子，紙箱子上放了部爛電視，廚房裡有個牌桌，連張床都沒有，地板上放個床墊，鋪張床單，就這麼睡了。有沒有衣櫃呢？這倒記不清了。我只記得一個東西，這裡還有一部電視機，放在地板上，可以躺在地上看，不會扭到脖子。」

「他們想得可真周到。」我說。

「他們還想到睡覺的時候，要多吸點新鮮空氣，刻意把床墊放在窗戶邊。那個瘋子，伊凡科，就死在你站的那個地方，整個人臉朝下攤在那裡，身子一半在床墊上，一半在床墊外。突然想起來了，如果我們在警察局的話，我就可以拿現場照片給你看了，你會比較清楚我剛剛衝進來的時候，屍體倒臥的狀況。」

我跟他說，史林已經拿給我看過了。

「所以你是想身歷其境，自己感受一下就對了。」他白白的牙齒一閃，「聞聞這味道。」

「再跟到過現場的人聊一聊。」

他點點頭。「如果你看過照片，對於現場，應該很清楚才對。開槍的人站在正對床墊的屋角，就在那裡，穿著內褲，朝自己開槍，搞得一塌糊塗。不過即使如此，也蓋不掉這裡的臭味。相信我。我不知道為什麼在自殺之前，他要把襯衫還有褲子脫掉；或許是他想脫個精光的死，然後正要脫內褲時，不知道想到什麼，覺得還是該體面些，又罷手不脫了。他的牛仔褲堆在電視機旁邊，大概就在那裡，他的襯衫，忘了他的襯衫在哪兒了，在這附近吧，大概，反正一定在地板上，這裡也沒別的地方可放了。」

「他坐在屋角？」

「癱在那裡。」他說，「自殺之後，身體往前傾，上半身彎下去，一眼就可以見到他後腦勺的槍傷。」他走到牆角，指著上面一塊深色的地方，距離地板兩呎的樣子，中間有個圓圈，應該是槍孔，但是被磨平了。「喬治可費了不少工夫。」他說，「子彈射進去，留下一個彈孔，喬治不知道塞了什麼東西進去，又磨了一下，但還是留了一些痕跡。如果牆壁是很光滑、泛著光澤的那種，或許不要緊，但是這種油漆的水泥牆，血會滲進去。沒關係，過兩天，油漆一遍，就不怎麼看得出來了。這種錢再摳的房東也會出的。現在，你還可以看看當初是怎麼回事。」

「是啊。」

「一見到這情景，你猜我馬上想到什麼事？」

「小倆口賭氣。」

「一語道破。兩個男的，一張床墊，自殺的那個人除了一條短褲，一絲不掛。他殺了他的情人，知道他玩完了，就把他的手槍當做老二，往嘴裡一放。我第二眼看到的東西是一個空的枕頭套，然後又瞥見另外一個枕頭套，裡面還有些東西。然後，我跑到廚房去，看到牌桌上有一個深褐色的小箱子，裡面是挑牡蠣吃的銀叉子。想在康尼島大道找到純銀的東西，可不容易。」

「你一下子就想到這些東西是從哪裡來的？」

他點點頭。「報紙報成這樣，上面發了一大堆追緝公報，一下子就想到那個案子了。我的搭檔也是，只是忘了是誰先提起來的。頓時，我們熱血賁張，全身都熱起來了。你應該可以想像那種感覺吧。」

「可以。」

「過一陣子，你就冷靜下來了，因為你沒別的事情好幹了。這兩個人是凶手，沒錯，但都死了，案子結了，沒了後續。當然，你必須要再查一遍，把前因後果跟相關細節弄清楚，只是，後繼無力。好笑的是，我跟費茲還得到嘉獎。其實，除了到處看看，我們倆什麼也沒做。」

「不管有做還是沒做，嘉獎證明往你們的檔案裡面一放，好處是一樣的。」我說，「以前你們一定花過不少工夫，卻沒什麼獎賞，這個嘉獎算是補償。」

「這話說得對。」他說，「現在公平多了。」

我在公寓裡四處繞繞，又跟他聊了一陣子，多感覺一下這個地方，試著回想當初這裡到底發生了什麼事。兩個人進得門來，放下他們偷來的贓物。他們剛剛強暴了一個女人，又把她跟她先生殺了，他們感覺——他們有什麼感覺？我要怎麼才能想出他們有什麼感覺？

他們進得門來，過了一會兒（或是幾個小時之後，我不知道這裡應該用什麼單位計時），其中一個人把同伴殺了。然後他自己脫到只剩一條短褲（也有可能他是先脫到剩下一條短褲，再殺他的同伴）坐在牆角，把槍放進自己的嘴巴。艾佛森的想像說不定有點道理，或許他真把手槍當老二吸了。

我問說，這兩個人都住在這裡嗎？

「地方是畢爾曼的。」他說，「四月份簽的約，他的鄰居都說，他是一個人住在這裡的。衣櫥裡的衣服，也都是他的。床墊上也只有一個枕頭。兩個人或許可以同睡一張床，但是，兩個人共用一個枕頭，就有點奇怪了。」

「你說得有道理。」

「也許他把伊凡科帶回家來，是為了把贓物藏好，或者是兩個人分一分，什麼都可能。」他聳聳肩，「也許畢爾曼突然一時『性』起，可是伊凡科抵死不從，砰砰，你死了，砰砰，我死了。如果兩個人裡面有個活口，還可以問一問，但是，現在誰都沒輒了。」

「所以你只好破門而入？」

「再強調一次。如果他們裡面有個活口，我還可以請他們開門。但是，別無選擇，只好破門而入。不是我帶頭衝的，是那兩個穿制服的巡警先撞開的。他們倆一到這裡，就知道這裡出了什麼事。幹我們這行的，誰不是三不五時聞到這股味道？聞過之後，你這輩子就再也不會弄錯了。你也是吧？」

「警察到的時候，管理員也在場嗎？」

「喬治？就是他報的警。鄰居抱怨說這裡有臭味，他就報警處理了。」

「他剛剛不是放我們進來了？」我說，「他怎麼不放那兩個巡警進去？」

「喔，我還想說你怎麼一直鬼打牆咧。門從裡面反鎖了。」

「反鎖？鑰匙打不開？」

「不是那種門鎖。」他說，「其實也不是真正的鎖，是那種你在五金店就可以買到的小玩意兒，一半釘在門上，另外一半釘在門邊，只要把那道金屬橫桿推進凹槽，就從裡面反鎖起來了。等到喬治開始油漆的時候，這個地方他也得打理一下，如果他真的不嫌麻煩的話。我進來的時候，見過這道門鎖，銅做的，亮晶晶的，質地還不錯。門本身好端端的，破門而入的時候，沒有傷到門，倒把這道鎖踹壞了，鬆垮垮的懸在那裡。史林給你看的那組照片裡，有沒有這個懸在門邊的扣鎖？」

「我看到的可能已經不是一整套。」我又走了幾步，透過窗戶，打量屋後的停車場。那邊有四個大垃圾桶，其中三個整整齊齊的排成一線，另外一個在另一邊，垃圾都快滿出來了。垃圾桶裡面套了個垃圾袋，袋口被扯開來了，應該是老鼠的傑作。我沒看見老鼠，但是見到了疑似老鼠屎的東西；那些鑑識組的小朋友，應該可以告訴我，這些老鼠早餐吃了什麼。

應該可以在這裡種種花，我想，或者是放個烤肉架來烤肉，但是，大概只有失心瘋的人，才會想這些事情。

「我真希望能知道他為什麼要把衣服脫掉。」我說。

「畢爾曼？」

「伊凡科也是全身脫個精光？」

「沒有，沒穿衣服的只有畢爾曼。這裡很熱，你可能已經發現了，屋裡少了很多東西，其中之一是空調，甚至連個電風扇都沒有。他們可能忙得一身大汗了，一路從曼哈頓，背了兩大包勞什子，一路過來。畢爾曼穿了牛仔褲、長袖襯衫，他可能覺得脫光了涼快些。」

「這有道理。」

「也許他們不喜歡穿沾了血的衣服。」

「衣服沾了血？」

「襯衫、褲子上都有。」

「伊凡科的血？」

他搖搖頭。「賀蘭德夫婦的血。女人的血吧，我想，要看報告才確定。她喉嚨被割斷了，血噴得到處都是。」

「割斷賀蘭德太太喉嚨的人是伊凡科？」

「你覺得他們會費心調查這種事情嗎？有什麼差別呢？他們兩個人身上都是血跡。喉嚨都被割斷了，流出來的血還會少？不管是誰多少都會沾上點血的。」

我說，「我不明白為什麼他們要把房門反鎖起來。」

「他們剛殺了兩個人，把兩大袋東西背回家。在這種關鍵時刻，也許不希望有人闖進來。」

「也許吧。」

「也許是畢爾曼殺了他的同夥，希望有幾分鐘時間讓他可以冷靜的思索一下，再到陰曹地府去跟他的同夥會合。是不是愈扯愈遠啦？你要知道的是他們是不是鎖門了，答案是，是，而且還從裡面反鎖起來了。」

∞

艾佛森還有別的事情要做。離開前，他花了一點時間確定門已經鎖好了。我還真不知道他在想什麼，這裡到底有什麼東西可以偷？

他走了之後，我到地下室跟喬治聊了幾句，然後在這棟建築物裡轉了轉，找些人問問。一半的房客出去了，剩下的人多半不會說英文，或是寧可讓別人覺得他們不會說英文。我毫無所獲，也不知道這裡到底有沒有什麼值得調查的線索。

我走到M大道，向左轉，突然想到，如果要省幾步路，我應該對角線穿過洛克斯特大街，到我想去的街角。

我不禁啞然失笑。如果我想節省時間的話，根本連布魯克林都不用來。我走了幾條街，爬上地鐵月台，等我的車。

# 9

他坐進車裡，驅車向前，心裡漫無目標。他只想開車，就這樣。

車裡異常清爽，他的感覺很好。他是個很愛乾淨的人，車裡車外，一塵不染，經常洗車。他最近還把車子開去美容，現在的車子更是跟展示室裡的新車，沒有什麼兩樣。甚至於在車裡，都有一股新車的味道，他已經明白訣竅在哪裡了：有一種產品，一種裝芳香劑的罐子，名字就叫「新車香」。

他們什麼都想到了。

他根本沒注意周邊的道路，既然不知道要去哪裡，走哪條路，又有什麼差別？到了堅尼路，他看見通往曼哈頓橋的標誌。他穿過布魯克林，往南開到法拉布希大道，他現在知道該往哪去了。

就這麼等下去，他想，終究會知道該往哪去的。

然後，你就找到你的方向。

這不是最傳統的方法嗎？回到犯罪現場。他以前也幹過這種事。兩次，自從那個夜晚，他發現他自己兩度步行經過西七十四街的建築物。經過那棟房子的時候，他會放慢速度。他並不想逗留，也不想多看這棟房子一眼。當然，人們還是會眨著完全無辜的眼睛，打量這棟房子，不是嗎?報紙上都是這個新聞，媒體大肆炒作，這棟房子因而惡名遠揚。幸好還不至於有人坐著遊覽車，跑到這裡觀光，不會有司機拿著擴音器，嘮嘮叨叨的跟你描述這棟房子的光榮歷史。還沒到這般田地，在這個永遠在找新鮮事，刺激的記憶總以迅雷不及掩耳的速度，取代逐漸冷卻的新聞的城市，並不會發生這種事。

為什麼要挑逗命運?他第二次行經這棟房子的時候，一度想要打量底層的古董店，也許買點什麼當紀念品。到路旁的小鋪子買點東西，有什麼不對?但是，不行，這念頭使不得。

他只用一隻手掌控方向盤，另外一隻手摸了摸自己的喉間。一根指頭滑進領子，摸到脖子上那條細細的金鍊子。

最好的紀念品，他想，用不著花錢買。

∞

他向右轉，離開法拉布希大道，彎進柯特友路，又向左轉，來到了康尼島大道。車子緩緩的滑進案發現場，卻發現一部員警的巡邏車，違規停在兩棟建築物旁的消防栓前。車裡沒有人。警車停在這個區域的消防栓旁，起碼可以找出十幾個理由。這附近人煙稠密，許多獨棟民房跟集居公寓，都在步行可達的範圍內，這個警察可能因為別的理由跑到這裡來，未必是在調查犯罪案件，也不見得是有人報警。他可能只是來看女朋友，或是探望對他很好的叔叔。

他在建築物周遭兜了一圈。在距離現場兩棟建築物外的地方，找了個合法的停車格，盯著那棟屋子看。門打開了。兩個人走了出來。年輕的那個，是標準的布魯克林人，一派輕鬆，穿著花花綠綠的夏威夷衫，配了條深色的長褲。另外一個老得多，衣著也比較保守。兩個人握了握手，然後那個年輕的——對，他應該是在休假的警察，並沒有執勤——進到警車裡，開走了。老的那個，目送他離開，又轉身回到房子裡去。

是房東吧？跟警方確認一下，蒐證完畢了，他可以再把房間租出去嗎？還是紐約市政府員工？一個依法辦事的小公務員？

當然也可能是新房客，顧慮周遭安全。但是，這個人看起來不像是住在這裡的。

是房東，他認定了。但他其實不在乎，真的，沒什麼大不了的。他沒有理由回到這個地方來。這裡又不是七十四街，那裡還有利可圖。

# 10

接下來的幾天，我跟十來個人講過話，有的是用電話，有的，面對面。沒有人雇用我，也沒有什麼非現在調查不可的急迫性，但我還是拚命工作，認真忙碌的程度，跟幹正經事一模一樣。

我打電話給幾個我認識的律師，包括雷蒙．古魯留跟杜．卡普倫，打聽他們知不知道有關拜恩．賀蘭德的大事小事。雷蒙曾經見過賀蘭德的新進合夥人，一個叫做賽爾凡．哈定的人，但是，他記得這個人，純粹是因為他的名字。「我就認識這麼一個叫做賽爾凡的人。但我總是得費半天勁兒，才會把叫他菲爾德先生的衝動壓下去，因為一見到他，我就會想起賽爾凡．菲爾德（譯註：Sylvan Field，Sylvan，是與樹林相關的形容詞，兩個字合起來，是「林地」的意思）這個詞。就算如此，我們兩個還是沒有什麼交情。我沒辦法確定他記不記得有我這麼個人。」

「什麼時候大家連硬漢雷蒙都記不得了？」

「唷，你這話說得是。如果真有需要的話，我可以打個電話給他，跟他說，你想跟他聊聊。但我可不確定，對你來說這是個好方法，因為這樣一來，可能會讓他提高警覺，套不出什麼東西。」

「只要幫我混過接待人員的盤查就行了。」我說。

他打了電話，果然讓我一路順暢，進到賽爾凡．哈定的辦公室。他首先向我道歉，因為他這裡視野不好。「登上帝國大廈，」他說，「你應該可以看到三四個州，是不是？但是，這裡只有七樓，看出去，跟地下室差不多。」他在跟我扯這個的時候，笑得十分得宜，讓人覺得相當體貼。但不知怎麼的，我總覺得不管是誰，他都會用這個私房笑話來暖場。

我是來釣魚的。找找看誰手上有對死去的拜恩．賀蘭德不利的證據。但是，我得到的消息並不多。哈定只知道賀蘭德的客戶對他都很滿意，員工跟他處得也很好，甚至於哈定還說，他真不明白為什麼有人一提到律師這一行，就是滿臉不屑。

我知道賀蘭德專精於房地產跟信託的法律業務，看起來實在不像是因為案子惹出糾紛，把畢爾曼跟伊凡科這兩個煞星引上門來。他的運氣很好，常常是在敗訴前，委託他辦案的客戶就故去了，有的甚至是生前委託，他根本沒有後顧之憂。

我問起畢爾曼跟伊凡科，拜恩．賀蘭德有沒有幫這兩個人打過官司，或是處理過跟這兩個人有關的案件？哈定記得這兩個人的名字，但是，我的問題還沒有問完，他就開始搖頭。「我們事務所只接民事案子。」他這麼跟我說。當然，打民事官司不等於大家揖讓而升，彬彬有禮，不過，我想，他當然不必跟我談這一點。「我們這裡的合夥人，不管資深、資淺，都不處理犯罪案件。」

「街頭小混混也有可能想立份遺囑吧。」我說，「也有可能出現在別人的案子裡啊。我的目的是找出這兩個人跟賀蘭德夫婦之間的關係，或者排除這兩個人跟賀蘭德夫婦有任何關係。」

「我的感覺是後者。沒有任何關係。」

是啊，光靠念力就能排除了。「我想要做的事情，」我說，「是麻煩你全面搜尋一下賀蘭德先生的硬碟。」我想起阿傑先前指點我的用語，現學現賣，其實我不大知道這話到底什麼意思。「不只是檔名，要連內文一起搜尋，看看這兩個名字，畢爾曼、伊凡科到底有沒有出現。」

他義正辭嚴的跟我說，他絕對不能做這種事情。檔案全屬機密，這是律師與客戶之間，最重要的義務關係。更何況，賀蘭德的電腦設有密碼，外人無從得知。我則是一本正經的跟他說，他一定知道賀蘭德的密碼，因為事務所不可能讓賀蘭德手上的案子懸在那裡，影響整體運作，他只是懶得跟我說而已。我跟他說，我絕對無意破壞律師與客戶之間的義務關係，只想找兩個名字。如果他找不到，告訴我沒有，並不會壞了行規；如果他找到了，不妨改變心意，跟我提一聲，剩下的事是我該去傷腦筋的。

到頭來，我想他寧可敲幾下鍵盤、按幾下滑鼠，也懶得跟我這番漏洞百出的說詞糾纏。一如我的預期，他沒有花半點時間思考職業倫理的問題，最後，他沒找到畢爾曼跟伊凡科這兩個名字，這也沒有出乎我的意料。

8

我又找上了雷蒙．古魯留，問問他對畢爾曼與伊凡科有沒有印象。這兩個人大概不會雇用律師，但是，世事難料。不過我相信，賀蘭德夫婦血案，只要能扯上一絲政治原因，硬漢雷蒙就有辦法大顯身手，左右開弓，痛毆現行體制——換句話說，就是把社會慘狀拉進來一塊兒批判，讓大家一時之間摸不著頭緒，最後讓他下流無恥的客戶，無罪開釋。

但他也沒有幫這兩個人打過官司，在康尼島大道命案曝光前，連這兩個小角色的名字都沒聽過。杜．卡普倫，布魯克林一人法律事務所的所長兼工友，雖然無案不包，但也沒有見識過這兩個人。他說，畢爾曼這個名字有點耳熟，但卻說不上來為什麼。「如果這兩個人上過法庭，你應該可以找到幫他們辯護的人。」他說，「這種事是有記錄的。幫他們辯護的律師，願不願意跟你談，是一回事，但是，找出他們並不難。」

我早就動手查過了。伊凡科被起訴過好幾次，每次都找義務法律人員協助，我用電話找到一個——一個死了，還有一個搬離紐約州了。她跟我說，除非當事人過世，否則的話，她不便跟我說什麼。而且，坦白說，她也沒什麼好跟我說的。她曾經幫伊凡科處理一個強暴未遂的案子，目擊者指認時，沒有認出伊凡科，她當時剛好人在那兒，於是利用這點要求法官無罪開釋，沒想到就成功了。這是她跟伊凡科僅有的接觸經驗。我的印象是：單就這一次，她都嫌太多了。下一回，她又特地選擇替強暴犯辯護，她是自願的，特別跟一個男同事換來的。「因為我可不敢保證能成功替客戶脫罪。」她說。

我找遍了熟人，完全找不到畢爾曼的記錄。我倒不認為他們有所保留，應該是他們手上也沒有半點資訊的緣故。這點我很明白。畢爾曼的名字首度出現在官方文書上的時候，屍體已經被貼上標籤了。他在曼哈頓殺了兩個人，在布魯克林殺了一個人後自殺，實在看不出有必要去追究他先前的經歷。

報紙覺得這題材還有點新聞性，所以，還可以找到點蛛絲馬跡——他曾經因為一些小罪被起訴，但是並沒有坐過牢，頂多就是因為妨礙治安與酒後鬧事被拘禁一個晚上罷了，第二天早上就被釋放了。他的罪行不外乎是私闖布勞斯維樂的民宅、坐地鐵霸王車，反正，怎麼看都只是個不入流的小混混。

強盜、攻擊、多人命案、謀殺——他們進步得還真快。當然伊凡科曾經有強暴前科，對於撥火棒的使用，更有別出心裁的創意，最後，割斷蘇珊．賀蘭德喉嚨的，也可能是伊凡科。但是，伊凡科可沒有射自己三槍，應該是畢爾曼的傑作，這樣一來，假設他在西七十四街曾經用過槍，也滿合理的。他兩度開槍，子彈都是三發，最後，不知道出了什麼事情，第七顆子彈，他選擇射進自己的上顎骨，直抵腦際。

兩次用的是同一把槍，點二二吧，我猜。哪一型的呢？彈匣能裝幾發子彈？自殺之後，彈匣裡還剩幾發？他有沒有重新裝填子彈？

有太多我不知道的事情了。

∞

除了去煩警察跟律師之外，我那個星期還有好多別的事要忙。有個下午，我到伊蓮的小古董店，幫她值班，讓她去參加一個非去不可的拍賣會。我沒賣掉什麼東西，但也沒有砸破什麼東西，平盤收場。

我去參加三場聚會，聖保羅兩場，中午在西城一場。伊蓮跟我還聽了兩場音樂會，第二場是來自布拉提斯拉瓦（譯註：斯洛伐克首都）的巴洛克樂團。伊蓮說，她好像沒有認識布拉提斯拉瓦人，我跟她說，我以前有個朋友在那裡出生的。那個人是我幾年前在格林威治村的聚會裡碰上的，他很小的時候，就來美國，關於早年的事，他只記得下東城，就是比特到麥迪遜那一帶間。以前的老建築，現在都被夷平了，他跟我說，這樣也好。

我們當然沒法到布拉提斯拉瓦去，離開音樂廳之後，找了部計程車到格林威治村，那裡從雪瑞丹廣場開始，地下室是一整排的爵士樂酒吧。這裡的觀眾對於音樂的關注程度，不下於林肯中心，唯一的差別是，這裡的人喜歡用腳打節拍，會在樂曲中間鼓掌罷了。我們倆沒說什麼話，出了酒吧就直接回家。

在廚房的餐桌上，我說，「前幾天，我做了個夢。」

「哦？」

「我不記得開頭。有沒有人記得夢是怎麼開始的？」

「哪有可能？在夢開始之前，你就必須要有記憶才行；這等於是你在出生前，就有記性。不過，的確有很多人說，他們記得出生前的事情。」

「很難證明。」

「也很難反證。」她說，「但是，我不想轉移話題。你做了一個夢。」

「夢到安妮塔。她不知道是快要死，還是已經死了，不記得了。我想，夢一開頭，她就快死了，怎麼也喘不過氣來，然後，場景一轉，我明白她死了。她看著我，不知怎的，我就是知道她已經死了。」

她等我繼續說。

「她一直怪我。『你為什麼袖手旁觀？我死了，都要怪你。你為什麼不救我？』並非一字不差，可我記不清內容了，但她就是這個意思。」

她攪了攪茶杯，我不知道為什麼，因為她什麼東西也沒放。她把湯匙拿出來，放在碟子邊。

「然後她就消失了。」我說。

「消失了？」

「其實是慢慢褪掉的。」我說，「也有點像是融化掉的，跟西方壞巫婆（譯註：《綠野仙蹤》裡面的壞巫婆）一樣，慢慢的，就看不見了。」

「然後呢？」

「就這樣。」我說，「我就醒過來了。否則的話，說不定我根本不記得有沒有做夢。就算我做了夢，通常也不會記得，你知道嗎？我應該是會做夢的人，他們說每個人都會做夢，但我很少記得夢些什麼。」

「如果要記得夢的內容，」她說，「夢一做完，得馬上就驚醒才行。」

「有的時候是這樣啊。」我說，「早上起來的時候，覺得自己做了夢，甚至於覺得只要拚命的去想，就會想起到底做了什麼夢。」

「你都怎麼回想夢境的啊？」

「我也不知道。我只能說，我從來也沒有想起來過。再怎麼用力也沒用，但是做過夢的感覺很清楚。」

「你最近常常做夢嗎？」

我點點頭。「我有感覺，好像都是同樣一個夢。」

「是你之前做過，而且記得的夢？」

「差不多，可能有點出入。我沒有『證據』，不過，我想，『夢』跟『證據』這兩個詞，好像根本扯不上邊吧。」

「她死了是事實，你也幫不上忙。」

「人死了，當然幫不上忙；但她快要死的時候，總不應該袖手旁觀吧。」

「你還記得夢裡是什麼感覺嗎？」

「還會有別的感覺嗎？無助、罪惡。一股想要做點什麼的衝動，但怎麼想，也不知道該做些什麼。」

好一陣子的沉默。她說，「你真的也沒什麼好做的。」

「我知道。」

「就算是她還沒死，你也幫不了什麼忙。你根本不知道她有病，是不是？你怎麼會知道呢？沒人跟你說嘛。」
「是沒有。」
「不過我想你的意思是，你該在更早的時候就做些什麼吧？」
「三十年前。」我說，「總之就在我離家出走那時候吧。」
「還在怪自己嗎？」
我搖搖頭。「也不見得。戒酒無名會教你那一套狗屎，我身體力行。我冷靜思考，修補過錯。我以前爛醉如泥時，所做的每一個決定，如果你覺得能稱之為決定的話，我都不覺得有什麼好驕傲的。但自此之後，我一路走來，相安無事，最後還是讓我找到一個合適的棲身之所，戒酒成功，娶了一個好女人。」
「有的時候，你卻希望留在家裡，跟一個不合適的女人過完這輩子？」
「並沒有，我沒有這麼想過。」
「你不見得會比較開心，也不見得會比較舒坦，但在道義上，你覺得你應該這麼做。」
「也許是我在做夢的時候。」我說，「心思正常的時候，不會這麼想，只是……」
「道義上好像該這樣。」她補充說。
「她死了。」我說，「說走就走，誰也沒有想到，大夥兒一陣慌亂，然後就是喪禮，再然後，就是跟麥可還有安迪這兩個小王八蛋的快樂時光。還記得我跟你提過，咱們三個人一起去的酒吧吧？」

「一大堆小賀喜巧克力棒。」
「就是那家。我在那裡想喝酒。」
「我比較想要一根巧克力棒。」
「我並沒有喝酒。」我說，「甚至於沒有認真考慮。但那股慾望一度非常強烈。」
「這只是拉鋸的過程嘛，是不是？你最後沒有喝酒，這才是最重要的。」
「我知道。」
「這也就是為什麼你想把賀蘭德這個案子查清楚的緣故吧，是不是？」
「多少有點關係。」我說，「我想找點事情做。如果要我扮演業餘心理醫生來分析的話——」
「天曉得你才當不了心理醫生。」
「我也這麼認為。但我覺得這些夢好像是要我去救蘇珊・賀蘭德，即使已經來不及了。」
「只有她嗎？」
「能多救幾個當然更好。我可以重回童年，救我的父母。這樣你滿意嗎？」
「我不應該插嘴。」
「把心理學扔到一邊去吧。」我說，「我聽阿傑的話，跑到上城去看那個女孩，是因為我沒別的事情好做，而我想幹點活。我們跟她見了面，很顯然的，這讓她安心不少。你一定認為，我勸過那個女孩之後，自己也安心下來了吧？」
「但沒有。」

「我去看那棟房子了。」我說，「可是卻沒有找到什麼新線索。阿傑把報上的新聞都印給我看了，還從網路上抓了一些資料。看完之後，也沒什麼進展。」

「但你還是願意查下去。」

「是的。」

「因為這活你幹得了？」

「應該是吧。」

「你幹完活了嗎？」

「還沒有。」

「你要繼續幹下去嗎？因為你想找點事情做？」

我搖搖頭。「因為這是件該做的事情。」我說，「還會有誰繼續查下去呢？警方都已經結案了。」

「他們不應該結案嗎？」

「我又沒說他們不對。」我說，「只是，我覺得他們沒有把狀況全部搞清楚。」

十一

我在早上打了通電話給艾佛森，留言給他；大概十一點鐘的時候，他回電了。「我仔細想了你說過的話。」我跟他說，「他們是怎麼把那麼多東西帶回來的？除了銀器之外，不是還有好多別的嗎？」

「我們全找回來了啦。」他說，「連吃生蠔的小叉子都沒落下。」

「他們是怎麼回來的？」

「怎麼回來的？」

「他們兩個有人有車嗎？」

「別說是車了。」他說，「你看過他們的公寓吧，還記得嗎？他們的裝潢，我不是也告訴過你嗎？畢爾曼有條換洗的牛仔褲就不錯了，他怎麼可能會有車？」

「那他們是怎麼回布魯克林的？」

「你是怎麼去到布魯克林的？搭D線地鐵啊，這不是你說的嗎？」

「你說這兩個傢伙背著大包包，裝滿了贓物，就這麼一路坐地鐵回來？」

「是不像，不過天曉得以前有沒有其他人這麼幹過。要不，他們隨手招了一部雜牌計程車……

只是在曼哈頓要找這種計程車，怕是不容易吧？」
「沒錯。」
「所以，看來，他們很可能是偷了一部車囉。把啓動的電線接一接，如果他們懂得這種技術的話。也許他們眼尖，找到一部鑰匙沒拔的車子。開去幹活，先在外面等著，等到完事之後，再開回家。」
「在他們住家附近發現失竊車輛了嗎？」
一陣沉默。接下來開口的時候，語氣比剛才冷淡多了。「我想是沒有。」
「那部車跑到哪裡去了？」
「可能他也沒把鑰匙拔出來，」他說，「然後被別的混混偷走了，開到不曉得是誰的轄區裡，變成別人的麻煩了。你覺得這部車他們能用多久？兩個小時？也許他們又把它還回去了，反正就是這樣，車主根本沒發現他的車子不見了。」
「也有這種可能。」
「你覺得你發現了一些破綻嗎？史卡德。」
「只是好奇罷了。」
「是啊，這也讓我好奇起來了。你到底想要幹什麼？」
「想讓情況更明朗一點。」
「情況更明朗一點？我的感覺是：你這樣東探探，西問問，接下來就會說，我們搞砸了，沒使盡全力去找那部失竊的車輛。」

「我沒有這個意思。」

「坦白說吧，」他說，「在我們辨認出那批銀器的來歷之後，這案子就算結了。警界的老規矩了，誰不希望盡快了結，不要再查下去了？你以為我們真的沒去清查失竊車輛嗎？」

「我相信你們查過。」

「沒錯，你他媽的說的一點也沒錯。我們還查了老半天。失竊車輛記錄全部都調出來查過了，另外還做了一堆就算是沒做，也不會有人怪我們的事。事情我們都做了。案子結了嘛，調查工作當然要告一段落。我們所作所為百分之百的正確。」

「我就是希望能夠百分之百的正確啊。」我說。

「怎麼說？」

「假設有第三個人，」我說，「有個駕駛載他們到曼哈頓，在外面等他們，然後再把他們送回來呢？」

「繼續說。」

「然後他把他們送到康尼島大道之後，接下來再處理那部車。也許車是偷的，就乾脆把它丟到城的另一端。也許車是他的，就停在他的停車位裡。」

「如果他有點概念的話，就應該把車子裡裡外外，徹底清理一下。」

「同時，畢爾曼跟伊凡科窩在公寓裡，畢爾曼把伊凡科給殺了。」

「為了至今不明的原因。」

他的聲音有點像是菲爾德斯（譯註：美國著名的喜劇演員），聽起來，我們又是朋友了。「而且要讓別人也查不出原因來。」我說，「把死亡的線索永遠堵在房門裡面。」

「又是點，又是線的，躺在地上的伊凡科其實傳出了一組摩斯電碼。」

「也許這才是他鎖門的原因。」我接著說，「第三者才不會突然闖進來。」

「也許他一槍就先殺了伊凡科，然後，把門反鎖起來，打算好好想一想，接下來要幹什麼。」

也有可能是他不希望開車的第三者，衝進來阻止他殺伊凡科，我想。也許他一進公寓，就下意識的把門反鎖起來，覺得這樣比較安全。

「第三者。」艾佛森說，「我現在明白你的推理了，也解釋了為什麼我們找不到贓車，但是，你有直接證據可以證明嗎？」

「沒有。這只是我的理論罷了。」

「沒有人見到什麼第三者在曼哈頓出現。」

「截至目前為止，的確沒有人看見過。問題是這個案子已經結了——」

「是啊，我知道。所以，只好由你接手把這些疑點查個水落石出。有個人先前來找過畢爾曼兩三次，或許他就是第三者，姑且稱之為神祕的X先生好了。」

「這是什麼時候的事？」

「誰知道？畢爾曼自己就夠神祕的了，他的鄰居根本不了解他。獨來獨往，頂多偶爾出個門買啤酒跟披薩。據說，有人來找他兩三次，但到底是什麼時候，又沒有人說得上來。我們先前都以為這個人是伊凡科。」

「特徵符合嗎？」

「特徵？『一個帶著棒球帽的痞子。喔，嘿，等一等，也許他戴的不是棒球帽，應該說是個戴著帽子的痞子。』」

「也許槍是第三者給的。」

「嘿，如果他有車，他為什麼不可能有把槍呢？」他笑道，「我以前一直覺得槍是伊凡科的。」

「畢爾曼沒有槍嗎？」

「鄰居沒見過，但他們的話幾成可信？我猜這把槍是偷來的。街頭小混混的槍，多半是這麼來的，這兩個人手腳不乾淨，老是偷雞摸狗的，機率更高。有的人擔心自身安全，買把槍來自衛，結果，混混闖空門，他就再也看不到那把槍了。除非他運氣不好，回到家剛好撞見這個混混，他就會被他自己的槍指著，接著他最後聽到的聲音就是『砰』。」

8

「一把義大利的點二二。」史林說。「佩萊格里諾〔譯註：Pellegrino，美國人比較熟悉的San Pellegrino，是一種號稱全世界最好的氣泡礦泉水，在義大利裝瓶〕，十發自動手槍。我跟你賭，你一定以為他們只會做氣泡水吧。」

「多角經營是事業成功的關鍵。」

「你這話接近真理。這把槍登記在一個精神科醫生的名下，住在中央公園西街，二百四十二號，三月份住宅遭到盜賊闖入，就申報遺失。醫生跟他老婆當時在戲院，回來發現有人闖空門，丟了一些值錢的東西跟珠寶。咦，這個有意思。」

「什麼？」

「失物清單上有項好玩的東西——『兩條白亞麻布枕頭套』。你說，這是什麼意思？」

「幸好醫生跟他老婆過了一會兒才回家。」

「聽起來像是畢爾曼跟伊凡科幹的好事，是不是？枕頭套往背後一搭，好像是上洗衣店。槍，並沒有在第一次的失物清單上出現。」

「哦？」

「什麼都報了，珠寶、枕頭套，過了三天，他才補充說，槍也不見了。他花了這麼長的時間，才想起來還有一把槍被他鎖在抽屜裡。你猜怎麼著？抽屜的鎖被撬開了，槍呢，當然不在裡面。幹嘛把槍放在抽屜裡，還鎖起來？」

「為了安全吧，我想。」

「那還要那把槍幹什麼呢？弄得那麼複雜，真是生死關頭了，要怎麼拿出來呢？而且放在辦公室的抽屜裡。」

「你說把槍放在看病的地方？」

我聽到翻紙頁的聲音。「上面沒寫。」他說，「聽起來滿合理的，不是嗎？他一天到晚看病人，他的病人可不是來割扁桃腺的，一定有幾個是貨真價實的神經病。」

「那肯定是心理學的術語。」

「假設，有個情況不對勁的病人來看診了。醫生預先掏出鑰匙，打開抽屜。一旦情況危急，他就能馬上拿槍出來。」

「這一定有很大的安撫效果，」我說，「病人只要稍一激動，心理醫生馬上拿槍指著你。」

史林大笑。「你已經到了突破邊緣。」他說，「差不多正要琢磨出你的怒氣來源，搞不好是想起了你叔叔爬上你床的那個夜晚。結果你躺在沙發上忽然一抬頭，就看到納得樂醫生拿槍指著你。」

∞

納得樂醫生不願意跟我講話，我不怪他。先撇開醫病之間的保密關係不談，我希望他能跟我說什麼？他難道會告訴我，畢爾曼跟伊凡科曾經是他的病人，每個星期四都會來他的辦公室，躺在舒服的躺椅上，向他細訴受創的童年、一再出現的夢境？難道他會知道誰闖進他的住宅，偷了他的槍，但是他有難言之隱，不能跟警方說，只能跟我說？

我放下電話，心裡也覺得他拒絕接見我，著實不壞。如果他很熱心，真的歡迎我去看他，我還得想一些問題去問他。坦白說，我還真不知道要問些什麼。

我持續探求真相，但是，我發現的東西，實在不值一提。這種感覺在查案子的過程中，其實會一再出現。你敲開一千扇門，問了一萬個問題，只是把片片段段的訊息堆在那裡而已，直到一個線索突然跟另外一個線索連起來，才會頓時柳暗花明。你只能一直往前進，但此時，不斷有聲音在你耳朵邊嘮叨，告訴你，你根本就是白費力氣，在這個當口，要學會充耳不聞。

但現在這聲音聲聲入耳，想不注意都不行。我不明白我為什麼可以在邊緣不斷遊走，這邊看看，那邊摸摸。我知道下一步該做些什麼。

我想去拿電話，但立即改變主意，並沒有碰電話筒。氣象報告說，今天是雨天。天很陰暗。我出門，朝上城走去。我想我該帶把雨傘，快要下雨了，我可以感覺到。

也許空氣會清爽些。

## 12

樓下的古董店，好像有開門的樣子。店裡隱隱透出亮光，玻璃大門也是拉開的。但我卻沒瞧見有人在裡面。我推了推小門，門是鎖住的，不過，旁邊有個電鈴。我摁了一下，過了一會兒，有個婦人從店面的後端出現，斜睨了我一眼，手掌遮在眉毛上端，好像在擋光線。她微微聳肩，根本不在乎我是顧客，還是上門來打劫的。

她這家店面，從畫框鑲工精巧的小幅鄉村風景畫，到法國的青銅器，雜七雜八的東西還不少。不過，最多的還是動物造型的飾品、皇家道爾頓的小塑像、裝飾藝術風燈具。其中一個陳列架上，全都是小型的雕像。

婦人的身材有些矮胖，頭髮紅得很假，腮紅也是紅得不能再紅了，身上鬆軟的印花布料，大有隨風起伏的態勢，笑容裡有些防人的警戒。從姿勢感覺起來，她其實是蓄勢待發的，一遇到緊急狀況，就能在最短的時間內，迅速呼救。

我問了幾個問題，想知道樓上到底發生了什麼事情。

她說，「你是警察？」臉鬆弛了一下子，馬上又緊張了起來，「你不是警察。」語氣之肯定，連我都不免折服。

「我以前幹過警察。」

她點點頭。「這我相信，你以前是警察，現在退下來了。我以前才十來歲，我以前瘦巴巴。你想要從我這裡知道什麼，以前先生？我當時不在這裡，什麼都不知道。這些亂七八糟的事情，我起碼講了二十遍了。」

「絕對沒有二十遍。」我說。

「那也有十九遍吧。你有什麼別人沒問過我的問題？」

還真沒有。我問，她答，我真不確定，這番對話裡有什麼內容。幾分鐘之後，她說，「輪到我了，你打哪兒來？」

「我打哪兒來？」

「你又不住在這棟房子裡，當然是從外面來的。我不是指你是哪裡人，我說今天。你今天從哪裡來？」

「五十七街。」我說。

「東？西？五十七街的哪一段？」

「五十七街跟第九大道的交叉口附近。」

「你是怎麼來的？計程車？巴士？」

「走來的。」

「你從五十七街跟第九大道那邊，一路走過來，就是為了問我這些問題？」

「沒多遠。」

「也不是在隔壁吧。你來以前也沒有打電話，如果我今天沒開店怎麼辦？如果我頭疼，已經回家了又怎麼辦？」

「那我就沒法跟你好好聊天了。」

她微微一笑，但是，並沒有放過我。「你不可能跑這麼遠的路，」她說，「就是為了浪費時間，跟我聊天。」

「看來這裡懂警察那套的不只我一個。」

「我養了四個孩子。他們不敢跟我講瞎話，但有的時候，他們還是會瞞住我一些事情。」她抬頭看了看天花板。「你跟她談過沒有？」

「沒有。」

「你跟我談得愈久，就愈沒有時間去跟她講話。」

「騙你的多半沒有好下場吧，是不是？」

「他們現在都還好。我可以跟你談我的孩子，可是，我覺得你已經在我身上浪費太多時間了。去找她聊聊吧。」

「她現在還住在這裡？」

「這是她的家啊，你說，她還能住在哪裡？」

「出了這樣的事——」

「你聽我說，」她說，「有一天，我老頭瞧了我一眼，『我的胃很不舒服，』他說，『你一定忘了買健胃仙了，對不對？』我得意洋洋的邁出房間，回來的時候，手裡拿了一盒全新的健胃仙，家庭號，但他已經死了。他根本不是胃痛，是冠狀動脈肥大。他跟我說的最後一句話，竟然是問我是不是忘了買健胃仙。」

「很抱歉聽到這件事情。」

「你抱歉個什麼勁兒？你又不認識他，你也不認識我。這裡面有番道理，以前先生，我現在還住在同一棟公寓裡。他死在一張椅子上，那把椅子現在我也還留著。我要上哪去？搬家？還是把那張好好的椅子扔掉？你又希望她到哪去呢？搬離這裡？賣掉這棟房子？找一棟沒死過人的房子住？」

「她現在在家嗎？」

「你以為我整天都在監視她嗎？想知道她在不在家？自個兒去按門鈴哪。你不怕吵我，難道怕吵她嗎？」

8

克莉絲汀・賀蘭德看起來不怎麼像是從基恩畫中走出來的人物，但我原先也沒這麼預期。我在電視跟報紙上看過她。她很高，有點運動員的架式，頭髮短得很得體，藍眼睛不是非常大，但是，非常誠懇，非常有說服力。

一開始我並沒有機會看到這對眼睛，因為她是透過門上的窺視孔向外打量我的。我就站在那裡，任她把我從頭到腳的看一遍，然後，我把我的名片、駕駛執照、偵探贊助協會的貴賓卡（最後那個是喬．德肯給我的禮物）逐一的拿出來，讓她知道我是誰。這張貴賓卡根本不是什麼證件，可是一般老百姓會覺得它有些權威，至少有些保障。反正，克莉絲汀覺得安心，把門打開了。

她帶我穿過玄關，經過一個黑黝黝的房間。「起居室。」她說，眼睛完全不敢瞟向那個方向。「我不到那邊去，我還沒有準備好。」

貼著磁磚的廚房，透出光線來，裡面的收音機演奏著柔和的音樂，是一個專放輕音樂的頻道。松木桌的兩旁放了兩把梯背上了紅漆的藤編椅。其中一把前面放了一個史努比的馬克杯，裡面有半杯咖啡，旁邊的椅子上，還有一本扣起來的書，看來，她原先是坐在那裡的。她隨意指了把椅子，我坐了下來。

「希望你喝咖啡不加牛奶，」她說，「因為牛奶沒了。」我說，黑咖啡很好。她又遞給我一個史努比馬克杯。杯子上的史奴比攤開四肢，很逍遙的趴在牠的狗屋頂上。她的馬克杯上，史努比站在餐盤旁，耳朵飛了起來。

她把馬克杯裡的咖啡加滿，坐下來，在書上做了個記號，放到一旁去。「這是一本小說，」她說，「故事發生在十四世紀。我其實搞不清楚這到底是哪一段歷史。有什麼差別呢？反正我也看不進去。你的咖啡可以嗎？」
「挺好的。」
「我剛才忘了問你要不要加糖。」
「我從來不加糖。」
「人工代糖呢？」
「不用，謝謝。」
「好啦，」她說，有些期盼。「現在又出什麼事啦？」
「我想我得先解釋一下，為什麼跑到這裡來，按你的門鈴。」
她點點頭，等待。
「首先，我要跟你說，我不是警察。我以前幹過警察，不過，那是好多年以前的事情了。之後，我改當私家偵探，不過，我今天也不是以私家偵探的身分到這裡查案的。我以前有執照，不過，兩年前我就放棄了。」
「我明白了。」
「你父母遇害的那天，我也在林肯中心。感恩餐會跟接下來的音樂會上，我們都在一起。我不認識你的父母，那天晚上，我也不確定有沒有見過他們，但是，那天晚上，我跟我太太都在場。」
「那天晚上我們家有些朋友也在那裡，他們都打電話跟我說過。」
「也許是這個巧合引起我的注意，」我說，「也許是因為我最近時間太多，我不知道。」我沒跟她提她那個眼睛看起來有些像流浪動物的表妹，至少現在先別提比較好。「不曉得什麼原因，反正我發現我正在進行非正式的調查。」

「調查什麼？」

「你父母的死因。」

她的眉頭皺起來了。「幾天前，他們在布魯克林找到兩具屍體，然後，他們就宣布破案，沒有什麼好查的了。」

「我就是從這裡開始的。」我說。

「我有點搞不懂了。這案子結了，不是嗎？」

「是結了。」

她的身體往前傾。「你發現了什麼，對不對？你發現了什麼？」

「我到布魯克林走了一趟。」我說，「我看過現場的蒐證照片，也親自跑到現場去看了一下。負責調查這個案子的幹員，陪在我身邊。我想，案情沒有那麼簡單。」

「你這話是什麼意思？」

「巡警破門而入，是因為那道門反鎖起來了。他們發現裡面有兩具屍體，其中一個身中三槍，身體兩槍，腦袋一槍。」

「我父親也是這麼死的。」

「而且是同一把槍。他們發現同一個房間的角落裡，有一個人死了，看起來像是自殺身亡。當然，還是同一把槍。」

「他殺了他的同伴，然後飲槍自盡。」

「表面上看起來是這樣。」

「你認為另有隱情？」

「沒錯。」我說，「我認為有一個人殺了他們兩個。」

她看著我，然後，眼神垂下，看著咖啡杯。她說，「咖啡因，無咖啡因。」

「你說什麼？」

「咖啡杯。」她說，「一隻史努比精神抖擻，另外一隻史努比懶洋洋的躺在牠的狗屋上。我父親叫它們咖啡因杯，無咖啡因杯。」

「哦。」

「這兩個杯子都沒有裝過無咖啡因的咖啡。因為我的父母認為，無咖啡因的咖啡違背自然的道理。」

「我完全同意他們的看法。」

「我一直認為這案子有蹊蹺。結案了。來得太快、太容易了。我一定會這麼想的，對不對？暗地裡，我總覺得有些不對勁。他們是我的父母啊。上午，我看他們還好好的，下一次再看見他們，就死了。」她的身體又往前傾。「我有一個私底下的想法，不斷的從我的腦子往外冒，事出有因啊，為什麼這個案子來得沒頭沒腦的？你有沒有聽過一本書，叫做《好人不長命》？」

「聽過，但沒讀過。」

「想讀的話，我送你一本。三個人不約而同的送我這本書，你信不信？我拿了一本來讀，沒幾頁就讀不下去了。也許我應該試試另外兩本。但是，現在我寧可到十四世紀去躲一躲。你為什麼覺得這個案子有幕後黑手？」

因為感覺不對，我想，而且，覺得事有蹊蹺的人，可不只她一個。不過我得說得具體一點。

「門鎖起來了。」我說。

「而且是反鎖的，你說過了。」

「用的是兩塊錢從五金店裡買回來的橫桿鎖。」

「這是說還有人在外面接應嗎？」

「鎖是新的，亮晶晶的。」

「我不大明白你的意思。」

「我沒見過這把鎖。」我說，「但是，陪我一起去的幹員見過，他的印象很深刻，連這把鎖是銅的，還泛著光這種事，他都說得出來。這表示這把鎖是新的，因為維護這棟公寓的人，不會那麼細心，油漆的時候，他們會連鎖一併上漆。他們不可能把黏性紙條貼在不該油漆到的地方，什麼東西都難逃他們的刷子——電線、插座、儀板，只要是黏在牆壁上的東西，無一倖免。如果傑森·畢爾曼在搬進這間公寓的時候，橫桿鎖就在那裡的話，它應該跟牆壁、窗台、天花板一樣，是慘白色才對。」

「事實並非如此。」

「沒錯。」

「這到底是什麼意思呢?」

「意思是:這道橫桿鎖是畢爾曼自己買的,可我看不出理由。這傢伙住在垃圾堆裡,哪裡會有什麼改善住處的心思?他睡的床墊,就擱在地板上。他會有什麼別人想偷的東西?買了鎖,還得找工具去裝,他就這麼不怕麻煩?」

她想了一會兒。「你並沒有見過那道橫桿鎖。」她說。「也許警察說『亮晶晶的銅鎖』只是閒話一句,卻被你過度詮釋,說不定那道鎖上面漆過。我的意思是——」

「這個房間上次油漆的時候,那道鎖還不在那裡。」我說,「我仔細看過原先裝鎖的位置。如果那道鎖老早就在那裡的話,應該有一塊地方沒有被漆到才對,但不是這樣。就是因為門邊有一道橫桿鎖,所以警察才需要破門而入,我可以很明白的告訴你,那道鎖是畢爾曼租下這間房子以後,才裝上去的。」

「你認為他根本沒有理由裝那道鎖。」

「沒半點理由。」

「所以是別人裝的。」

「我是這麼想的。」

「買來,裝好,讓現場看起來像是謀殺後自殺,但實際上你認為這是兩起謀殺案。」

「是的。」

「有人殺了他們兩個。對不起，我不想提他們的名字。」

「沒關係。」

「我就是不想說，起碼現在不想。他們殺了我的父母，然後，又有人殺了他們。」她皺起眉頭。「我父母是他們殺的，對吧？」

「其中一個是凶手。」她可沒說我不能提他們的名字。「卡爾．伊凡科。我不確定畢爾曼有沒有份。」

「就是租公寓的人。」

「是的。」

「也就是先殺人，再自殺的那個人，當然，我的意思是：他可能是故意讓我們這樣想。但就算沒有那道鎖，我們不也會自然而然這樣想嗎？」

「沒錯。」

「你看到兩個人死成這樣，馬上就會想到其中一個先殺人，後自殺。一般人都會這樣想，不是嗎？」

「沒錯，那道鎖弄巧成拙。」

「弄巧成拙？」

「太過刻意了。」我說，「有點畫蛇添足。」

「我明白了。如果，真有這麼個人，他想出這個方法，先把兩個人殺了，再把門鎖起來——」

「那他要怎麼出去？」

「我也在想這件事情。爬窗戶？」

我點點頭。「窗戶是關起來的，但是，這間公寓在一樓。爬出窗戶，再關起來，並不困難。這樣一來，當然就沒有辦法把窗戶鎖起來，但是，我想不出來有什麼人可以證明當時窗戶到底鎖了沒有。巡邏員警進來的第一件事情，就是把窗戶打開。」

「警方可以這樣做嗎？這不是破壞了現場。」

「沒錯，」我說，「絕對不該這麼做。但是，一間小公寓裡面有兩具屍體，還死了好幾天了，我想沒有幾個警察會花時間去想該不該開窗戶。」

「所以，橫桿鎖拴起來，本來是想要故布疑陣，讓大家認為這是殺人後自殺的案子，」她說，「沒有想到反而可以證明另外一件事情。」

「證明這個詞不好。」我說，「因為這也無法證實什麼。我知道有哪裡不對勁，但畢竟還沒有證實。所以我到命案現場，去看看到底有什麼問題。」

「然後你發現了那道橫桿鎖。」

「那只是其中之一罷了。」

「還有呢？」

「伊凡科被槍殺的方法。身體兩槍，頭部一槍。」

「跟我父親一樣。」

「對，也不對。」

「這話是什麼意思？」

「我真的不想講得太清楚。」

「我走了進來，」她說，「親眼看見他們的慘狀。你想講多清楚，就講多清楚。」

我說，「你父親正面中槍。兩顆子彈在兩呎外，射進他的胸膛，第三顆子彈是近距離射進他的太陽穴。」

「他那個時候可能已經死了。」

也許吧，也許還沒死，但讓她這麼想吧。「殺伊凡科的人是從背後開槍的。兩顆子彈，一顆打中心臟，兩顆都在他的襯衫上留下了子彈燒灼的痕跡。然後，凶手跪下來，把第三顆子彈打進他的太陽穴。」

「那又如何？」

「凶手不想讓伊凡科知道他已經起了殺機，於是攻其不備，跟伊凡科走到臥室，從背後開槍，將他立斃當場。這絕對不是凶手一時良心發現，或是短暫的精神失常，才出現這種先殺人再自殺的情況。」

「有沒有可能他想獨吞所有的贓物呢？」

「這些東西還不足以讓人心動到非把對方殺死，然後自己獨吞的地步。整起殺戮事件經過精心的策畫，但是，凶手這般的殺法，卻不見得是為了展現他的細心與算計。三發子彈有點儀式性的味道，兩發打在身體上，一發打進太陽穴，這像是一種簽名。除了簽名之外，我不覺得我們還找得到別的理由。為什麼一定要朝著身體開兩槍？為什麼不乾脆把手槍裡面的子彈打光算了？唯一的理由就是他朝你父親的身體開了兩槍，他希望建立一種模式。」

∞

「第三者。」她說，「感覺起來像是英國的間諜小說。是不是有一部老電影就叫這個名字？好像是奧森．威爾斯（譯註：執導《大國民》的名導演，也是演員，《第三者》就是他的作品）的電影吧。」

「也是一首歌。」我說。

「對不起，我沒聽懂。」

「第三者主題曲。」我說，還哼了兩小節。「這個概念在我腦袋裡晃蕩兩天了，我一直抓不到，也搞不清楚它會朝哪裡發展。」

「這是意識層底下傳給你的訊息。」

「我想是吧。當然，這個詞這兩天也在我的腦筋裡出現過，慢慢的，我也習慣用這個名詞思考了。」

「當然啦，那首歌可能給你一些暗示，讓你把心思收攏起來，逐漸推出一番道理。」

「有這個可能。也許唯一把歌聲趕出腦子的方法，就是搞清楚它是什麼。」
「也許。如果真有這麼個第三者……」
「然後呢？」
「那麼那天晚上有三個人在我家囉？」
「沒有，我想不是這樣的。」
「因為當天晚上，看到他們背著大包包、誤以為他們是在找洗衣店的目擊證人——」
「只見到兩個男人。」
「對。」
「目擊證人常常不是那麼可靠，」我說，「但這次我覺得她至少沒看錯人數。現場的確只有兩個人。」
「第三個人在外面等他們。等一等，他是司機，對不對？他在車裡等他們，把他們送回布魯克林，然後……」
她的聲音慢慢的低沉下去。我說，「我替你把話說完好了。這三個人一起走進康尼島大道的那間公寓。第三者朝伊凡科開了三槍，然後殺了畢爾曼，先把他身上脫到只剩一條內褲，裝成是自殺的模樣……」
「只剩內褲？」
她顯然並不知道這個部分。我話說從頭，讓她了解前因後果。然後我說，「這很費工夫。我

## 13

畢爾曼根本沒有到過她家，我跟她說。沒到過西七十四街，這麼說吧，在謀殺之夜，他連曼哈頓的邊都沒沾上。畢爾曼並沒有離開他在康尼島大道的公寓，事實上，他是沒法離開，因為他已經死了。

接近傍晚的時候，第三者造訪畢爾曼。他以前去過那裡，這一次他還帶了一把從五金店買來的橫桿鎖跟裝鎖的工具。不過，他要做的第一件事情，卻是趁畢爾曼沒有防備的時候，盡速把他撂倒。

他制伏了畢爾曼，也許是直接把他打昏了。然後把他身上的衣服剝光，剩下內褲，拖到牆角，比較不起眼的地方，免得有人一進房間就發現畢爾曼在那裡。他把那把小小的義大利手槍，塞進畢爾曼的手中，彎轉他的手臂，把槍放進他的嘴裡，扣下扳機。

那把手槍很小，開槍之際被人聽到的機率不高。更何況，那是一把手槍，不是左輪，所以還可以加裝滅音器。就算沒有滅音器，聲音也大不到哪裡去，兩個人的手，他的手跟畢爾曼的手，包在手槍外面，也壓制了聲響。他又沒有把子彈全部打光，只開了一槍，沒有人慘叫，沒有摔門。一聲輕輕的槍響，就跟吹飽一個紙袋，再用手把它壓爆差不多。但是，這麼點聲音，卻足以讓畢爾曼命喪當場。

你一定以為他急急忙忙的離開現場？你錯了。他玩得很高興，正在慢慢享受炮製畢爾曼的樂趣。首先，他穿上畢爾曼的襯衫跟褲子。他知道稍後的現場會很亂，更何況，他會刻意把現場弄得很亂。穿畢爾曼的衣服，有兩層用意：第一，他可以讓自己的衣服保持得很乾淨，其次，還可以在現場留下一點證據，讓警方追查。他自己的衣服放進畢爾曼的衣櫥，等他回來，可以很快的找到穿上。

如果在他回來之前，畢爾曼的屍體已經被人發現的話，就有點麻煩了，但是，誰會有興趣打量畢爾曼的衣櫥？他們可能會多看畢爾曼的屍體幾眼，縮在屋子的角落裡，很明顯是自殺，他們會這麼想，但是，槍跑到哪裡去了？也許他們會判定這是他殺，警方也有可能會說，有個人闖了進來，發現畢爾曼死了，順手把槍給帶走了。

但是，發現畢爾曼死在這裡的機率，實在低得可憐。他幾個小時之內就會回來，來得及把槍塞回畢爾曼手中。

在那之前，這把槍還有別的用處。

他得把剛剛買來的橫桿鎖裝起來，先用鑽子或是錐子，弄幾個洞出來，再把螺絲釘鎖緊。裝這道鎖沒花他多少時間，裝好之後，他帶著工具，離開公寓，橫桿並沒有閂上，而是用鑰匙鎖好門——畢爾曼的鑰匙，現在落到他手上了，身上還套著畢爾曼的牛仔褲跟襯衫，沒有半個鄰居多看他一眼。

然後，依照計畫，跟伊凡科會合。

伊凡科沒有見過畢爾曼，壓根不知道有這號人物。伊凡科只知道他要跟朋友去幹活，可以弄到一大筆錢，說不定還可以爽一下。

他的朋友，第三者，開車。他自己的車，但他可能跟伊凡科說，這車是他偷來的。開到目的地，找個地方停好。

他有西七十四街賀蘭德家的鑰匙。一進門，他就打開衣帽間，找到鍵盤，輸進密碼，解除了防盜警鈴。他們一個房間一個房間的搜去，他指導伊凡科該看哪裡、該拿什麼。他拿著枕頭套，讓伊凡科把贓物往裡面放，自己什麼也不碰，免得留下指紋。他鼓勵伊凡科把現場弄得一團亂，翻箱倒櫃，到處亂摸，對他來說，伊凡科的指紋留得愈多愈好。但是，伊凡科也不是省油的燈，說不定手上也帶著外科手術用的手套。這挺討厭的，再怎麼樣，伊凡科也該留一兩枚指紋，這下子可沒指望了。

搜刮完畢之後，他們還留在現場等賀蘭德夫婦回來。現在，他要吊吊伊凡科的胃口，進行計畫的最後一個環節。他們有兩大袋錢財，伊凡科很難按捺天性的衝動，趁著現在這麼好的運氣，還不趕快拿著錢（外帶珠寶、銀器）落跑？

她很好看，火辣辣的，他這麼跟伊凡科說，你可以占有她，愛怎麼玩，就怎麼玩。真的，怎麼樣都可以，百無禁忌。

他知道怎麼說服伊凡科，知道怎麼讓伊凡科像條狗一樣乖乖聽話。

然後，賀蘭德夫婦回來了……

接下來的步驟倒不怎麼難。他那天已經殺過人，殺了畢爾曼，感覺順暢得像絲。他不在意再幹一次。甚至有點期待，期待再殺個痛快。這次不用玩什麼把戲了，不用把槍放進賀蘭德口中，不用把槍塞進賀蘭德手裡，因為這個場景就是這樣設計的，盜賊入侵，頓起殺機。他朝拜恩・賀蘭德的胸膛開了兩槍。為了保險起見（也許是因為他喜歡，喜歡扣扳機，喜歡槍柄握在手中的感覺），他朝賀蘭德的太陽穴開了第三槍。

平滑得像絲，簡單得像吃塊派。

現在是放開牽繩，讓伊凡科的獸慾橫衝直撞的時候了。脫掉手套，他跟伊凡科說。你想要感覺一下，對吧。戴著手套，跟戴保險套有什麼不一樣？你覺得她會傳染愛滋病給你嗎？她是貴婦人哪，結過婚了，很守婦道的。

但是，說什麼伊凡科就是不想留下指紋。他撕開她的衣服，撫摸她的身體，但這都不像是會留下指紋的樣子。他留下了他的DNA，但是有幾枚指紋不是更方便嗎？如果他們在找到布魯克林的屍體之前，就已經知道這個人的存在的話……

別忘了最棒的部分，他說，順手把撥火棒遞給了伊凡科。想像一下那灼人的痛楚，他說。去吧，他說，你知道你想要幹什麼。

伊凡科接過鐵叉，這是金屬的，應該會留下指紋。

要怎麼結束？開槍射死她？殺了畢爾曼之後，他已經重新把子彈裝好了，賀蘭德夫婦走進來的時候，手槍裡的彈匣是滿的。但是，他朝拜恩．賀蘭德開了三槍，回到布魯克林之後，他還需要幾發。他在車上有個備用彈匣，也可以重新裝填，只不過看在伊凡科眼裡，他做何感想？

而且，賀蘭德流的血不夠多，血，還得再多些才成。血要染在他的身上，血要染在伊凡科的身上。

他從廚房裡拿了一把刀出來，以備萬一。這把刀看起來就有股邪氣。讓伊凡科去殺？那個變態的傢伙說不定會覺得很享受。但，話要說回來，如果他搞砸了怎麼辦？要依計行事，還是得自己來才成。他其實不介意自己動手，甚至還樂在其中，可能會有一種，呃，倒不是什麼會起雞皮疙瘩的快感，而是一種滿足感……

成了。

他在伊凡科搞那個女人的時候，偷偷的把彈殼撿回來，順手把伊凡科的手套也拾了起來。現在該幹什麼？重新啟動防盜警報？不對，這有什麼意義？從大門走出去，順手把門關起來就行了。大搖大擺的，渾若無事，只是兩個半夜出來找投幣洗衣店的室友。年輕人奮發圖強，一直忙到深夜，才再結伴出來，把積了好幾天的髒衣服拿出來洗一洗。

他開車回到布魯克林，襯衫跟褲子上滿是那個女人的血。他很小心，希望別蹭到椅套上，但願伊凡科能有相同的警覺。

也許他應該把伊凡科殺掉，留在現場的。這很容易，如果你見到他像野獸一樣的呻吟跟緊張的話。那時，他早就神遊太虛了，哪裡會知道自己命在旦夕？說不定這樣也好，有哪個男人不想在欲死欲仙的剎那牡丹花下死？

當場射殺他，會留下什麼訊息？畢爾曼實在看不下去了，一時義憤，幹掉了他的同夥？然後，他回到家中，愈想愈嘔，索性連自己也殺了？如果你在現場斃了伊凡科，該如何處置那個女的呢？殺了她？割斷她的喉嚨？因為看到伊凡科的行為太噁心了，所以殺了他，不讓她強暴婦女；然後覺得那個女的受辱了，很髒很噁心，所以順便把她的喉嚨也割斷了？

還是這麼做比較好：跟伊凡科一起開車回布魯克林，跟他說，那邊有一個猶太老頭，專收贓物，銀器跟珠寶賣給他，可以得到好價錢。

他開到了，停好車，打開門，招呼伊凡科進去。伊凡科會不會懷疑他為什麼有鑰匙？不會，因為這是他朋友的公寓，偶爾他也會借用一下，贓物可以暫時寄放在這裡，等賣了錢，也可以在這裡分。那個猶太老頭住得不遠，就在幾條街外。

進到公寓，他指著臥室。「到裡面，把窗戶打開。」他說，讓伊凡科先走，他則尾隨在後。伊凡科有沒有看見縮在臥室角落裡的畢爾曼屍體呢？在他有機會轉身、有能力反應之前，一把槍已經抵在他的背後，兩發子彈鑽進了他的身體。

再在太陽穴補一槍。這樣不是很對稱嗎？

彈出的彈殼散落在地板四周。就讓它們留在那裡吧。反正上面沒有指紋。要不要拿畢爾曼的指頭，在上面按一按？算了，不值得這麼麻煩。他把手槍塞回畢爾曼僵直的手掌中，抵住他的喉嚨，裝成是自殺的模樣。

他很快的回到廚房，扣上他先前裝好的橫桿鎖，脫掉他身上的衣服——原來是畢爾曼的衣服，現在，又還給畢爾曼了——隨意往地板上一扔。打開牛仔褲上的釦子，脫了下來，一腳踢開。衣服上滿是畢爾曼的臭味，胯下、腋窩，都有一股動物的腥氣，警方應該很容易採集到DNA，上面還有好多那個女人的血。完美。真完美。絲絲入扣。

他從衣櫥裡，取出自己的衣物，穿戴整齊。清空一個枕頭套，把裡面的銀器、碗碟放在廚房的桌子上，再把其他的贓物，隨地亂放。最後，把枕頭套隨手一捲，往角落一扔。另外一個枕頭套，就讓它靜靜的躺在地上，不予理會。

有沒有忘記什麼事情？有沒有落下什麼，或是什麼未竟之處？他很快的四處看看，覺得沒留下什麼破綻。他戴上外科手術用的手套，掀起臥室的窗戶，踏上滿是垃圾的後院。關上窗戶。踏上街道的時候，他已經把手套脫下來了，往口袋一放，稍後，他找個地方，把手套、從賀蘭德家拾起來的彈殼，一塊扔掉。

車還停在原先的地方。他把車開離人行道。有沒有必要連車一起丟掉呢？當然也可以，但是，把車裡裡外外的洗一遍，再來個全車保養美容，也就行了。仔細的打理一下，這車，跟剛出廠一樣，不會有差別。

也許根本不用這麼費勁。微量證據又不是什麼破案關鍵。誰會多瞧他的車子一眼？誰又會注意到他這個人呢？他的犯罪完美無瑕，機巧絕倫，在案子還沒偵辦前，就已經結案了。鐵證如山，犯人糾結在一大堆有力的證據中，絕無辯解的餘地。自殘而死，更是報應不爽。他隔得遠遠的，

## 14

我終於說完了，她還靜靜的坐了好一會兒，背挺得直直的、眼睛垂得低低的。我開始懷疑，我是不是無意中把她催眠了？要不就是在我口沫橫飛的時候，儘管她盯著我看，其實靈魂已經出竅了。她終於開口了，「如果真是這麼回事的話……」

「這只是我的假設而已。」我說，「再怎麼完美的假設，仍然是個假設。」

「我明白。如果，如果，真是這麼回事，那麼，強盜跑到我家來……就有理路可循了。第三者，在幕後操控，目的好像也不是財物，他並沒有拿走從我們家偷去的東西。」

「他把贓物留在布魯克林的那間破公寓裡面了。」

她說，「我母親的珠寶、家傳銀器，全是故布疑陣。關鍵並不是他們從我們家拿走了什麼。」

「伊凡科還真以為他們是來撈一票的。」

「只是找這個理由請他來演個配角，唱齣戲。另外的那個傢伙呢，他知道有這起搶案嗎？大概不可能吧，他沒有理由知道什麼。他連我父母的名字都沒有聽過，更別說是這件駭人聽聞的慘案了。案子還沒發生，他就死了，全世界還以為他殺了三個人，然後畏罪自殺。」

我想到畢爾曼。他這輩子幹過最嚴重的犯罪事件差不多就是擅闖地鐵站，想要逃票的等級。

「他大概不怎麼在乎別人怎麼說他。」我說，「他現在是一了百了了。」
她緩緩的點點頭。「這是精心策畫的謀殺案。」
「如果事情真的不出我所料，這的確是一起籌畫周詳的謀殺案。」
「他有我家的鑰匙。有人告訴我，老手根本不需要鑰匙，他想要進來，就有辦法進來。」
「如果真有個第三者。」我說，「我確定他一定有鑰匙。」
「因為他絕對不會碰運氣。」
「沒錯。」
「他知道怎麼解除防盜警報器。」
「我也是這麼想。」
「他們說，一定是我爸媽忘了設定。我真的不相信。他們小心得很，從來不曾放著防盜警報器不管，就這麼出門。我十幾歲的時候，幼稚得很，覺得這世界真是美好，那時我覺得門根本不該上鎖，更別說設定防盜裝置了，我覺得那是對人性的不信任，那樣太悲哀了。我後來想開了，但那時候我都快把我爸媽搞瘋了。他們堅持我出門之前，一定要啟動防盜系統，我再怎麼百般推託，想盡各種理由也不能通融。相信我，他們出門前什麼都可能會忘，但要他們忘了設定防盜器，是絕對不可能的事情。」她皺起眉頭，「但是，密碼是個祕密，沒有人知道啊。」
「一〇一七。」我說。她的嘴巴張得好大。「如果你還沒換密碼的話，最好換一下。密碼是某個人告訴我的，可是這個人應該不知道密碼才對。你以為沒有人知道的密碼或暗號，總是會有人知道。我不知道第三者的鑰匙從哪裡來的，也不知道密碼是誰告訴他的，但是，對一個有辦法的人來說，這都不是做不到的事情。」

「他是誰？」

「我不知道。」

「為什麼呢？這個人如此處心積慮殺了我爸媽，讓他們受折磨，然後死去。」她看著我，「難道這就是整件事的目的？就是要他們死嗎？」

「看起來是這樣的。」

能引出漂亮答案的，一定是個漂亮的問題。

「但……但是，為什麼呢？」

「這是我想解答的諸多疑難之一。我今天跑到這裡來，就是想問你幾個我先前也問過別人的問題。」

「你盡量問吧。」她說。

∞

都是漂亮的問題。我把比較簡單的放前面，難以出口的問題，安排在後面。她的父親可曾樹敵？他在工作上有沒有見不得人的隱私？幫人打官司有沒有搞砸過？有沒有人覺得他捍衛正義？

有沒有人覺得他在踐踏司法？他有沒有跟老朋友吵架，或是跟同事衝突？我從這些主題延伸出十來個問題，逐一盤問，看看有沒有什麼人早就暗中瞧賀蘭德夫婦不順眼了。結論是：即使真有這樣的人，她也一無所知。

接下來就全都是私人問題了。

她說，「他們的婚姻？」皺起眉頭。這個問題得花她一番心思。「我猜就跟一般婚姻沒有什麼兩樣吧。」她說，「他們深愛對方，關心對方；兩人在生活中，也都保留了自己的空間。她寫作、他有他的事業、他的法律業務，但是，他們倆老喜歡在一起，樂在其中。你是問我這個嗎？」

「他們的婚姻沒有碰過什麼問題嗎？」

「我想西恩死後那段日子，他們兩個的壓力是挺大的。那時我十三歲半，十年前的夏天。有時我會以為那是很久以前的事情了，但有時又覺得像是昨天剛剛發生的一樣。我不了解時間。」

「沒有人了解。」

「實在想不出道理，為什麼這種事會發生在西恩身上？沒聽說玩棒球還會玩出人命來的。你可能會拉傷，或是滑壘的時候，擦破皮。我一直覺得這起意外是假的，而且我還常常看到西恩。」

「他會出現在你面前？」

「不是，不是這樣。我猜有這種事，我也沒有不信，但我從來沒有看過他。不，應該說是我的一種知覺，我老覺得我在街角見到他、在學校的小朋友中見到他，哪都看到過，但是，定睛一看，又是另外一個人，一點也不像西恩。你在點頭，大概很多人都有這樣的經驗吧。」

「跟你失去弟弟差不多的年紀，我父親死了。那時我十四歲。他搭地鐵的時候，站在兩節車廂之間，沒站穩，就這麼去了。」

「真可怕。」

「接下來的兩年，我有跟你類似的經驗，我總覺得我看到他了，雖然我明明知道這是不可能的事情。只是跟他長得很像而已，我這麼跟我自己說，等我走近一看，根本是另外一個人。」

「我想這是大腦在幫助我們從否定到接受現實吧。」

「應該是吧。你說過，你父母之間，一度很緊張，婚姻出了狀況？」

「他們沒有分居，也沒有冷戰。我正是最敏感的時候，但我卻不知道最後會怎麼收場。我擔心他們會分居、離婚，但我想這只是因為我剛剛失去我的弟弟，害怕其他人也會離我而去的緣故。」她的眼睛張得很大。「不過這件事終究是發生了，不是嗎？時間拖得比想像中長一些而已，總之我現在的確是孤伶伶的了。」

她說這些話的時候，沒半點感情，我覺得有股寒意。

我說，「他們兩個有過外遇嗎？」

「我懷疑過。」她說，「有點噁心，是不是？懷疑你的父母有外遇。我想每個人都有這種經驗吧。我是指，想些有的沒的。我不知道是不是每個人都有過外遇，但是，我想，大多數的男人都有外遇的經驗吧。」

她說這話的時候，如果揚揚眉毛、偷偷遞來個眼神，或是添加一些曖昧的語氣，聽起來就會有挑逗的意味兒。但是，她沒半點這方面的意思。她不是說我，也不是說我們倆。

「我其實不應該聽到這些的。」她開始了，但就這麼一句，然後又垂下眼神，看著她交疊的雙手。我默默的等著。她深吸一口氣之後，又接著講下去了。「我媽媽外遇過。」她說，聲音輕輕的，我全身的神經都得繃起來，才聽得到她在說什麼。「在西恩死了之後，她在外面有個男朋友。我有察覺到異樣，但又不能肯定。你明白我的意思嗎？」

「明白。」

「我不知道對方到底是誰。」她說，「我也刻意忘記這件事情。他們是好人，婚姻也幸福，偶爾想到這件尷尬事情，我都覺得是我弄錯了。後來，他死了。」

「你媽媽的那個……」

「對。有一天，我靜靜的躲在角落裡讀書，他們不知道我在房間裡。那個人死了，他住在佛羅里達，葬禮也在那裡舉行。我爸爸問我媽媽，如果葬禮在紐約舉行，她會不會去？她說，她不知道，好幾年沒見到他了，還反問我爸爸，如果她去的話，他會不會難過？如果他不希望她去，她絕對不會去。他說，他也不知道他會有什麼感覺，後來，兩個人都同意，這是個假設性的問題，犯不著認真，兩個人就離開房間了。從頭到尾，他們都不知道我在現場偷聽。」

「那個人就是跟你媽媽有一段的男人。」

「對，我非常確定。談話的那種口氣。就算真有個人，跟我爸媽有些糾纏不清，不管那人是嫉妒的丈夫，還是想報復的情人，他們應該會認識他，對不對？」

「誰？」
「我爸媽。如果那人就是在我家等他們回來的那個第三者，他們應該可以認出他來。除非，他戴著面具……」
「沒有，他絕對沒有戴面具。」
「那不就會被認出來了？」
「他不會留活口的。」
「這我知道。」她說，「但是他的同夥呢？如果我的父母一進來，我爸爸就說，『佛雷，你在這裡幹嘛？』」
「伊凡科一定會起疑心的。」我同意，「如果是這樣，認為第三者懷有私怨的推測就站不住腳了。」
「有私怨的話，他們會認得他的。」
「要不然這個第三者是雇來的殺手。」話一出口，我就馬上否定自己的想法。「不對，他絕對不是雇來的殺手。他的手法很專業，計畫周詳，但絕對不是職業殺手。」
「這有什麼差別？」
「職業殺手不可能這麼大費周章。」我解釋說，「他可能會把現場布置成強盜入侵的模樣，但是，他不會帶幫手，特別是帶伊凡科這種菜鳥。他摸進你們家裡，十分鐘之內，殺掉你爸媽，立刻離開現場，絕不流連。他不會費半天勁，趕到布魯克林殺兩個人，替他頂罪。他幹完活，會立刻回家。在警方忙著調查這起凶殺案的時候，他已經坐在聖路易或是薩拉索塔家裡，看他的大電視了。」

「所以，凶手是一個認識我爸媽，」她說，「但是，我爸媽卻不認識的人。」

「也許你認識。」

「我？」

「你有沒有想到什麼人？」

「我認識的人會殺我的父母？」

「你交往的男朋友裡面，有沒有他們瞧不順眼的？」我暗示她。「也許有人覺得這兩個人太礙事了，害他沒有辦法跟你進一步交往。」

「我現在沒有跟任何人交往。」她說，「自從我跟彼得分手之後，就沒有男朋友了。」

「彼得。」

「彼得·梅瑞迪斯。我們去年夏天分手。以前我們住在東十街，原本計畫要搬到布魯克林，沒想到，我們就分手了。」

「他有幾個朋友，藝術家，大家想要湊一筆錢出來，在威廉斯堡買棟房子，住在一起。那棟房子亂七八糟的，他們希望大家同心協力，讓房子煥然一新。總共有三對情侶要搬進去，一家一層，共用地下室。」

「那種都會公社是不是？」

「比較像是自助公寓。我起初很感興趣。周圍的環境是滿恐怖的，但還嚇不倒我，因為那裡逐漸在優化，也一直都有新血遷入。當地的地價在漲，一年之後再來做同樣的事情，我們不見得負擔得起，至少不可能買在這一區。法律文件起草好了之後，我拿給我爸爸看，他覺得價格還算合理，修改了幾個小地方之後，他說，這樣在法律上，就站得住腳了。他還說，大體上，這份文件不算離譜。問題是：我真的想做這種事情嗎？」

「你想嗎？」

她搖搖頭。「跟某個人住在租來的公寓，或是他的公寓裡，是一回事，一起買個家，就是另外一回事了。我還沒有準備好，負不起這麼大的責任。我喜歡跟他住在一起，如果沒有重整那棟老房子的計畫的話，我們兩個應該還會同居下去。但結果是，我搬回家來住，彼得跟他的朋友一塊兒買了那棟房子。」

「你沒辦法繼續住在先前的那棟公寓裡嗎？」

「那是他的地方。反正我也不喜歡那裡。位置是在阿法貝特市的東邊，以前惡名昭彰，現在雖然是安全多了，但還是太偏僻了，不管去哪裡都不方便。我是希望有一個屬於自己的空間，但是，留在家裡住，存點錢，買棟好房子，應該是比較合理的打算吧。」

「你爸媽跟彼得處得還好吧。」

「還不錯。我媽說，他那個人喜歡空想，不太實際。他是這個樣子沒錯，但是，我媽還算喜歡他。我爸也是。」

「他怎麼看你們分手的事？」

「鬆了一口氣吧，我想，我終於搬回家的那一天。」

「你沒有馬上搬回家？」

她點點頭。「我不想急著搬進威廉斯堡的房子，也不想急著結束跟他的關係。有一陣子，我還以為可以想出辦法，讓我們兩個繼續走下去。」

「怎麼做呢？」

「就是啊，要怎麼妥協呢？一個人要小孩，另外一個不要。你總不能生半個吧。」

「是不能。」

「我們倆去做了情侶諮商，過程很有趣，但終究還是踢到鐵板。他比較想搬到那棟房子裡去，不那麼在意跟我的關係。我還沒準備好。我說，買房子是結婚夫妻才會做的事情，他說，那就結婚吧。我說，你根本不想結婚，只想買棟房子；就算我跟你結婚，我也不想買那棟房子。到了這般地步，我們只好承認：是分道揚鑣的時候了。我搬回家之後，大家都鬆了一口氣。」

「但還是很不好過吧。」

「大概是吧。」

「他有沒有打電話給你？求你回到他的身邊？」

「沒有，他沒有做這種事。我搬出來以後，坦白說，是從僵局中脫身，但我覺得他比我輕鬆些。這陣子，他忙得很，先是籌錢，搬到新家之後，還有一大堆事情要打理。就算是偶爾會想起我，只要一忙，大概也就忙忘了。」

「我明白了。」

「說不定他樂不思蜀。跟他一起搬進去的人，都是他的朋友。我確定他們會樂得湊合他跟其他比較處得來的對象吧。」

「你跟他們處不來嗎？」

「你聽起來好像是心理醫生。我想我是不合群吧，因為他們想要的東西，我又不想要。我在威廉斯堡要棟房子幹嘛？我在曼哈頓有棟豪宅，是我一個人的。」

她說到最後有點走音，隨即站起身來，走去水槽接了一杯水來喝。我從她的背後望去，看見她的肩膀有些起伏，無聲的啜泣著。她喝完一整杯水，回到我面前的時候，眉宇之間開朗了許多，眼角也是乾的。

∞

自此之後，彼得就再也沒有跟她聯絡，她也沒有聽到什麼有關彼得的消息。但是，在她父母慘遭殺害之後，彼得卻打過電話，表達哀悼之外，還跟其他人一樣，問她有沒有幫得上忙的地方。

「他能幫什麼忙？其他人又能幫什麼忙？每個人都把這種客套話掛在嘴巴上，又有誰真的幫得上忙？」

「你的父母見過他嗎？」
「當然，見過好幾次。」
「他應該到過這裡吧。」
「次數就更多了。哦，不會吧。我知道你在想什麼，那是不可能的事情。」
「你怎麼這麼肯定？」
「你要是我，也會這麼肯定。」她說，「如果你認識他，或是知道他的為人處世，就不會起疑心了。彼得是世上最和氣的人了。他吃素，連皮鞋都不肯穿。」
「希特勒也吃素。」我提醒她。伊蓮也是素食主義者，卻有滿滿一鞋櫃的皮鞋，提起她老公的時候，大概也不會像克莉絲汀那樣眉飛色舞。
克莉絲汀根本沒有注意到我。「彼得會打開窗戶把蒼蠅放出去。我們住在第十街的時候，家裡有蟑螂，他會想出不殺生的方法，放牠們出去；他也不讓我用蟑螂屋，因為他不忍心見到蟑螂被膠黏住，觸鬚揮舞的樣子。他連這種事都耿耿於懷，你覺得他會出現在你剛剛描述的場景裡嗎？」
「我想是不會。」
「你不是說，第三者先殺了畢爾曼，然後換上他的衣服嗎？他不是故意讓襯衫跟牛仔褲沾上血跡嗎？」
「我沒有百分之百的把握。」我說，「看起來滿像是這樣子的。」
「第一個被殺，」她說，「然後假裝是自殺的那個人，長什麼樣子？」

「我沒見過他，從報紙上的照片看來——」

「我不是說他的臉。我親眼見過蒐證照片。我真的不想看，但是，我不得不看。兩個人的照片我都見過，但是，我現在要問的是：你知道他的體型嗎？」

「中等身材。不高不矮，不胖不瘦。」

「彼得五呎九吋。」她說，「但是，體重有兩百六十磅。你覺得他穿畢爾曼的襯衫，扣得上釦子嗎？說不定連套都套不上，更別提是塞進那條牛仔褲裡了。」

「說得有道理。」

「我差不多一年沒見到他，他有可能變瘦了，但是……」

「再瘦也瘦不到這種地步。」

「我不曉得哪種減肥方法這麼有效。他一直想辦法要減肥，但是他都減一輩子了還是那樣。他的心理醫生跟他說，接受他真實的自我，比少幾磅肉重要得多。」她微微一笑。「那是我唯一贊同他的一次。彼得人很好，很性感，胖得很好看，不過，再怎麼樣都穿不下畢爾曼的衣服。」

∞

看來，彼得·梅瑞迪斯不是神祕的第三者了，風箏斷了線，一時之間，還不知道該懷疑誰。克莉絲汀問我接下來會怎麼做。

「我不知道。」我說，「我不知道我還能幹什麼。不過首先我應該向你道歉，浪費你這麼多時間。我也應該罷手，不要想從無中生有了。」

「這一切聽來不像是你無中生有出來的。」

「不是那樣，」我說，「聽起來不像無中生有，是因為我說得繪聲繪影，但除了捕風捉影之外也沒別的了，不是嗎？我並沒有足夠的證據，讓警方重新調查這個案子。我是還有幾個在幹警察的朋友，他們願意花點時間，聽我到底要說什麼。但是，單憑我這些捕風捉影的臆測，還不足以勞動他們大駕，重新調查這個案件。」

「所以，你打算放棄囉。」

「也難說。」我承認。「我這個人的脾氣有點倔，又有的是時間。最好的情況是有人雇我替他尋找失散多年的親人，好來個大團圓，這樣我就有足夠的理由，放棄這個希望渺茫的案子了。」

「你就是要這個？」她說，「我雇用你好了。」

8

我跟她說她不能雇用我的時候，她嚇了一跳。剛開始，她以為我的目的就是想要她雇用我，但談了沒多久她也決定乾脆順水推舟。只是現在她說白了，說要請我繼續調查下去，我卻拒絕了她。

「我不大明白。你不是幹這行的嗎？沒有人雇用你，拿不到半毛錢，你一個人也調查了好久。現在我要雇你，你又不想接了。」

「你這等於是把錢丟到水裡，克莉絲汀。」

「那又怎樣？你已經花了不少時間了。難道你能浪費你的時間，我就不能浪費點錢嗎？」

「我已經放棄我的私家偵探執照了。」我說。

「為什麼？你準備退休了？」

或許讓她知道也好，說不定能勸退她。「他們那時威脅我，要查扣我的執照。」我說，「我那時在幫一個朋友，走些旁門左道，而這個朋友又是個職業罪犯，有些警察為此盯上了我。」

「真的？職業罪犯？」

「差不多。」我說，「十足十的壞蛋，品質保證。」

「但他是你朋友。」

「對。」

她的眼睛射出光芒。她說，「這沒有什麼利益衝突嘛，是不是？我是說，你的朋友又不是第三者，不對嗎？」

「他身高六呎四，塊頭比彼得還大。」我說，「我想他也穿不下畢爾曼的襯衫。」

「這我就放心了。我只想知道殺我父母的凶手是誰。不雇你，我還能雇用誰？」

15

「我正想跟她說，她可能找不到人接她的案子。」我跟伊蓮說，「但我馬上閉嘴，因為我知道這不是事實。雷蒙老是喜歡說，沒有哪個案子會爛到沒有律師肯接，同樣的道理也適用在私家偵探身上。把支票開好，任憑誰都會喜孜孜的接下來的。」

「她開了一張支票給你嗎？」

「我跟她說，現金比較好，她就給我一千塊。我說，如果花完了的話，我會讓她知道。除非破案了，或是突然需要大筆支出，我應該是不會再跟她開口要錢了。萬一錢花完了，我再跟她要，她可以付，也可以不付，主要是看她當時的感覺。我還給她一個任務，去查一下警方還給她的贓物，是不是什麼東西都還回來了，有沒有什麼不見了？」

「你難道覺得會有警察偷偷帶一條項鍊給他太太嗎？」

「一般來講，不會，尤其是這種大案子。我覺得是凶手拿的，有時候他們會留點紀念品。我想想還有什麼。我跟她說，我不會給書面報告，也不會有開支報銷收據，甚至還建議她，不要有什麼期望。我不是她雇用的私家偵探，只是幫她一個忙，就像她也幫我一個忙，送給我一千塊錢當禮物一樣。」

「這不是你的老規矩嗎？」

「差不多。以前其實也還可以，有執照，挺受人尊重的，收據得留著，要報帳。但還是現在自在。」

「是啊，這樣比較適合你。不過，這訂金算很少了吧，是不是？」

「我不知道，我只覺得這個禮物還不壞，百元大鈔，十張呢。」

「不怎麼多嘛，才一千塊。」

「以前一千塊可以買輛好車的時候，算是一筆大數字；而不知多少年後，這些錢說不定還只夠買杯咖啡。但以目前來講，我想你說得對，這筆錢是沒多少。」

「你已經做了一些事前的調查了。」她說，「這些心血值多少錢？」

「一毛不值。」我說，「我又沒有客戶。」

「如果你有的話。」

「我不知道。我這裡晃晃，那裡晃晃，是花了幾個小時。」

「應該不只一千塊吧。」

「可能不只。」

「我們也不需要這筆錢。」

「是不需要。」

「不過，錢嘛，總派得上用場。」

「也沒錯。」

「馬修，你不會愛上某個人了吧？沒有吧？」

「我已經愛上一個人了。」她什麼話也沒說，至少我沒聽到，不管了，我說，「沒有，我不會愛上她。她人是挺不錯的，又聰明又漂亮，但是她比我小了四十歲，她絕對不會對我有興趣的。而且，我老實告訴你，我也一樣。」

「這倒有意思。」她說，「我還要問你一個問題，你要花多少時間去想、怎麼回答我都可以。」她側著頭，輕輕的舐了舐嘴唇，聲音變得很低。「你有沒有什麼感興趣的事情？想到什麼了嗎？」

我想到一件事情。

∞

完事之後，她翻過身來，用手肘撐起身體。

「三十九。」她說。

「剛剛表現的評分是不是？」

「傻瓜。這不是評分，是糾正。你比她大三十九歲，不是四十歲。」

「我這麼跟你說吧。」我說，「我已經覺得年輕多了。」

# 16

他有五呎十一吋高。在他三十七歲的生涯中，最近的十五年裡，體重一直維持在一百六十五磅到一百七十磅之間。這種體型跟死去的傑森・保羅・畢爾曼差不多。這絕對不是巧合，不是表面上的那麼簡單。或許，讓他跟畢爾曼碰在一起，是環境的捉弄，原本他當然不知道，他跟畢爾曼的體型竟是如此類似。從此之後，處處就都是刻意的安排了。他從茫茫人海中，挑中了畢爾曼，為的就是他的身高、體重、身材。為什麼呢？他想，因為他可以穿畢爾曼的衣服。

（畢爾曼站在法庭上，為的是被控擅闖地鐵站，企圖逃票。最後撤銷了告訴。畢爾曼離開法庭的時候，看起來有些茫然，不知何去何從。畢爾曼剛剛踩到街頭，就被他一把抓住手臂。畢爾曼下意識的退了兩步，以為他又被逮捕了。「畢爾曼先生？傑森，我的朋友，別緊張，我想，我應該可以幫助你。」畢爾曼試了試躺椅，最後挑了張椅子坐下。閉上眼睛，分享他的希望與恐懼。傾聽福音。「傑森，現在你得到了什麼結論？」「該你的，就是你的，醫生。」）

所以，他選擇了畢爾曼。他的運氣好，畢爾曼算是背到家了。

畢爾曼的運氣真的背嗎？他是社會底層的可憐蟲，所求不多，所得更少。不是你的東西，強求也是枉然，他總是這麼跟大家說，但是，他也說，追求自己的幸福，沒有什麼不對。你拿支湯匙或是桶子，去找大海，這也是他的口頭禪，大海會在乎嗎？

畢爾曼拿了支湯匙，找上了大海——沒有想到卻一頭栽進海裡。

他的生命一無可取；他的死，不只是大自然生生不息的一個循環環節（這一點，畢爾曼就算是想到了，大概也沒有慧根體會），更重要的意義是：畢爾曼死亡的那一剎那，達到了他生命前所未見的絕高境界。

那個可憐蟲這下一舉成名。

他現在坐在他的電腦前面，連上他最近才發現的 alt.crime.serialkillers 網站，這裡面有個張貼留言的地方。一個對於綠河殺手（譯註：一九八二年到一九八四年，橫行在華盛頓州的連續殺人犯，總共有四十九名婦女喪命，凶手究竟是誰，至今眾說紛紜）一肚子典故，熟悉到近乎變態的傢伙，跟一個自稱是綠河殺手的人，棋逢對手，你一言，我一語的聊上了。這兩個人的對話，就算有些真實性，也是微乎其微。無所謂，反正讀起來一樣有趣。

當然啦，也有幾個人貼了一些有關畢爾曼的消息。在定義上，畢爾曼距離連續殺人魔還差得遠。三具屍體，全部死在一個晚上，全都屬於一個案件。你得要隔上一段時間，再把毫無瓜葛的人殺掉，雖然要殺多少人才夠格，至今還沒有定論，不過，在 alt.crime.serialkillers 網站上，這種爭議一年到頭都在上演。

就算是畢爾曼稱得上字號，頂多也只能說是個殺人狂，就像是不爽的郵局員工，拿把自動武器上班，發了瘋似的大開殺戒。不過，再怎麼說，三個人也沒多到什麼地步。好像應該再多加幾個，才配得上「殺人狂」這個詞。

（事實上，畢爾曼根本不是殺手，在他倉促的一生中，也沒有什麼白刀子進，紅刀子出的機會，但是，世人卻不知道。他們以為畢爾曼至少殺了三個人，說也奇怪，總有些好事者，加油添醋，硬說還有別人死在他的手上。）

他看著這些對話，點點頭，微笑，又搖搖頭。留言者的心裡在想什麼，總是讓他著迷。有人對於這些行蹤縹緲的連續殺人魔，五體投地，欽佩之情溢於言表，比較邦迪、坎柏、盧卡斯（譯註：這些都是讓美國人聞之色變的殺人狂）的異同、殺人手法，鉅細靡遺。也難免有些衛道人士，用公理之類的字眼，遮掩自己強烈的報復慾望；他們都支持死刑，以牙還牙，在聊天室裡，只要有點機會，就一定會宣揚自己的主張。當然，在雙方陣營，都有一些裝模作樣的傢伙，表面上的態度或是輕蔑，或是讚揚，肚子裡打什麼主意，就只有自己知道了。

他從不留言。雖然有的時候，誘惑難免，實在很想留點擲地有聲的論調，修理這些跳梁小丑。但，這又有什麼意義呢？他不留言，他隱身在喧譁之間。留言，是凡人幹的把戲；隱身，是神的境界。

畢爾曼，他想，我賜他永恆的生命。活著，不過行屍走肉。死了，反得永生。

他手腕上的錶，有定時設定。不是整點，而是十分鐘前，腕錶告訴他，現在是十二點五十分了。他看完有關畢爾曼的最後一則留言，拉下選單，按了書籤指令，登出了那個網站。他的螢幕保護程式隨即啟動，都市大樓組成的天際線，在夜空中閃爍，忽暗忽明、忽暗忽明。

他靠回椅背，伸展四肢。他襯衫的第一顆釦子沒扣，領帶也鬆開。他伸手摸了摸領口，一塊斑駁的粉紅石環，直徑大約一又四分之一吋，厚度大約是八分之一吋，中間有洞。這是一種叫做菱錳礦的半寶石，觸手生寒，現在用一條細細的金鍊子拴住，掛在他的脖子上。他用食指、拇指摸了摸這塊平滑的石頭，享受這種感覺。

他把這塊寶石放回襯衫裡，扣好第一顆釦子，打好領帶。他在鏡子裡，看看領結，沒問題。完美。

他可以感覺到那塊石環，冰冰冷冷的、平平滑滑的，貼在他的胸口……該是上工的時候了。

17

「這麼說，有人雇用我們了？」阿傑說，「媽的，那我們得快點了，老闆。」

「也沒有什麼好急的。」我說，「我想，我肯拿她的錢，主要是不讓她把錢亂給其他人。」

「你很聰明。總是可以想到解決問題的方法。有個女孩想雇用我們，懷疑她的表姐做了壞事。你安撫了她的情緒，摸摸她的頭，叫她繼續上路。現在，你又掉過頭來，叫她有錢的表姐雇用我們。如果我們非得要替這對表姐妹做事的話，那最好是有錢的那個。」

「你說得對。我差點忘了。我們的客戶本來是頭號嫌疑犯的。」

「你不會剛好對她說溜嘴了吧？」

「我根本都忘記了。」

我們坐在晨星。我起床的時間比平常要晚些。我刮鬍子、淋浴的時候，伊蓮已經到健身房運動去了。家裡還有咖啡，我倒了一杯，打了通電話給阿傑。「如果你還沒有吃早餐，」我說，「十分鐘後，樓下見，好嗎？」六點就起來了，他說，大廳有一對夫妻喝醉了在吵架，他就睡不著了，出門吃了早餐，回家後打開電腦，就開始上網。不過，他很開心有我作伴。

我點了一客蛋捲，他要了一堆薯條、一份烤貝果跟好大一杯柳橙汁。「你忘記了？這倒是好事一樁。已經著手辦案了，咱們現在的進度到哪兒啦？」

「我也不知道我們現在的進度到哪兒了。我只希望我們能搞清楚凶手的動機。這點查不明白，案子著實難辦。」

「偷東西。」他說。

「應該說是借。從曼哈頓借到布魯克林，再讓警察找到。」

「全部都還了嗎？」

「這倒是個關鍵。」我說，「他可能留了點紀念品，我們神祕的第三者。」

「也許這才是誘使他犯案的起點。他想要某樣東西，但卻不想讓大家知道。」

「比如說什麼？」

「我哪知道？值錢的東西吧，鑽石？價值連城的繪畫？」

「這些東西都有保險，」我說，「沒有歸還的話，應該會有人注意到才對。」

「那就是別的了。法律文件？照片、信件，非常重要，非殺人不可。」

「那為什麼不把東西拿了就走人呢？」我說，「為什麼要殺賀蘭德夫妻？」

「這樣就沒有別人會知道他到底偷了什麼東西。」

這個理由得花點時間想想。「我不知道。」我說，「聽起來有點複雜。先不管凶手是誰好了，他花了好多心思，仔細布局，殺了四個人，渾若無事。我還真想不到賀蘭德夫婦家裡有什麼寶貝，值得這樣大費周章？」

「你或許說得對。」他說，「我不過是靈光一閃，隨口說說罷了。」

「我也想來個靈光一閃。」我說，「但是去挖掘賀蘭德夫婦的祕密，好像沒有什麼意義。他們的生活完美無瑕，每個人都敬重他們，夫妻又恩愛。我想……」

「你在想什麼？」

「也許他們不是真正的受害者。」

「我們現在只知道這兩個受害者。」

「我還能想到另外兩個。」

這當然不需要什麼時間去思考。「布魯克林的那間公寓。」他說，「畢爾曼跟伊凡科。你說，他花了那麼多工夫，就是為了修理這兩個人？」

「他們也不是重點，只是用他們來收拾殘局罷了。」

「先利用他們然後再甩了他們。不過首先他得跟這兩個人接頭才行——你是這個意思嗎？」

「他們之間一定有關聯。畢爾曼可能涉案不深，他這個角色比較被動。」

「被動得可以。」他說，「就是待在家裡，等著被殺。」

「畢爾曼說不定根本不認識他。」

「這個第三者找上門來，跟畢爾曼說，他是除蟲公司的工人，到他家來殺蟑螂。畢爾曼讓他進門，隨即動手殺人，畢爾曼倒在屋角，這傢伙套上畢爾曼的襯衫、牛仔褲就出門了。」

「但是伊凡科就有吃重的演出了。」我說，「只是結局不曾預告，連他都大吃一驚。」

「他去找伊凡科，跟他說，他安排好一筆好買賣。」

「高獲利、低風險，鑰匙、警報系統的密碼全部都在手上……」

「在確定對方肯參一腳之前，是沒辦法跟他談這麼多的。他到底是怎麼認識伊凡科的？」

「他因為竊盜案在綠天監獄被關了三年。也許他們就是這麼認識的。」

「你說這個第三者有案底？」

我又想了想。「不知道為什麼，我覺得不像。」我說，「你可能在牢裡學到很多亂七八糟的事情，但是，你可能不會覺得法律制裁不了你，因為你已經在受法律制裁了。這個在幕後操控的傢伙，心思細密，但卻覺得自己是來無影、去無蹤的超人。」

「他可能早就滿手血腥了。」

「我想這不是他第一次犯法。不管有沒有坐過牢，他都有可能認識一些關過的。據我所知，伊凡科並沒有親戚，他媽媽的公寓是他最後的通訊地址。他闖進賀蘭德家之前，總得有個地方住吧，只是警方還沒查出他的住址，就發現他躺在布魯克林的那間破公寓裡。」

「所以他們也就沒有再查下去了。」

「這或許是個起點。」我說，「你知道我們該找誰，才能找到伊凡科落腳的地方？」

「如果你的答案跟我一樣，現在打電話給他，就太早了。他一定在睡覺。」

「丹尼男孩。」我說。「那附近是他的地盤。普根距離賀蘭德家最多兩條街。我今天晚上去找他好了。」

「在天黑之前呢？」

「那把槍。」我說，「有人從中央公園西路的一個心理醫生那兒，偷來那把槍。」

「那把槍可能是放在那裡等人偷的。」

我看了他一眼。「表面上是這樣的。」我說，「大家以為開槍殺人的是畢爾曼，所以槍一定是他帶來的。這也就是說，槍，不是他偷，就是別人偷的，再賣給他的。」

「但是，畢爾曼最後得到的，」他說，「卻是一顆槍子兒。」

「沒錯，所以，這把槍一定是別人的。也不是伊凡科的，否則這把槍在行搶的時候，應該握在他的手上才對，輪不到第三者來殺人滅口。」

「也許伊凡科有兩把槍，他一個人使不了兩把槍，所以，他自己留一把，另外一把交給這個神祕的第三者。」

「警方發現伊凡科屍體的時候，並沒有發現他那裡有槍。」我說，「當然啦，殺他的人大可在離開前，把槍拿走。但是，比較可能的狀況是：在這個案子裡，只有一把槍，開槍的人，就是把槍帶過來的人。」

「好，就算是他帶來的。那麼，槍是打哪來的？心理醫生的辦公室？」

「槍原本放在心理醫生的辦公室，他一定是偷槍的人。」

「難道他不能在街上買嗎？如果你有門路的話，這種事又不難辦。」

「枕頭套。」我說。

「我差點忘了。兩件私闖民宅的案件，不管是心理醫生還是賀蘭德家，侵入竊賊都用枕頭套裝贓物。」

「這其實是很自然的。」我說，「省得到衣櫥裡去找大購物袋，但是，接連發生兩件竊盜案——」

「像是同一個人幹的。」

「看起來是這樣。」

「如果是伊凡科，那麼，也解釋得通。他的目的不就是偷東西嗎？也許這是他慣用的伎倆，先把枕頭套揭下來，把它變成聖誕老人的禮物袋。」

「裝滿了給小朋友的禮物。我不認為下手的地方是伊凡科挑的。心理醫生的辦公室是面對公園的豪宅，門口有看門的。伊凡科是街頭混混，門檻很精，但是，一離開那些下三濫的地方，他就沒輒了。他要怎麼混過門房的盤問？」

「更別說他怎麼知道這個心理醫生住哪裡。」

「小偷知道有那把槍。這也就是他找上心理醫生的唯一原因。他偷偷把鎖打開、把槍拿走，刻意保持現場完整，所以醫生在竊案發生過後兩三天才發現這把槍不見了。」

「所以，這個小偷認識心理醫生。」

「我想是吧。」

「知道他在那裡開業，認識門房，知道辦公室裡面有把槍。」

「這應該是行竊動機。他想要那把槍，所以闖進去偷槍。」

「他還知道心理醫生把槍藏在哪個抽屜裡。顯然，他很了解他的辦公室，也認識那個醫生。」

「這麼說站得住腳。」我說。

「那你得試試這個醫生了，是不是？打個電話給他，或是幹些什麼？」

「我已經想到一個更有創意、收穫更好的方法了。」

「我就說嘛，」他說，「只要你肯用心思，想出來的方法一定行。你今天就要開幹嗎？」

「我想是吧。」

「我已經想不起那個醫生的名字了。不是艾得樂，對不對？」

「納得樂。」

「納得樂。我老是想成艾得樂，都是佛洛依德起的頭〔譯註：阿傑指的應該是亞佛烈．艾得樂〔Alfred Adler〕，他是佛洛依德的學生，也是奧國著名的精神病學家〕。又怎麼啦？」

「沒什麼，怎麼啦？」

「你臉上的表情。你沒想到我知道這個人，是不是？」

「你知道什麼，不知道什麼，誰猜得著？」

他點點頭，好像覺得這是理所當然的事情。他說，「心理分析，想到什麼嗎？」

「你問錯人了。我認為他們離本行愈來愈遠，愈來愈不想聽病人說話，動不動就開藥方。」

「現在都全靠百憂解〔譯註：抗憂鬱藥劑〕了。你不需要我陪你去見納得樂醫生吧。」

「你去的話，說不定會有反效果。」

「你的意思是不用了。我想這樣好了：我去布魯克林，看看那棟公寓。」
「真的？」
「跟人聊聊，看看有沒有什麼蹊蹺。」
「也許你可以找到一些我沒有發現的線索。」我說，「順帶一提，你要搭D線到M大道。我上次下車下得太早了。」
「我沒問。」
「不是那一棟。我要去威廉斯堡，看她男朋友的那棟樓房。她有沒有告訴你地址？」
「這不像你。她至少提過那條街的名字吧？」
我想起來了。「沒有，」我說，「我確定她沒有。她應該知道那棟房子才對，說不定還記得門牌號碼，她曾經想要搬過去。」
「她的男朋友叫做彼得·梅瑞迪斯？」
「沒錯，但他可是個五短身材，而且連蟑螂都不肯殺的老好人。你要上哪去？」
「哪也不去。」他說，「馬上回來。」
他這一去可沒馬上回來。足夠我再喝一杯咖啡，請人送帳單來，在我等找零的時候，他終於現身了。「我還剩下四分之一個貝果，你吃了？」
「服務生收走了。」
「可惡。」他說，「我看起來如何？」

他原先穿了一條及膝的迷彩短褲，一件鬆垮垮的棉線衫，袖子還被裁掉了；現在的他，一身細線條的黑色西裝，裡面是一件硬領的白色短袖襯衫。沒打領帶。皮鞋擦得雪亮。襯衫口袋總共插了四支筆，手裡拿了個附著夾子的寫字板。

「你怎麼弄得跟個公務員一樣？」我說。

「建設局的。」

「他們通常年紀要大得多。」我說，「腰圍要比你大上好幾圈。」

「膚色也比較白。」

「大部分是這樣。我這些年來碰到的建設局官員，每個人走起路來，都像是腳很痛一樣。」

「我說不定也會腳痛。」他說，「等我穿著這雙鞋走到麥瑟羅街一六八號之後。」

「你怎麼查到的？打電話到布魯克林查號台嗎？」

「太花時間了。他們接到電話，只會給你一組號碼。然後你翻開電話簿，倒過來查，看看他登記的住址是什麼。要不，你就得打通電話過去，看看能不能從接電話的人口中套出地址。誰有時間玩這種把戲？」

「時間寶貴著呢。」我說。

「我上網。」他說，「輸入『彼得・梅瑞迪斯，布魯克林』，然後就查到地址、電話號碼跟區域號碼。兩秒鐘就搞定，不需要跟任何人講話。」

「只可惜這地址是錯的。」

「怎麼說？」

「麥瑟羅在綠角區，不在威廉斯堡。這兩個地方差不了幾步路。但是，麥瑟羅隸屬於綠角區，當地居民在幾年前，把環境整理得相當好，已經不是那些人買得起，還能夠自己發揮創意、動手裝潢的地段了。」

「你說的是麥瑟羅大道。他們住在麥瑟羅街上。」

「紐約有兩個麥瑟羅？」

「你覺得有一個就夠了，是嗎？」他說，「仔細找找，看你有沒有辦法，在哪個城市裡找不著叫做麥瑟羅的街道。」他在寫字板的後面貼了一張北布魯克林的地圖，方圓幾英里的街道都在上面。「剛剛出版的。」他說，好像在等我問他問題。「看到沒？這裡是麥瑟羅大道，在綠角沒錯；這裡才是麥瑟羅街，再往下走就是布什維克站了。」

我看了看地圖。果然有兩個麥瑟羅，一條是大道，一條是街，都匯入了曼哈頓大道，相距一英里半的樣子，保證會讓送快遞的人抓狂。

雷．蓋林戴斯，我認識的警方畫家，兩年前在威廉斯堡買了一棟房子，我曾經搭L線去找他。去麥瑟羅街搭L線也可以，只是要多坐三站。我沒到過那邊——事實上，我連有這條街都不知道——但我不難想見為什麼克莉絲汀．賀蘭德寧可待在曼哈頓。

「我還不知道你有這種本事。」我說，「居然連布魯克林的街道圖都印得出來。」

「拜託，就算是你想要印撒馬爾罕城的街道圖都沒有問題。你得練習上網，否則就落伍了。」

我們以前談過這個問題。「我太老了。」我跟他說，這個藉口我已經用了好幾次。他這次跟我說，他跟一個住在阿拉斯加貝洛點、現年八十八歲的老先生通電子郵件。這位先生人老心不老，每天要上網好幾個小時。

「為什麼這麼老了，還要住在阿拉斯加的貝洛點？」我真想不通，「你怎麼知道他沒說謊？說不定跟你通信的是一個十九歲的女同性戀，假裝老頭子在玩你。」

他瞪了我一眼。

「我想我應該會在網際網路上玩得很開心。」我說，「人生也會更充實。但我現在用不著，因為有你幫我上網。」

「還有幫你到布魯克林去探路。」他低頭打量自己，搖搖頭。「還好那個地方偏僻得很，我可不想讓別人看見我穿成這個樣子。」

「別擔心。」我說，「他們認不出你來的。」

## 18

有點出乎我的意料。在還沒見到這個人之前，我習慣先揣摩一下對方長什麼樣子。換句話說，只要在電話裡，聽過他的聲音，在我心裡，就已經有了這個人的長相。

我依然記得賽摩爾．納得樂的聲音——低低的，帶著職業味道的平靜——加上他的名字、地址跟職業一起判斷，我覺得我即將見到的這個人，滿臉大鬍鬚，禿頭，穿了一件燈芯絨襯衫，釦子開了好幾顆，硬鬃般的亂髮，散在領口四周。他的鬍鬚跟頭髮一樣，都得好好的打理一下，而且都是深黑色的。

我實際見到的納得樂醫生卻跟我一般高，身材修長，鬍子刮得很乾淨，一套蘇格蘭格子的灰呢西裝、斜紋領帶。他的頭髮是深褐色的，打理得很清爽，還濃密得很。藏在那副角框變焦眼鏡後面的，是一雙相當淺的藍眼珠。嘴唇很薄。伸過來讓我握的手，感覺比我的手掌小。

他的辦公室在十樓，布置了些古董，感覺還算雅致。裡面當然有個躺椅，此外，還擺了幾張舒服的椅子。地毯來自東方，畫作描繪美國原住民。在書桌旁邊，一部電腦放在時髦的架子上，這是唯一的現代記號。從窗戶望出去，就是中央公園。

「你有二十分鐘的時間。」他說，「我下一個約會是兩點鐘，我需要十分鐘準備。」

我跟他說，時間很寬裕。

「你先把來意說清楚，我們比較好談。」他說，「我的求償申請在很久以前就已經解決了。時間拖得太長，賠償金額我也不滿意，但還不至於為了這麼點小事上法庭。」他微笑，「不過，我真的考慮過。」

他還以為我是保險公司的人，我並沒有明說，只是一個勁兒的在作戲烘托，讓他有這個印象。

「是嗎？」我說，「我來這裡是想了解那把槍的情況。」

「槍！」

「點二二義大利手槍。」我說，「從你辦公桌裡偷走的，如果我的資料沒有錯的話。」

「那把槍我沒有報失。」

我翻翻筆記本，努力裝出一副困惑的樣子。「你沒有向警方報失？根據法律規定——」

「向警方報案是一回事，至於保險公司嘛，槍是在我提出理賠申請之後，才不見的，不值錢，也沒有列在報失清單上。發現之後，我也懶得把清單要回來修改。但是如果知道你們對於我太太珠寶的理賠，錙銖必較，我一定會把這把槍列進理賠清單。」

我舉起一隻手。「不是我的部門。」我說，「相信我，我很了解你的火氣打哪兒來。別說是我說的，我們的理賠員真的很爛。」

「是哦。」他突然對著我微微一笑。我們現在是一國的了。我自己也得意，用心理戰征服了心理專家。「說得好。那把槍到底是怎麼了？」

「最近有人用那把槍，闖入民宅。」

「是的。」他的眉毛皺了起來，「我也聽說過這件事情。真的好可怕，案發的地點就在這附近，是不是？」

「西七十四街。」

「是嘛，距離這裡不遠。兩個人死了。」

「還加上了布魯克林的兩條命。」

「那兩個壞人，對。一個被謀殺，一個自殺，是不是？有意思。偶爾會出現這樣的情況：一個人突然陷入狂暴之中，然後就胡亂殺人。最後這些人用自殺結束一齣悲劇。」他將雙手手指併攏，抵在嘴唇上。「我其實也不明白這是什麼樣的心理機制。有可能是這個樣子的：血腥的殺戮突然讓他們覺得良心不安，於是用自殺來懲罰自己。但我懷疑他們只是單純沒人可殺，卻又還是手癢，所以他們才只好殺了身邊唯一的對象——也就是他們自己。」

他的候診室掛了好幾幅加了框的畢業證書跟行醫執照，但坦白說，他剛剛的那番話，比滿屋子的文憑證書更讓我相信：他是一個得到公會認證的合格心理醫生。

「這只是我個人的猜想而已。」在我大肆讚嘆他的理論之後，納得樂醫生謙虛的說。「你到底來這裡幹什麼？那把槍也不可能還給我。」

「我想那把槍會放在警方的證物櫃裡，好一陣子都不會拿出來。」

「它在那裡躺一輩子都成。」他說，「反正我也不想要了。」

「你已經換了一把槍？」

他搖搖頭。「我買那把槍也只是防個萬一，壓根沒想要用，也沒有機會從抽屜裡拿出來。」他摸摸下巴。「槍不見了。我還覺得是我讓它不見的。也許我對武器的厭惡，在冥冥之中，誘使那個小偷去偷那把槍吧。」

「這話怎麼說呢？」

「大家常常說：事出必有因。冥冥之中，自有定數。我的意思倒不是說，所有的被害人，都是活該自找，這是胡說八道。但是，有些因素不知道為什麼就是會湊在一起。拿這例子來說好了，這兩個強盜就住在我們活動的區域裡，而我辦公室裡唯一被偷的東西就是那把槍。偏偏我又過了好長時間以後，才發現槍不見了。」

「所以你覺得你對那把槍的看法，導致……」

「我絕對不是說是那把槍的錯，是那把槍把兩個歹徒引上門來，讓他們有機會得到他們想要的武器。」他說，「我知道你覺得我這種說法有些怪怪的，坦白說，我也不自在。總之經過了這整件事之後，我想我不會再跑去買把槍放在辦公室裡了。」

我說，「你把槍收在抽屜裡？」

「沒錯。」

「就是你面前的這張桌子？」

「是啊，當然，這裡還有別的桌子嗎？」

「哪一個抽屜？」

他看著我。「哪一個抽屜？我把槍放在哪一個抽屜，有什麼差別嗎？」

「應該沒有。」我說。

「我再問一次，你到底來這裡幹嘛？我很遺憾，我買的武器害好幾個人死掉。但我不覺得這是我的責任。」

「問題就在這裡。」

「你說什麼？」

「這是法律責任的問題。」我說，「武器的所有人，有可能要替武器造成的傷亡負責任，雖然實際動手的人並不是他。換句話說，沒錯，你的武器落入壞人的手裡，但是子彈畢竟是從你擁有的槍枝射出去的，所以受害者還是可以告你。」

「這太好笑了。他們為什麼不去告槍枝製造商，我的老天爺！」

「事實上，」我說，「這種案例的確見到過幾次。受害者用所謂『產品責任』的理由，控訴武器製造商，也鬧上了法庭。雖然最後法官裁定不受理，但是——」

「你是說，有人用我的槍殺了人，而我還得吃官司？」

「是的，在這個案件裡，主要的受害者都已經死了，但是，受害者的家屬還是有可能成為原告，如果她真的想打官司的話。」

「那對夫妻的女兒……」

我當然不希望他打電話給克莉絲汀，去搓這樁根本沒來由的官司。「就這個案例來說，」我說，「我們比較擔心別人要打官司。」

「你是說那兩個強盜的家屬？他們闖進我的家裡，偷了我的財物，包括合法登記的手槍，殺了幾個人，最後，他們自己要同歸於盡，你卻跟我說，他的家屬要告我？」

「納得樂醫生，」我說，「想打官司的人多著呢，不愁沒有律師願意幫他們出面。」

「到處都有追著救護車跑的訟棍。」他說。

「這種官司成案的並不多，這個案子看來也不像是會鬧上法庭的樣子，就算真的有人要提告訴，結果看來也對我們有利，院方不處理的機率比較高。我來這裡，其實是預先蒐集資訊，防患未然，免得那些小混混來找麻煩。」

沒想到激怒他，竟是如此容易，反倒是安撫他難得多。我也不想浪費時間，看他的眼神瞟向手錶，我知道，他急著在一點五十分之前，把我打發走。

我再次問他把槍放在哪個抽屜裡，還請他告訴我，抽屜要怎麼鎖，怎麼開。書桌是橢圓形的，桃心木，桌面上還釘了皮革；除了正中間的抽屜之外，左右兩邊各有三個抽屜，手槍就放在右邊中間的那個抽屜。他慣用右手，他解釋說；如果，他坐在桌邊，剛巧需要這把槍的話，這樣最方便。

每個抽屜都有鎖，但是其中兩道鎖年久失修，都鏽掉了。中間的抽屜裡面，放了一把萬能鑰匙，尾巴上還繫著一根毛線，我想這樣大概比較容易找。

「小偷摸進來的時候，」我說，「所有的抽屜都沒有上鎖嗎？還是只有放槍的那個抽屜被打開了？」

「原本也就只有那個抽屜上鎖。」

「還有誰知道辦公室有槍？」

「什麼意思？」

「知道你有一把槍，」我說，「知道你放在哪裡。」

「沒有其他人。」

「你太太呢？接待員呢？」

「我太太知道我有把槍，但不知道我放在哪裡。我太太看到槍就緊張，打開頭就不贊成我去買槍。」他皺起眉頭，「我想這也就是我懶得修改求償申請的緣故。至於我的接待員，葛洛莉雅嘛，她根本不知道我有把槍，當然也不可能知道槍放在哪裡。」

葛洛莉雅是中年黑人婦女，眼色冷靜，笑容溫暖；但她給我的感覺卻是：這種人不會輕易放過什麼異常現象的。我覺得她沒有什麼好查的，於是問起他的病人。他在療程中，有沒有碰過什麼必須要動槍的情況？

「絕對沒有。」他說，「我從來也沒在病人在的時候打開過那個抽屜，甚至連鎖都沒開——不對，我說錯了，有兩次，有個病人那陣子狀況很差，所以我在療程開始之前預先開了抽屜的鎖。事後想想，都是我自己窮緊張，你明白嗎？反正我並沒有把鎖打開，更別提亮傢伙了。」

「那個病人後來怎麼……」

他的臉上突然罩上一層寒霜。「自殺了，提起來就傷心。他住在二樓，卻坐電梯到頂樓，就這麼跳下來。他留了一張紙條，說他如果不這麼做的話，他可能會殺害別人。也許，我的擔心是有道理的。」

「這是最近的事嗎？」

「自殺啊？不是，是去年冬天的事情，聖誕節跟新年之間的那個禮拜。這時間點，不意外。」

「在丟槍之前？」

「沒錯，幾個月前吧。」

「記得那兩個壞人吧，」我說，「一個叫傑森．畢爾曼，一個叫卡爾．伊凡科。」

「記得。」

「他們是你的病人嗎？」

他想都沒想就回答我的問題了。如果以為我是警察，他大概懶得回答了；但是，面對一個誠心誠意幫他預防纏訟麻煩的保險員，他怎麼能拒絕呢？「不是，」他說，「我還是在報紙上，頭一次看到他們的名字。」

「在你的病人裡面，」我說，「有人有前科、曾經坐過牢嗎？」

他搖搖頭，「我的病人都是中產階級、專業人士。」他說，「三分之二以上，病因都是情緒低落。有幾個是年輕婦女，來找我多半是因為飲食失調。其中有一個是文思枯竭的作家，曾經寫過五本小說，第五本是他文學創作的里程碑，賣得非常好。不過，那已經是九年前的事情了，九年來，他什麼也寫不出來。還有的病人是因為婚姻不快樂，也有的是因為他們覺得他們的工作走到死胡同了。」

他從書桌後面站了起來，走到窗戶邊，眺望公園，背對著我說，「我以前在醫學院的時候，大家一講到皮膚科，都佩服得不得了。皮膚遊戲，他們總是這麼說。『沒有誰會死於皮膚病，但也沒有誰的皮膚病會完全康復。』」他轉過身來，朝著我說，雙手緊握。「你可以懷疑我的工作，只是在大家的心理頑癬上擦點藥膏而已。當然啦，對於皮膚科醫生來說，這種話也不盡公允啦，有些人的皮膚病真的痊癒了，而且也有人死於皮膚癌。我的病人受到不壞的照顧，他們多少變得開心些，精神病的症狀，也減輕許多。當然啦，還是偶爾會有人從屋頂上跳下來。」

他坐回書桌後面，玩弄一把拆信刀，銅質，把手的地方鑲了孔雀石。「我有一個病人，性侵了他的四個孩子，三女一男，」他說，「還有一個人竊取了公司二十五萬元，拿去賭運動、吸古柯鹼。這兩個人都沒有進監牢。我想，我的工作對罪犯、有前科的人，應該有些幫助，但是，他們從來沒有來找過我。」他還告訴我一點別的事情，然後拉起袖子，看了看手錶。

「差十分兩點。」他說，「我真的不能再跟你聊下去了。除了我之外，沒有人知道槍在哪裡，我的病人並沒有見過這把槍。如果沒有別的事情……」

「你幫了我很多忙。」我說，「很抱歉浪費你那麼多時間。我私下跟你說一句：我想，你應該不用擔心會有人找你麻煩才對。」

「那我就放心了。」他說，外帶一個冷冰冰的笑容。我怎麼看，都不覺得他真的有在擔心。我們握了手，他告訴我們在哪裡。

## 19

我離開納得樂醫生辦公室的時候，天空下著毛毛雨；雨勢不大，不至於讓我懊惱為什麼把雨傘留在家裡。那天傍晚，我們要聽一場音樂會，但我不想白白浪費下午的時間，還可以找個地方遛遛。我在雨滴中，走到百老匯，然後搭乘地鐵，前往格林威治村。在派瑞街那邊，有間店面被戒酒無名會租去充當聚會場所。這地方有些年頭了，大約是我戒酒成功至今的兩倍。我還常跟他們打交道的時候，戒酒協會每天只有兩三場聚會；但是，現在的聚會排得密密麻麻的，從一大清早到深夜都有。我進去的時候，一場聚會剛進行到一半，結束之後，我去外面喝了杯咖啡，然後，又坐回去，參加下一場聚會，撐了大半場的時間。我聽了一大堆神經兮兮、自怨自艾的自我檢討，感覺起來比賽摩爾·納得樂一天的工作分量還要重，雖然我得不到半毛錢，但我走出去的時候，至少還是清醒的。

阿傑打電話來，跟我說，他假冒紐約市布魯克林建設部副督察員的表現，無懈可擊，演技震驚全場。他在麥瑟羅街輕輕鬆鬆的找到那棟房子，不過他說，待在那種地方，還是穿迷彩短褲來得自在。到處都是垃圾子母車，東一處，西一處的在動工改裝，這個區域看起來比以前好一點，但是，想要脫胎換骨，根據阿傑的說法，恐怕還有得忙。

他見到了彼得．梅瑞迪斯還有其他三個室友。他們面對面的談了很久，但他只簡單交代一句：梅瑞迪斯跟克莉絲汀分手之後，體重沒有增加，但是好像也沒有減肥成功，所以，他絕對穿不下傑森．畢爾曼的襯衫跟牛仔褲。他的室友裡面，兩個是女的，一個是黑人。截至目前為止，我們並沒有說得很清楚，但他覺得這個神祕的第三者是高加索的白人。

還有一個人，阿傑沒見著，我跟伊蓮說，但是，一個督察員接連兩次造訪同樣一棟建築，難免啟人疑竇。反正這個人的名字也在手上，真的要查也不會沒有著落。

「我想這不算是空手而回，」她說，「但是，跑了這麼遠的路，只弄到這麼點訊息，未免浪費了點。」

「我嘴巴上是這樣說，阿傑可不覺得。紐約的這個地方，他以前沒有去過，這次算是開開眼界，而且，他也不算是空手而回。」

「因為這幾個人涉案的可能性可以排除了。」

「這只是一部分而已。他得到一筆錢。他們真以為他是督察員，以前也顯然是應付過這種人，或是得過高人指點，所以，看到阿傑這樣無所事事，晃來晃去，東看看西看看，又說不出什麼具體的名堂，彼得．梅瑞迪斯就把阿傑拉到一邊，塞給他一張百元大鈔。」

「阿傑當然當仁不讓。」

「如果他拒絕了，」我說，「我就真搞不懂這個人了。沒錯，他順手就拿了。其實，如果他不拿，整場戲都白演了，彼得說不定還會懷疑他，因為這太不符合官僚的基本行事原則。」

「人家給你錢，就一定要放進口袋。」

「就是這一條。」

∞

我們在家吃了晚餐，才順著第九大道前往林肯中心。出門的時候，雨已經下得很大了，我們應該叫部計程車才對，但是，雨天實在很難找到車。我們索性撐把傘，就這麼安步當車的走了六條街，身上居然還是乾的。

音樂會主要曲目是一位比利時的音樂家，彈奏莫札特時代的鋼琴。那時候的鋼琴還在演進之中，是大鍵琴跟現代鋼琴中間的產物。節目單上告訴我太多這種發展中的鋼琴跟現代鋼琴的異同，其實，我沒那麼在乎。「多半莫札特」樂團在一旁伴奏，他們彈奏的音樂，輕輕鬆鬆的送入聽眾耳際，相當動聽。

就我的情況來說，他們的音樂是我可以很輕鬆的聽而不聞，任由心思放在別的地方。在我腦際盤旋重播的是一段段的對話——我跟納得樂醫生、克莉絲汀．賀蘭德、布魯克林、曼哈頓警方說過些什麼。我把腦子裡的螢光幕，調回到訪談克莉絲汀的那一段（配樂則是史卡德〈第三者主題曲〉），慢慢的，情景變成了我無法掙脫的夢境，旋律糾在腦際，揮之不去。

中場休息的時候，伊蓮問我要不要提前離開。「你在座位上，看起來是乖乖的，」她說，「但你的心思不知道飄到哪裡去了，是不是？」

我說，我想留下來。音樂節只剩下一個星期了，我們還有兩場音樂會的入場券。其中一場，她會帶朋友去，然後，就是閉幕的那一場，結束之後，我們要等上十一個月，才有機會再度參加這個年度盛會。時間還早，丹尼男孩的一天才剛剛開始。我坐回音樂會，讓一流的音樂家在我面前演奏，對我一點傷害都沒有，我有沒有在聽，是另外一回事。

∞

我們出場的時候，第九大道的公車剛巧停在路邊。雨勢轉小了，她說，她可以走回去。我說，要不，她就坐公車，要不，我就跟她一起走。

她說，「然後，你再掉頭一路走回七十二街嗎？」

「那就坐公車吧。」我說，她照做了。

普根在東百老匯，七十二街附近，除了丹尼男孩經常在那裡出沒之外，這個酒吧沒有什麼值得推薦的地方。我認識他好多年了——我第一次看到伊蓮，也是在他那張桌子旁邊。他好像一點也沒變，還是以前那個樣子，但是，我想這不可能是真的。我剛碰到他的時候，他大約二十八歲，模樣當然比現在看起來年輕些。幾年以後，依舊是老樣子，但畢竟露出了歲月的痕跡。

打一開始，他的樣子就是與眾不同，這個特點至今沒變。他是非裔美人，這個詞我不常用，但是，卻比「黑人」這個詞好，因為這個詞對他來講，根本就不適用。丹尼男孩是白子，皮膚比白色還白，頭髮幾近無色，眼睛是粉紅色的，極度畏光。夏天的強光，他得小心應付，看起來很像是謹慎的吸血鬼。

入夜之後，他通常只會待在兩個音響跟燈光都很黯淡的酒吧。一個是在上城、地點比較偏僻的藍調媽媽，有現場演奏，專門伺候收入不錯的黑人跟白人顧客；另外一個就是普根。拗不過大家的懇求，這裡放了一部點唱機，裡面的歌還算有格調，但是總體看來，普根畢竟是比較粗俗的。不管在哪個酒吧，他都有固定的桌子，等人坐在他的身邊。有的人會告訴他一些消息，有的人會跟他打探一些消息。這就是資訊時代，丹尼男孩與時俱進——資訊，就是他囤積買賣的商品。

我在吧台點了一杯可樂，跟他聊天的那個女孩，有點臃腫，看來不像是幹那行的；但是，從她的穿著打扮來看，又不太像是幹別行的。她活像是從史蒂芬・金小說中跳出來的詭異胖娃娃，但是，一聽到她爽朗的笑聲跟愉悅神情，任何有關她的負面評價，立刻會煙消雲散。從她的聲音聽來，這個女孩個性著實不壞，很幽默。談話結束，她站起來，彎過腰，親了丹尼男孩的嘴唇，好大一聲。她又笑了，從我身邊走過的時候，我聞到一絲香水味兒。香水清雅縹緲，跟她暗藏鋒芒、故作矜持的風格很搭調。

我走近丹尼男孩的桌子，他正用白手帕沾伏特加，在拭嘴唇。「貝琪的嘴很甜，」他說，「但是，誰知道她的嘴唇先前貼過哪些地方？真高興見到你，馬修，好一陣子沒來了。」

「時光飛逝。」我說。

「快樂的時光、悲傷的時光，」他說，「都留不住。」他昂起頭來，仔細的打量我。「你的氣色不壞。」他宣布，「不碰酒真的對你身體很好，我可不成。」

他放下手帕，啜了一口伏特加，在嘴巴裡攪弄了半天，好像是在用李施德霖漱口，然後嚥了下去。「細菌，」他解釋說，「雖然我知道她在每一次小小的冒險之後，都會好好把自己打理一下，但，寧可事前小心，免得事後後悔。」在藍調媽媽跟普根，丹尼男孩都有自用的留酒。他從冰桶裡，拿出酒瓶，倒滿酒杯。「你戒酒之後，唯一的壞處就是你很少到酒吧來了。」

「我變成顧家的男人了。」我說。

「伊蓮還好吧。」

「很好，她叫我跟你打聲招呼。」

「也請你代我問聲好。」他拿起杯子，喝了一口。他喝酒的氣勢，像是比他年輕一半、體重多一倍的男子。戒酒無名會裡的人說，這只是時間的問題，沒有人能逃開酒精的控制，但我不確定他們說的對不對。我有些朋友，情況看起來就很不壞。

他嚥下那一大口酒，閉目沉思了好一會兒，我能感覺到那酒逐漸滑下他的食道。他張開眼睛，說，「我很想念。」這句話是對他自己說的，但好像也是在對我說。他又冥想了好久，然後，他的眼神對準我的眼睛說，「好啦，馬修，什麼風把你吹到這邊來？」

8

我到家的時候，伊蓮正在客廳，手上有一本蘇珊・伊薩克的小說，還端了一杯茶。她打赤腳，身上披了一件絲袍，許多地方都蓋不住。我盯著她看，還發出一些讚賞的哼聲，她跟我說，男人都是色鬼。「裡面的這個也是這副德性。」她說，拍拍書，「丹尼男孩好吧。」

「老樣子。他請我問候你。」

「真好。麥可打電話過來。」

「麥可？」

「你兒子。」

「他從不打電話來的。」我說，拚命回想上次他打電話來是什麼時候。「他要幹什麼？」

「他是在我們聽音樂會的時候，打電話過來的。回家的時候，我才在答錄機裡面，聽到他的留言。他要你回電話給他，還留了電話號碼。我想他留的是手機。留言還在答錄機裡。」

我跑去答錄機旁邊，重聽一次。他沒有客套，「爸，我是麥可，你能不能回個電話給我？不管多晚都行。我也不知道我在哪裡，所以請你打我的手機好嗎……」

我匆匆記下電話號碼，又回到客廳。「還真不知道什麼事情。」我說，「他的聲音裡面，一點端倪都沒有，是吧？聽不出來什麼。」

「有個簡單的方法可以確定。」

「都三更半夜了。」

「他在哪裡？加州才九點。」

「你怎麼知道他在加州？」

「如果他在巴黎，」她說，「是清晨六點。」

「不管人在哪裡，」我說，「那邊總會有個時間。反正我他媽的拿起電話打就對了，可我偏偏不想。」

「我知道，寶貝。但是可能是好消息啊。也許君恩又要生了。」

「不是這碼事兒。」我說，「我想不是好消息。不管是什麼，我還是得弄明白了才安心。」

∞

「爸，」他說，「謝謝你回電。你在家嗎？是不是我剛才打的那個電話號碼？」

「當然，可是——」

「我打過去好了。這手機很爛，老是聽見回聲。」

他掛掉電話，我也放下話筒，等電話再次響起。我曾經考慮辦支手機，但是，隨著時間過去，沒有手機我一樣過得很開心。

伊蓮問，「到底出了什麼事情？」我還沒開口，電話又響了。

「抱歉，」他說，「安迪有打電話給你嗎？」

「沒有，」我說，「怎麼啦？」

「我想他也不會打。他跟我說，他不會打電話給你，但我不知道他有沒有改變心意。但我想他是不會打的。」

「麥可……」

「抱歉，爸。他惹上麻煩了，就這樣。他不敢打電話給你，也不讓我打電話告訴你，但我覺得一定要跟你說一聲。」

「什麼麻煩？」

「找不出什麼好的形容詞幫他掩飾。他拿了一些錢。」

「你的意思是，偷錢？」

「在技術上，是的。我猜他不是這樣想。但是你從老闆那兒拿了錢，又不還回去，就應該算是偷吧。」

我的腦子裡，湧進一大堆問題。我理了理，先問一個。「多少錢？」

「一萬元。」

「偷他老闆的？」

「盜用公司款項，沒錯。」

「我還不知道他在哪裡工作呢，」我說，「也不知道他在幹什麼。」

「他在一家自營的汽車零件批發商那裡，擔任土桑地區經理，處理一些帳戶往來的事情，多半是坐辦公桌。」

「聽起來接觸不到什麼現金嘛。」

「沒錯，多半是支票。我不知道詳細的情況，只知道他虛設了幾個假戶頭，然後把公司的支票存進去；再開幾個戶頭，把支票轉過去，再用這些戶頭的名義開立支票，存進自己的帳戶，就可以兌現了。」

這種虛立帳戶的手法多得很，沒拆穿前，怎麼看，怎麼無懈可擊。

「老闆發現了，所以——」

「老闆是絕對瞞不住的。」

「我知道，我真不敢相信，他竟然這麼笨。不管了，他老闆開出一個條件：只要他在月底前，把錢存回去，就放他一馬。否則的話，他就要打官司，一定要讓安迪在牢裡蹲上一陣子。」

「他真的只盜用了一萬塊？」

「目前清理出來的金額是這樣，安迪也說一萬塊就夠了。」

「所以，他打電話跟你要錢？」

「他只肯打電話給我。」他說。

「以前也發生過這種事情？」

「不盡然。」

「不盡然？什麼意思？以前他不做汽車零件、不在土桑？」

「以前沒這麼嚴重。他每隔一陣子就會打電話給我，隔多久就說不準了，一年總會有兩次吧，我想。但他一打電話給我，我就知道他惹麻煩了。」

「怎樣的麻煩？」

「通常就是沒錢了，找人接濟，要不就是什麼計畫碰上難關了。他的車子壞了，需要修理。有的時候，他還會跟那種不還錢就把你腿打斷的人借錢應急。反正沒好事就對了。」

「我怎麼都不知道？麥可。」

「你當然不知道，他只打電話給我。」

「你總是幫他解圍？」

「誰叫我是他哥哥？」

「也是。」

「以前沒那麼嚴重，通常就是一兩千塊的事情。有的時候還更少些，先前最多的一次是兩千五百塊。」

「他一打電話，你就送錢過去。他還過沒有？」

「偶爾我會收到一張支票，或是匯票，多多少少他會還一點。一過聖誕節，他就會變得特別大方。瑪蓮妮出生之後，他在聖誕節或是她生日的時候，都會送很貴的禮物。只要我們的日子過得下去，誰會跟親兄弟明算帳呢？」

「但你總得確定日子過得下去吧。」

「我有記帳的習慣，你知道嗎？」

「他到底欠你多少？」

「大概一萬兩千元。」

「一萬兩千元。」我說。

「說起來滑稽。君恩不知道我到底借了他多少錢。她知道我不時借錢給安迪，可是她不知道總數有多少。」

「我還真是有點糊塗了。我知道他東飄西蕩的，花好多時間去尋找自我，哪個地方都待不久。但我一直不知道他的生活這麼糟。」

「他是安迪啊，爸。他很有魅力，又好笑，大家都喜歡他。我真的不想說，但是，他的生活真是一團糟。」

「他到底在搞什麼鬼？麥可。賭博？吸毒？」

「如果沒記錯的話，有一陣子他在賭籃球，但應該只是玩玩而已。他好像也跟我說過，他有一次試過古柯鹼，因為，他如果不跟著玩兩口，舞會裡的人就會把他趕出去，合群嘛，也說不得了。這種事情很多人都碰過。」

否則的話，也不會有人靠賣這玩意兒賺大錢了。

「他偷拿這一萬塊，是因為他看上了一個投資機會。我忘了是什麼，反正是什麼新興產業就對了，他說，只要有一萬塊，就可以買下股份，利息減半。他還打電話給我，要我也參加一份。我懶得聽計畫內容，因為我絕對不可能跟他一起去攪和。我們家是有點閒錢投資，但都是股票基金之類的，沒有什麼大賺頭，但總比哪天起來，發現自己一毛錢都沒有要來得好些。」

「他從你這裡借不到，所以就跟他老闆借了。」

「他是這麼想。」

「投資成功了嗎？」

「沒有，計畫一敗塗地。」

「錢呢？」

「全沒了。」

「帥。」

「他真的很失望，都快活不下去了。他真的抱了很大的期望，你知道嗎？不過，他每次開頭的時候，都是信心滿滿的就是了。一旦從雲端摔下來，他就受不了了，他開始喝酒，整日醉醺醺的，還決定把剩下的錢，用來逗自己開心。他帶一個女人到坎昆（譯註：墨西哥著名的度假勝地），還換了一部新車。」

「欠債不還，就得進監牢。」

「沒錯。」

「你是怎麼跟他說的？」

「爸，我不知道該怎麼跟他說。『麥可，我保證這是最後一次，我這次真的學到教訓了。』聽到這種話，我還能說什麼？你滿嘴屁話，你是個爛人，我能這麼跟他說嗎？『麥可，你得幫我這次忙。』是唷，我工作累得要命，君恩也沒閒過，我們有孩子，有貸款要付……」

「我知道。」

「我能給他一萬塊嗎？其實我可以。但我得賣掉保險，增加貸款，我辦得到。問題是我該做嗎？」他頓了一下，好像在等新的問題冒出來。「我說，這次真的太過分了，我只能借他一半。」

「他怎麼說？」

「他說這點錢沒有用。他老闆警告他，一旦鬧上法庭，所有的損失保險公司都會全數理賠，而他絕對會告到他蹲監牢。只還一半，他老闆還損失五千塊，才不會幹這種蠢事呢。安迪說，如果我只能弄到一半，乾脆也別還了，直接匯給他，他拿了錢就落跑。我跟他說，這樣的話，他一輩子都會陷下去的。」

「這大概是他這輩子最爛的主意了。」我說，「雖然我覺得他這輩子大概也沒想出什麼好主意過。但是，他這麼一鬧，以後就會變成通緝犯，四處逃亡。」

「我也是這麼告訴他。」

「你說，你願意借給他一半。」

「五千塊。我跟他說，就這個數目，沒了，我這口井快乾了。下一次再惹麻煩，就去找別人幫忙吧。」

我說，「你媽葬禮是什麼時候？兩個禮拜前？」

「差不多。」

「他那時看起來還跟平常一樣。感覺有些抑鬱，但在那種場合也難免，不過不像是大難臨頭的樣子。」

「那時他老闆還沒搞清楚狀況。安迪也沒有發現他已經玩完了，所以感覺起來還好。等他回到土桑，這才東窗事發。」

「然後他就打電話給你。」

「不是。他昨天才打給我。我花了一整天時間琢磨，該怎麼回話給他。」

「你有沒有跟君恩商量？」

「沒有。我打電話給他，講了半天，就是我剛剛告訴你的那番話。我叫他打電話給你，請你幫忙籌另外一半，他說他不要。」

「所以你代表他打電話過來。」

「不是，他根本不肯讓我打電話給你。但我還是打了。」

「你想要我幹什麼？」

「我不知道。」

「你當然知道。你要我幫你把另外一半張羅出來。」

「我也說不清到底是怎麼樣。」他說，「也許這是我想要的。也許我是希望你去拒絕他，才不會老是由我當壞人，你知道嗎？我真的不想看我弟弟進監牢。」

「我也是。」

「要不——你剛剛那句話是怎麼說的？變成通緝犯，四處逃亡？我也不希望他這樣。」

「沒錯。麥可，他自己不能變賣什麼嗎？你剛剛不是說，他換了一輛新車嗎？」

他冷哼一聲。「他原來那輛舊車說不定還比較值錢呢。他是拿盜用來的公款，去付頭期款而已；舊車還把貸款都付完了。新車的樣子好看，到期不付款，車商就收回去了。你要他變賣東西，什麼東西都賣光了，大概也只能湊一千塊的樣子。說不定連這個數都沒有。」

「標準的美國成功經驗。我想，他把肯借錢給他的朋友都得罪光了吧。」

「你知道安迪這個人。他交朋友容易得很，過沒多久，就把舊朋友往腦後一扔，又交起新朋友來了。你有沒有辦法？其實我也不知道你的經濟狀況。你可不可能趕快湊五千塊幫忙？」

「應該可以。」我說，「我今天晚上在床上想一想，麥可。我明天打電話給你好不好？」

「明天沒問題。」他說，「期限是這個月底。」

# 20

我跟他說，我在床上想一想，事實上，我是在床上翻來翻去，怎麼也睡不著。伊蓮跟我在床上聊到很晚。她七點起來的時候，發現我已經在廚房裡煮咖啡了。

「這不是錢的問題。」我說。

「當然不是。」

「有件事情倒是挺有趣的。金額，如果只是五百元，我連想都不會想，立刻就會開張支票給他寄過去。」

「是啊。」

「五萬塊呢，就用不著想了，因為不可能有。五千塊剛好夾在中間，說大不大，總是張羅得到，說小不小，也算是一筆錢。」

「我們拿得出來，寶貝。」

「我知道我們拿得出來。」

「我們用不著變賣家產，用不著勒緊褲帶，銀行裡就有。」

「我知道。」

「不過你也說了，這不是錢的問題。」

我喝了一口咖啡。我說，「他很像我，你知道的。」

「我知道。」

「麥可長得像他媽媽。身材粗壯，他媽媽家的男生，就是那個樣子。安迪長得像爸爸。」

「他有可能更糟。」

「他酗酒的情形已經跟他老爸差不多了。都不曉得他酒駕了多少次、撞爛了多少部車子，也不知道我到底該怎麼辦。」

她給自己倒了一杯咖啡，在我的對面坐了下來。

「如果他真像我，」我說，「沒跟我一樣進警校，當警察，真是可惜。警察愛怎麼偷，就怎麼偷，沒有人追究。」

「你又不是賊。」

「我拿過不該我拿的錢。我通常會合理化我的行為，大部分的人也都這麼做。但是看看安迪，他說錢只是借來一用，之後會還。你知道，我們這些人拿錢分錢，從此陷入這個循環，日復一日。我不要他在亞利桑那的監獄裡發霉，但也不想這麼輕易的放過他。」

「這就難了。」她說，「就在你一念之間。」

「如果是你，你會怎麼辦？」

「這真的很難。」她說，「我無法決定怎麼做，而且我也不該替你決定該怎麼做。」

「你在戒酒無名者家屬團體（譯註：這是從戒酒無名會衍生出來的組織，主要目的是協助戒酒者家屬面對戒酒中的家人）的時候，他們是怎麼教你的？」

「不要強出頭。」她說，沒半點遲疑。「幫他度過難關，沒有半點好處；費了半天勁，反而害他得不到教訓。如果他沒有機會面對真正嚴重的後果，一輩子都不會學乖。放手，隨他吧，讓他自作自受，少了我的幫助，會學得比較快。」

「這就是你的答案？你的意思是不要寄錢給他。」

「不，我會寄錢給他。」

「你會嗎？你剛剛不是說——」

「我還沒忘記我剛剛說了什麼。但這世上還有別的道理，一枝草，一點露。他以前或許做過這種扯爛污的事，但這是他頭一次來找你。」

「他沒有來找我，他只跟他哥哥聯絡。」

「他叫他哥哥不要打電話給你，卻把他哥哥逼到非打電話給你不可的地步。從這個角度來看，跟他親自打電話找你有什麼兩樣？」

「所以，你會寄錢給他？」

「我會跟他說，這是最後一次。」

「他還會再扯爛污的。」

「那當然。」

「下一次，你一定會拒絕他。」

她點點頭。「不管什麼理由。不管他是進監牢，還是腿被人打斷，我都不會管他。」

「但這一次你會寄錢過去。」我又喝了一大口咖啡。「知道嗎？我覺得你是對的。」

「我覺得好的事情，你又不見得會覺得好。」

「我也覺得很好，我這就去打電話給麥可。」

∞

我沒有真的去打電話，她告訴我，那個時候，在加州才凌晨四點。我沒有問她，巴黎現在幾點。

終於拿定主意之後，我鬆了一口氣；但是，也就在剛剛，破曉之際，我卻覺得這事情沒有那麼理所當然。我的心一個勁兒的打轉，就像是被貓咪玩弄的毛球；我得不斷的提醒自己，我已經拿定主意了。

我一直盯著手錶看，希望馬上就到可以打電話的時間，希望這事趕快結束。其實拖的人是我。先是找個理由擔心吵他睡覺，再來是覺得別在吃早飯的時候跟他說比較好。接著又想：這事他可能不想讓君恩知道，何苦要他躲到別的房間去跟我講這通電話呢？我可以等他到了辦公室之後再說。

阿傑十一點鐘的時候，到我們家串門子，卡其褲、馬球衫，但卻帶著昨天的寫字板，上面是他去威廉斯堡的調查心得，他準備過來跟我討論。那棟房子是三層樓的公寓，有三四十年歷史，牆壁塗柏油。「一定有推銷員在搞鬼，」他說，「那地方每個人都拚了命的在進行鄰里糟蹋計畫。」

麥瑟羅街一六八號的外牆柏油，是由下往上逐步清除的。下層的牆壁，需要再補一層泥灰，整修的工作看來也不輕鬆。就目前的狀況看來，要走的路還很長，但畢竟比以前好看多了，工程重點現在轉移到上半部。屋內也在進行類似的整修工作。先前房東隔了很多小房間，招徠房客，他們現在把隔板、花磚天花板，還有覆蓋在上面的油布，全部拆掉。外面的泥灰也要設法刮去，露出磚頭本色。改裝過後的三層公寓，全部打通，跟庫房一樣，此外，有幾面牆也設計好了，準備當書架、掛畫。

「弄好了之後，一定很好看。」他說，「他們都是藝術家，需要很大的創作空間，可以在一起工作。我剛到的時候，彼得在一樓，死命的在刮貼在牆上的壁紙，其他兩個室友在三樓打理牆壁上的磚頭。他們都戴了個小口罩，掩住口鼻，免得吸進一堆不該吸的東西。灰泥的落塵落了他們一身，拿掉口罩之後，模樣看起來有些滑稽。幸好我還記得我是建設部副督察員，保持身分，深吸一口氣，沒有笑出來。」

彼得住在三樓。阿傑覺得這個安排，有點陰謀意味兒，因為大家可能覺得他需要運動。他很胖，是真的，動作卻敏捷得很，在梯子上爬上爬下，連口大氣都沒喘，臉上更沒有一般胖子的那種畏畏縮縮的神情。

「你如果看到他，」他說，「你在心裡一定會說，哇，這傢伙真胖。然後，你站在他身邊一會兒，馬上就忘記這件事情。他很胖的事實，在你心頭一閃而過，抓都抓不住。你又跟別的人扯了幾句，再回過頭來一看，哇靠，這傢伙還真胖啊！好像你根本沒見過這個人似的，但其實，才剛剛跟他打過照面。」

我知道他的意思。跟其他人交往的時候，我也有類似的感覺，只是他們不是胖子而已。比方說，一個是瞎子，一個人少了一條胳膊。我想他們是同性質的人，都很有自信心，結果就會跟阿傑說的一樣。因為他們接受不完美的自己，就使得別人也變成跟他一樣，對這些缺陷，渾然不覺。

彼得．梅瑞迪斯的醫生可能沒有辦法挽救他跟克莉絲汀的關係，也沒有辦法幫他減肥，塞進四十二號的衣服裡，但是，看起來，醫生把他的人格打理得還是不錯。

住在二樓的是瑪莎．琪特吉跟魯遜．班密斯。她是一個白種盎格魯撒克遜人，金髮美女，南加州柏福特人；他則是憔悴瘦高的黑人，老家在南費城。她是畫家；他是雕刻家。阿傑看了他們一眼，當場認定他祖父是她祖母畜養的黑奴。

露絲．安．林平斯基住在一樓，也是畫家，這群人裡唯一道地的紐約客，粗粗黑黑的，風格強烈。跟她一起住的是基倫．艾克朗。阿傑造訪的時候，他不知道到曼哈頓幹什麼去了。阿傑原本想找個理由，在現場逗留一陣子，看看他是個什麼長相，卻沒有料到屋裡的人，都要到城裡去跟他會合，只想趕緊把阿傑打發走。於是，梅瑞迪斯終於決定暗藏一百塊紙幣，跟阿傑握個手。

「我還真有點狐疑。」他說，「有人塞錢給你，你一定會覺得蹊蹺，懷疑自己是不是看到了不該看到的事情。幸虧我很快就想到了我的身分。」

「市政府官員。」

「說得對，老闆。像我這樣的身分地位，就算是他們沒做錯什麼事情，也會塞錢給我。」他嘆了一口氣。「這行還真不錯。」他說，「可惜制服難看了些。」

∞

我終於拿起電話，撥給他了。麥可在開車，正要去拜訪客戶。「我開了一張支票給你，」我說，「今天下午就寄。五千塊錢。你也開一張票子給他好了。比較好的方法是不是——」

「支票抬頭寫他老闆的名字。」

「我就是想跟你說這件事情。倒不是我們不相信他，而是註銷的支票寄回來，可以當做證明。」

「這個理由不錯。」他說，「如果，他反彈的話，我可以用這番話應付他。坦白說，我才不在乎支票寄給誰呢，我只是不相信他而已。」

∞

我寫了一張五千塊的支票，抬頭，麥可．史卡德。我看了看他的地址，抄在信封上，撕一頁筆記紙包起來，別讓人看出信封裡面有張支票。但連我自己都覺得這麼做有點莫名其妙，會有幾個人拿信封對著燈，看看裡面有沒有他們可以偷的支票？

我是覺得我應該在紙上寫幾句話。坐在那裡，我想了又想，到底要寫些什麼呢？心頭偶爾冒出來的字句，我只覺得都是廢話，很蠢，或是很蠢的廢話。最後，我坦然面對現實：我跟我的孩子，兩個孩子，都沒有話可講。我用一張紙，把支票包好，塞進信封，封好，貼上郵票，拿在手上，還一個勁兒的端詳。

阿傑坐在沙發上，胡亂翻著一本藝術雜誌。好一陣子了，他連一個字也沒說。

「我要寄五千塊給我在加州的孩子。」我說。

他還在看雜誌，頭也沒抬，「他一定很高興。」他說。

「不是給他的，給他在土桑的弟弟。他的名字叫安迪，私底下偷了老闆的錢，如果還不出來，就得坐牢。」

他還是沒說話。

信封在我的手上，輕飄飄的。一張郵票就可以把它帶到這個國家的另一頭。我說，「我也可以把錢從銀行裡提出來，噴點打火機油在上面，點把火把它燒了。說不定這樣幹，還比較有道理。」

「血。」他說。

「血？」

「血濃於水。」

「是有人這麼說，但有時我還真懷疑。」我站起來。「我去寄信。」我說，「你要在這裡等嗎？」

他搖搖頭，闔上雜誌，站起來。

我把它投進街角的郵筒，心裡卻在盤算，我到底相信什麼。我比較相信這封信能橫越三千英里，安全抵達麥可的手上，卻不相信信封裡的支票，會帶來什麼好結果。

我們在五十八街街角的小攤子，點了兩杯可樂，兩片西西里披薩，站著吃。我的可樂甜得發膩，請老闆拿一片檸檬給我；他卻給我一包塑膠袋裝的檸檬汁，我馬上確定這玩意兒幫不上忙。

我看著玻璃杯說，「濃於水。」

「的確是有人這麼說。」

「你有家人嗎？阿傑。」

「外婆過世之後就沒了。」

我知道他是外婆一手拉拔大的。外婆死後，他就再也沒有哭過。

我們把披薩吃完，互望一眼，我去找老闆再要兩片披薩。我們兩個又吃了起來，阿傑把可樂喝個精光。我說，歡迎他把我剩下的可樂也幹掉，不過，他說他喝不下了。我們沉默了好一會兒，卻不是因為嘴巴裡塞了東西的緣故。

然後他說，「我應該有個爸爸吧，誰知道？」

我無話可說。

「我媽媽回家去，把我生下來，」他說，「然後她就生病，死了。我完全不記得這個人。她死的時候，我還不到一歲。外婆跟我提過她，給我看她的照片，跟我說，我媽媽很愛我，誰知道是真是假？至於我爸，除了知道他已經死了，我外婆對這個人一點概念都沒有。他是被人殺的，我外婆這麼跟我說，至於這是真是假，我就無可奉告了。搞不好是外婆胡謅的，也說不定這是我媽胡謅了告訴她的。」

在人行道上，有個路人電話講得很起勁，正壓低了聲量怒吼著說話，不過他不是用手機，而是拿著一支公用電話話筒，上面還連著呎許來長的電話線。我以前見過他，老是穿著一件不合身的褲子，外加西裝外套，褲管比他的腿短了好幾吋，外套的袖子卻又太長。他一直在這附近打轉，抓著他的私人電話不放，不管誰接了電話，他就跟對方說KGB或是CIA的八卦，還有奧克拉荷馬市府大樓爆炸案的內幕。

沒有人願意浪費時間聽他在說什麼。

「我想他是個黑人。」阿傑說，「你看嘛，我是所謂的中等黑。我外婆黑得發亮，如果我沒記錯的話。我媽媽在照片上，也是黑得不得了。我的膚色比較淡，一定是從我爸爸那邊來的。不過，生小孩這種事，畢竟不是調色盤，實在很難判斷最後會生出個什麼來。也許他跟我外婆一樣黑，也許他是個白人。誰知道？」

「是啊。」

「說不定我媽也搞不清楚誰是我爸。」他說，「外婆倒沒說我媽很野，但是，她那時那麼年輕，我想一定不安分。說不定她是做那行的，說不定我就是她跟恩客的種。誰知道？」

∞

隨後，我們坐在公園裡，逐一清理他在威廉斯堡的調查所得——再怎麼看，阿傑蒐集到的資料都說不上豐碩。他看到的人，單就外型來說，沒有任何一個符合第三者的特徵。基倫・艾克朗有可能，但也只是還沒排除可能性而已。

仔細想想，這個人涉案的可能性，實在是微乎其微。一夥人，日夜操勞，想要恢復老房子的昔日風華，先把柏油清掉，露出裡面的磚頭，還得用硝石酸清理磚塊，打磨地板，很難想像這樣筋疲力盡的人，三更半夜的，還有力氣殺這麼多人、跟外人玩猜謎遊戲。在布什維克的陰影下、在低收入的社區中，挑一棟老房子來改造，或許讓人懷疑他們的判斷能力，卻很難把他們跟殺人凶手聯想在一起。

「他不只是個瘋子。」我說，「這個人算得很精，我只希望這其中有油水可撈。」

他的眉毛揚了起來。「你上次不是告訴我，有人花錢雇我們嗎？」

「我不是說我們能拿多少錢。我的意思是，我希望他殺人的理由是謀財。大概不會有人花這麼多的工夫，就是為了要報復，或者純粹享受殺人的快感。這個謀殺案設計得很冷靜，在鮮血的背後，應該有很大的利益才對。」

「莉雅也是這麼想。你開始覺得她是對的了？」

「倒沒有。」

「是不該這麼想。最值錢的是那棟大房子，是吧？房子歸克莉絲汀了，她是我們的老闆，所以，我們確定她絕對不是嫌犯。」

以前，也有嫌犯雇用我，故布疑陣，但現在這個不像。但我怎麼知道唯一的財產就只有那棟房子呢？我又怎麼知道所有遺產都歸克莉絲汀一人所有呢？

# 21

還是老規矩，她先從窺視孔看看是誰在門口，然後才開門。這一次，我就不用再拿我的證件給她看了。我跟她說，阿傑是我的助理。阿傑隨機應變，立刻改換腔調，任憑誰都會覺得他是在哥倫比亞大學念書的學生。當然，他的衣著看起來也很搭調。

她把我們引進廚房，三個人圍著松木桌坐了下來。一開始她很不解，不明白她父母的死因怎麼又變成謀財害命了。最初大家的確是這麼想：這是一宗擦槍走火的搶劫案，搶匪突然失控，搶劫於是變成了令人髮指的殺戮。

但我不是已經跟她解釋過，搶案可能只是煙霧，目的是用來掩飾蓄意謀殺了嗎？

「我其實一直在想，」我說，「兇手殺了你父母，究竟能得到什麼好處？殺了他們，又是誰能得到最多的錢？」

「當然是我。」她說，沒半點遲疑。「所有的產業幾乎都留給我了。」

「既然殺不殺他們對你都一樣，」我說，「那我就該把你從嫌犯名單裡劃掉。」

她勉強擠出一絲笑容。

「這棟房子歸你了，是吧？」我說，「我也知道這值不少錢。」我並沒有跟她提到，她的表妹莉雅已經大致清算過她的財產。「你繼承的遺產，主要就是這棟房子吧。」

「不，還有很多別的。房子裡面的東西、家具、牆上掛著的畫，還有我媽媽的珠寶。哦，你還問過我，我們家有沒有少了什麼東西，要我重新檢查一遍警方退還給我的東西，看看有沒有缺什麼，但是，一直拖到現在，還沒動手查。」

「不急。」

「我經常跟自己說，該開始清點了，但是，過一下子就忘了。家裡零零碎碎的東西一大堆，我根本不知道值多少錢。我只知道有幾幅畫大概能賣些錢。我想，除非要報稅，我才可能找人把家裡的財物徹底的評估一次……喔，我真糊塗。我這裡有咖啡、冰箱裡有薑汁汽水，說不定還有啤酒。」我們說，不用客氣。她說，「那好，我給自己加點咖啡。」然後給她自己倒了一杯咖啡。

「還有我父親的股票，」她說，「雖然股票是他們兩個人聯合持有的，但是，買賣都由他一個人決定。還有他的退休帳戶。總括的算一算，大概有一百五十萬的樣子。」

我寫了下來，股票——一百五十萬。

「外帶保險。」她說，「我爸保了一個百萬生命險，我媽是受益人，我是第二受益人，還是叫什麼別的名字，不知道。保險公司還附加了一個什麼險，少一些，我想，死亡給付總有個八十萬吧。原本四分之三給我媽媽，四分之一給我，現在全都歸我了。另外還有一個小型的附加險，十萬塊，專門留給我的。主險是百萬生命險，有雙倍賠償條款，所以比較值錢，兩百萬。」

我又寫下來了，保險——三百萬。

「有債務嗎？」

她搖搖頭。「有信用卡簽單，但不多，而且很快就還掉了。」

「有貸款嗎？」

「房子的貸款很多年前就繳清了。」

我又寫下，不動產——三百五十萬。

「還有一些東西，我爸放在律師事務所，」她說，「有些現金資產之類的東西，我也不知道是什麼。」她看著我的筆記，我倒過來給她看個清楚，省得她麻煩。她說，「這樣是多少？八百萬？我不知道剩下的東西加一加值多少，藝術品、珠寶跟事務所裡面的東西，得找個人估價才行。可能還有一些我也不知道的東西。有一把保險箱的鑰匙，但我沒去看。據說，要有公證人在場，才能夠打開。不知道裡面是什麼。」她閉上眼睛，好一陣子都沒有說話。然後，睜開眼睛，「我想，我發財了。」

「比爾．蓋茲跟華倫．巴菲特（譯註：美國著名的投資家、億萬富翁）大概不覺得這算什麼，但是，對一般人來說，可不得了。」

「我從來沒仔細算我父母到底多有錢。」她說，「我知道我父親很有成就，日子過得很優渥，我們的生活很舒服，但稱不上是多有錢。這棟房子嘛，就是個住的地方，我根本沒有想到計算它的價值。」

「是啊。」

「股票其實是儲蓄，他們想在退休之後，逍遙晚年，四海為家，到世界的每個角落去看看。」她抿住嘴唇，努力把就要流出來的眼淚逼回去。「保險是擔心他萬一怎麼了，還有一筆錢，讓我媽不愁柴米油鹽，過正常日子。他們也算不得有錢。但是，在我這樣的年齡，就得到這樣一筆錢——我想我算是個小富婆了。有錢了。不知道該怎麼形容，反正我的手頭很寬裕就對了。」

「所有的錢都歸你了嗎？」

「是吧，」她說，「絕大部分。」

「絕大部分？」

「我父親的合夥人跟我確認過遺囑。除了一些小額捐贈，我是唯一的繼承人。」

「你還記得小額捐贈都捐給誰了嗎？」

「得想想。我沒怎麼注意，手上也沒有遺囑的副本。這很重要嗎？」

「也不見得。記得多少，就說多少吧。」

「大概有二三十筆慈善捐款，多半在五千元上下。但我只記得他捐給紐約愛樂、卡內基音樂廳、大都會，我指的是大都會歌劇院，各兩萬五千元。大都會博物館，好像是五千元的樣子。此外，就是現代美術館、惠特尼美術館，反正捐了不少美術館就是了。」

我得補充一句，有的團體搶捐款，搶得可凶了，但是，好像沒有哪個團體為了搶捐款，動槍殺人的。

「還有一些慈善團體。」她接著說，「歌德-河濱（譯註：指的是Goddard-Riverside Community Center，專門照顧幼兒與流浪漢的慈善團體）、街友救助會跟居家送餐團體。」

「有沒有捐給個人的？」

「有幾筆，不過都只有一兩千塊。那個一星期來我們家打掃兩次的婦人，還有照顧我祖母到臨終的護士，都得到一些。給親戚的比較多。」她說了幾個人的名字，我沒有聽過，也懶得記。然後，她提到一個人，讓我全身都緊了起來。「兩萬塊給我表妹莉雅。」

我原本以為阿傑的反應更誇張，但是，在街頭打滾的歷練可不是假的。我只希望我跟他一樣面無表情。「這筆數字就不小了，是不是？你父母跟這個表妹有這麼親近嗎？」

「他們在遺囑後面，加了一些條款。」她說，「在過去幾年裡，莉雅的表現都很好，她拿到哥倫比亞的全額獎學金，我媽媽常常請她來我們家晚餐。莉雅的媽媽跟我媽媽是姐妹。法蘭琪阿姨的婚姻很糟，運氣也一直很背。莉雅來紐約之前，她們兩個差點失去聯絡。我媽覺得這是一個補償的機會，再加上莉雅很乖巧，有她在場，大家也很愉快。」

「所以你爸爸在遺囑裡，加了這麼個條款……」

「我想他的目的是讓莉雅讀完大學。獎學金夠她付學費、住宿舍，但是，她的手頭還是很緊。褲襪破了，到底是要換雙新的，還是先吃午餐再說？這種小錢，她都要考慮半天。」

「所以，你媽媽常常接濟她。」

「你知道的。『莉雅，反正在打折，我覺得這件衣服穿在你身上一定很好看，實在是忍不住。』要不就是吃完晚餐之後，『拿去，這麼晚了，一定要坐計程車回家。』然後，硬塞二十塊給她。

坐計程車回宿舍要多少錢？頂多八塊就夠了。」

「你多久沒見到莉雅了？」

「事情發生之後，見過她兩次。不，三次。第一個星期的時候，我整個人都嚇呆了，整天渾渾噩噩，行屍走肉，好像腦震盪，什麼東西都記不住。我想這是一種保護作用吧，心理上的逃避，不讓更多的資訊湧進來。我想莉雅的狀況跟我差不多，只是沒有這麼強烈罷了。她根本沒法正視我。我只記得有次我不經意瞥了她一眼，她沒發現，那時我這才知道，她幾乎是死盯著我看。後來，我也發現了，出了這種事情，很多人都會一直盯著你。」

「這我可以想像。」我說，「你覺得莉雅知道那個附加條款嗎？」

她搖搖頭。「我跟沙傑樂先生打開遺囑的時候，才發現那項條款。但從那個時候開始，我就沒有再見過她了。我覺得我應該打通電話給她，告訴她這件事情。雖然這算不上是一筆多大的錢，但至少在未來兩年裡，她的日子會好過一點。」

「這倒是真的。」我說，「但你為什麼不等一下，讓律師通知她呢？」

「你覺得這樣比較好？」

「是啊。」我說，「我想這樣比較好。」

∞

過一會兒，她說，「我剛剛在想，想沙傑樂先生跟我說的事情。」

「你剛剛提過他。他是你的律師？」

「他是爸爸的合夥人，是不是我的律師？我想，應該算得上是吧。」她皺起眉頭，在想他爸爸的合夥人究竟是不是她的律師，阿傑卻急著問她，沙傑樂到底說了什麼。

「哦，」她說，「他問我要不要立個遺囑，我說省省吧，我要遺囑幹什麼？他說，你現在是有財產的人了，應該考慮立個遺囑。」

「他的話也沒錯。」

「我只是不知道有什麼好急的。我知道世事難料，相信我，我知道。但是，要我去考慮我的東西先給誰，後給誰，那又是另外一回事情。如果，我明天被公車撞死了，會怎麼樣？我的財產就歸國家了嗎？」

「如果你沒有親戚繼承。」

「所以是要給親戚分了？」

「差不多。但我不知道該怎麼分，你常來往的人，說不定分到的東西，比你根本不知道他是誰的那個人還少。為了預防這樣的事情發生，一般來講，還是立個遺囑比較好。」

「我不大確定這種事情該由我來決定。」她說，「我一直不覺得這是我的錢。」她的身子往前傾，看著我，「你覺得呢？」

「我覺得這是你的錢。」

「不，我不是這個意思。你覺得我真有必要現在就立個遺囑嗎？」

「不，」我說，「我覺得沒有必要。」

# 22

他坐在車裡，隔條街，看著那棟房子。客廳跟樓上房間的窗簾都拉上了，但畢竟沒有辦法把所有的光線都遮起來。他看見樓上的房間是亮的。

她在家。他非常有把握。

昨天他也來過，停在可以看到這棟房子的地方。他就坐在那裡，冷靜、耐著性子，看著她打開大門，步下樓梯，走到大街上。底樓的那個頭髮乾乾、紅紅的老闆娘，開店的時候，看到了，叫住她，跟她講了幾句話。老闆娘隨後回到她那跟雜貨店沒兩樣的古董鋪。賀蘭德家的女孩，左轉，往西邊走去。七十四街是向東的單行道，所以，他的車面向中央公園西街。他只得轉過頭去，看著她走過幾棟房子，在哥倫布街的角落旁消失。

在那個血腥的夜晚裡，他跟伊凡科也走過相同的道路，背著枕頭套，還真像是要去洗衣服的兩個人。只是袋子可比洗衣袋重得多，壓得伊凡科失去平衡，讓他的跛腳看起來格外明顯。

兩個工作到半夜的可憐鬼，一起去洗衣服，他想，可不能冒險跟伊凡科講他的計畫。等會兒也沒時間了，因為他不想再等下去了，也不敢，只要一有機會，他就要掏出槍來，讓這把槍在手中震兩次。第一次，伊凡科就會癱在地上，再震一次，他就不會動了。永遠都不會動了。

他在車裡等著。一隻手輕輕攬住椅背，回過頭，回想當夜的情景，追憶每個細節。然後，她就映入眼簾，再次朝房子走去，手裡拎著個塑膠購物袋。他立刻轉過頭來，免得被她看見。克莉絲汀踩上樓梯，進到家門，逐漸脫離他的眼角。

現在她把鑰匙插進去了吧，他想，轉動鑰匙，推開門，沒錯。別忘了解除防盜警報器……

天色晚了，他還不確定他到底要幹什麼。今天早上，有兩次，他幾乎都要打電話給她了。他的腦子裡出現了好幾種模擬對話。但是，到頭來，他還是沒有打電話。坐在那裡，確定她在家；他也考慮去按她家的門鈴，跟她說，他剛巧在附近。是讓她覺得他是特別來看她的比較好？還是跟她說，他剛巧在附近比較好，也許她自己會想到：他是刻意來安慰她，提供一些諮詢。

這個主意真的好嗎？也許，就像他常常給人的建議：有的時候，必須花點時間，用點水磨工夫；有的時候，靜觀其變；但也有的時候，除了等待，沒別的辦法。帕斯卡是怎麼說的？好像是如果男人無法獨自處在一個房間裡，就會衍生出一堆毛病……

他現在單獨坐在車子裡……

這又是怎麼回事？兩個男人，不曉得從哪裡冒出來的。一個是中年白人，一個年輕多了，黑人。他們爬上樓梯，老的那個按了門鈴。

什麼樣的人都有可能，他想。耶和華見證會（譯註：篤信《聖經》的教派，鼓勵教友挨家挨戶登門傳教）的吧，上門預告世界末日即將來臨。但這組合有點怪，老白人，小黑人。見到這種組合，任何人的第一印象就是這兩個人是同性戀。老白人是嫖客，小黑人是妓男。

門打開了，她讓他們進去了。

也許他們出來的時候，會背著兩個洗衣袋，他想。兩個送洗衣服的可憐鬼。但這兩個人也進去太久了，都快一個小時了。他手上的錶又響了，距離整點十分鐘，他跟自己說，是回家的時候了。

但他沒有。不知道為什麼，他就是留在那裡。他覺得那兩個人很詭異，不是一般訪客。

他盯著門看。門終於打開了，那兩個人走出來。門關上，兩個人步下樓梯，他立刻往暗處躲，不想被他們看見。這有點可笑，他在街道的另一邊，人在車子裡，任憑誰也瞧不見他。他知道他在躲，因為他有躲的理由。

大隱隱於平常無奇之處，他這麼跟自己說，強迫自己的身體往前傾，轉過身，仔細看那兩個人。

這一看，他不由得趕忙縮了回來，因為他認識那個老的。他到現在才發現他看過那個人，先前沒看清楚。沒錯，他看過他。

那個年輕的黑人呢？他以前見過他嗎？

說實在話，他沒法確定以前到底有沒有見過他。他也知道，黑人不是都長一個樣子，但是，一般人看到這種人，多半在心理上登記個「年輕黑人」，就放他過去了。他很仔細的記下這個年輕黑人的長相與特徵，確定下次見到他的時候，一定要認得出來。

這個黑人下次會出現在他的眼前嗎？

他們朝西邊走去，還是克莉絲汀購物的老路子。他車頭朝的方向，跟他們的前進方向剛好相反，所以，他得把頭轉過去，才能看到這兩個人。就在他們即將在街角消失的那一剎那，他突然覺得這兩個人在這齣戲裡面，扮演的角色應該相當吃重，絕對不能輕易讓他們消失。

他沒半點遲疑，離開車，鎖好門，跟蹤他們。

他在心裡嘟囔，他們如果走過街角，開了車就走，他一雙腳，再怎麼跑，大概也跟不上。如果他們招部計程車就還好，計程車有一部，就會有兩部，他可以趕緊找一部跟在後面。

但他們沒開車，也沒有招計程車。他們走過哥倫布大道，年輕黑人拿出手機，打了一通電話，講了幾句，交給白人老頭，兩人邊走邊聊，走過了七十二街。講完了，黑人把手機收了起來，又走過一條街，然後就消失在百老匯跟七十二街交叉口的地鐵站。

跟蹤他們不費吹灰之力。這個車站設計得很馬虎，到上城跟下城的地鐵，各有一道旋轉門，他的運氣不壞，距離不遠，他還可以看見他們走的是到上城的旋轉門。他尾隨其後，距離他們站的地方，只有十幾碼。他的位置挑得很巧妙，這兩個人的行蹤沒法掙脫他的眼角；但這兩個人卻只能看見他的身影，因為其他人替他做了很好的掩護。

他們沒有東張西望，根本不曾懷疑周邊的環境。他就算擠到他們身邊，他們也不會有感覺的。

他慎重考慮，覺得探探他們在講什麼，可能也滿有意思的。

如果只有一個人，那個白人，月台上又沒有什麼人的話——是吧？這種事情常常發生，是不是？你就挨過去，等待時機，地鐵一進站，冷不防的推他一把、撞他一下。只要演技夠精湛，你還可以在眾目睽睽之下，驚慌失措，或是假裝奮不顧身，想要跳下鐵軌，把他給拉上來的樣子。

有意思，在你發現你有那麼多鬼心思的時候……

地鐵進站了。他們走進車廂，他還是跟著，只是進到另外一個車廂。他們倆站著，伸手握住頭頂上的橫桿；他坐著，盯著他們看，卻不讓他們看到他。

一站之後，到了九十六街。門打開了。他們離開車廂，還是聊得很起勁，他緊跟著，還是隔著十幾碼的樣子。百老匯線的公車來了，他照樣跟他們上車。

23

到了街上，我說，「我希望我是對的。」

「叫她不要立遺囑啊？」

「是啊。她繼承了多少遺產？九百萬，還是一千萬？我知道有人不相信，但是，過去的記錄顯示，有人會為了比這少得多的錢，動手殺人。」

「有個兩萬塊就有人肯殺人了。」

「我也這麼想。」

「但她不知道遺囑裡有她啊。我是說莉雅。」

「這是克莉絲汀說的。誰知道她的蘇珊阿姨有沒有說溜嘴，她連防盜器的密碼都跟她說了。」

「這真的是誰也說不準。」他同意，「還有別的隱情也說不定。但實在很難想像她是第三者就是了。」

「她有沒有男朋友？」

「沒聽她說過，但不代表她沒有。」我們邊走邊聊，在接近轉角的時候，他說，「有一點說不通。就算她涉案，希望慘劇發生——然後警察糊里糊塗的就把案子給結了，這不就好了嗎？她幹嘛還另生枝節？」

「對啊，她幹嘛還要跟你說這件事？幹嘛假裝懷疑克莉絲汀？」

他點點頭。「這點是說不通。」

「兩萬塊又不是多大的數目。」我說，「把人殺得血流成河，換這麼點錢，怎麼算也不划算。也許她還想要更多錢。」

「好比多少？」

「我也不知道。你說呢，十萬塊？她見過賀蘭德起居奢華的樣子，在莉雅眼裡，這家人可能比上帝還有錢。蘇珊阿姨一時多嘴，跟她說，她留了一筆錢，讓她完成大學學業。這筆錢在她腦裡打轉，愈想愈多，愈來愈難以抗拒。然後，她發現蘇珊阿姨不過留給她兩萬塊而已，實在是不怎麼樣。換句話說，要是克莉絲汀涉案，那她就無法繼承這筆錢，那麼這塊大餅就由剩下的親戚去分了。」

「她能得到多少錢？」

「她剛剛提到多少個親戚的名字？八個，還是十個？有一些她可能沒有提到，就算他二十個好了，由這些人平均分配的話，能分多少？五十萬跑不掉吧。」

「比兩萬塊多。」

「多多了。」我說。腦子浮現了那個頭髮灰黃、皮膚好像可以看穿、一雙無辜大眼的女孩。「但我實在不相信這個女孩涉案。怎麼看也不像。」

「你在找什麼？」

「電話亭。」我說，「有沒有看到可以打電話的地方？」

「我有個免費的。」他說，從口袋裡掏出手機。我說，我可不相信他會背莉雅的電話號碼，他轉了轉眼珠，「哪用背啊？」他說，「我已經把號碼記在電話簿裡面了。」他按了幾個鈕，然後把這新鮮玩意兒放在耳邊，過了一會兒，「莉雅？我是阿傑，請稍候。」

他用手遮住話筒。「你一定要弄個這個。」他說，然後把手機拿給我。

∞

我們搭上地鐵，跟她約在沙龍尼卡，也就是上次見面的地方。她在這個小吃店，隨便找張桌子坐下，前面有一杯喝了一半的冰茶。我說我也要一杯，阿傑叫了杯可樂。女服務生懶得管我們三個都沒有點吃的。現在是離峰時間，要不是我們三個撐場面，店裡就一個客人都沒有了。

莉雅接到我們的電話，還緊張了一陣子。我把她安撫得很好，她根本沒有想到，我們會根據她無意間提的問題，一路追到這個地步。慘案發生之際，莉雅當然不免有些疑神疑鬼；但她並不想害克莉絲汀惹上麻煩，完全沒這個意思。當她逐漸從驚嚇中平靜下來，就搞不清楚自己為什麼會有這麼奇怪的念頭了。稍後，她去看克莉絲汀，可是克莉絲汀好像被父母的死嚇壞了，有些恍神……

我再三保證，克莉絲汀絕對不是嫌犯。但是，我說，在這個案子裡，還有好多疑點沒有解開，有可能是一起拿搶劫當幌子的謀殺案，而且凶手還有內應。

「防盜器。」她說。

「防盜器密碼、前門鑰匙跟賀蘭德夫婦的行蹤。我有點擔心有人從你這裡套出這些重要的消息。」

「從我這裡？」

「你，或是你的男朋友。」

「我又沒有男朋友。」她說，「所以，我沒有問題。沒人知道我有阿姨、姨父、他們住哪裡、幹什麼的。我不覺得有人可以從我這裡套出任何消息。」

她一定有什麼事情沒有告訴我，我可以感覺到，在她思維的邊緣，有些閃爍。我試了幾種不同的說法，旁敲側擊，然後問道，「那把鑰匙呢？有人跟你借過嗎？」

「沒有。當然沒有。」

「那麼你是有鑰匙的囉。」

「蘇珊阿姨給我的。」

「以前怎麼沒聽你提過？」我說，「有一天，你跟你阿姨一起回家，她手上大包小包的，所以，她把鑰匙交給你，請你幫她開門。然後，她告訴你防盜器密碼，請你幫她解除警報。」

我也不想嚇她，但是，到這個地步，不嚇一下也不行了。她看起來像是被車頭燈嚇壞了的小動物。

我很客氣的問道，「你不是這樣說過嗎？」

「是啊，當時是這樣，但是你剛剛問的意思好像是說——」

「如果你有鑰匙，幹嘛還要你阿姨拿鑰匙給你？」

「我那時還沒有鑰匙，後來她才給我一把。她說萬一我去找他們的時候，家裡沒人，就用這把鑰匙自己進去。她還說，既然我知道怎麼解除警報，只要記得離開前再設定回去就好。」

「你經常用這把鑰匙嗎？」

「我好像根本沒有用過。」她說，「要不是你今天提起來，我幾乎忘記我有這把鑰匙。沒有其他人知道我有這把鑰匙，當然更不可能會跟我借。」

「鑰匙現在在你身上嗎？」

她在皮包裡，找了半天，掏出一串鑰匙，端詳一會兒，找到賀蘭德家的那把。「如果你覺得有人趁我不注意的時候，把鑰匙拿走了，」她說，「這是沒道理的，沒有人知道我有這把鑰匙，要怎麼偷呢？就算是有人知道這碼事兒，偷偷拿走，這也說不通，因為鑰匙明明還在我手上。」

「說不定他把鑰匙還回來了。」

「真有這種事，你認為我會不記得？要是有人把那幢我阿姨跟姨父慘死在裡頭的房子鑰匙還給我的話，你以為我會沒注意到？」

阿傑指出，對方有可能怎麼拿走，就怎麼放回去，根本沒讓她知道。「這也不見得是強盜闖進去之後的事情。」我補充說，「不用把鑰匙一直留在身邊，只要有時間多打一副就行了。多打一副鑰匙要不了多少時間。隨便找一家鑰匙店，五分鐘就搞定了。」

她沉默了好一陣子，然後說，她要去廁所。她走了兩步，又回來拿皮包。

「她怕我們偷看她的皮包。」

「而且不想讓我們感覺她不放心我們。不過，她終究是不敢把皮包放在這裡。」

「有隱情。」

「我也是這麼覺得。」

她回來之後，我只問了幾個簡單的問題，也不刻意去干擾她的答話，目的是讓她覺得我們不是在找麻煩。然後我問她還有沒有什麼要補充的，有沒有什麼她先前忘了說的事情。我可以感覺到她的內心很掙扎，該不該說，煎熬不已。

「沒有。」她最後終於出聲，「抱歉，沒有什麼可說的。」

∞

回到百老匯，阿傑說，我一定不想再這麼一路走回去。我是不想，於是我們朝地鐵入口走去。

「我以為你會緊咬不放，」他一邊走，一邊跟我說，「逼她招供。」

「我也考慮過。」

「但你最後只輕描淡寫的給了她一張名片，『如果你想到什麼，不管多不相干、多麼瑣碎，都請你打通電話給我。』」

「你在釣魚的時候，」我說，「魚上鉤了，你要知道什麼時候收線，什麼時候放線。」

「我不知道你還喜歡釣魚。」

「我一點也不喜歡，」我說，「講到釣魚我就煩。」

「你把莉雅這條魚先放一放？」

「這樣的話，她比較容易改變心意。」我說，「她知道一些事情，或是覺得她知道一些事情，甚至於害怕自己知道一些事情。現在放她回家，冷靜下來，仔細想想，就會有罪惡感。因為她覺得我對她那麼誠懇，她卻騙我，說不定等一會兒她就會打電話給我。」我沉吟半晌，然後加了幾句，「這只是我的猜測。在沒接到她的電話以前，沒有辦法證明我是對的。」

最後證明，我也沒猜對。她是打了電話，但並不代表我料事如神。

24

莉雅！

他站在咖啡店前，隔著厚玻璃，斜睨著裡面的情形。他們坐的那張桌子，背對著他。他其實分不出誰是誰，只能遠遠的看他們的後腦勺，但是，黑白的組合，異常搶眼，還是可以輕鬆的找到他們。坐在他們對面的是一個金髮女郎，他一眼就認出她來。

這兩個人跟莉雅．柏克曼在一起幹什麼？他們怎麼知道有這個人？

克莉絲汀．賀蘭德，當然。他們去過克莉絲汀家，她讓他們進去，待了將近一個小時，然後離開，打了電話，現在又跟莉雅，克莉絲汀的表妹，坐同一張桌子。

他們在談什麼？

她又告訴他們什麼？

她不可能透露太多線索，因為她自己也搞不清楚狀況。但她畢竟認識他，說不定會把他也給扯進來。

他不想這樣。不管他們是誰，不管他們在追查什麼，他就是不想這樣。

他的手不禁撫摸起喉嚨來。他今天沒打領帶，沒穿西裝外套，就一件藍色襯衫，領口沒扣，袖子也捲了起來，舒服嘛。他拉出石環，享受一下平滑溫潤的感覺，又把它塞回襯衫。

這是他的錯。他明明知道她是個破綻，遲早要出事，晃來晃去的，總會有人去問她，找到案情的關鍵。但是，計畫進行得太順利了，讓他覺得留下個小破綻，沒有什麼了不起。

他不能老是站在那裡，瞪著窗戶。他們看不見他，但也沒有理由啟人疑竇。他沿著百老匯，往南走了五十碼，那邊有個公車站牌。在站牌附近，即使是東張西望，也不會有人覺得你鬼鬼祟祟，徘徊不去。

而且在這裡看咖啡館的入口，也比較清楚。

這是他的錯。但絕對不是粗心大意。因為他早就發現了那個破綻，心癢難搔，卻又遲遲不動手，連他自己都開始懷疑自己的動機。他的手還記得手槍握在手裡後座力的衝擊、記得刀鋒插進人體的阻力、記得割開喉嚨那種如外科醫生的精準。不只是手，他的全身都還能記得當時的感覺。

刺激？

也許吧。他不太在乎用哪個字。雲霄飛車很刺激，嗑藥很刺激，為非作歹一樣也是刺激。

他的所作所為到底算是……什麼？

滿足？

隨你怎麼叫。他要的不只於此。所以，他壓抑了彌補破綻的衝動，還跟自己說，沒有理由冒這種不必要冒的險，給自己個台階下。

結果完全相反。就因為留下了這個破綻，使自己身陷險境。
這是寶貴的一課。他想，不經一事，不長一智。這稱得上是不變的道理。他得好好的想一想。

8

最好的情況會是怎樣呢？

她跟他們坐在一起（管他們叫什麼名字，鹽巴先生，胡椒先生，隨便吧）。最好的情況就是，這兩個傢伙，問了一大堆問題，得到的答案都跟他沒有關係。如果真是這樣，那麼最壞的影響，就是三個人在這家小咖啡店裡，天南地北的亂扯，把亂七八糟的訊息消化完了，找到新的線索。

倒過來說，最壞的情況又會是怎樣呢？

最壞的情況應該不是他們在肚子裡作的文章。最壞的情況是她跟他們說，她曾經見過一個叫做雅頓．布理爾的人。這是他告訴她的名字，當然不是本名。如果他們真去找雅頓．布理爾，保證他們白費工夫。

但告訴她這個名字，就是件很蠢的事情。為什麼不跟她說，他叫做約翰．史密斯？真他媽的。約翰．杜爾、李查．杜爾，哪個不好？叫這些名字的人，多得要命，講了跟沒講一樣。他就是想賣弄，講了個雅頓．布理爾的名字，這有什麼意義呢？開這種只有他自己會笑的笑話，不是很空虛嗎？自我意識作祟，挖坑給自己跳。

愚蠢。

老天！他最瞧不起、最痛恨愚蠢了！光是別人犯蠢就會讓他覺得煩躁不堪了——儘管他的確能趁機利用此點。要是發生在自己身上，就純粹只有痛恨二字可言。

她可能提到雅頓．布理爾這個名字，也可能補了幾句話，描述他的長相。幸好她拿不出照片，或是沾了他指紋的東西，他也沒有噴出什麼查得出DNA的液體——雖然，他得承認，她實在很吸引人，特別是那副楚楚可憐、弱不禁風的模樣，更是強化他染指她的意圖。

她再脆弱也沒用，反正他也不會跟她做愛。他不想，就算是他想，也不允許自己那麼衝動。他沒那麼笨，謝天謝地。

他現在要做的事——愈快愈好——就是殺了她。反正要殺，殺個美女不是比殺個恐龍妹更讓人覺得滿足？

就是這麼回事。他很清楚，他微微刺痛的手很清楚，他澎湃洶湧、難以遏抑的鮮血很清楚。在他的骨子裡也很清楚。

∞

兩個男的先走了。並肩齊步，一白一黑，一老一少，沿著百老匯，往上城，也就是朝他的方向走來，活像是國家同胞週的海報。他應不應該跟蹤他們呢？

不該。他的目的是應付莉雅。

他要不要抓住這個機會，衝進咖啡館，演一齣戲，讓莉雅一時摸不著頭緒？等她回過神來，已經來不及了。莉雅，我的天啊，我以前怎麼沒有在這裡見過你？有沒有時間喝杯咖啡？沒有？你要去哪裡？讓我陪你走一段吧……

不要，太醒目了。人來人往的，說不定有人會想起這一段。再去找個畢爾曼，往他身上一推，可沒那麼容易了。這次她要被一個不知名的人士謀殺，才會成為無頭公案，沒人理會。

沒時間盤算了。她已經離開咖啡館了。現在該怎麼辦？該不該跟蹤她？

他的手又不由自主的摸到喉間，感覺一下那塊斑斕的粉紅石環。圓潤、平滑，觸手生寒。不一樣的礦石，有不一樣的特性，所以，早在記憶不及的懵懂年代，人類才會去挑選不同的礦石來配戴。這不單是裝飾。紫水晶會讓人不朽，特別是磨成粉，摻進白蘭地，更有長生不老的效果。他不知道印加玫瑰有什麼特異功能，但感覺起來——感覺起來——這玩意兒可以澄淨心智（譯註：一般相信，印加玫瑰，也就是菱錳礦，可以帶來桃花運，也可以化解壓力與無奈）。

因為突然之間，他的心靈澄明起來。她要回家了，可能會在哪裡停一下，也可能會直接回家。不打緊。反正他知道她的目的地，走哪條路回去，沒有差別。

首先，他得先去處理他的車子。停在賀蘭德家的對面，不是久留之地。他也得想出對付莉雅的方法、可能會動用到的工具。

∞

他們是這麼見到面的：

對不起，請問您是莉雅．柏克曼小姐嗎？

是的，請問您是——

雅頓．布理爾。你不認識我，也沒有理由認識我。但是……好吧，我直話直說好了。有人跟我說，你跟那個作家蘇珊．賀蘭德是親戚？

她是我阿姨。

是哪一種阿姨？

我媽媽是她妹妹。

你呢，你認識她嗎？

當然，她是我阿姨啊。

抱歉，你一定覺得我很蠢。你知道嗎？我覺得她是一個很棒的作家。這一代的作家，沒有人比得上她。其實……

其實怎樣？

我的論文就是研究她。

你說你的碩士論文是研究她嗎？

博士論文。

博士，真了不起。

我覺得了不起的人是你，蘇珊・賀蘭德的外甥女。我能不能請你喝一杯咖啡？因為我有上百萬個問題，迫不及待的想問你。

當然好，如果你想……

請說。

我可以介紹你給我阿姨認識。

你真是個好人，但我想這樣不大好。

哦？

在學術研究上，應該保持距離。如果我真的見到這位女士，有些觀點可能就不便陳述了。但是，跟賀蘭德女士的外甥女談談，倒是可以接受的做法。

我明白了。

特別是我想請教的這位小姐，竟是這麼迷人……

∞

她住在接近拉薩利附近的克萊蒙特街。那棟房子幾年以前，由房東買下，改成學生宿舍。她的房間在四樓，跟三個女性室友一起分租。起居間很大，還有一整套的普曼廚具，長長的走廊兩邊，有四個房間，浴室在走廊盡頭。

他把車開走了，進到辦公室，從抽屜裡拿了一串鑰匙。鑰匙圈上有三把鑰匙，每一支都亮亮的。其中一支可以打開西七十四街賀蘭德家的大門，打好之後，只用過一次。另外兩支也是同一個鎖匠打的，一次都沒用過。他自己也不確定到底能不能用。

他一直等到四下無人，才拿出一把鑰匙，試了試。一點問題都沒有，他轉動鑰匙，走了進去，來到簡陋的大廳。

屋裡有電梯，但是，他卻走上樓梯，爬到四樓。穿過空蕩蕩的走廊，認出她住的那間。他把耳朵貼在門上，傾聽，沒有聲音。

按門鈴？

不。

他把最後一把鑰匙伸進鑰匙孔，慢慢的轉了轉，把門推開。起居間裡面沒有人，但是不知道哪間房間裡卻傳出音樂的聲音。他悄悄的溜到緊鄰浴室的房間，聽到裡面有講話的聲音。門是虛掩的，沒有關緊。他用手肘把門推開一兩吋。她正在講電話，出乎意料的是：她竟然提到了他的名字。

其實不是他的名字，是雅頓．布理爾的名字。

「你知道我的電話，歡迎隨時來電。很抱歉我之前沒把這件事告訴你，因為我需要花點時間思考。這其實沒什麼，而且我也不想害任何人惹上麻煩，不過我想還是應該告訴你，而且我想——」

她就這麼停住了。她應該看不見他才對，難道是他不小心發出了什麼噪音嗎？還是她意識到他的存在？

他索性把門推開。

她的反應很戲劇化——嘴巴張得開開的，眼睛瞪得跟碟子一樣大，手不自主的揚了起來，到了乳頭附近，手掌攤開，好像是要把他抗拒在外似的。

她的行動電話放在五斗櫃上，蓋子已經闔上了。他這才發現，對方答錄機的錄音帶用完了，這才是話講一半的原因。錄音帶用完了，答錄機自動關機，電話也就掛掉了。

「莉雅！」他說，完全不理會她的反應，讓她覺得他很想見她，理所當然，她也應該很期待他的大駕光臨，「莉雅，這陣子你到哪裡去了？找了老半天都找不到。」

他一邊說，一邊大步朝她走去。她一時之間不知道該說什麼、做什麼。在對方話講到一半的時候，出言打斷是很不禮貌的事情，像莉雅這樣有家教的女孩，不會做這種事情；更何況她因為被他震懾住了，僵在那裡。她是隻小鳥，而他卻是毒蛇，邪惡的打量著可口的獵物，他知道莉雅心裡明白，她這次絕對沒有掙脫的機會了。

他手上有個小小的防盜噴霧器，跟塑膠打火機一般大小。他買了好幾個星期，準備對付傑森・畢爾曼，但根本派不上用場。現在其實也不必動用這玩意兒，但是，她說不定會抓他、會狂叫，為什麼要冒險呢？而且，他也想知道這玩意兒到底有多厲害。他讀過說明書，但總想親眼看看。

他按下按鈕，朝她臉上猛噴。

莉雅整個人摔到地上。真好用，真的。她在地板上打滾，眼睛閉得緊緊的，兩隻手遮住臉龐，用手背不斷的擦拭眼睛——

他感覺到一陣情緒的衝動。出乎他的意料之外，就跟噴霧器讓她大吃一驚一樣。他對她是有感覺的，一種像愛的感覺，說得再精確點，是他想像中那種愛的感覺。

眼中充滿淚水，他跪了下來，手朝她伸了過去。

8

最麻煩的是怎麼把她拖到浴室裡去。只有幾步路，但要是有人在外面，就會看到他背著她。他不能冒險。

在房間裡把問題解決掉，當然比較輕鬆。把床單撕成幾條布條，打個結，把她吊在頭頂上的排氣管上就成了。她意志消沉，最親愛的阿姨、姨父雙亡，說得通。

要不就用檯燈的底座狠狠敲擊她的頭部，有人闖了進來，搶劫、殺人。

但他已經把她勒暈了，也打開了伏特加的酒瓶，在上面按了她的指紋，灌了幾盎司到她的喉嚨裡。

還是依原定計畫吧，他這麼跟自己說。

他打開門，探探走廊。他一個人走了出去，敲敲浴室的門，打開，沒有反應。浴室是空的。

他回去找她。掏出手帕，把房間裡的指紋擦乾淨。擦完了。把軟綿綿的莉雅攙扶起來，再看看走廊，然後半拉半拖的把她弄出房間，進到浴室之後，立刻鎖上門。

他把塞子塞進浴缸，打開水龍頭。水開始流了。他把莉雅攤放在冰冷的地板上，他跪在她的身邊，費勁的脫掉她身上的衣服，脫得一絲不掛，很高興她纖細的身體能這樣赤裸裸的展現在他面前。就像是聖誕節禮物，他想，把自己當做是一個任性的小孩，先把自己的禮物砸爛、扔掉，別人根本沒有機會看到、玩到。

他微笑，欣賞這個隱喻。

她身上的衣服已經脫光了，水深約十吋。他一隻手臂穿過莉雅的大腿，一隻放在她的肩膀下面，慢慢的把她放進浴缸。然後，一隻手抓緊她的金髮，一隻手按住她的胸膛。他的手掌刻意張開，好同時觸摸她兩隻小小的乳房，用力一按，把她的頭壓進水裡。

她的眼睛睜開了，在水裡瞪著他。她看見他嗎？她知道發生了什麼事情嗎？

這重要嗎？

他就這樣按著她，眼睛直勾勾的看著水裡的她，直到最後一個氣泡從她的口鼻中冒出來。他還不死心，再用力壓了壓她的胸膛，又冒出一堆泡泡，浮上水面，破了。她的眼神變了，有些東西不見了。

他深吸一口氣，呼出來。他放開她的頭髮，莉雅的頭還在水面下。他的手最後一次擠壓莉雅的胸部，然後，順著她的腰部，分開她的大腿，一根手指頭輕輕滑進她的裡面，趕緊抽出來，自己也不明白為什麼會有這樣的舉動。

不打緊。他理了理她的衣服，整整齊齊的放好，又拿出手帕，把他可能碰到的表面，重新拂拭一次。

離開公寓的時候，還沒有看到任何人；他爬樓梯下來，穿過大廳，依舊是他一個孤伶伶的身影。街上倒有幾個人，但沒人正正經經的瞧他一眼。

他就這麼一路來到地鐵月台，等車的時候，他從藍襯衫的口袋掏出皮夾，從裡面拿出一張名片。這張名片是他在五斗櫃上發現的，就在行動電話的旁邊，再看一次，雖然他已經看了一次。

馬修．史卡德，他唸道，點了點頭，又把名片放回皮夾。

# 25

如果我直接回家，她打電話來的時候，說不定我就接得到。不過，也難說就是了。再怎麼說也沒用了。我沒有直接回家。我先到對街的阿傑家，看CNN，阿傑忙著上網，搜尋有關傑森．畢爾曼的新聞。好事的網友已經成立了好幾個專屬網站，討論西七十四街的凶殺案，此外，在別的網站上也張貼了一些訊息。其中竟然有個傢伙，身體力行，調查了約翰．藍儂遇刺的達科達大廈到賀蘭德家的精確距離，還試圖追蹤箇中奧祕。

我說，「距離綠色山坡（譯註：這是英國科學家D.B.湯瑪斯的理論。他認為暗殺美國總統甘迺迪的凶手，共有兩人，其中一人在正對奧斯華即是暗殺甘迺迪的嫌犯對面的山坡上，而被他認定有嫌疑的那個山坡，就是綠色山坡）有幾步路？這才是我想知道的。」

「這邊有個消息，」他說，「他媽媽說，不是他殺的。」

我告訴他，還真巧，奧斯華（譯註：暗殺甘迺迪總統的槍手）他媽也這麼說。電視上，先是巴爾幹半島的壞消息，接下來又是中東慘劇，琳恩．羅素（譯註：CNN頭條新聞主播）依舊帶著堅強的微笑。進廣告的時候，我關掉電視，打通電話到店裡找伊蓮。我們約好了，要早點到阿姆斯壯吃晚餐。

我問阿傑要不要跟我一塊去，他說他有別的事情要做。

我留他在電腦前面忙活，自顧自的過街回家。拿了信，分類，確定裡面沒有什麼可看的；然後聽了電話留言。其中一通是莉雅打來的，內容斷斷續續，雜亂無章；她向我道歉，有一件跟她阿姨有關的事情，先前沒跟我說。有一個研究她阿姨的研究生，正在寫博士論文，來找過她，名字叫做雅頓．布理爾。她嘮嘮叨叨的，跟我說，可以隨時打電話給她，反正我有她的電話，但她的話還沒講完，電話就斷了。

我其實沒有她的電話，有電話號碼的人是阿傑。我打電話給阿傑的時候，電話在忙線，於是，改試他的手機，這回通了。阿傑說，他把電話記在手機裡，花了點時間查到之後，阿傑唸給我聽。我撥了電話號碼，響了四聲，然後一個錄音的聲音跟我說，我已經進到某人的語音信箱裡——這時我聽到了她的聲音，說，「莉雅．柏克曼。」

我決定等會兒再打，掛了電話，沒有留言。

我沖個涼，覺得目前沒有必要刮鬍子。換好衣服之後，我又打了一通電話給莉雅，還是一樣的結果。我看了會兒新聞，出門前又打了第三通，然後，往西，走了好長一段路，來到第十大道。吉米．阿姆斯壯在那兒開了一家小餐館。我走進去，要了一瓶礦泉水，才一轉身，就聽到有人叫我的名字。這個人站起來，朝我揮手，原來是馬尼．卡力希，一個遠自吉米在第九大道，也就是在我住的旅館轉角處，開一家酒吧起就認識的老朋友。

有兩個剛剛從羅斯福醫院換班下來的護士，跟馬尼坐在一起。她們喝的是瑪格麗塔，馬尼對付的是一瓶墨西哥淡啤酒。他說，這是為了搭配女士飲料的墨西哥風情，特別點的。也許，他建議說，我應該搭調一點，點一瓶墨西哥進口的礦泉水。

其中一個護士說，她們病房一個女同事，就曾到墨西哥度假，還喝了那裡的水。馬尼問那位女同事是否安好。「我們大家都在等著看她會不會死掉。」其中一個說。

伊蓮來了，我們找了一張自己的桌子。「抱歉來晚了。」她說，「還是我根本不應該出現？看來你們幾個聊得滿起勁的。」

「是唷，」我說，「她們看到我，很難不想到〈老人病房〉（譯註：這是美國詩人Phoebe Hesketh的一首詩）吧。」

「那樣也不錯啊。」她說，「說不定她們還會幫你灌腸。如果她們真在乎年齡，就不會跟馬尼混在一起了。馬尼起碼比你大二十歲。」

「他有一顆童心。」

「裝在一個髒老頭的身體裡。」她說，隨即討了張菜單。

她要酪梨沙拉，我點了一碗墨西哥辣肉醬。等上菜的時候，我跟她說，我把支票寄給麥可了。

「我開了張支票，」我說，「既覺得太多，又覺得不夠，一時之間很矛盾。」

我解釋說，抬頭我填的是麥可的名字；然後，他再開一張支票，寄給安迪的老闆。她說，他知道有一半錢是從我這邊來的嗎？我說，「他老闆？他哪在乎錢從哪來？喔，你問的不是這個吧。」

「麥可說他只能幫他五千，難道他不想知道剩下的五千是打哪裡來的嗎？」

「我們沒談到這點。」我說，「隨他怎麼想都行。」

然後，我們回家，答錄機裡有三通留言。第一通還是莉雅的舊留言，然後，是丹尼男孩，他要我在九點之後，找個時間，到藍調媽媽去找他。

第三通留言說，「聽到這通留言的人，請跟艾拉．溫渥斯聯絡。」附了一個電話號碼，就沒了。

我找來伊蓮，問她認不認識一個叫做艾拉．溫渥斯的人。她不認識，問我原因的同時，我放了那段留言給她聽。她說，「猜猜看，是不是我們中了大獎，可以免費到大開曼群島享受分時旅遊？不過，他的聲音聽起來不像是電話推銷員。你知道他的聲音聽起來像什麼嗎？警察。」

我又聽了一遍留言，頓時了解她的意思。我撥他留給我的號碼，電話響了很久，正要掛斷的時候，有個女人接起來了，「執勤室，我是麥克蓮。」

我問她艾拉．溫渥斯在嗎？她說，他出去了，要不要留話。我說，我叫馬修．史卡德，是他要我回話的。要不要留電話號碼呢？「我想他知道，」我說，「因為他撥過。」

請問你打來有什麼事情嗎？「他應該知道，」我說，「因為是他先打來的。」

「你說的對。」我跟伊蓮說，「他是警察，他那個叫做麥克蓮的同事是這麼說的。她也是警察，否則她就不會接電話了。不過，就我聽來她實在不像是當警察的。」

「他到底想要幹什麼？」

「沒概念。她也沒說她是哪個分局的，只說『執勤室』，我也忘了問。」

「你可以再打去。」

「算了，現在不想管這碼事。」我說，「我只想搞清楚丹尼男孩打聽到什麼。說不定我還可以問他，溫渥斯與麥克蓮是什麼來路。」
「溫渥斯與麥克蓮，聽起來好像一個建築團隊，或是搞室內設計的。」
「他們是警察。」我說，「如假包換。室內設計最多只是兼差。如果他再打來的話，請幫我問清楚他到底想幹什麼，好嗎？」

∞

我來到藍調媽媽，樂隊演奏的是〈走路〉，邁爾士．戴維斯的老調子，曲折悠揚，尋尋覓覓。我找到了丹尼男孩，樂曲告終，鼓手跟貝斯手下到吧台，鋼琴師換了賽隆尼斯．孟克（譯註：爵士鋼琴大師）的作品。丹尼跟我都聽過這首曲子，但是，兩個人都想不起歌名。鋼琴師彈完，跟他的同事，一塊兒到吧台廝混去了。輪到點唱機登場了。丹尼給自己倒了點伏特加，一吋來高，跟我說，大家對伊凡科與畢爾曼的印象就是那一套，異口同聲。

「大家都說，幸好這兩個人死了。」他說，「他們一致認為，這兩個人讓『犯罪』這行蒙羞，尤其是伊凡科，他遲早會幹這種壞事。當然啦，出事之後，誰都會馬後炮，不過這一次倒是難得的中肯。」

「畢爾曼呢？」

「這個部分比較有意思。」他說，「也是我打電話給你的原因。大家對畢爾曼都說不出個所以然來。就算有人覺得他該死，也只因為他是伊凡科的搭檔。有個人大力替他撇清，就是傑森・畢爾曼的媽媽。」

「阿傑說，」我引用他的說法，「他媽媽在網路上無所不在。」

「在紐約，也是無所不在。」他說，「她特別跑來紐約，替她兒子喊冤。」

「畢爾曼不是紐約人？」

「我不知道他是哪裡人。」他說，「他媽媽打哪來也搞不清楚，只知道她這陣子住在威斯康辛，一個我以前沒聽過的城市，十還是十二個字母，裡面一大堆O。其實，管他在哪兒呢，他媽媽又不在那兒，在這兒。」

「在紐約？」

「在一家名為貝拉達的老旅館。這名字聽起來很有氣質，行家管這裡叫做『三聚乙醛（譯註：Paraldehyde，一種溫和的安眠鎮靜藥物，跟貝拉達（Peralda）拼法很接近）軍火庫』。」

「九十幾街，在西百老匯附近。」我說。

「九十七街。」他說，「標準的犯罪溫床，老樣子。嬰兒哭、子彈飛，屋裡的房客不出聲，就一定是死了，否則，沒半刻安寧。有家連鎖旅館買下了那家老旅館，你敢相信嗎？改成專收散客的廉價旅館。我希望他們至少把那地方修到不漏水，點根香薰一薰，把那股味道趕出去。」

「她就待在那裡？」

「如果她沒被殺、沒有穿上男裝接客人，或是跳機回歐可摩可洛可（譯註：Ocomocoloco，並沒有這個地名，丹尼男孩在開玩笑）的話。她堅稱畢爾曼是好孩子，別人惹的麻煩，總是往他身上推。」

「我是不是跟她一樣神經？」我說，「我怎麼覺得她說的話，也有幾分道理？」

他又給自己倒了些伏特加。「你們倆真是天生一對。」他說，「她跟新聞界談了一些東西，這也是我最主要的訊息來源。可是，找上她的，多半是放在超級市場裡的那種八卦報，只想從她嘴巴裡，探一點畢爾曼小時候的生活。想知道他從小會不會把蒼蠅的翅膀拔掉，或是抓流浪貓來做變態實驗。但是，怎麼套她，她都把畢爾曼形容成唱詩班的乖孩子，他們很快就沒有興趣了。警察也不想聽她廢話。他們找幾個菜鳥給她做筆錄，然後，就把她晾在一邊了。」

「這也難怪。」

「沒錯。她來紐約就是做這種事情，找痰盂，吐苦水。你知道的，像是殖民旅館那樣的地方，他們可是希望住戶自備痰盂。」

「這是三聚乙醛的新名字？」

「是啊，這名字取得很絕，只要把殖民地換成惡魔島就行了。你知道她現在在幹什麼嗎？我一知道馬上就想打電話給你，因為她想找一個私家偵探，把真相找出來，還她兒子清白。天造地設，你們兩個，天造地設！」

8

如果這只是一個我跟丹尼男孩在普根廝混的普通夜晚，我大概永遠不會見到海倫·林琪·畢爾曼·華廷，她是傑森·畢爾曼的母親，兩度離婚的單親媽媽。我可能想過要打通電話到旅館去，但低頭看看錶，覺得時間太晚了。又如果我在附近找不到公用電話，要等我回家再說，就會覺得實在是太晚了，明天早上再打吧。

到了那個時候，我應該已經跟艾拉·溫渥斯（「溫渥斯與麥克蓮」的那個溫渥斯）談過話，畢竟跟這個從威斯康辛過來、腦筋有些短路的老婦人談話，並不是必須要立刻解決的當務之急。再快，我也要到第二天的九點之後，才會撥這通電話；那時，她已經要前往機場，搭飛機到密爾瓦基，再想辦法換車到歐可諾摩瓦克。我們會擦身而過。

藍調媽媽在阿姆斯特丹，九十幾街，距離殖民旅館，也就是前「三聚乙醛軍火庫」，不過幾分鐘路程。我根本用不著打電話，就這麼信步走過去。一個跟大廳相比，體面得異常耀眼的服務人員，想都不想，就告訴我華廷太太住在這裡。我拿起室內電話，直接打進她的房間。

我說，「華廷太太，我的名字叫馬修·史卡德，私家偵探。我想跟你談談你的兒子。」

「我的天啊。」她說，「你們這些人還真的就像白蟻那樣，源源不絕從木頭裡竄出來是不是？」

「我不大明白你的意思。」

「你是來騙錢的，對吧？」她說，「抱歉，讓你失望了，你開的價錢，我付不起。」

她隨即掛掉電話。

「電話斷了。」我跟服務生說，「請你再幫我接一次好嗎？」

她又拿起電話，我說，「華廷太太，就算你想雇用我也沒辦法，因為我已經有客戶了。我只是覺得你的孩子是無辜被陷害的，然後又被一個不知名的人殺了。我就在樓下大廳，特別跑到這裡來跟你聊聊，如果你再掛斷的話，我就回家，從此之後，你走你的陽關道，我過我的獨木橋。」

我一口氣把這麼長的話說完，為的是在她把電話掛掉前，交代來意，所以聽起來比我原先想要的還更強橫了點。過了一陣子，我還以為她已經掛掉電話了，因為我什麼也聽不到。正在懷疑自己的知覺的時候，她又說話了，「天啊，自從我來到這城市之後，一直都唯唯諾諾、任人擺布；好不容易讓我逮到個機會可以表現得堅決一點，但是我好像挑錯掛電話的對象了。你還在嗎？」

「我還在下面。」

「你要上來嗎？」

「非房客不得入內」，告示寫得清清楚楚。「我好像不能上去。」我說，「旅館規定。」

「難道他們以為我是妓女？算了，沒關係。反正我房裡也裝不下兩個人。我這輩子從沒見過這麼爛的旅館，居然還給我住到了，也算是長見識，一個晚上收我九十五塊，稅還另計。別人跟我說這算便宜的了。」

歡迎來到紐約，我想。

「我得穿件衣服，」她說，「不過用不了一分鐘。我馬上下來。」

我等了不只一分鐘，不過也沒到五分鐘。她從電梯裡出來，褐棕色的長褲搭配淺黃色寬上衣。

「我的衣服就是跟紐約不搭調。」她說，「這不用你說，我也知道。」

「我沒有要這麼說。」

「你不說，我說。反正我不會出去買一大堆黑色衣服，把自己塞進去。就算是穿成那樣，我在這個城市裡，還是個鄉下人。」

我不想跟她爭辯。她看起來是滿像中西部市郊的婦人，淺棕色的頭髮，經過仔細的打理，口紅塗得很細心，臉上的皺紋，是所謂的「笑紋」。她跟我想像中的刻板形象，有些差距，但是，就她為自己設計的，或是被強迫設計成的角色來說，她的樣子，還算得宜——她的確像一個幫兒子申冤，幫他討回清白的母親。

唯一有些遺憾的是：要說她兒子真有多清白，恐怕也未必，她自己也承認。這是我們兩個在九十六街街角找到一家咖啡館（相當於晨星或是沙龍尼卡水平的地方）坐下之後，她的開場白。「傑森這輩子過得不順。」她說，「他爸爸在我們高中的那個班上，稱得上是最帥的了，又很風趣。不過他也只懂得風趣，而且要風趣就得喝酒助興，喝了酒嘛……傑森四歲的時候，他就溜了，從此音訊全無。有人跟我說，我可以用行蹤不明的理由，訴請離婚，或是等七年，在法律認定的死亡期限屆滿之後，恢復單身。兩種方法我都不想，後來也不用了。因為在加州一輛翻覆的車子上，有人在他皮夾裡找到他的證件，確認是他本人，沒氣了。」

傑森在學校裡的功課不怎樣，她說，再婚之後，他跟繼父處得不好。她的新先生，她也承認，脾氣是有點古怪。傑森也是副東飄西蕩的性子，碰到麻煩也不知道躲，但絕對不是什麼壞孩子。他沒有傷害過誰，心地也還算善良。他因為溜進地鐵站，坐霸王車，被抓起來，這她是相信的，從店裡順手摸魚，也大有可能，但是大家說他幹下這麼天大的壞事，就……

我跟她說，我發覺有些事情不大對勁，慢慢琢磨出來，凶手應該對賀蘭德這家人有些特別的動機才對。如果我能發掘出一些共通點，找到她孩子跟拜恩和蘇珊．賀蘭德之間的關聯，我就能把這些點，連成一條線。

她把奶油塗在麥麩馬芬（紐約出品的馬芬，獨步全球，這點我敢保證）上的時候，看來像是不斷在回想。她咬了一口，喝了一口冰茶，又咬了一口馬芬，喝了更多冰茶，看著我，搖搖頭。

「我根本不知道他認識誰，不認識誰。」她說，「他大概一個星期會打一通電話給我，這點他倒是很守規矩。當然是對方付費的電話，是我叫他這麼做的，因為他沒錢打電話。我也盡可能的幫他，每隔幾星期，我都會寄張匯票給他。我不能寄支票，因為他在紐約根本找不到願意收外州票子的銀行；他又沒有戶頭，也不可能存進去再兌現。他什麼都沒有。」

傑森終於開始尋找自我，站了起來。他還是沒法主宰他的人生，但至少比以前有出息得多；他願意在人生旅程裡，扮演積極的角色，而不是被動的等著看什麼事情會發生在他頭上。

「他開始工作了。」她說，「一天三個小時，星期一到五，替一家小吃店送午餐。下班之後，當天結帳，給現金，沒多少錢，但有小費。晚上他也幹活，替一家雜貨店送東西。」

我對她說的那種雜貨店沒概念。她說，「那在你們這兒叫什麼？就是有一箱箱堆起來的啤酒、什麼酒的那種店，你們這兒叫什麼？」

「量販酒店。」

「紐約人是這麼叫。」她說，「我們中西部可能比較謹慎吧，說畏畏縮縮的也行。我們管這個叫雜貨店。你可能不知道吧，就像我也不知道你們這裡叫這個名字，我想，我們兩個都算是學到一些東西了，是吧？」

傑森短暫的生命中，好像沒有學到什麼，她自己也知道。兩個兼差打工的工作，還稱不上是奮發有為的年輕歲月。但如果你知道他的前塵舊事，你會慶幸他終於走回到正道上來了。

「他最後一次惹上麻煩的時候，」她說，「他們找了個心理醫生幫他忙。我倒是覺得紐約這點真不錯，因為傑森說，這位先生幫了不少忙，協助他看清楚自己的前途。雖然他有很多不愉快的往事，但不用一輩子都陷在裡面。從此之後，他的生活就好得多了。」

她這番話如果能再詳細點，可就有用了。比如說，那個社工的名字，這樣他就可能知道傑森．畢爾曼在新生活運動時期的交往狀況。如果知道他打零工的小吃店在哪兒，說不定也能探到點蛛絲馬跡，可是，除了這些粗略的經過之外，她就什麼都不清楚了。她只知道那家小吃店在曼哈頓，但沒有辦法提供詳細的地址；那家雜貨店（或說酒店，我得學著用她的說法）也不知道躲在紐約的哪個角落。

她終於把麥麩馬芬跟冰茶解決掉了，我只點了一杯咖啡。差不多了，我拿起帳單，她把錢包從皮包裡拿出來，問她應該分多少錢？我說，我會料理。她說，她很樂意分攤，我跟她說，省省吧。「你是客人，」我說，「下一次，我到威斯康辛，就會讓你請客。」

「你人真好。」她說，「我還以為你是來敲我竹槓的呢。」她說，有幾個私家偵探曾經來找過她，有一個人勸她回家，別浪費時間了；有幾個要她付一大筆訂金，才肯接下這個案子。「有兩個向我要兩千塊，還有一個要兩千五百塊，」她說，「甚至有開到三千的，我忘了詳細的數字。我說，我沒有那麼多錢，他就說一千也行。我哼哼哈哈跟他亂扯，他一看，就說先給五百，他馬上開始幹活。我猜，錢一到他手上，他馬上就會落跑，從此之後，不見人影。」

我跟她說，她的決定是對的。她再次跟我道歉，我覺得實在沒有這個必要，還問我她是不是該在紐約多留幾天。她原本計畫搭明天一早的飛機回家，但還沒下定決心，也許她應該多留幾天才對。

我跟她說，完全沒有必要。我給她一張名片，也確認她留給我的地址跟電話是對的。然後，我陪她走回旅館，儘管她一直覺得不必麻煩。我看她到櫃檯拿鑰匙，進電梯，然後才出門，找計程車。

∞

我一進門，伊蓮就跟我說，艾拉．溫渥斯打了兩通電話過來。他沒說什麼，只要我盡快回電話給他。

我趕緊打過去，一個鼻音很重的男性跟我說，「執勤室，我是艾克。」我報上我的名字，跟他說，溫渥斯要我回電。

「他不在，」他說，「但我知道他在找你。可不可以請你接下來十分鐘內別走開？」

「我不會再出門了。他有我的電話，不過我還是再給你一次好了。」

他把我跟他說的號碼複誦一遍，就把電話掛了。我這才發現，我忘了問他是哪個分局。我拿起電話，正準備重撥，但是，指頭怎麼也按不下去。

我突然有個感覺，我知道那是哪個分局了。

我把電話放回去，掏出我的筆記本，又把電話拿起來，按下我曾經按過的號碼。這支手機先前並沒有人接。鈴響一聲、兩聲，終於有人接了，但是，卻沒有人講話。

我說，「艾拉．溫渥斯？」

這聲音我先前聽過一次，在我的答錄機裡，他說，「你他媽的誰啊？」

# 26

半個小時後，門房打電話上來說，溫渥斯先生來訪。我請他上來，在走廊等他從電梯出來。他年近四十，很高，肩膀很寬，方方的下巴，高高的額頭，黑色的頭髮，向後梳得整整齊齊的。

他報上他的名字，我也自我介紹一番，兩個人握了握手。「我撥了兩通電話打聽了一下，」他說，「你也幹過這行。」

「那是好久以前的事情了。」

「你以前是戴金質徽章的。」

我想這就是他跟我握手的原因。在電話裡可沒法握手，就算是可以，他大概也不想握。先前他有些戒心，因為我打一通電話到莉雅的手機，被他接到了。蒐證人員在莉雅的手機上，只找到莉雅的指紋，他就決定把莉雅的手機帶在身上。

這也就是他找上我的原因。電話上有最近的撥出記錄，他找到莉雅撥出的最後一通，打開蓋子，按下去，就找上我了。打第一通電話的時候，他連我的名字都說不上來，只好在我的答錄機裡留言，要我回電話給他。

我回電話，留下姓名，他又打回來兩次，都沒找到我，直到我又回話。查理．艾克好不容易找到他，他坐下來，正準備回電話，偏偏口袋裡的手機又響了。這電話是我打的，一開口，就叫出他的名字，讓他一時之間，丈二金剛摸不著頭腦，愣了好一會兒。

他在電話裡面，不大願意證實她的死訊。但我已經知道了，就在電話接通後，聽到的是他而不是莉雅的聲音那時；其實，我在撥出那通電話時，我大概就已經知道了。

「這棟房子真不錯。」他說，「我經過這裡好幾次，每次都覺得這裡真好。你在這裡住很久了？」

「兩年吧。也才剛剛搬到這附近來。」

「真好。」他說，「公園、戲院，用走的就可以到。真方便。」我帶他走到廚房，一路上，他都在稱讚我們的布置。伊蓮在回到臥室、把門關上之前，已經先煮好一壺咖啡擺在廚房。我倒了兩杯咖啡，和他一起在餐桌邊坐下。

他試了試咖啡，又是連聲讚賞。我問起莉雅，他說，沒錯，她死了。她的室友大約在下午五點多鐘的時候，發現她的屍體。莉雅住在克萊蒙特街的學生宿舍，跟其他三個學生分租一個單位。案發當時有兩個人在家，其中一個發現浴室門鎖住了，敲了半天門沒人應，撞門進去的時候，發現她躺在浴缸裡，淹死了。

「死因是溺斃。」他說，「肺部積水可以證明這一點，當然，確實的死因還得等到法醫的驗屍報告出來。一瓶打開過的喬爾吉伏特加放在五斗櫃上、手機旁邊。酒瓶只有她的指紋。乍看之下，好像是她多喝了幾杯，在浴缸裡昏了過去，淹死的。」

「我不相信。」

「坦白說，」他說，「我也不相信，但是我的理由可能跟你的不一樣。首先，在她的脖子發現像是被人勒過的痕跡。當然，還是要先給法醫鑑定，但這已經引起我們疑心了。現場有瓶伏特加沒錯，但也不過少了一兩盎司，不應該讓一個健康的女孩就此昏了過去。當然啦，每個人體質都不一樣，浴缸裡的水太熱，也會有影響，不過看起來不像。要不就是她在回家前就喝了一些，或是嗑了藥之類的，再加上伏特加，這樣的話，酒精的勁道就不一樣了。不過，我還是要補一句，什麼事情都得等驗屍報告出來才能確定。」

「她經常喝酒嗎？」

他頗為讚許的點點頭。「這就是接下來我要說的。她的室友說，莉雅平常根本不沾酒，在舞會上，或許會喝一小杯白酒，但實在無法想像她把整瓶酒拿回家來。瓶上的指紋也有蹊蹺。」

「你說有她的指紋。」

「只有她的指紋。難道酒店的夥計戴手套不成？更何況留下的是右手指紋，她又是慣用右手的。」

「這有什麼不對？」

「酒瓶有個蓋子，想要喝酒，總得把瓶蓋扭開吧。你是怎麼開酒瓶的？」

我的手揚在空中，虛比了一下，想像我是怎麼開酒瓶的。扭開酒瓶，對我來說，已經是好久以前的事情了，但是，只要是開瓶子，就算是沙拉醬的瓶子，也是相同的道理。「我想，我會用左手握住瓶子，」我說，「用右手去扭瓶蓋。」

「慣用右手的人就會這樣。」溫渥斯說，「你不就是個例子嗎？」

「瓶蓋上有指紋嗎？」

「沒有。」他拿起咖啡杯，但已經空了；他沒說他還要一杯，但我拿起咖啡壺，給我們倆把杯子裝滿，他笑了。「我一定會後悔的。」他說，「這麼晚還喝第二杯，但管他的呢。就算是有報應，某些壞事還是值得做。這豆子是你們自己磨的？」我說，是我們磨的，他說，真的有差。

「還有一件事情，讓我覺得內情真的不單純，就是她的衣服。」

「她的衣服？」

「馬桶蓋放下來了，她的衣服折得整整齊齊，放在上面。她走進來，放了一缸水，脫衣服，往裡面一跳。」

「怎樣？」

「她的毛巾呢？她們四個室友共用一間浴室，有一條小手巾讓大家擦手，但是要用來擦身體，就太小了一點。你想，洗澡怎麼會忘了帶毛巾？」

「都得怪伏特加。」

「是啊。」他用手捋捋自己的頭髮。「這些線索都不是定論，但是總是讓我起了疑心。驗屍報告出爐，不管裡面有什麼不對勁的地方，我都是會查的。但是，在他們處理文書作業的同時，我已經認定這是一起謀殺案了。」

「我想你是對的。」

「話是這麼說，可我還是想知道她為什麼被殺，也想知道她最後一通電話為什麼打給你，還有你為什麼會認識她。」

「我在幫克莉絲汀．賀蘭德辦案。」

「這名字好像聽過。」

「她是拜恩跟蘇珊．賀蘭德的女兒。」

「七月底，被入侵搶匪殺害的那對夫婦。」

「對，莉雅是克莉絲汀的表妹，蘇珊．賀蘭德的外甥女。」

「天啊，」他說，「先前怎麼沒有人告訴我？她的室友說，她好像有親戚死了，所以最近心情都不好。原來還不只是有人過世，根本就是他媽的血腥殺戮嘛。但是，凶手都死了嘛，是不是？兩個人殺成一團，死在康尼島。」

「康尼島大道。」我說，「其實是在米伍德區。」

「也挺接近了。你接了他們女兒的案子，總不會幫他們家換屋頂吧。你在幹什麼？調查？」

「非正式的，」我說，「不過是的，我在調查。」

「我馬上就想到一件事情，你可以好好的查一下：這案子是不是已經結了？」

「結了。」

「是他們的女兒覺得真相還沒有大白，還是你覺得真相沒有大白？要不，就是你們兩個都有點疑心。」

「我們兩個都有點疑心。」

「你是怎麼找上她表妹的？幫我個忙，她是怎麼在這裡冒出來的？」

我很快的把我調查的結果，撿最重要的，跟他說了一遍——前門鑰匙、解除防盜警報器的密碼。「莉雅有他們家的鑰匙，也知道解除警報的密碼。」我說，「今天下午我還跟她在一起，我問她有沒有什麼人跟她借過鑰匙，或是從她嘴裡套出密碼。她說，她想不到任何人，但我知道她有所保留。」

「有的時候，是可以察覺出對方沒說實話。」

「我感覺得到，」我說，「但無計可施。也許當時我可以把實話逼出來，但我做了個判斷，我想讓她自己冷靜一下，好好的想一想。我給她一張名片，只要她想到任何線索，歡迎她隨時跟我聯絡。」

「她還真打了。」

「如果我直接回家的話……」我說，然後，話就接不下去了。「但我沒有，我到家的時候，只聽到她的留言。我馬上回電，但只有語音信箱。」

「那是因為她的電話已經被切斷了，所以，語音信箱才會打開。你有留言嗎？」

「沒有，留言要幹嘛？我想下次找到她，當面談。我又打了兩次，都是相同的結果。我不知道那是手機，還以為是電話，放在房間裡，人又出去了。」

「現在的大學生，沒幾個用電話的，全都是用手機，這樣跑來跑去才方便。」
「就算是我留了言，」我說，「她也收不到。那時，他可能已經把她殺了。」
「這傢伙可是非常滑溜的。」他說，「我剛剛跟你提過吧，有兩個室友在家裡讀書，開著音樂就是了。儘管如此，他還是有辦法溜到她的臥室，摞倒她，把她拖進浴室，扒光她的衣服，掐住她，把她的頭壓進水裡，然後溜出宿舍，沒有驚動任何人。」
「這個人這麼聰明，」我說，「運氣又這麼好——」
「哦，這種事情畢竟不是比登天還難，沒問題的，而且他還留下那麼多破綻。」
「毛巾。」
「毛巾是一點。他可能以為毛巾是放在浴室裡的，當然用不著帶。但是，莉雅的浴巾明明掛在衣櫥裡，不大可能忘在那裡，就跑去洗澡。伏特加酒瓶也有問題。其實，沒有這瓶酒，還比較合理些——她摔了一跤，頭撞到浴缸，然後在還沒恢復知覺前，就淹死了。這總比在下午喝了一點點的伏特加，就昏倒淹死，要說得通些。更何況，這女孩以前根本不喝酒。還有一點，袋子在哪裡？」
「袋子？」
「你買瓶酒，難道不需要一個袋子裝嗎？她拿著袋子裝酒，總不會半路就把袋子扔了吧，袋子呢？在她房間裡可找不到。還有指紋。他很精，把指紋都擦掉了，再把她的指紋按上去，但他還錯手了，瓶蓋上也忘了印一下。這些線索雖然還不足以下定論，但是，仔細查一下，總是有必要的。」

「你真這樣想？大部分人都不會注意的。」

「我注意到了。」

「你很不錯。」我說，「比一般的警察聰明多了。」

他竟然有些臉紅，意外的稱讚讓他害羞起來。「我自己都不知道呢。」他說，「真有那麼棒的話，我應該已經可以告訴你凶手是誰了。」

「根據莉雅的說法，」我說，「他叫雅頓．布理爾。」

∞

「媽的，」他說，「這傢伙叫雅頓？沒聽錯吧，我可不可以再聽一次電話留言。」

我進到臥室去拆答錄機，伊蓮已經起來了。我在拆線的時候，她堅持要我別動答錄機，把溫渥斯請進來，自己躲進浴室裡。放第二遍留言的同時，她又出現了，穿著睡袍，臉上還有新著的淡妝。留言我們聽了五六次，愈聽愈沒把握。

「亞登？」他說，「是不是這個名字？亞登森林（譯註：莎劇《皆大歡喜》中的一個場景）？」

「莎士比亞。」伊蓮說，「但是現實生活中應該沒有這座森林。」

「沒有嗎？所以那是虛構出來的？」

問題就是誰也搞不清楚。溫渥斯說，這個人的名字有點怪，很少人取這個名字，姓雅頓的倒不少。伊莉莎白．雅頓，舉個例子來說。伊蓮想到演員伊芙．雅頓（譯註：美國影壇的長青樹，晚期曾經在約翰．屈伏塔的成名作《火爆浪子》中客串過），但溫渥斯這般年紀的人，根本聽都沒有聽過這個女演員。

我按下按鈕，重聽一遍。

「應該是歐頓才對。」他說，「像是詩人？」

「也有可能是亞爾登，」我說，「或是阿爾頓。倒是有人取這種名字。」

伊蓮翻開電話簿，上面有好幾個姓布理爾的人，但是，名字開頭都不是A。「這本是曼哈頓的電話簿，但是，誰知道他住在哪裡？有沒有登記電話？」

「也許這個名字是他捏造的。」我說。

「這是我的想法，」溫渥斯說，「如果真有這個雅頓．布理爾，那他大概也不是凶手。」

伊蓮說，「等一等，我已經跟不上了。你的意思是說，這個雅頓．布理爾不是凶手，難道是莉雅說謊不成？沒道理啊。」

溫渥斯搖搖頭。「我想她應該沒有說謊。」他說，「她何必呢？她講的是實話。有一個自稱是雅頓．布理爾的人找上她，跟她說他正在寫博士論文，研究她的阿姨。如果真有這個人，莉雅就沒說謊，這個人也沒說謊。他是叫布理爾，正在寫博士論文，或是什麼報告，反正，他沒問題就對了——」

「如果沒有這個人——」

「那麼他就是冒牌貨了，」我說，「他刻意接近莉雅，為的是複製她的鑰匙，找到解除警報器的方法。真有布理爾這個人，凶手就是另有其人。如果沒有布理爾這個人，那麼，取了這個假名的人就是凶手。」

「知道這點也沒有用。」溫渥斯說，「我們還是不知道他是誰。」

8

溫渥斯走了，他答應我們，一旦發現線索，一定盡快跟我們聯絡。伊蓮卻覺得還有別的可能。

「也許真有個人叫雅頓・布理爾，也許他真是英語系博士候選人，正在寫論文。但是，接觸莉雅的，卻是另外一個人。」

「繼續。」

「我可能不想讓莉雅起疑心。我編了一個寫論文、研究你阿姨的故事。萬一你去查了呢？我選一個確有其人的名字，一個一百萬年你都不會碰上的學者，然後，你就去查了，在英文系裡，還真有這麼個研究生，正在寫博士論文，但是，誰知道他在研究什麼？也許是杰佛斯（譯註：美國詩人，詩作多半以加州為背景）作品中的鳥類意象，跟蘇珊・賀蘭德沒半點關係，誰又會主動提醒莉雅呢？你知道我的意思沒？」

「懂了。」

## 27

電話響了，我正在刮鬍子，是二十六分局的帝利斯警官，他問我可不可以過去一趟？他正在調查莉雅的案子，想做份筆錄。我說可以，在喝一杯咖啡後，我坐上地鐵，來到一百二十五街。

警局在一百二十六街上，距離百老匯西邊一條半街的樣子。我走進去，被引到一間沒什麼裝潢的房間，就只有一張鐵桌，上方牆上掛著一張市長玉照。在照片上面，有人貼上一則剪自美國運通銀行的雜誌廣告標題，「你認識我嗎？」

他們給我一個黃本子，允許我用自己的筆。我寫下跟莉雅·柏克曼認識的經過，筆鋒之間還有些《讀者文摘》的味道。對這女孩的第一印象，還有她懷疑她表姐涉嫌謀殺父母，這些往事，我就不提了。何必節外生枝呢？除了這兩點之外，我的報告算是相當詳盡。我又看了一遍，簽名，他們說，我可以回家了。

在分局對面，有間聖公會教堂，門沒開，否則我是會進去的。我走進地鐵入口，來到拉薩利，往西走了一條街，就是克萊蒙特街。我不知道莉雅住在哪一間，就稍微打聽了一下，然後一個睡眼惺忪的自助洗衣店店員，馬上就指給我看。我隔著條街，仔細打量這棟六層樓的方形磚樓，造型模仿都鐸風格，但有些四不像。我沒進去，也不想找她的室友聊天，警方已經在調查了，我用不著跳出來添亂。我只想貼近看一下，我想這已經夠近了。

我朝百老滙走去。距離拉薩利幾步路的地方，有家西非餐廳，我記下來，準備哪天來試試味道。我想起沙龍尼卡，就在兩條街外。我餓了，自從稍早喝了一杯咖啡以外，粒米未進，因此去那裡用餐也無妨，但我還是決定我並不想跟鬼坐在一起。她死了，不該我負責任，該怪的是殺她的那個王八蛋；但我還是不禁懷疑，如果我昨天下午，態度再堅定一點，她的命運會不會有變化？

如果，我一直逼問下去，她會不會把她在答錄機裡面的那番話，當面跟我說？還是她會因此不回家？凶手因此不去找她？而最後結果就會統統不一樣？

我搭到鬧區，到晨星吃早餐。

∞

回家之後，聽到了艾拉．溫渥斯的留言。我知道打莉雅的手機，也可以找到溫渥斯；但我還是規規矩矩的打到警局，溫渥斯在他的座位上。我問他昨晚過得可好？

「我好晚才睡。」他說，「一大早又來上班了。因為我想催法醫室動作快點。我弄到驗屍報告了。喉嚨上的痕跡證明是掐傷。死因當然是溺斃，肺中積水、該出現的徵兆都出現了。血液中的酒精濃度幾近於零。胃裡面有一點伏特加，血管裡卻沒有酒精的成分，可見得她死得相當快，根本來不及吸收。他原本以為伏特加是神來之筆，沒想到弄巧成拙，反而成了敗筆。」

他以前也有失敗的紀錄，畢爾曼房門上的銅桿門閂。

「這個你一定會喜歡的。」他說，「皮膚組織顯示了一種化學藥劑的痕跡——那個詞好長一串我懶得唸了，總之是一種壓縮進防盜噴霧器中所使用的氣體就是了。」

「他就是這麼把她撂倒的。」

「先把她弄倒，再把她掐昏。」他說，「然後拖進浴室，淹死她。一眨眼就做完了。」

「而且安靜得不得了。」

「一定要安靜，她的室友就在幾碼之外。可憐的孩子。」

「她是拿全額獎學金的。」我說，「暑假在修法國大革命的課。」

「也許她有個同學叫雅頓．布理爾。那就省事了。」

∞

並沒有查到叫做雅頓．布理爾的研究生。溫渥斯一個小時之後，打電話告訴我說。哥倫比亞大學裡，沒有姓布理爾的學生，在紐約大學、紐約市立大學跟其他學院，也查不到。

清查紐約市以及鄰近的三個州，倒是有不少姓布理爾的，比例跟我們在曼哈頓電話簿裡找到的差不多，但是沒有叫雅頓的，連相近的——比如說，歐頓、亞爾登、阿爾頓的都沒有。他找來兩個警官，專門過濾電話，先清查姓布理爾的，再弄明白到底幾個人叫做雅頓．布理爾。這工作當然繁瑣、單調得要命，而且，他還不抱什麼期望。

「這名字是捏造的。」他說，「她不小心說漏了嘴，就被殺了滅口，這只證明了一件事情，但是，這證據拿到法庭不見得有用。」

「哦？」

「證明你對賀蘭德案的看法是正確的。雖然你知道他們結案的理由，但是，這案子是不該結的。」

我問他有辦法讓警方重新偵辦這個案子嗎？

「打給某個我不認識的人，告訴他他搞砸了？這可不是交朋友、發揮影響力的好方法。」

「但是，至少警方會撥出一些人力去保護克莉絲汀．賀蘭德。」

「她表姐，是吧？你覺得有需要嗎？」他自問自答。「先是父母雙亡，接下來是表妹。我想，是該有個人去保護她。記得提醒我，一定要找時間跟她談一談。」

「有人通知她莉雅的死訊嗎？」

「我沒有。莉雅關係最近的親人是她媽，但目前還沒能聯絡上她。屍體還是室友辨認的。」

「我去通知克莉絲汀好了。」我說，「順便跟她說，你會上門找她。」

「感謝。」

「我會特別提醒她，除了你以外的人上門的話，千萬別亂開門。」

「我保證我會親自聯絡她。」他說，「重新偵辦這起案件，可能有些棘手，我現在的首要工作是找出這個藏身幕後的凶手。如果莉雅是他殺的，想來賀蘭德夫婦命案，他也脫不了干係。」

「外帶布魯克林的那兩條命。」

「對，我還差點忘了。加一加是多少？五條人命。看起來，他是難逃一死了，不過，案子到了法庭就很難說了；至少五個無期徒刑，可以讓他在牢裡安分一陣子。現在唯二的問題是：他是誰？在哪裡才找得到他？」

「你會找到他的。」我說，「他很行，但是，他太愛耍小聰明了，躲不久的。」

「你知道嗎？」他說，「我自己也有這種感覺。除了酒瓶之外，他還惹了一個麻煩。」

「什麼？」

「你不是給她一張名片？」

「對。」

「她一定是拿在手上撥電話給你的。名片在哪裡？」

「不見了，我想。」

「總不會自己長腳，走了吧？名片不見了，代表莉雅不是不小心摔了一跤，掉到浴缸裡淹死的，她是被人殺死的。名片不見了，還告訴我們一件事情。」

「什麼？」

「凶手拿走名片。他知道有你這麼個人。」

8

克莉絲汀沒有看報紙，也沒有聽廣播，根本不知道她表妹死了的消息。我只好硬著頭皮告訴她。當面告訴她，當然比較能照顧到她情緒，但我覺得還是省下這一趟，比較實在點。因此我在跟她講這件事情的時候，沒能看見她的表情。

「他故意偽裝成意外的樣子。」我說，「但是，他不是真的很內行，有個很精的警察，已經開始調查了。他的名字叫做艾拉·溫渥斯，應該很快就會跟你聯絡。」

「他想要找我談話？」

「這是一定要的。」

「可是我什麼也不知道。」她說，「就算他來找我，我又能跟他說什麼？」

大概什麼也說不上來，這我同意，但這還是得交由他本人來判斷。我跟她說，他可以找他的長官，弄幾個人過來保護她，如果他真有這個本事，她千萬不要拒絕。「我倒不覺得你有危險，」我說，「但我也不覺得你表妹有什麼危險，最後證明，我錯了。還有，除了我跟艾拉·溫渥斯警官之外，不管是誰，你都不要開門。」我跟她描述一下溫渥斯大致的長相，提醒她一定要看清楚證件上有沒有溫渥斯的名字。「你能不能過濾電話？這是我的建議，免得媒體找上門來。他們沒發現莉雅是你的表妹，簡直是奇蹟。但是，用不了多久，消息就會走漏；他們會開始打電話、來敲你的門。千萬別接電話，也不要開門。」

「我知道。」

「我不是開玩笑，克莉絲汀。跟記者打交道，不只會讓你覺得很不舒服、浪費時間。殺你表妹的凶手，也很有可能混在其中，上門找你。」

「也是殺我父母的凶手。」

「對。」

「我不會讓任何人上門的，呃——」

「怎麼啦？」

「今天下午有人想來看我。」

「誰？」

「他的名字叫大衛．漢姆。他就是那個送我回家的男生，就在我發現……就在事發當晚。」他把車停在路邊，看她進門。

「不可能是他。」她說，期待我說些什麼。「因為他一個晚上都在我朋友家。警察調查過的，確定他沒有問題，然後才在布魯克林發現那兩具屍體。」

「是他主動說要過來的嗎？」

「他先打電話來聊天，我就請他過來。在我父母的葬禮之後，他打過一通電話來安慰我……」

她的聲音慢慢的低下去。我說，「你現在能不能聯絡到他，跟他說，你今天下午有事，必須要出門，請他改個時間再來？」

「可以。」

「如果他又打電話來，別接，也別回。」

「但是……好吧。」

「打完電話給他之後，再打個電話給我。」

「好。」

他應該沒問題才對。他不可能在同一時間，出現在兩個地方，在調查的早期階段，警方早就把他裡裡外外都查遍了。但我不能冒險。我不能讓他跟其他的人，接近克莉絲汀。

接下來我有些煩躁，真他媽的搞不懂電話怎麼這麼久都沒響。好不容易電話才響起來，她說，她都搞定了，還有沒有別的事情？

「有。」我說，「我想起來了，有。你認不認識一個叫做雅頓·布理爾的人？」

「雅頓·布理爾？」

「有沒有印象？」

「沒有，我應該有嗎？」

「有沒有人跟你接觸，不管是最近還是以前，說他正在寫博士論文，研究你媽媽？」

「研究我媽媽？」

「的作品。」

「拜託，怎麼可能？」她說，「我不知道誰會做這種事情。我媽媽認真寫作，是一個不錯的作家，這都沒錯，但是，她畢竟還沒有重要到有人會去研究她的地步。」

「總有人喜歡她的作品吧。」

「那當然有。她是個很有意思的作家，當然有人喜歡她的作品。」

「那個雅頓．布理爾有沒有可能跟你媽通信過？」

「你說那個人是——」

「我想應該沒有這個人才對。」我說，「只是他用的假名而已。」

「我可以看看她的檔案。」她說，「她把別人寄給她的信，都收在工作室的一個櫃子裡，此外還有亂七八糟的文件，我可以去整理一下。還有她的電腦，我也會檢查一下。名字叫做A-R-D-E-N，姓B-R-I-L-L，對不對？一旦發現什麼，馬上告訴你。」

∞

我打了兩通電話給阿傑，沒找到人。第二次我才想起來，可以試試他的手機——我總是沒有辦法在第一時間想到這點——電話響了一陣子，沒人接。跟克莉絲汀講完話，再試一次，這次阿傑馬上就接起來了。

他已經知道莉雅的事情了。他那時剛巧在哥倫比亞校園，聽到了許多相互矛盾的說法——有人說，她是被八卦報上所謂的「宿舍殺手」盯上了，成為最新一個犧牲者；有人說，她是自殺的；

也有人說，她跟室友的男朋友在浴缸裡，玩性愛遊戲，玩得太過火，就淹死了。

「最後一說，倒有點根據，」我說，「她的死的確跟水有關。」我把前因後果向他簡單的說了一下，還問他是不是在家。

「你打電話給我，」他說，「我也接到了，我不在家在哪裡？」

「誰知道你在哪裡？我打的是手機，不是嗎？」

「喔，對了，」他說，「我差點就忘了。」

「我應該是打你手機啦，不過說不定——」

「沒錯，你是打我手機沒錯，」他說，「因為我現在正拿著手機，在講電話。」

「我之前打的時候你沒接。」

「我在上課，改成靜音，教授最恨的事情就是：課正講到一半，忽然被手機的鈴聲打斷。」

「反正你現在在家就對了。哪也別去，我馬上去找你。」

「我等不及了。」

「忍耐一下囉，」我說，「不過你也別空等，先幫我上網找這個雅頓・布理爾。」

∞

在加州的亞瑞卡，有個亞爾頓・布理爾，在阿拉巴馬州賈士頓，有個阿爾登・布理爾。他沒費什麼工夫，就找到這兩個人。我已經很佩服了，阿傑還是皺著眉頭，搖搖頭。

「用這種方法是找不到他的。」他說，「這樣找，一輩子也找不到。總不可能有人從加州一路飛過來，殺幾個人就走吧？凶手一定是本地人。」

「這我同意，但是——」

「而且他的名字一定不是雅頓．布理爾。」

「沒錯，」我說，「但這是我們唯一有的線索，也只能從這裡開始。」

他點點頭。「你以前說過，」他說，「伊蓮也說過。他為什麼要挑這個名字？」

「這是個問題。」

「也許我們應該從這裡開始。」他說，頭一低，開始打鍵盤。「這可能需要一點時間，你先自己想辦法打發時間吧。」

我打開電視，關掉聲音，免得干擾阿傑工作；但我發現去讀茱蒂．芙汀（譯註：CNN頭條新聞主播）唇語，實在太累了，只好放棄，關掉電視，隨手找本雜誌來看，上面有一篇叫做〈麥克成癮〉的文章，原本我以為這是一種吃麥當勞快樂餐、豬肉滿福堡上癮的毛病，過了好一會兒才知道「麥克」說的是麥金塔電腦玩家。我想我還是找一篇從頭到尾讀得懂的文章比較好，正在琢磨的時候，聽到他說，「雅頓．布理爾。」

「你找到什麼線索？」

「也許他有個暱稱，叫阿比，」他說，「不過他或許會覺得這個名字種族色彩太強烈。也說不定他取的外號叫ＡＡ〔譯註：戒酒無名會的簡稱〕，那麼你就可以在你們的聚會場所裡，找到他了。」

「你在胡說什麼？」

「在說雅頓．布理爾。說不定他的名字叫卡爾．楊恩，我們根本不知道怎麼拼，這樣找，一輩子也找不出個所以然來。你一定不知道我在說什麼哦？」

「一點概念都沒有。」

「這麼說吧。」他說，「我聽到了布理爾這個姓，覺得有些耳熟，然後就去查了，有個人叫史蒂芬．布理爾〔譯註：美國導演，拍過《魔鬼接班人》等片〕，就是搞《電視法庭》〔譯註：美國的電視節目，安排重大刑犯跟觀眾見面〕的那個人。」

「我想這個人可以不用查了。」

「這我當然知道。我在網路上，找布理爾，結果到處都是啊。從史蒂芬到雅頓，亂七八糟的，理不出個頭緒。在Google輸進布理爾這個名字，起碼會出來一百萬條資訊，結果，絕大多數是跟康騰維爾〔譯註：Contentville，這是一個線上銷售書目資料的網站〕有關，也就是他架的網站。我是說那個史蒂芬．布理爾。」

「那又怎樣？」

「我先把它印出來吧。」他說，「你自己看好了。」

「如果跟雜誌上的這篇文章一樣『淺顯易懂』的話——」

「不會啦。」他說，一直不停的打電腦，「這一點都不複雜，你自己看看。」

他打開印表機，不到一分鐘的時間，紙就溜了出來。阿傑拿起來，遞給我。

上面是這麼寫的：

布理爾，亞伯拉罕·雅頓，一八七四—一九四八。誕生於奧地利，十三歲時移民美國，定居紐約市。一九〇一年，畢業於紐約大學，一九〇三年，獲得哥倫比亞大學醫學博士學位，他隨即前往瑞士，師事榮格並於一九〇八年返抵美國。他是首先在美國公開倡導心理分析的學者，率先翻譯了佛洛伊德與榮格的著作，並致力在美國各地推廣他們的理論。布理爾曾在紐約大學與哥倫比亞大學執教，著有《心理分析：理論與應用》、《心理分析的基本概念》等書。

「應該不是巧合。」他說。

「應該不是。」

「在參考書目上，你也可以找到他的著作。這樣一來，就有意思了。我們之所以找到頭昏，就是因為雅頓這個名字。沒錯，一般來說，大家叫他A.A.布理爾，也有人叫他亞伯拉罕·布理爾。」

他放下黑人那種嘻嘻哈哈的說話語調，頓時讓人覺得他對佛洛依德、榮格、布理爾，還真有幾分研究。

我說，「這絕對不是巧合。」

「看起來不像，沒這麼巧吧。」

「他挑這個名字，是因為這個名字對他具有某種意義，而且，他很清楚，這個名字對她來說毫無意義。」

「你是說對莉雅。」

「原本沒有人聽過這個名字。他跑到莉雅家，把她殺了，就是怕她到處去說。太晚了，雖然晚得不太多，『雅頓．布理爾』成為她最後的遺言。」

「還好你的答錄機有開。」

「如果我再早點回家，接到這通電話——」

「還好你沒接。」

「這話怎麼說？」

「因為她可能跟你說，她想到一件事情，滿重要的。你一定會跟她說，『別在電話裡講，我二十分鐘後到，咱們在沙龍尼卡見。』最後的結果就是你在餐館裡枯坐，因為她已經在浴缸裡載沉載浮了。你連『雅頓．布理爾』這個名字都聽不到。」

我想了想，承認的確有這種可能性。

「也有可能是，」他說，「她一聽到你的聲音，不知所措，嚇得把電話掛了。」

「她也可能一聽到答錄機就把電話掛了。」

「可是她沒有。」

「如果我們在沙龍尼卡逼問得再緊一點——」
「也許她在那裡就和盤托出了。」
「也許。」
「也許不會。」他說，「但也有可能她抵死不從，當場什麼都不說。要光這樣也就罷了，說不定過了一會兒，連電話都不打了。逼緊了，不見得有用。」
「而且，凶手還是會如期出現，」他繼續說，「反正，她現在死了。就算是我們昨天沒打那通電話，根本沒跟莉雅見面，還是沒有辦法救她一命。現在呢，很遺憾，人死不能復生，但至少弄到了雅頓．布理爾這個名字，不這樣的話，說不定我們什麼都沒有。」
「雅頓．布理爾。」我說。
「真的是這個人嗎？」
「一定是他。」
「是啊。」他說，「我也是這麼想。」
「錯不了！」我說，「回過頭來仔細回想一下，你就會發現，道理實在是很明顯。但是，在跟那個王八羔子共處一室的時候，我居然都沒有想到。真他媽的，那是他自己的槍。那個狗娘養的用的是自己的槍！」

28

他坐在那裡，看著城市的燈光，忽明忽滅，忽明忽滅。現在時間是下午，但是，在他的電腦裡，永遠是黑夜，螢幕保護程式也永遠這麼閃閃爍爍。辦公室跟公寓的燈光，亮了，滅了，建築物的形狀也在改變，一下高了，一下矮了，一下寬了，一下窄了。設計這種螢幕保護程式的主要目的當然是：讓螢幕上的每個格子，都有機會暗一下，免得經常亮起來的小格子會率先壞掉。真是這樣嗎？電腦螢幕真的會因此而壞掉嗎？科技進步成這個樣子，真的有人會任憑這種一下子就壞掉的零件繼續盤據在螢幕裡面嗎？

也許不會吧：每一年——每六個月——就會出現新的電腦，速度更快、功能更強，而且比前一代更便宜。這有什麼錯呢？不用多久他就會換一台新電腦；舊的電腦沒什麼問題，一樣可以滿足他的需求，不過他仍然會換一台更新、更好、更快的電腦……但不管怎麼換，一有新電腦，他還是會把相同的螢幕保護程式灌進去。

這樣，他就能看電腦螢幕，一明一滅，一明一滅……

他伸出一根手指，按了一個鍵，螢幕保護畫面就不見了。他又打了幾個鍵，按了幾下滑鼠，用不了多久（不過，下一代的電腦應該會更快才對），他就上網了。

他檢查信箱，動作飛快，清除垃圾郵件，回一些非回不可的信件，不急的就等會兒再說吧。然後拉下「我的最愛」選單，找到了ACSK新聞討論區。

很快的，連續殺人魔討論區出現在螢幕上。他看看有沒有新的留言。四則跟傑森·畢爾曼有關。他一則一則的進去讀，無聊得很。這種事他見得多了，原本還有點理路，一路發展下來，最後的結果就是這樣。討論的焦點都不見了，大家各說各話，胡亂張貼，不知所云。還有的人深具偏見，完全不理會外界的反應，我行我素——要不就是堅持贊成或反對死刑的立場，要不就是警告網友，政府的公權力正在侵入私人領域，呼籲建立世界新秩序之類的偏激言論。是有辦法堵住這些言之無物的俗人，只要把他們的名字輸進去，這些人張貼的訊息，就再也不會出現在你的電腦螢幕上。他還沒這麼做就是了。快了，也許。

還沒看到有關莉雅·柏克曼的討論。

怎麼會有呢？一切順利的話，大家會覺得是這個小可憐多喝了幾杯酒，忘記在水裡面呼吸是要靠鰓的。當然，情況可能沒有這麼順利，那麼就看這個案子會不會落在一個好法醫的手上，是不是剛巧碰到他精神正好的時候，否則，案裡的小破綻，可能永遠沒有人注意。如果，法醫真有兩手，看得仔細，那麼他可能會猜到，莉雅是被人殺的。

眼睛在水中瞪著……

就算法醫知道是他殺，他相信，他們也沒有本事找到凶手。沒關係，他就是希望這樣：沒什麼高潮，結局戛然而止。

畢爾曼這次撿不到什麼便宜了。

畢爾曼幾乎被討論區裡的人拋到腦後了。他本來就不屬於這裡、本來就不算是殺人如麻的重刑犯，距離連續殺人魔就差更多了。他在同一天殺了三個人，兩起殺人事件，相隔雖然幾英里之遙，但都是同一部連續劇裡的環節。

他被淡忘也是應該的。

這案子裡真有個連續殺人魔，沒有人知道，半點線索都沒有。

叫他——先這麼叫吧，叫他雅頓．布理爾。這是個錯誤，不該從發霉的佛洛依德理論裡面，撈出這個名字來的，但，算了。除非調查這個案子的警官對於信用早已破產的心理分析學派有興趣，否則的話，這名字安全得很。為什麼不行呢？吐露心中的一點小祕密也不行嗎？

布理爾不只殺了三個人，他殺了五個。在西七十四街，他殺了兩個，在康尼島大道他殺了兩個（間隔幾個小時，應該算是兩起不同的殺人事件吧），現在他又殺了第五個人，在克萊蒙特街。

沒有人知道！

他掃描電腦螢幕。在討論區的最下面，有一個叫做「張貼新留言」的點選區。他點了一下，出現一個新的留言欄，現在，他可以在alt.crime.serialkillers網站上留言了。

他在主旨上用粗體寫下：畢爾曼，無辜的受害者。

不行，只有白癡才會這麼招搖，用粗體，在討論區裡，等於是放聲大叫。他刪掉，改用一般字體：畢爾曼，無辜的受害者。

好多了。

他看著螢幕，開始打字：

傑森·畢爾曼沒殺過半個人。他是被設計的，掉入一個精巧的陷阱，代人受過，替一個隱身於幕後的殺手頂罪。這個殺手的名字叫雅頓·布理爾。

他刪掉最後一句，繼續寫道：

……我就是那個凶手，你可以叫我雅頓·布理爾。我殺過五個人。畢爾曼是第一個犧牲者。賀蘭德家兩個，加起來是三個。卡爾·伊凡科是第四個。大家都以為這些人是畢爾曼殺的，但是，他別說是沒見過這幾個人，就連他們的名字都沒聽過。第五個犧牲者是莉雅·柏克曼，你可能也沒聽過她的名字，但這只是時間問題。我把她壓進浴缸裡淹死了，按住她的胸部，看著她掙扎。

她沒有掙扎。其實，他不大確定她到底恢復知覺沒有。她的眼睛睜開了，但這可不代表她弄清楚到底出了什麼事，也許他應該把最後一句改一下：

……我把她壓進浴缸裡淹死了，按著她甜美小小的胸部，看著氣泡慢慢的冒上水面，看著她生命一點一滴的消逝……

這樣好多了。比較接近實際的情形。雖說用「甜美小小」這樣的形容詞，可能不夠客觀，但也沒有人希望他的筆鋒不帶感情。

……我殺人不是為了刺激，我另有動機，完全合乎邏輯。我從罪行中，收穫不少。

不要，不要罪行。他刪掉這個詞，又寫道：

……我從我的行動中，收穫不少，雖然我會因此失去「連續殺人魔」的稱號，畢竟我的行動都是有利可圖。我不否認我在殺戮中得到滿足，從某個角度來說，我的確是期待血噴出來的那一刻。我在事前、在過程中、在事後，都充分享受。

他停了一會兒，重新整理思緒：

我殺男人，也殺女人。殺男人，我得這麼說，讓我比較有成就感；至於談到純粹的快感，沒有什麼事情比得上殺女人了。

不，還得再修正一下：

……比得上殺可愛的女人了。

他坐在那裡，欣賞他的文章，讚許的點點頭。他的錶又響了，告訴他，現在距離整點，還有十分鐘。

他移動滑鼠，把游標移到張貼的指令上。

不行，不行，我想這樣不行。

他移動滑鼠，按下取消。他的訊息，沒有寄出，消失在螢幕上。他又點了幾下，下線，螢幕保護程式再度啟動，城市之光，忽明忽暗、忽明忽暗……

## 29

「咱們再從頭來一遍。」溫渥斯說，「那醫生的名字叫納得樂？」

「賽摩爾．納得樂。」

「他是心理醫生，對不對？」

「協會認證過的。」

「佛洛依德的徒子徒孫。」

「這我倒不知道。」

「跟布理爾說不定還有點師承關係。」他說，「A. A.布理爾。上過他的課，誰知道？」

「年代可能不對。」我說，「布理爾一九四八年就死了。」

「納得樂那時出生了沒有？」

「沒有。」我說，「他才四十出頭。」

「謀殺用的槍是他的。」

「對。」

「登記過的，有使用執照。」

「只能放在辦公室或住宅裡面，不能隨身攜帶。」
「他是什麼時候買的？去年是吧？有沒有說明原因？」
「根據他的說法，」我說，「他很擔心他的一個病人。」
「這也算是理由啊？」溫渥斯說，「我有個病人，我很擔心他，所以，我買了一把槍來伺候他？那還幹嘛開藥給他吃呢？我想他不至於真的開槍射了他的病人吧？」
「他說，他那個病人最後自殺了。」
「用槍？」
「開了窗戶跳樓，還是從屋頂上跳下來之類的。」
「這故事查過嗎？」
「病人啊？要怎麼查？他又沒有告訴我名字，我也找不到什麼理由問他。」
「你不懷疑他？」
「完全不懷疑。有什麼好懷疑的？他殺了人，還把登記在自己名下的槍留在現場？牆上釘了這傢伙的文憑，我想他的智商至少該跟體溫（譯註：這裡指的是華氏九十七．七度）差不多吧？」
他正想說什麼的時候，突然閉上嘴。一部賣冰淇淋的卡車剛剛停在街角，二話不說，放起舒服弟先生（譯註：美國最大的冰淇淋連鎖專賣店，專門用卡車在街角販售，註冊商標是一個帶著冰淇淋甜筒的舒服弟先生）的音樂，旁若無人，震耳欲聾。溫渥斯說，「不好意思，」站起來，朝著卡車大步走去。
「這人一聽到音樂，」阿傑說，「就非吃一口不可啊？他是怎麼了？這麼孩子氣。」他的眼神橫過街角，抬到大約十層樓的高度。「如果你對我的說法有意見的話，納得樂醫生大概很樂意引經據典，幫你解說一番。」

我們現在的位置在公園西路的東邊，兩個人坐在一排椅子上，對街就是納得樂醫生的辦公室。我們的背後是一道五呎高的石牆，再過去就是公園了。我之前在分局留話給溫渥斯，請他一離開克莉絲汀的家門，就打電話跟我聯繫。他問了克莉絲汀好些問題，又把我的建議鄭重的複述一遍——不要接任何電話，不管門外是誰，都不要開門。目前，還沒有警察在她門口站崗，但是他已經提出申請，應該很快就會批准。

我張望了一下，看到溫渥斯在跟那個賣冰淇淋的人說話。過了一會兒，卡車就開走了，橫過十字路口，繼續往前開。溫渥斯空著手回來，方方的臉上，淨是勝利的神情。

「我叫他到下個街口去賣去。」他說，「如果連輛賣冰淇淋的車子都趕不走，要金質徽章有個屁用？」

「我就是想這麼神氣。」阿傑說，「從小到大的夢想。」

「誰？賣冰淇淋的，還是得金質徽章？」

「賣冰淇淋的。就跟斑衣吹笛人（譯註：德國的童話故事，一個幫小鎮趕老鼠的斑衣人，因為拿不到酬勞，就吹起笛子，把鎮上小孩全都騙走了）一樣，敲敲鈴鐺，所有的小朋友就會跑過來。」

「你喜歡這樣，是不是？」

「應該是，特別是年輕的時候。不管你走到哪裡，小朋友都愛你愛得不得了。」

「他們的父母可就要皺眉頭了。」溫渥斯說，「你想想，卡車上的音樂放得那麼大聲，誰能專心想事情？一整天都坐在卡車上聽這音樂，你琢磨琢磨，那是什麼滋味？」他搖搖頭，「但是那傢伙不想移車，『這是我的地盤。』他都快哭了，好像再過一條街，就沒有人找得到他似的。『這才是我的地盤。』我說。他馬上就明白我的意思了。」

「也算是場小勝利。」我說，「還好我們算是贏的那一邊。」

「媽的，是啊。」他說，「看看我，我拿正義公理去恐嚇舒服弟先生那個賣冰淇淋的小販。你想這該不會是他老婆替他的小弟弟取的暱稱吧？天哪，希望不是。」

在我們面前，有一個穿著直排輪的小女孩，嘩啦嘩啦的溜著。「人行道上不能溜直排輪。」他說，「不過，算了，這次饒過她好了。我已經修理過舒服弟先生，今天的配額已經夠了。我們是不是再談一下納得樂醫生？」

「當然。」

「去年，他買了那把槍，鎖在抽屜裡。三月，他跟他太太出門，回家的時候，發現家裡被偷了。他打了份失物報告給他的保險公司。到目前為止，沒有錯吧？」

我點點頭。

「兩三天之後，他打開抽屜，赫然發現手槍也不見了。他有沒有解釋他為什麼要打開抽屜？」

「我記得是沒有。」

「我的話一點也不誇張：他坐在桌子前面，想起搶劫這碼事，於是呢，愈想愈多，天啊，如果，當時我在場，我該怎麼辦？我是不是應該拿我的手槍出來自衛呢？於是他打開抽屜，看看手槍，不見了。於是他趕緊申報，對不對？」

「對。」

「但是，他沒有把這把槍列在求償清單裡面。」

「他懶得去改求償清單了。」我說，「也可能是他不知道保險公司會不會理賠，所以錯過了申請時間。但這點我覺得有點不合理。」

「沒錯，是有點不合理。但也許他是不好意思。『我買槍是為了保護我的家人，結果，居然被人偷了。』法律規定槍枝失竊一定要向警方報案，可沒有規定他一定要求償。他愛怎樣都可以。」

「對。」

「時光匆匆，一下就過了幾個月。」他說，「七月底，八月初的時候，先是賀蘭德夫婦命案，接著是布魯克林兩個人先後慘死。」

「畢爾曼和伊凡科。」

「槍枝留在現場。畢竟要布置成自殺，就不能把槍帶走。彈道分析證實，這是一把點二二手槍，就是納得樂醫生失竊的那把。是點二二吧？我說對了沒有？」

「對。」

「好啦。」他說，「接下來就是我編的了。這把槍其實根本沒有失竊，對不對？」

「對。」

「竊案呢？整起事件是不是他自編自導？」

「可能不是。」我說，「但也不是不可能。他跟他太太到了大廳，然後才記起來票還放在抽屜裡。」

「所以他又上樓去，在家裡翻箱倒櫃，順手拿些值錢的珠寶，然後呢？他總不能把一大袋的東西帶到戲院吧。」

「他順手到床上，拿了兩個枕頭套，」我說，「裝了東西，往辦公室裡的那個櫃子裡一塞，然後再下樓，跟太太一道去看戲。」

「從城裡回來，到了家，假裝大吃一驚，趕緊報警。這是有可能的，但你覺得不是這樣。」

「我猜是這樣的，」我說，「他家真的發生竊案，丟掉的東西就跟他最初申報的一樣。小偷闖空門，見了值錢的東西就拿，然後裝在兩個枕頭套裡溜了。兩天之後，他想到了一個妙計，他可以用他自己的槍，又追不到他的身上來，真是萬無一失啊。他向警方申報他的槍不見了，將來追究起來，警方就會說，對，沒錯，槍是他的，但是他已經報失了，有人闖進他家，把槍偷走了。」

他慢慢的點點頭，前後想了想。「我最愛的就是一點，」他說，「他太高竿了。我們要找的這傢伙真是太愛耍小聰明了，這是他的弱點。」他轉向阿傑，「如果你將來想當狠角色，千萬別賣弄小聰明，好嗎？夜路走多會撞到鬼的。」

「然後，撞上我的舒服弟先生。」

「你想，為什麼一開始他要買這把槍？你覺得他會設想得那麼遠嗎？」

我其實是有點懷疑的。「有可能。」我說，「這麼說吧，他決定弄把槍，但他是上西城的名醫，怎麼知道到哪去弄不必登記的手槍？他是可以跨過幾個州，到槍械彈藥展上，買把手槍，就不用登記了，但你覺得他搞得清楚這種細節嗎？」

「你是說他老早就打好主意要用槍了。」

「如果是這樣的話，」我說，「這起搶案就可能是他設計的，因為他不可能坐在那裡，等陌生人按照既定進度，闖進他的家裡。要不，就是他還沒把細節想清楚，特別是自殺那個部分，所以只好按兵不動。反正只要找不到槍，就不用擔心警方會查到他的頭上來。」

「然後搶案就這麼發生了，他一定覺得這是老天爺送給他的禮物。」

「我的想法是，」我說，「他知道他馬上要動手殺人，也有非殺人不可的理由，只是不知道該怎麼下手。剛巧，有人闖進他家，頓時，靈感湧現。」

「不但可以順理成章的把登記在他名下的槍枝，轉變成殺人的凶器，而且，還可以利用這起民宅搶案掩護謀殺案。」

「他也因此知道民宅搶案長什麼樣子。比如說，贓物用枕頭套來裝，就是個好榜樣。我最初以為納得樂闖空門案跟賀蘭德夫婦命案，犯罪手法相同，純屬巧合。伊凡科先闖進納得樂家，偷走那把手槍，再持相同的凶器，殺進賀蘭德夫婦的豪宅，道理也說得通。」

「他家遭竊，反而給了他靈感。」溫渥斯說，「他抄襲別人的犯罪手法，發展出自己的陰謀。他大可用自己的槍，反正也死無對證。天啊，這傢伙還真是高竿，是不是？」

## 30

「彼得。」他說，完全掩不住臉上的喜悅。他往後退了幾步，騰出地方讓彼得進來。「請進，請進，你還真準時。」

「強迫症使然。」彼得・梅瑞迪斯笑著說。

這段對話是有典故的。幾個月前，他在五個人組成的小組討論中，說了這個笑話。他說，心理分析師會根據病人赴約的時間，分成兩大類型。一類是習慣性的早來，代表這個病人很焦慮，另一類是習慣性的晚來，則是對心理醫生充滿敵意。

他停了下來，等他們問問題。果然，露絲・安率先發難，剛好讓他可以接下去。那麼準時的呢？安如是問道。他們有強迫症，他這麼回答。

他衝彼得笑笑，張開手，抱了他一下。這傢伙的腰圍真不得了，一磅也沒輕，看來他是瘦不下來了；但是，他在其他方面的進展，倒是讓人相當滿意。

教一個人減肥，他想，在肥肉長回來之前，他會愛你。教一個人愛他自己，不管這個人有多胖，他都會愛你一輩子。

這不就是重點嗎？

「好啦，」他說，「椅子，還是躺椅？你想坐哪裡？」

「不，不。」彼得說。這個人總是很配合，還故意裝出維也納口音，拇指跟食指假裝在摸鬍子。「不，不，這位醫僧，不要問偶覺得咧，要問泥覺得咧。」

他們一起大笑。然後，他說，「躺椅，我想還是躺椅好。對，今天你用躺椅，彼得。」

彼得坐在躺椅上，先把鞋子脫掉，身體伸直，躺下來，腳放了上去。他看著彼得，一時之間還有點擔心躺椅撐不住他的體重。這種躺椅本來就是設計給三個人坐的；三個人的體重加起來，再怎麼樣，也有彼得．梅瑞迪斯的兩倍。更何況，彼得．梅瑞迪斯在這張躺椅上，也躺了好幾個月。這麼短短的時間裡，他不至於變得更胖；這張椅子也不會一下子就變得弱不禁風。但是，他，這張躺椅的主人，每次看到彼得躺上去，就還是禁不住一陣子莫名其妙的憂心。

真奇妙啊，人的心靈。研究自己的心思，奧妙趣味之處，也不遜於猜測別人的想法。

「好啦，彼得，覺得舒服嗎？」

「非常舒服，醫生。」

「很輕鬆，是不是？躺下來，閉上眼睛。擔心受怕的事情，就這麼浮起來，飄走了。」

他的聲音很平和，有寧神的效果。他並不是在給彼得催眠，以前，他曾經用過這種療法。只是現在，他的聲音、節奏聽起來，還是有些催眠的效果，雖然不至於讓他昏過去，但也會讓他放輕鬆，敞開心胸。

「如何？」他說，「房子整修得怎麼樣啦？」

「房子是吧？」彼得說。

是房子沒錯。他們日日夜夜都在麥瑟羅街忙著整修那棟房子。一提起這棟房子，彼得就會打開話匣子，講幾個小時也不膩。沒什麼必要全神貫注的聽他嘮叨。幹這行有個大家都心照不宣的小祕密：病人講話，你用不著從頭聽到尾。有的時候，就算你下了無比的決心，傾聽他們的心聲，心思還是禁不住會飄來飄去。誇張的時候，心理醫生甚至會睡著。你也不確定跟睡魔奮戰，有什麼意義；還不如優雅的棄守，心甘情願，讓神經在平板的嗡嗡聲中，逐漸撫平，眼簾慢慢垂下。

還好這個惱人的小祕密後面，還跟著一個讓人心思一寬的事實——重要的是讓病人有個發洩的管道，醫生有沒有聽進耳裡，其實沒那麼重要。當然啦，在這過程中，心理醫生還是可以貢獻他的觀察心得，把病人引上正途，但誰敢說，病人（不管是他還是她）自己不能找到正確的方向呢？

這倒讓他想到一件事情：有個婦人對狗過敏，嚴重得不得了，看來非跟她的寵物分手不可了。抗過敏的藥物注射了不少，外加減敏食療法，對她一點用也沒有；只要一靠近那條狗，她就是一把眼淚，一把鼻涕的，喉嚨痛得講不出話來。這個婦人找上門來，是希望他告訴她，這些都是心理作用；過敏醫生認為無解的難題，說不定在他這裡可以找到答案。

他當然有解決的方法。他叫她把那隻狗帶到他的辦公室來，跟她說，他有個很要好的朋友，住在懷厄明州，願意收養這隻狗。這隻狗有好幾畝的草原，可以任牠蹦蹦跳跳，更棒的是：懷厄明州遠在千里之外，她不可能勞師動眾跑到那麼遠的地方，就為了看隻狗；當然更萬萬不可的是，去把那隻狗要回來。

那是一隻查理斯王小獵犬，挺機靈的，很會用眼神傳情達意，一副神氣的模樣。婦人前腳才離開辦公室，他後腳就給這隻獵犬打了一針成人劑量的嗎啡，讓牠就這麼過去了。然後把獵犬的屍體，塞進旅行袋裡，帶到公園散散步。他把旅行袋隨意一放，到池塘看鴨子去了，等他回來，怎樣？你覺得會發生什麼事情？某個「冒險進取」的傢伙，順手牽羊，就把這個旅行袋幹走了。等他撬開鎖，打開一看，可有得他樂的了。

他叫那個婦人到史華慈〔譯註：美國歷史最悠久的玩具連鎖店〕挑隻玩具熊。她可以把她對獵犬的愛，完全轉移到這隻玩具熊身上，無需保留，更可以馳騁想像，感覺這隻熊給她感情回饋——這隻玩具熊於是就跟真的寵物沒有什麼兩樣了。她不用帶它散步，不用餵它，不用替它洗澡，而且，天啊，她的嚴重過敏終於可以不藥而癒了。

現在她有一屋子的填充玩具——這沒有什麼好奇怪的。填充玩具你愛買多少都行，鄰居不會抱怨它們太吵，有味道——她覺得他真是天才，誰說不是呢？

她愛他。

他又問了自己一遍，這不就是重點嗎？當然不是為了錢，錢再怎麼賺也不夠。大家都以為幹這行很好賺，一個小時聽（或是裝做在聽）別人的夢、恐懼跟童年記憶，就可以賺一百塊美金。好像這種事情可以不勞而獲，好像這一百美金是你偷來似的。

但是一個星期你能看多少病人？十五個？二十個？有多少人真的一個小時會付你一百塊？舉個

例子來說，彼得跟他的朋友，每個人每小時就只付六十塊給他。如果是集體治療，換句話說，是他一個人對五個人的話，他每個人只收二十五塊，一星期一次，每一次他只能拿到一百二十五塊。

拜託好不好？你知道幹這行的一年得花多少力氣，才能賺到十萬塊年薪？在二十一世紀，這點錢在紐約又夠什麼用呢？其他科別的醫生肯定賺得比心理醫生多。跟那些搞整型的、麻醉科醫生比，就更望塵莫及了。你知道那些在街上有個店面的家庭醫生，一兩個小時看的病人，可能比他一個星期還要多。

十萬塊。大型律師事務所給剛剛出校門的小鬼，年薪都是從十五萬起跳的。算了，別提錢了。幹這行的，並不是為了錢，而是因為愛。

當然啦，真正的財富，也就是在這個地方。

∞

在他發現彼得不講話之後，覺得有些難堪；因為在彼得的沉默中，好像有些期盼的成分。先前，他是不是問了什麼問題？

「嗯，」他說，身子挨過去，把眼前的情況好好的想一想。「彼得，幫我一個忙。再說一遍，一個字一個字，用同樣的語氣再說一遍。這你做得到嗎？」

「我試試看。」彼得說。

他照做了，好險。彼得的確問了個問題，他的預感沒錯，他又乖乖的問了一遍，心裡似乎也有了答案。這真的是突破，多虧了他的漫不經心。

他們都覺得他是天才，沒錯，他們還真說對了。

∞

「彼得，」他說，「我剛剛想到克莉絲汀。」

「哦？」

「我猜你也想到她了。」

「多少有一點。」

「你最近有跟她聯絡嗎？」

「事情發生之後，我打了通電話給她。這件事情，我想我告訴過你了。」

「對，我記得。」

「我很高興打了那通電話，真的是件好事。我好想打，但其實，剛開始，我很……」

「害怕？」

「對，當然。我們還是用比較精確一點的字眼……恐懼？沒錯，我很害怕。」

「你想坐起來嗎？彼得。」

「對，我想坐起來。」

「好，找張椅子。你怕打電話，但你還是打了，而且很高興。」

「對。」

他站起來，緊握雙手，磨了磨後腳跟。「彼得，」他說，「兩個人因為緣分而在一起，就會產生一種相互吸引的魔力，這是一種很奇妙的感覺。」

「我知道。」

「我一直覺得你跟克莉絲汀之間有一種魔力。」

「我也這麼覺得，但是……」

「但是，你們分手了。你到了威廉斯堡，她回她爸媽家。」

「是啊。」

「這是無法避免的。你對其他人有承諾，瑪莎、魯遜、基倫跟露絲・安。」

「還有對你的承諾，別忘了。」

「是啊。」他說。他的微笑很溫和，坦然許多。「就我看來，你現在還是比較重視自己的利益。你跟你的室友有共同的目標，但是，我們兩個都不認為可以爭取到克莉絲汀的認同。」

「她也不是完全反對，只是看法跟大家不盡相同罷了。」

「你們五個人，彼得，」他說，「像是一個家庭。」

「對，我們像一家人。」

「這棟房子太適合你了。你一個人住一層樓，瑪莎跟魯遜住一層，露絲·安跟基倫住一層。你們一起工作，一起把這片空間拓展出來。」

「對。」

「像是一家人。」

「家人」這個詞具有神奇的魔力，放在正確的韻律中，可以把彼得感動得涕泗橫流。

「克莉絲汀有她自己的家人。」他說，「她並不想換一個窩，你的決定是正確的，彼得。」

「我知道。」

「她的決定也是正確的。」

「我也發現了這一點。我起初不大確定，現在確定你是對的。」

「但是，情況不同了。」

「因為——」

「因為她失去她的家人。」

「真糟糕。」

用這個詞形容克莉絲汀的處境，堪稱詞窮。「真糟糕！」他附和道。「我們在生活裡，能得到什麼？」

「我們能得到什麼？」

「你知道答案，彼得。」

「該我們的，就是我們的。」

「一點兒也沒錯。該我們的，就是我們的。我們的運氣好不好，主要是看我們是順其自然，還是逆天行事。你跟克莉絲汀應該在一起。」

「我以前也這麼想。」

以前這麼想，他注意到了，現在不這麼想了？出了什麼事情？

「我覺得你應該打通電話給她。」他說，口氣中，不免有些急迫。「我覺得你應該去看看她。在她需要你的時候，你應該在她的身邊。」這真的是他誠心的建議嗎？管他的。「你的肩膀很寬，彼得，這正是她最需要的，她現在就是需要家人的陪伴。」

「但是——」

他等著。手不由自主的摸到喉間，指尖碰到了那個石環。他刻意撫摸了一下，冰冷、平滑。

「我最近在跟一個女生交往，她是個雕刻家吧，住在威廉斯堡北邊的威斯路上。人很好，價值觀跟我一樣、跟我們的一樣，我想，也許……」

彼得的聲音愈來愈低。他又開始撫摸那塊粉紅色的石環，心裡浮現了一個詞：晶瑩剔透。他等了一會兒，然後說，「反彈。」

「對不起？」

他站起來，圍著彼得．梅瑞迪斯繞圈子。他說，「反彈！彼得，你正在反彈階段！道理就是這麼簡單。」

「是嗎？」

「我看得很清楚。站起來，起來！對。看著我，對！現在，閉上眼睛。攤開你的雙手，手掌朝上。對了，你準備好了沒有？」

「好了。」

「把克莉絲汀放在你的右手，感覺一下重量，感覺一下那種實體。有沒有感覺？」

「有。」

「再把女雕刻家的一切，放在左手心上。好了沒？有沒有感覺兩手的差別？」

「有。」

「張開你的眼睛。哪一隻手比較重？」

「這隻。」

「身體是不會騙人的。它覺得這隻手比較重，覺得另外一隻手裡，沒有什麼實質的東西。現在，告訴我，你真正的命運在哪裡？」

「跟克莉絲汀在一起？」

「你這是問題，還是答案？」

「跟克莉絲汀在一起。」

「什麼東西跟克莉絲汀在一起？」

「我的命運。」

他走了過去，抱住彼得。「彼得，」他說，「我真為你感到驕傲。你知道我有多驕傲嗎？」

∞

門關上了，他鎖上門把，深深的嘆了口氣。他本來可以殺掉彼得．梅瑞迪斯的，已經到了這種地步，他可以殺掉彼得的。雕刻家，在威斯路上一個玩泥巴的賤女人，幹，管他媽的什麼價值觀。

你就是得牽著這些人的鼻子走，一步路也省不得。

31

「你知道現在就缺什麼嗎？」艾拉．溫渥斯說，「現在就缺一點證據，好讓我拿給法官，換一張拘捕令來。」

「你還真是坐享其成啊。」我說。

「我就是這種人。」他說，「先把容易的抓在手上再說。我記得我老爸教我打撞球的時候說，『孩子，挑軟柿子吃。那種星灌球的或是組合球（譯註：上述兩種都是撞球技法），留給那些有錢人家的孩子解決吧。』」

「這建議很棒。」

「是啊。」他說，「剛剛我是扯淡，如果我沒記錯的話，我老爸這輩子根本沒有碰過撞球桿。有一次，我打了一個三顆球的組合球，失敗了，然後我的球友就說了那句話。」他有點怨恨的搖搖頭。「可我他媽的，就是忍不住。」

「只要讓你看到這種狀況，你從來沒有忍住過。」我說。

「對啊。」他說，邊說邊站起身來。「可我還這麼年輕。總有希望嘛。我要去挖挖看，看看能不能從那個心理醫生身上發現點什麼。如果運氣好的話，說不定能找到這傢伙的前科。也說不定我質問他昨天到哪裡去了，這傢伙就會漲紅了臉，坦承犯案了。」

我們又握了一次手，他就朝上城方向走去了。「這人不錯。」我跟阿傑說。

他沒答腔。我轉頭去看他，他用手掌遮住眉梢擋陽光，不曉得在瞄什麼。「我好像看到什麼人，」他說，「可是又好像不是。」

「納得樂？」

「我又沒見過他，哪裡知道是不是他？」

「你既然沒見過他，又怎麼知道不是他？」

「啊？」

「算了。」我說，「我想回家，你呢？」

「我要到哥大校園去晃晃，」他說，「打聽莉雅的死訊，被傳成什麼樣子了。」

∞

我慢慢的晃回家，死命的想，我該幹什麼，才能早點把這個案子給破了？一進門，伊蓮就說，我回來得正是時候。

「我想去看電影。」伊蓮說，「我覺得好無聊，把店門早早關了。這個星期才過一半，又是個下午，我決定去看場電影，這是我想到最墮落的事情了。」

「你真是活在溫室裡的花朵。」

「一點也沒錯。」她說，「要不要陪我一起去？大男孩。」

「你想看什麼？」

「國際戲院有部亞當．山德勒（譯註：美國喜劇演員，作品有《魔鬼接班人》等）的電影。」

「你在開玩笑吧。」我說。

「來吧，反正好玩嘛。一張票只要三塊錢。因為錯過首輪，所以，票價很低，特別回饋。」

「徹底錯過這部電影才是最好的回饋。」我說。

她看看手錶。「還有十七分鐘，你覺得我們可以在十七分鐘之內，趕到五十街跟第八大道交叉口嗎？」

「可以。」我說，「應該可以。」

8

我們回家之後，收到克莉絲汀的留言。我應該回電話給她嗎？我回了，對方響起答錄機的聲音，我跟克莉絲汀說我是誰，聽到她的留言，回一通電話給她。「如果在家的話，」我說，「請你拿起電話。要不，請你聽到留言之後，回通電話給我。我今天晚上都應該——」

都應該在家，我話還沒說完，她就把電話拿起來了，「史卡德先生？抱歉。我剛剛在別的房間。我打電話給你，是因為——對啦，其實我也知道不應該麻煩你……」

「出了什麼事情，克莉絲汀？」

「我剛剛接到一通電話，彼得打來的。」

「彼得．梅瑞迪斯？」

「沒錯。他打電話來的時候，我剛巧站在答錄機旁邊，我一直在想，不過接一通電話嘛，真的有這麼罪大惡極嗎？」

「你接起來了？」

「沒有，因為你教我不要接任何電話。」

「很好。」

「但我覺得很奇怪，你知道嗎？我的意思是說，最近有一大堆我不認識的人，打電話進來，大部分都是報社記者，我把他們的留言全部消掉了，根本不想聽第二遍。」

「你沒有理由搭理那些人，他們只會打擾你的生活。如果你完全不理他們的話，過一陣子，他們自己就覺得沒意思了。」

「我明白。但是，彼得不一樣。」她停了一會兒，深深吸了一口氣，然後說，「他希望我能回他電話。」

「我想目前回他電話並不合適。」

「為什麼？」

我給她一個答案，但是，如果我能加上原因，應該更具有說服力才對。我不想讓她跟彼得講話，什麼道理？我自己也說不上來。我當然不可能認為納得樂醫生會變成一陣電波，從電話線裡衝出來，把她射死；但我就是不想讓她跟她的前男友或是其他人講上話。

「如何？」好一會兒之後她這麼說，我不知道她是什麼意思。當然啦，說到最後，該怎麼樣，還是由她自己決定。除非我能把她的電話砸了，否則的話，我並沒有辦法干涉她要接誰的電話。

「警察先生來過這裡。」她說，「溫渥斯員警。」

「溫渥斯警官。」

「喔，這樣一定很失禮。把警官當成是警察。幸好我什麼也沒說，我只叫他溫渥斯先生。他人很好。」

「他人真的不錯。」我說。

「他說他會派員警來保護這棟房子，但我覺得什麼動靜也沒有。我一直站在窗簾旁邊，朝外面偷看，連半個人影也看不到。溫渥斯先生說，我當然看不到。也許警察在外面，也許他們根本沒來，誰知道呢？」

「你不會有事的。」

「我知道我又不能開門，拿些牛奶餅乾給他們吃，他們在不在外面有什麼差別呢？我的意思是：就算我知道他們在外面，又怎麼樣呢？」

「我明白你的意思。」

「謝謝。被關在門裡，真的很奇怪。我想要叫披薩，但是，我不知道可不可以。你說，我不能開門，但是，如果有人送披薩過來，我都不可以開門嗎？」

我開始了解被分派去保護證人的人，到底有多痛苦。我正在盤算答案的時候，她又說話了，「沒關係，反正家裡還有很多吃的。我是不是快把你逼瘋了？如果是的話，請不要客氣，儘管跟我說。」

「不會，我知道你很難過。」

「關在家裡，什麼事情都不能做，只好自己跟自己講話。哦，對了，我想起來我原本要跟你說什麼了。」

「你要說什麼？」

「差點忘了。你不是要我去查一查，家裡有什麼東西不見了嗎？有沒有什麼東西被強盜搶走了，卻沒有還給我們？」

「有沒有？」

「應該有。」她說，「但我不知道這到底算不算是一個線索。我的意思是說，這東西一點也不值錢。雖然不見了，也不代表一定是被人拿走，可能就只是不見了而已。」

「到底是什麼東西？克莉絲汀。」

「你有沒有聽說過菱錳礦？」

「好像是一種寶石。」

「一般來說，稱之為半寶石。連寶石都搆不上。就是那種玫瑰紅的顏色，但是……你要不要到我家來，我拿給你看，好不好？」

「已經不見了，你要拿什麼給我看？」

「那是一對耳環。」她說。

「喔。」

「這也就是我為什麼會知道有東西不見了的緣故。現在只剩下一隻了。」

「對了。」我看看手錶。我本來想去聚會的，管他的呢。「我馬上就過去。」我說，「確定是我來了，再開門。」

「我會的。喔，史卡德先生？你可不可能……算了，太蠢了。」

「你說，沒關係。」

「那我就說了，」她說，「你可不可以帶一盒披薩過來？」

∞

我以前見過這種石頭，在櫥窗裡，但我不知道這種石頭叫什麼名字。她跟我說，這種石頭叫菱錳礦，因為太軟也太脆了，所以並不值錢，但她覺得很好看。

「是很好看。」我同意。把耳環拿在手上，從不同的角度端詳。這種石頭很平滑，觸感很好，隱隱生寒，鑲在菱錳礦周遭的托子是銀質的。

「這副耳環是我買的。」她說，「那時我在衛斯理念書，耳環是我在紐約麥克道格街一家小鋪子裡買的。這家鋪子已經不在了，我想是經營不善的緣故。不貴，大概是三十五塊的樣子，反正不到五十塊就對了。我買來當她的生日禮物。」

「這副耳環一直好端端的，最近才……」

「應該是吧。但是，你要知道，耳環是很容易掉的。特別是這種夾的，她有耳洞，耳環多半是穿耳洞的，但是這副耳環只能用夾的，我又覺得很漂亮，而且有的時候，她也喜歡戴夾的耳環。但是夾的耳環特別容易丟，也許她弄丟了，但因為是我送的，所以也不好意思跟我說，你明白我的意思吧？也可能她只是沒有機會告訴我。」

我們倆坐在廚房裡，桌子上面有個打開來的披薩盒子。她已經吃兩片了，現在在吃第三片。

「想吃披薩的時候，」她說，「換什麼吃的都不成。」

披薩不是我的第一選擇，但我從早餐之後，就沒吃什麼，除了跟伊蓮一起看亞當．山德勒的時候，吃了一點爆米花之外。總之，這披薩不算難吃。

我們談了一會兒，然後，我把耳環放在燈光下。「可不可以借我？」

「當然可以，你認為……」

「他拿走一隻？可能沒有吧。如果真讓我們人贓俱獲，我還真想聽聽他會怎麼解釋。」

## 32

一到家，我就打電話給溫渥斯，在第一時間留言給他。我不知道他到底是什麼時候聽到留言的，反正他是一直到第二天早上，才回電話給我。

在他的聲音裡，有一些我以前沒聽過的成分；但我只暗暗放在心上，先把我的消息告訴他。他沉默了好一會兒，然後才說，「耳環？」

「只剩一隻了。也許沒什麼，但也許那個凶手想要帶點紀念品。」

「納得樂，你是說。」

「當然。」

「當然。問題就出在這裡，凶手不是納得樂。」

「你這話是什麼意思？」

「我的意思是賽摩爾．納得樂醫生並不是凶手。他在業界備受尊崇，連闖紅燈，穿越馬路的前科都沒有。」

「這有什麼好奇怪的？我們都知道他的診所很氣派，而且——」

「他的不在場證明，完美無瑕。我跟你講完話之後的兩個小時，就找到他了。」

「那又怎樣？」

「我想跟他面對面的談一談。摸摸他的底，你知道吧。但是，我想局長應該不會批准我的機票錢才對。」

「什麼機票錢？」

「去瑪莎葡萄園（譯註：波士頓外海的度假島嶼）的機票錢。納得樂醫生跟他太太已經在那裡待了八天了。我不知道等了多久，才跟客服人員講到話。我八成聽起來很像他的瘋子病人，但我最後終於說服他們，我比那些神經病更瘋，我瘋到可以在紐約警局當差了。」

「他一直待在那裡？」

「到昨天為止，已經去那裡一個星期了。他們每年都到那裡度假，他跟他太太，八月的最後兩個星期。大部分的心理醫生，一年都要休一個月的假。他說，明年二月，他要到加勒比海休息兩個星期。」

「他偷偷回來過。」我說，「一定是這樣。他偷偷飛回紐約，把莉雅殺了，再搭下一班飛機回去。」

「知道嗎？我也想過這種可能性。我自己覺得這種想法有點荒唐，但是，打一兩通電話查一下，還是值得的。的確有一種小飛機，定期往返於瑪莎葡萄園跟泰特波羅（譯註：在紐澤西州的一個機場）。工作人員很合作，我想，他們大概沒有什麼事情好做，所以，替我把乘客過濾了一遍。納得樂出發的時間，完全符合記錄，回程也沒有問題，在一個星期後，才會飛回來。八天前的那班飛機，就是他們坐去瑪莎葡萄園的那班。」

「說不定他用的是假名。」

「這一陣子，搭飛機都要檢查有照片的證件，就連那種輕型飛機，安檢也很嚴格。這種小飛機最多只能坐八個人，在兩天之內，同一個人用兩種不同的證件坐飛機，安檢人員會沒注意到嗎？」

「他還是有辦法回到紐約。」

「因為他不得不回來。」

「對。」

「因為他就是殺莉雅的凶手，而你剛巧知道這個事實。」

我沒說話。

「聽起來是很有道理。」他說，「你一步步的把前因後果交代出來，再加上那個小朋友在一旁，挑時機點頭附和。但是，在我發現納得樂醫生根本就不可能殺人之後，你的推理就崩潰了。其實，我們根本沒有理由懷疑納得樂醫生。你講了半天，就是想把他跟那把槍扯在一起。天啊，那把槍一點問題也沒有。大家心知肚明。」

「等一等——」

「不，你才給我等一等。根據我的推理，這個人跟那些被害者一點關係都沒有。他為什麼會挑上賀蘭德夫婦？因為他們很有錢嗎？他自己也很有錢。兩個星期在瑪莎葡萄園，兩個星期在維京科達——這傢伙日子過得舒服著呢。」

「說不定他還想要更多錢。」

「一樣啊,麻煩你找出其中的關聯性好嗎?他怎麼會認識賀蘭德夫婦?他又是怎麼認識布魯克林的那兩個混混?我一時想不起他們的名字……」

「畢爾曼跟伊凡科。」

「對了,他怎麼會認識他們?他認識莉雅嗎?有人認識,有人認識這些人,也有殺這些人的理由。但是,我看不出來這些人跟納得樂有什麼關係。因為那個凶手冒用了一個老掉牙的心理醫生的名字?只有心理醫生會幹這種事,偏巧他是心理醫生,所以凶手一定是他?我的話你聽清楚了沒有?」

聽得很清楚,我跟他說。我並沒有問他希望我怎麼處理那隻耳環,我很怕聽到他的答案。

∞

三不五時,我跟伊蓮會租部車,開出去晃晃。上一次,我跟車行要了一本蘭德麥克納利地圖。這些瑣事我都沒放在心上,還車的時候,也不會記得,但是,這一本我卻帶回家來了。我找到麻塞諸塞州的地圖,沿著南塔克海岸,找到了瑪莎葡萄園。我覺得到那裡根本不用搭飛機,只要坐渡輪就行了,接到本土,再租輛車不就行了?

一定是他,對不對?

我把地圖放回去，給自己倒了一杯剛煮好的咖啡。我把溫渥斯反駁我的話，想了幾遍，不得不承認他的說法確實有道理。因果關聯一定要找出來才行，納得樂醫生為什麼會找上賀蘭德夫婦？動機是錢，我幾乎可以確定，但為什麼非要賀蘭德夫婦的錢不可？為什麼他會看上那棟褐石豪宅，為什麼他知道裡面有很多錢？為什麼覺得他有機會染指裡面的財物？

我決定打通電話給克莉絲汀。這一次她剛巧就在電話旁邊，因為我才剛剛報上名字，她就把電話接起來了。

「他又打電話來了。」她說，我連開口的機會都沒有。

我一心一意只想到納得樂，脫口而出，「從瑪莎葡萄園打來的？」

「什麼？」

「抱歉。」我說，「誰打來的？」

「彼得，從布魯克林打來的。聽他留完言，我都沒有把電話拿起來，我覺得我很卑鄙，剛剛還以為他又打來了。」

她這次會拿起電話來嗎？這個問題，我不想知道答案，因為我害怕答案是肯定的。

我只好說，「我以前可能問過這個問題，但是，我還要問一遍。你認識納得樂醫生嗎？」

「這名字好像聽過。」她說。

「慢慢想，克莉絲汀。」

「喔，我想起來了，對，你提過這個名字。那把槍原來是他的，對吧。那把他們用過的槍。」

「你只有在上次才聽過這個名字嗎？」

「我記得就這麼一次。怎麼啦？」

「不是我多管閒事。」我說，「你有沒有看過心理醫生？有沒有接受過心理治療？」

「在衛斯理一年級的時候，接受過心理輔導。」她說，「有一門課我搞砸了，學校有個規定，如果你被當掉了，就一定要去跟心理醫生談話，否則的話，他們就會要你留校察看。那個心理醫生是女的，也不姓納得樂。」

「你的父母呢？他們有沒有看過心理醫生？」

「據我所知是沒有。如果有需要的話，我想他們會去看吧。西恩走了以後，我媽媽有吃一些藥，大概是抗憂鬱劑或是鎮定劑之類的東西。我不知道醫生到底開給她什麼。但是，我想是我們的家庭醫生開給她的。」

我從別的方向去證明我的推理，但還是毫無所獲。她又問起彼得，想知道她到底可不可以跟彼得說話。

這倒讓我的心思轉到別的地方去了。「你去找的那個心理醫生，」我說，「叫什麼名字？」

「在衛斯理？我忘記了，有什麼差別嗎——」

「不是，你跟彼得去找的那個。」

「哦，他啊。我不記得他的名字了，反正不姓納得樂就是了。」

「你確定嗎？」

「非常確定。他姓什麼？我跟彼得就叫他醫生。我可以問問彼得，他的心理醫生姓什麼。」

「不用，沒關係。他的診所在中央公園西路嗎？」

「不是，跟那個地方沒有關係。他的診所在百老匯，大概是──呃，我不知道。十四街再往下走，從我們以前住的地方，勉強可以走到。我們當時住在阿法貝特市。距離不算近，但畢竟沒有走到中央公園西路那麼遠。」

「我明白了。」

「我不記得他的名字了，」她說，「地址也搞不清楚。但是，我確定彼得會知道。」

「不用麻煩，」我說，「反正也不重要。」

∞

「我當然記得你。」海倫．華廷太太說，「你就是幫我付麥麩馬芬的那個人。」

「應該比銀杏有效吧。」

「比什麼有效……喔，你是說幫助記憶的那個。這麼說，吃麥麩馬芬有什麼好處──算了，咱們還是別扯到那裡去好了。」

我沒異議。「咱們來試試你的記憶。」我說，「你曾經告訴我你的孩子看過心理輔導人員。」

「對啊，他有過一個心理輔導員，詳情就不知道了。」

「這個人幫了他不少忙。」

「我的印象的確如此。我一直很希望他從此能回到正路上來，當然啦，做父母的，誰不這麼想呢？只是——」

「請教你一件事情，」我說，「傑森有沒有跟你提過這個輔導員的名字？」

「這個輔導員的名字？」

「還是你有沒有跟他聯繫過？」

「後面一個問題比較好答，我從來沒有跟這個人聯繫過。我確定傑森跟我提過這個人的名字。我還真的有在吃銀杏，但一定吃得不夠多，因為我怎麼想也想不起這個人的名字。」

「傑森有沒有寫信給你過——」

「哦，」她說，「我也想他寫信啊。史卡德先生，從傑森離開威斯康辛那天開始，他一封信也沒有寫給我過。我都得跟他通電話，才能知道他的狀況。」

「輔導員的事情，你是從電話裡面知道的。」

「對啊。」

「也許你還記得他的聲音，華廷太太，他或許在電話裡跟你提過這個輔導員……」

「你快要把我弄哭了，史卡德先生。」

「對不起。」

「我的耳邊好像響起了他的聲音。我真的覺得，接過他的信就好了，有封信在手邊的話，想起

他時，就不會空空蕩蕩的了。但是，你知道我真的想要什麼嗎？錄音帶。我希望聽聽他的聲音，
不要憑空想像。」
我的喉嚨好像被什麼東西哽住了，不知道它是打哪來的。我使勁的嚥下去，問她，有沒有聽過
傑森提過納得樂醫生這個人。
「納得樂？」她的聲音很正經。
「賽摩爾・納得樂。」
「賽摩爾・納得樂？不對，傑森跟我提到的那個人絕對不是這個名字。」
「你確定嗎？」
「我的腦筋還算清楚。那個人的名字就在我的舌尖，史卡德先生，但就是唸不出來。不過，我
非常確定，那個人絕對不叫賽摩爾・納得樂。」
「他的名字就在你的舌尖。」
「我想是的。如果能說出來，不知道有多好。」她嘆了一口氣，更難過了。「是一個很爽朗的名
字。」她說。
「很爽朗的名字？」
「我記得是這樣。不是說你聽了他的名字就想笑，而是你對這個人留下一種很爽朗的印象。我
只知道這個人的名字，當然我會……」
「覺得他的名字很爽朗。」

「這還算是有道理吧？」
「像是快樂、幸運之類的名字嗎？怎樣爽朗的名字？」
「不，不是這樣的。我真糟糕啊，對不對？你一定覺得打電話給我是浪費時間。」
「不會的，華廷太太。」
「是一個很正面的名字，就只記得這些。聽起來很樂觀。抱歉，我一定幫了倒忙。從紐約打電話過來，花了你不少錢吧。」
「沒有關係。」我說，「這樣吧，你就看看過一陣子這名字會不會突然冒出來，有時候只要你不去想它——」
「我明白你的意思。」
「如果你想起那個人的名字，請你打個電話給我好嗎？」雖然她一再保證已經把我的名片收好了，但我這次還是留了電話號碼給她。「兩天之內你沒有打電話給我的話，我會再打電話來跟你確認一下。」

∞

一個很爽朗的名字、一個很樂觀的名字。到底是什麼意思？

# 33

這女人差點把他逼瘋了。

她是那種他很想刻意保住的病人。一個星期來兩次，星期四跟星期五，上午十點鐘。這個時候通常很難排進去，但她每次都付全額的費用，一小時，一百美元，兩小時，兩百美元，一年一萬美元，最不含糊的是：她每次都付現金。永遠是嶄新的大鈔，永遠是班傑明·富蘭克林的長者風範，笑吟吟的看著他。她是虐戀女主人〔譯註：在虐待性行為中，擔任施虐一方的女性〕，被她在口頭或是肉體上虐待的男性，完事之後，也都會付現金給她。

從外表看起來，她實在不像是幹這行的樣子，個頭小小的，身子單薄得很，看心理醫生的時候，衣著也很邋遢，經常是運動衫加慢跑鞋，赴約前，還先繞著中央公園的水塘跑一圈；臉上脂粉未施，長長的頭髮往後紮個馬尾，用根爛爛的黃色橡皮筋一套。

她跟他說，上班的時候，她身上得套一大堆皮件。

你一定覺得，像她這麼有趣的職業，一定有一肚子精靈古怪的故事，你錯了。她的聲音粗得很，像是在磨沙子，讓人很難當做沒聽到或是睡著。她這個人神經質到沒救的地步，就連日常生活裡的小問題，都相當優柔寡斷，下不了決心，好似非得把自己逼得快瘋了才肯罷手。她會啜泣、絮絮叨叨的，一直說相同的事情。老天保佑，不知道為什麼，偏偏她就是聽他的話，動不動就說，她這輩子都是他救的，說不定也真是這樣。

他就是有一套、就是有本事對付這種人。

錶響了，他站起來，意思是時間到了。她話剛講到一半，但是，就如同她那些顧客一樣乖巧、訓練有素，她立刻閉嘴，在最短的時間內，出門離去。他則把一張嶄新、微有韌性的鈔票——綠色之愛，他愛這麼叫它——放進他的皮夾裡。

差十分，就是十一點了。下一個病人兩點才會來。他轉向電腦，然後又轉開了，他決定打一通電話。

∞

「彼得，」他說，「我有點糊塗了，搞不清楚你的進展。」

「我留話了，醫生。」

「你留話了。」

「在她的答錄機上。我問她可不可以回一通電話給我，我說，我真的很想跟她講話。但是，她到現在為止，還沒有回電。」

「你留言的時間是昨天嗎？」

「對，昨天下午。」
「她到現在還沒有回電話給你。」
「沒有，我想她可能出城了。」
「我覺得沒有，彼得。」
「是嗎？」
「我確定她在城裡，在她家裡，覺得孤單、失落。」
「是嗎？」
「沮喪得不得了，一點生活的樂趣都沒有。對這種經歷家庭巨變的人來說，有這種反應是很正常的。多少人的父母會死得這麼慘呢？很有可能，她才從驚嚇中回復過來，開始感受無比的傷痛與損失。」
「是什麼樣的損失？」
「再也得不到你的愛啊。你們兩個分手了，當時看來，有不得不然的苦衷。但是，從此之後，她的生命就改變了，厄運跟著就來了。」
「是嗎？」
「你明白我的意思了嗎？」
「大概明白吧。」
「你必須要穿透她的抗拒，彼得。不是打一通電話就算了，你要打到她有回應為止。」

「你要我繼續打電話就對了。」

「你一定要打。」

「我一定聽你的話，醫生。」

「你會得到什麼呢？彼得。」

「得到屬於我的東西。」

「一點兒也沒錯。採取行動，等待結果。採取了什麼行動，就會有什麼結果。彼得，下次她的答錄機請你留話的時候，你就想像克莉絲汀形單影隻的站在電話旁邊。這一次，你不要跟答錄機講話，要直接跟克莉絲汀講話；感覺一下，她一字一句聽你的肺腑之言，會是什麼模樣？」

「我知道了。」

「跟她說，要她拿起電話，讓她拿起電話。」

「是的，醫生。」

「跟她講到話之後，再打電話給我。」

∞

電話響起的時候，他正在電腦前面。今天早上的alt.crime.serialkillers網站，沒有什麼看頭，但是，他又找到幾個談連續殺人魔的網站。當時他正在看的網站，就挺吸引人的，他甚至一時之間無法罷手，很想讓答錄機去應付來電，但他知道打電話來的人是彼得．梅瑞迪斯。

果然是他，報來成功的消息。

成功與失敗。

「我照你的話做了，醫生。」他說，「真的有效。我不覺得在跟答錄機留言，我真的在跟克莉絲汀講話，我覺得我的每一言、每一語，她都聽得見。我怎麼也不住嘴，好像她就在我的對面，就這麼一直講下去。我把你昨天告訴我的事情，家人的感覺、命運的安排，一股腦的跟她說，我不管她有沒有反應，反正一直說，一直說就是了。」

「結果呢？」

「大概是被我磨煩了，她拿起電話，跟我聊起來。」

「你什麼時候要去看她？」

「我不會去看她。」

「怎麼啦？」

她不想見他，彼得說。她對他的感覺還是很好，依舊珍惜過去相聚的時光，但對她來說，這都是過去式了。她有她的日子要過，他也有他的日子要過，更何況他在威廉斯堡還有棟房子。她希望他的日子過得很好，祝福他，但她不想再跟他分享什麼了。

「醫生，」彼得說，「我好感激你要我打這通電話，你總是知道什麼事情對我比較好。」

「哦？」

「我現在覺得好輕鬆，醫生，我終於可以放下她了，這還是頭一遭。她說，我們之間什麼都沒有了，她完全不想再回到我的身邊，我覺得這是一種徹頭徹尾的解放。我覺得我可以繼續過我的生活了，這是從來沒有過的感受。」

他真他媽的白癡，他想，但是，嘴裡卻說，「太好了，彼得，我真替你驕傲。」

「都是你的功勞，醫生。」

「不，這是你自己的功勞。」他嘴裡機械的說著，心裡卻在想，沒錯，就是你自找的，你這頭肥豬。你兩隻腳都踩進來了，蠢。

「你跟我講的那些事情，命運的安排，直到我說出口，被她拒絕之後，我才發現這些想法早就藏在我的心裡了。從此之後，我就再也不會受她的羈絆了，我想……」

「怎樣？」

「你曾經說過這是反彈，但是，凱若琳——」

「那個雕刻家。」

「是的。」

「住在威斯路。」

「對。」

「你想要追她。」

「你覺得這樣不好嗎？」

天啊，他覺得好累。「我想值得一試，彼得。就算失敗了，也沒關係。失敗的關係會為成功的關係鋪路。」他深吸一口氣，「我看你還是回去整修房子吧，好不好？」

∞

水打在他的身上。這棟大樓的水壓挺足的，比以前那棟好太多了。他讓水沖在背上，感覺緊張一點一滴的消逝。他一醒來，就要淋浴，每天早上第一件事情。他經常一天要沖個兩三次澡，現在他的身心逐漸步入常軌。

該你的，就是你的。

醫生，治療你自己吧。那些用來灌輸給病人的口號，用在他自己身上，倒也適合。該你的，就是你的，在路上不管碰到什麼東西，對你來說，都是個機會。

你帶個湯匙、帶個水桶，去找大海，大海哪會在乎？

彼得根本不適合克莉絲汀。這是他第一次見到那個女孩時的第一印象。貴族女校的女神，高尚家庭的掌上明珠——她怎麼會跟這個笑嘻嘻的大胖子在一起？

他們倆分手，多多少少跟他在幕後搞鬼有關。等他弄假成真之後，他才發現失策。他們應該在一起的，害得彼得在布魯克林搞他那棟爛房子，克莉絲汀卻在褐石豪宅中凋零。這棟豪宅在紐約房市中，身價日漲，稱得上是不可多得的好貨色。如今，她那對礙手礙腳的父母，終於再見了，房子跟裡面的好東西都歸克莉絲汀了，如果彼得現在也能上場客串個角色的話……

他關掉水龍頭，擦乾身體，噴點芳香劑，在兩頰拍拍古龍水。多有意思啊，他想，人的心思真是古靈精怪，事情還沒搞清楚，算計就這麼一大堆。他什麼事情都幫彼得安排好了，讓這個胖子可以贏得美麗的公主，進占城堡。（彼得當然感激涕零，更愛他了，等到城堡歸彼得一個人擁有，他就會用具體的方法回報他。）

但戲為什麼一定要照本宣科，從頭演到尾呢？這麼一路下來——他的心裡一定早就想過了，只是不自覺罷了——一路下來，這個宴會他是為自己準備的，跟彼得一點關係也沒有。贏得公主，進占城堡的人，最後一定是他。

他始終沒有別的盤算。

他換上乾淨的內衣褲，挑上一件深藍色的襯衫，紅色領帶。領帶打好，正準備找西裝外套的時候，這才想起他忘了他的護身符、信物，那個環形菱錳礦會使他的感受敏銳，心思澄明。

他應該氣自己竟然忘記這麼重要的事情，還是應該慶幸出門前想起來了？選擇是他的——大海可不在乎。

還是跟自己道賀好了。他放下西裝外套，鬆開領結，打開領口的鈕子，在他的脖子上，繫好那根金鍊子。

8

他找出電話號碼，撥號。他的命運之聲在彼端響起，「現在無法接聽電話，請在嗶聲之後留言。」

多好的指示啊，她的聲音，可不是說答錄機的嗶聲——冷靜、莊嚴、深富期望。

他又撥了另外一個號碼。一個男的接的，他聽出是魯遜的聲音。「我是醫生，」他說，「露絲．安在嗎？」魯遜跟他說，露絲上五金店去了。「沒關係，你幫我跟她說一聲，我今天的約會全部取消。她原本跟我說下午兩點要來的，請她再打通電話給我，我會告訴她，我給她安排的新時間。」

他出門的時候，按了按他的臉頰，再用手蒙住鼻子，深深的吸了古龍水的味道。

∞

真是棟漂亮的房子！

他這一次是用走的，站在對街，看著他未來的房子。這不是他第一次想像住進去之後的種種情景。在那道牆後面，他曾經看著那個野蠻人伊凡科，翻箱倒櫃，桌子椅子掀翻一地，他本來想警告他，要小心他的房子跟家具。

在他把那個女的喉嚨砍斷時，他有沒有擔心血會濺在地板上呢？

坦白說，沒有，他自己也承認。當時，他根本沒有想過這件事情。殺戮本身就夠他著迷的了，哪有空檔考慮後果？事後，他才懊惱，真不該把血濺在地毯上的。

他的地毯。

現在看起來，他當初的計畫，繞的圈子，實在是大了點：先讓彼得跟克莉絲汀破鏡重圓，結婚之後，彼得順理成章搬進豪宅，經過一段適當的時間，克莉絲汀發生不幸。彼得，想要搬回麥瑟羅街，跟他的兄弟姐妹相濡以沫。這棟房子就送給他，象徵他對他的愛。他先前的工夫可不是白下的。

如果不順利的話，就修改一下：彼得對於至愛的人就這麼去了，無法釋懷，終於以身相殉，追隨愛人於地下——死前，他把他所有的財產，都留給這位始終在旁邊陪著他的醫生。

現在，這些麻煩都可以省了。他自己會娶這個女孩。他會很巧妙的安排彼得的情緒走向，時機成熟的時候，彼得會瘋狂迷戀住在威斯路的雕刻家，熱戀之餘，感情有所寄託，當然不會有一絲一毫的惡感。他們五個人會是婚禮上的貴賓，六個好了，如果連雕刻家一起算的話，有什麼理由把她排除在外呢？

結完婚後，也不必急著把戶頭結掉。克莉絲汀是美麗的裝飾品，她的心思是很好玩的玩具。在他玩膩之後，不幸的事情，就會降臨在克莉絲汀身上。她一定會死得很自然。自然，克莉絲汀會無疾而終，保證不留任何線索，絕對不會牽扯到他的身上來。死得不留痕跡，完美無瑕。

他過到對街，嘴角掛著一抹微笑。他登上階梯，面對大門。他的手指摸了摸領結，確定沒有走樣，一隻手指頭順勢滑進襯衫裡面，摸了摸裡面斑斕的粉紅石環。又伸出一個指頭，按了按門鈴。

站在那裡，等。

等……

他一隻手滑進口袋，掏出一串鑰匙，找到正確的那一支，插進鑰匙孔，剛剛好，但是，轉不動。

這是可以理解的。家裡遭過小偷，父母因此血濺當場，有點腦子的人，都知道該換把鎖了。

婊子，賤貨！

他的眼睛睜大了，反射動作。他感到怒火升起，有難以遏抑的趨勢；他仔細掂掂，估量一下，看看到底有多嚴重。他的怒氣跟換鎖不成比例：換鎖是很合理的，也在他的意料之中。所以，他的火氣跟鎖沒有關係，跟沒有人來應門也沒有關係。

壓力，他的壓力太大了，需要宣洩的孔道。

運氣不錯，這很容易解決。

∞

在阿姆斯特丹大道上，有家馬殺雞的小店，位於二樓，樓下是修指甲的。兩間店面的老闆都是韓國人，裡面的服務人員也是韓國人。他爬上樓梯，櫃檯後面站著一個光頭韓國人，收了他兩張二十塊的美鈔，指了指其中一個房間。

這個女孩很矮、很瘦，臉圓圓的，小小的嘴角邊，剛巧各有一個痣。一個痣還稱得上是美人痣，兩個痣，一邊一個，這麼對稱，恐怕就得找整型醫生了。如果她是他的病人……

事實上，他是她的顧客。他脫完衣服之後，她把衣服收到一個鐵櫃子裡。她穿了一套橘紅色的內衣，穿脫容易，但是，她卻不大明白要她脫衣服的要求。他比手劃腳的請她把衣服脫掉，她一個勁兒的笑，搖搖頭，指著屋裡的那張桌子。

他躺在桌子上，她挨了過去，按摩他的肩膀跟手臂。她的手掌很小，手臂很細，他覺得這個女孩根本沒有什麼力氣，如果靠馬殺雞過日子的話，早就餓死了。

這嘴皮要得還挺俏皮……

她的按摩漸漸變得輕柔，在他身上遊移，輕撫他的胸膛跟小腹，慢慢的。他被吞了下去，她的手指觸碰他的崛起。

「好大。」她說，輕嘆。她又摸了起來，像羽毛一樣的輕，「你想要特別『夫物』嗎？」

「特別服務。」他糾正她，「我就是為了特別服務來的。」

「五十塊。」

「可以。」

「先付。」

他站起來，到衣櫥旁邊，找到褲子，掏出皮夾，遞給她一張嶄新的百元大鈔，那是他從虐戀女主人那邊拿來的——錢，不就是這麼來來去去？——這個女孩想找錢，他拒絕了。他用簡單的英文，外帶手勢，要她留下所有的錢，但希望她脫掉衣服。

一個簡單的動作之後，這個女孩就光溜溜的了。她的身體還很稚嫩，除了兩腿之間，幾乎沒有毛。乳頭小小的，像嬰兒一樣。

她伸手摸了摸他護身符，「你還是戴著。」她說。

「是啊。」

「好慘。」

一時之間，倒讓他糊塗起來，一會兒他才發現她說的是「好看」。他移開她的手，把項鍊掛在她的脖子上。菱錳礦石環在她的胸間晃蕩。

她咯咯笑著，很開心。

他又躺回桌子上。她有著與年齡不相稱的技巧，溫柔的做出他要求的姿勢。最後，她是用她的手跟衛生紙，替他清理。他高潮來得強烈，射得很猛、很多，他的靈魂彷彿出了竅，有意思。他好像站在一邊冷眼旁觀，冷冰冰的，沒半點快感。

他離開桌子，那個女孩把衣服遞給他，看著他穿衣服。在他扣鈕子之前，他指了指他的護身符。

她還是咯咯的笑著，雙手護住那個石環，壓在心臟附近。她說，「給我？」

他搖搖頭，她又開始笑了。她原本也沒以為他會把這個石環給她，他伸手去取，也沒出乎她的意料之外。她的嘴角還是上揚，咯咯笑著，當他的手掐住她的喉嚨，她還是笑得很開心。

# 34

我那天晚上做了一個夢，噩夢。我夢到我睡得正甜的時候，麥可打電話過來，把我吵醒，跟我說，他的弟弟安迪，死了。我嚇醒了，猛地在床上坐起，一時之間什麼都不確定，跟以前喝得爛醉的時候，一樣的渾渾噩噩。對，我知道這是夢，但我到底喝了酒沒有？我的兒子真的死了？

那個時候，我大概只睡了一個小時。我累得要命，勉強自己又回去睡，但是，總是在一個接著一個夢境中遊走。我猜我是想回到某一個夢裡，把問題解決掉，讓自己安心下來，但是，始終無法如願以償，一顆心老是懸在那裡。

結果，我起得很晚。等真正清醒的時候，我才發現從頭到尾我都在做夢，看來，我是太擔心我的小兒子了，也不該把第二片披薩塞進肚子裡去。夢有警示作用，我老是沒法甩脫這種傳統的說法。我怔忡不定，吃完早飯，喝完第二杯咖啡，心情還是波濤洶湧。我決定不再胡思亂想，先看電視新聞，再看報紙，但是，陰影揮之不去，怎麼也不肯離開這個房間。

我拿起電話，打給克莉絲汀。忙線中。忙線的聲音很讓人心煩，我想那肯定是故意要讓人心煩，才配上這種聲音的。這通電話沒打通，讓我覺得格外不安。照理來說，她的電話不應該忙線才對。她根本不應該拿起電話。

當然啦，電話不通並不代表她在跟什麼人講話，想到這一點，我就放心多了。可能是有人在她的答錄機上留言——比如說，彼得．梅瑞迪斯，喃喃說上五十個理由，解釋他為什麼非得跟她講上話不可。也許她受不了記者的一再糾纏，乾脆就把電話拿起來，讓耳根清淨些。我其實不希望她這麼做，我希望我能在必要的時候，馬上聯絡到她，但要是我再對她下更多指令的話，我就要變成她老闆了……

我又試了一下，還是忙線訊號。我進到浴室，打量一下鏡子裡的自己；我其實不需要刮鬍子，但至少能讓我有點事情做。

∞

下一次我再打電話的時候，電話響了，隨即被答錄機接了起來。我聽完她錄的留言之後說，「克莉絲汀，我是史卡德，請把電話拿起來，我有話要跟你說。」我等了好一陣子，都沒有回音。我又把相同的事情又說了一遍，請她把電話拿起來，還是沒有回音。我放棄了，請她回電話給我，還把我的電話說給她聽，重複了一遍，才把電話筒給掛上。

我到廚房再給自己倒杯咖啡，想了想，確定這是我最不需要的東西，不過還是先喝了再說。我慢慢的踱到客廳，就在沉吟之際，聽到了電話鈴響。

我接了起來，是麥可打來的。我的眼前一黑，頓時不知所措，幸好只有一會兒，他打電話來跟我說，所有的事情都進行得很順利，安迪的老闆拿到支票，還把放棄索償契約退回給他。安迪打好包，離開土桑，不必流亡天涯，一個全新的人，已經出發，去尋找一個更適合他過活的地方。

「真希望還有他能待的地方。」麥可說。

「他知道錢是從哪裡來的嗎？」

「我沒跟他說。」

這不算是回答我的問題，但我想就這麼算了。我問起君恩跟瑪蓮妮，他也向伊蓮問好，除此之外，我們倆就沒有什麼話好說了。我真希望我能跟他談談我的工作；我知道，他也很想跟我談談他的工作。可是我們只互道珍重，講一些替我向某某某問好之類的話，扯了幾句，就把電話給掛了。

幾分鐘之後，我才想起來克莉絲汀沒有回電話給我。但是，她要怎麼回呢？我一直在講電話啊。我撥了通電話給她，還是答錄機，我請她拿起電話，如果她在家的話，講了兩遍。她始終沒有拿起電話，五分鐘過去了，她也沒回電話給我。我想，她大概是出事了。

我不知道我這種想法究竟有沒有道理，也不知道我的擔憂，有多少來自噩夢，還有麥可那通電話；但我就是覺得不太對勁，最好能做點什麼事情，排遣排遣。

我打通電話給溫渥斯，這次倒很特別，直接就在他的桌子上找到他了。「史卡德。」我說，「我想要知道你有沒有派人去保護克莉絲汀．賀蘭德。」

「我已經填申請表了。」他說。

「我知道你已經申請了，我想問的是——」

「等一等。」他說，就不見了。我站在那裡，把身體的重量輪流放在左腳跟右腳。好不容易他才回來了，跟我說，申請表還沒批下來。

我忍不住又說了一些話，但我發現，我是在自言自語，他早就掛電話了。我又撥了一通電話找克莉絲汀，還是答錄機，我掛掉電話，出門。

8

我很快就找到一部計程車。開車的人可能是紐約市看到黃燈，唯一會踩煞車的計程車司機，所以，比正常的時間又慢了一點才到，我只好強迫自己靠在椅背上，心情放輕鬆。等車子開到七十四街的時候，我已經冷靜下來，自己都覺得自己反應過度。車停穩了，我付錢下車，按她家的門鈴。

沒過多久，雖然感覺起來是長了一點，我聽到大門窺視孔的蓋子掀了一下，隨即反彈回去，我趕緊報上名字，擔心自己因為焦慮過甚，面容扭曲，害得裡面的人不認識我。然後，她就把門打開了。

我覺得天地一寬，便責備起自己大驚小怪，蠢得要命。我已經到了道歉邊緣——雖然我不知道為什麼——她卻先開口了。

「對不起。」她說，「你怕我出了什麼意外，是不是？所以你才趕到我家來。」

「你都沒有接電話。」

「天啊。」她說，實在撐不住了，靠在我身上，抽咽起來，我讓她發洩一下，然後，扶住她的上手臂，讓她站直。「抱歉。」她又說了一遍，「給我幾分鐘好嗎？」

她轉身，消失在長廊盡頭。一兩分鐘之後，她又回來了，臉上的淚痕不見了，重拾平靜。「我做了不該做的事情。」她說，「彼得打電話來，不知道是第三次，還是第四次的時候，他一個勁兒的講，好像是透過答錄機跟我說話似的；一直說，一直說。只要我不把話筒拿起來，他絕對不會住嘴。」

「然後你就拿起來了。」

「我忍不住啊。」她說，「我想走開，腳步卻怎麼也移不動，感覺好像是掛人電話一樣不禮貌，可能還更嚴重些。我不知道，覺得自己很糊塗，但不知道為什麼，就是把話筒拿了起來。」

「沒關係。」

「他一直說，一直說命運的事情，他說，他在那裡等我，是命運，他們一夥兒在那裡等我，也是命運。實在聽得受不了了。」

「命運。」我說。

「我心裡清楚得很，要分手，就痛痛快快、乾乾脆脆的跟他說。我跟他說，省省他的命運，忘了我吧。我想要自己過活，在我的生命裡、在我的心裡，已經沒有他的空間了。」她蹙緊眉頭。

「這麼講很殘忍、很傷人哦？要有人這麼跟我說，我一定把頭放進烤箱，吸瓦斯自殺。但，他卻有別的詮釋。」

「哦？」

「他說，他很感激我把真正的感覺說出來。他說，這樣他就不用癡心妄想，左右為難了。他說，這是一種解放。」

「你覺得他說的是真話嗎？」

「你不認識彼得。如果他不是真心誠意的話，就根本不會開口。」

他們兩個聊了很久，她說，這也就是我一直在聽忙線訊號的時候。掛上電話之後，她筋疲力盡，決定到浴缸裡泡一泡，手裡拿本上個月的《浮華世界》，準備看別人的苦難。電話鈴聲響起，她剛要踏進浴室，她想也許是彼得，也許是那些不肯死心的記者，反正不管是誰，她都不能接，還是待在浴缸裡比較好。

她躺在浴缸裡，讀一篇文章，報導康乃狄克上流社會的一宗謀殺案，三十年了，至今未曾破案，正起勁的時候，電話又響了。她決定讓答錄機去接，照泡她的澡。

「我泡好、穿上衣服之後，來到答錄機旁邊，聽了留言，才發現是你。再回電話給你的時候，你那邊又是答錄機了。」

「我已經離開家了。」

「害你趕到這裡，白跑一趟，真是抱歉。」

「沒關係，我跟你一樣該罵。我是白跑一趟，但是，這還不是最糟的事情。」

「哦？」

「我昨天晚上做了個噩夢。」我說，「夢到我的一個孩子，純粹胡思亂想，他們都好得很。但是，有的時候，你得換個地方，透口氣，才能把擔憂的心思拋在腦後。」

「我明白你的意思。」

「對，我知道你明白。」

「是嗎？」她的聲音有些虛弱，「真高興你這麼十萬火急的趕來，幸好，我很好，我想到樓上去整理一些文件。我想你也有事要忙，所以……」

「你說得對。」我說，「我該走了，只是留你一個人在家裡，我實在不放心。」

「我不再接電話也不行嗎？你打來是例外，我一定馬上回話。記得，我在外面還有兩個守護天使呢。」

「哦？」

「不是有警察在外面保護我嗎？我沒看到，但是，他們應該在附近才對。」

我應該讓她繼續相信下去嗎？萬一她就這麼施施然走了出去，以為有人在外面保護她怎麼辦？我只好說，「我跟溫渥斯談過，他的申請還沒有批准。」

「這不只是形式而已嗎？」

「有些分局比較講究形式，」我說，「有的分局長，或是那些當家的豬頭，就是喜歡這種官僚作風。我可以借用你的電話嗎？」

「當然可以。」她說，突然一笑。「我不能用，但是你可以。」

巴魯的四個電話我都有，這個時候，我還真不知道他在哪裡。我打到第三通，終於找到他了。我用五個句子，交代我的需求；他只想知道地址。

「我的一個朋友。」我跟她說，「他會在這裡陪你，誰想闖進來，就只能祈禱上帝保佑了。」我把巴魯的事蹟，大致跟她描述一下，她的眼睛睜得更大了。

我們坐在廚房，等他來按電鈴。她突然說，「我差點忘了，我跟彼得通話的時候，至少做對了一件事。」

「如果你是指徹底澆熄他的狂熱的話，那我得說你做對的事可不只一件。」

「除此之外，我還知道他的名字了。」我的疑惑一定在臉上寫得很清楚，因為她說，「不，我不是說彼得。你記不記得有一次你問我，我們兩個曾經去看過心理醫生，那個醫生叫什麼名字嗎？」

「你說彼得叫他醫生。」

「他們都叫他醫生。我剛剛向彼得打聽醫生的名字，他不相信我竟然想不起來。在彼得的生命裡，醫生扮演的角色，比我吃重多了。這先不說它了。他的名字叫亞當，我發誓，我真的沒聽過他的名字。彼得跟我介紹的時候，只說他是醫生。」

「亞當。」

「你說納得樂醫生叫什麼名字？賽爾頓？」

「賽摩爾。」

「也差不多了。反正他不叫亞當就是了。」

「沒錯。」我說，「你說他們都叫他醫生，指的是他所有的病人？」

她搖搖頭。「彼得跟他們的朋友也這麼叫他。或許他別的病人也這麼叫他，但我不是很確定，我只知道彼得，還有四個一起在威廉斯堡裝修房子、搞藝術的朋友。」

「那一屋子的人都認識亞當？」

「他們都是他的病人，這幾個人一起參加過集體治療之類的課程。」

「真的？」

「每次只要彼得說什麼命運啊，」她說，「還有一些古裡古怪的話的時候，你就會知道他在重複亞當的話。我跟他分手之後，覺得鬆了一口氣。亞當對彼得很好，對他們五個都很好，但我猜亞當・布萊特把他們洗腦了。」

「亞當・布萊特。」

「對。」

「這個人什麼長相？」

「哦，天啊，」她說，「我就只在諮商時看過他兩次，大部分時間，彼得跟我都在互望，或是迴避雙方的眼神。我想想看。跟你差不多高，可能比你瘦些，長得很普通。這麼說跟沒說一樣，對吧。」

「我還想借用你的電話。」我說，趕緊跑開。我在筆記本裡找到我想要的電話號碼，撥過去，很快就找到我想要找的人。我說，「我是馬修．史卡德。華廷太太，我想向你打聽那個心理醫生的事情。」

「很抱歉，我始終想不起來。」她說，「我覺得很丟臉。」

「一個很樂觀、很正面的名字，你說。」

「對，但我就是——」

我又不在法庭，誰也不能說我引導證人。「他的名字是不是叫亞當．布萊特？」

「對！」

「你確定嗎？我不想——」

「對，就是這個名字！我不怎麼確定亞當這個名字，但他姓布萊特絕對沒錯！布萊特，亮晃晃的（譯註：亞當姓布萊特（Breit），跟明亮（Bright）的發音一模一樣），布萊特，感覺起來就很積極，跟大白天一樣亮，跟新銅幣一樣亮。真不明白前兩天我為什麼怎麼想也想不起來，現在一下子就清楚了。」

我謝謝她，跟她說，案子破了，會再跟她聯絡，然後，我找把椅子坐了下來，等米基．巴魯上門。

## 35

臉上掛著微笑，他從小房間裡鑽了出來，嘴裡一直說著，「謝謝，下次見。」他還向那個看櫃檯、臉上沒什麼表情的韓國人點點頭，依舊微笑，直到他離開這棟建築物。他很快的走到角落，轉彎，保持一貫的輕快步伐，但也不會快到引人側目。

沒什麼好急的。沒有人會去開房門，至少不會馬上去。他們會一直等到不耐煩，才會去敲門，敲門沒有反應，破門而入，也只能看到一個空房間，他們可能以為她溜了，會先到浴室去看看。最後，當然會有人去查那個小小的金屬衣櫃。他把屍首藏在那裡，連同她的拖鞋跟橘紅色的內衣。

沒有人會注意他，同樣的道理，他也不去注意別人。他站在哥倫布大道等紅燈，想得入神，直到號誌燈變了兩次，他才記得過街。

他又有靈感了，得趕緊記下來才行。這篇文字可能有些科學價值，不過，重點並不在此。

進到公寓，他朝管理員笑了笑；他往電梯走去，同樣對迎面而來的住戶笑了笑；笑容可掬、殷勤有禮。

電梯載著他飄浮而上，他的手指又往脖子上的那個冰冷石環摸去。

8

他坐在桌前，看著電腦螢幕，紐約的夜景又開始不斷轉換，但他這會兒可沒那閒工夫欣賞。他按了鍵盤，螢幕保護程式隨之消逝。

他並沒有上線，只打開他的文書處理程式，點選了新增文件。他瞪著電腦好一陣子，記起他的手指掐住女孩脖子的感覺。

他的指尖移動起來，一段文字很快的就出現在電腦上面：

這種連續殺人犯，是被行為本身所引起的刺激感驅使犯案的。先前的解釋認為，殺人病態的慾望來自於扭曲的性衝動；這種人多半不能進行正常的性行為，因此這些行為，就帶有性滿足的功能。

我最近的研究指出，情況並沒有如此單純。

有個年輕人，姑且稱之為A。就在最近，A向我坦承……

他停了下來，皺眉，看著電腦螢幕。要是將來有一天想要發表的話，是可以用這樣的形式偽裝。但是現在，直來直往，更容易找到最適切的字眼，呈現他的想法。他刪掉最近有個年輕人那段，接著寫了下去：

今天早上，我覺得有性發洩的需要，於是找了間私娼寮。我認為那裡春風一度的價錢還算合理，環境也算衛生。一個亞裔的年輕女孩，表面上是按摩師，口舌功夫卻著實不錯，手也很有技巧。她一碰到我，我就硬得跟石頭一樣，高潮來得又凶又猛。我的表現（如果這個詞合適的話。其實我就只是躺在檯子上，閉著眼睛，連我多加小費，讓她把全身衣服都脫個精光的肉體，都懶得看上一眼，也懶得伸手去觸摸她象牙一般的身體）——我的表現，真的，就只是把我所有的慾望傾洩而出。我進房間的時候，慾望——和需要——如烈火焚身，渴望性的發洩，而我最後，一洩如注，達成目的。

需求獲得了滿足。被她隨意扔進垃圾桶、濕透了的衛生紙，是無言的見證。

但我意猶未盡。高潮刺激的程度，跟其他人沒有什麼兩樣，但我身體裡的某些地方，卻原封未動。

在我動手之前，其實連我都不明白我到底要什麼。才剛穿好衣服，慾望卻如潮水湧來，我這才真正了解我的渴望與慾求，還有我為什麼會來到這間陋室。我的手掐住了她的脖子，開始使力。

她沒有發出任何聲音，還沒搞清楚出什麼事情，就已經透不過氣來。她的雙腳離地，不住的在空中虛踢，一隻拖鞋飛到半空中，眼睛死瞪著我。我就這麼看著她斷了氣，眼睛依舊不肯閉上。我感覺到某種東西——靈量（譯註：kundalini，梵文，原意「捲曲」，指涉人體靈性部位）？生命之力？——灌注進我的雙臂，愈舉愈高，力道洶湧澎湃，在我全身遊走。

同一時間，我並沒有感受到任何的性衝動，跟先前的性經驗，也迥然不同，我的身體更沒有生理反應。我沒有勃起，下體也沒有任何刺激的感覺。

另一方面，我卻感受到比高潮更持久、強度更大的滿足，甚至有一種自我實現的感覺。很明顯的，這才是我要尋找的，在此之前，我完全不知道，直到我伸手掐住我的小寶貝，讓她的生命一點一滴的消逝，才恍然大悟。一般人在性慾獲得滿足之後，會有釋放的感覺，我則不然，我會受到鼓舞，重新振奮起來，思考得更清楚，行動得更果決。我靈光一閃：不但屍首收拾得很俐落，還把她塞進一時無法發現的隱密地方，還有她的內衣，在掙扎時踢到半空中的拖鞋。我異常細心，還用她的衣服，把可能沾染指紋的地方，全部擦拭一遍，再把她的皮包拿過來，把我賞她的一百美元拿回來。（知道嗎？她的皮包裡，還有三張二十塊跟一張十塊，加上我的一百塊，總共是一百七，我進門的時候，給了他們四十塊，這一趟，我還賺了三十塊，用我付出的時間來衡量，這投資報酬率不比我的本行差！）

他微笑，看著最後一句。時機成熟的時候，他知道他一定會發表他的發現，這是他一直想要做的事情，不過，在發表前，得重新整理編輯才行。內容是一個不願意透露姓名的病人私底下告訴他的。當然啦，直接把受訪者的說詞如實呈現，不是更具學術價值嗎？他的研究會以第一人稱的觀點來陳述，而且他要以一個心理學專家的名義來發表。這些觀點，不正因為出自一個專家的觀點，而更加有價值嗎？要是出自一位匿了名的精神分析對象，不是會降低這些觀點的可信度嗎？

這倒要好好想一想。也許應該先把它貼到哪個適合的網站上，試試水溫。他當然不能在這部電腦上，也不能從哪個查得到的信箱，寄出這封電子郵件。不過，他大可在網咖，用偷來的AOL帳號密碼上網（一點也不難，真的）張貼。他們追蹤得到，這陣子，新科技好像什麼線索都追得到，不過，就算是追到了，跟他也沒有什麼相干。

張貼前，要好好修飾這篇文字，重整、打理一下。也許在報告中，多加些細節，讓她死亡的過程更鮮明一些。但首先，應該先加段提要：

**接下來的敘述，是愛神跟死神糾結的過程。兩者並肩齊步，套上牛軛犁田，犁出兩條平行、扭曲、變形的田畦。當然，其中有一部分是交互重疊的：殺戮的部分快感是來自於性的滿足，就像性滿足的快感部分是來自於宰制他人的意志。但是，當話已說盡、行事完畢……**

他的錶響了。

寫到這裡剛好，句子的一半，等他回來的時候，就可以接續剛剛的思維，接著往下寫。現在，沒辦法，職責所在。他把下午的約會全部取消了，但可不是說下午沒事做。

他移動游標，點了幾下滑鼠。夜幕降臨他的電腦，燈火閃爍。

他站起身來。有沒有時間沖個澡，換件衣服呢？當然有。在他出門的時候，把剛剛穿的西裝送進乾洗店，是不是個好主意呢？

8

他換上一件駝毛的西裝外套，上面有幾個很別緻的皮釦，深棕色的平口褲，白襯衫，深藍、褐色相間的條紋領帶。在到她家的路上，會經過一間花店，買什麼花合適呢？當然不會是玫瑰，但該送什麼呢？

他空著手出來，覺得這個時候送花並不合適。總得帶點什麼上門去看她吧？糖果？還是不能免俗，跟大家一樣，帶盒巧克力？

靈感一閃，他腳步頓時輕快起來，朝七十二街走去，那邊有一家很棒的點心店。我曾經過那家店，他聽到自己跟自己說，就是情不自禁。他選了奶油捲、拿破崙派，還有兩個看起來好吃得不得了的小餡餅。他未來的新娘，城堡的公主，真的會喜歡他帶來的點心嗎？

看來還得要多了解她一點才行……

小小的白盒子，綁上好看的絲帶，挾在他的手臂下面，再過兩條街就是七十四街了。距離她家只剩兩棟房子，步伐中難掩喜悅之際，她家的門打開了，一個人鑽了出來，轉身說了幾句話，再轉身，門就關上了。

又是這個人。他在莉雅家拿過這個人的名片。史卡德，馬修．史卡德！是他，走下階梯的人就是他，他來這裡幹什麼？他應該怎麼辦？停下腳步看他，怕啟人疑竇；要不，繼續走，跟蹤他？

他停了下來，轉轉頭，假裝在看手錶。史卡德走到人行道上來了，希望這傢伙右轉，離他遠一點，不是，這王八蛋左轉，朝著他走過來了。史卡德一臉堅毅冷酷的神情。

他繼續保持前進的速度，迴避他的眼神；但是，雙方只有幾呎距離的時候，他實在忍不住打量了史卡德一下，慘了，史卡德也朝這個方向望過來。

幸好他的眼神飄到他身旁去了。史卡德根本不認識他。他們倆擦身而過，史卡德繼續往西邊走去。他則是經過賀蘭德家，再往前走，一直走到街角，才敢回過頭來。

史卡德已經不見了。

他這才發現，他沒有什麼好怕的。喔，原來這傢伙捲得這麼深，也難怪他看起來這麼眼熟。在布魯克林、康尼島大道，他開車經過命案現場，那是一切事情的開端。那時，有兩個人從屋裡走了出來，怎麼看也不像是住在附近的人。年輕的那個穿了件夏威夷衫，老的那個，史卡德，看起來像是房東或是市政府的公務人員。

現在他知道他叫什麼名字、住在哪裡，但也僅止於此。但不管他人在哪裡，這傢伙始終尾隨在後。現在是不是該做點什麼的時候？

如果他手上有把槍，他一定持續步伐，跟上去。一把刀也成。一把磨得鋒利的獵刀，加上個皮鞘，掛在皮帶上。他快如閃電的拔出來，順手朝前面的身體插進去，矯捷輕盈、寂靜無聲。

到哪去買獵刀呢？其他地方好辦，在紐約呢？

管他的，這件事情可以稍後再議。前面有一個尚待攻陷的城堡，裡面有等待救援的公主。

∞

他登上階梯，按了電鈴。這一陣子，想來她還是不會開門，但他準備用他教彼得的那套，一直按門鈴，一直隔著門跟她講話，好像根本沒有這道門似的。

他的指尖又按了一次門鈴，正準備再按一次的時候，門打開了。一個巨無霸遮斷了他的視線，門框幾乎全被堵住了，瞪著他看。老天爺，你看看——一張像花崗岩的臉，嵌著一對毫無感情的綠眼睛。就算子彈打在他的身上，看來也會被彈開。

「你要幹什麼？」

聲音粗礫——這應該沒有什麼好奇怪的吧——帶著愛爾蘭口音。

他想不出什麼話好說。

「你是幹什麼的？他媽的記者？」

他遲疑了一陣子，點點頭。

「這裡不是你該來的地方，滾吧。」

門關上了，差點打到他的臉。他落荒逃下階梯，右轉，朝公園走去。在街角的地方，他把手上那個精緻、還綁著絲帶的小點心盒扔進垃圾桶。

# 36

我說，「終於逮到你了，亞當・布萊特。」我現在只要抓到這個布萊特，這個跟天氣一樣明朗的人就行了。但是，這個人的名字要怎麼拼呢？卻沒有人告訴我。他們也不知道，克莉絲汀跟華廷太太都沒看誰寫過這個名字。

我走到阿傑的旅館房間。我們兩個開始查電話簿。我查白頁電話簿，他查黃頁。我在住宅部分毫無所獲，但是在營業部分，阿傑倒找到了個叫亞當・布萊特的人，電話是二五五開頭，沒有地址。

我撥了電話，對方是電話錄音，告訴我，這電話暫停服務。

我又打到查號台去問，想盡辦法跟個真人講上話。我剛剛跟語音服務耗了老半天，全是白費工夫。我編了個假名字跟員警編號，騙過那個服務人員，跟她說，我要查一個在電話簿上找不到的地址。我告訴她名字、電話號碼，她讓我等了一下子，跟我說，這個電話已經暫停使用了。

我跟她說，這我已經知道了，我要搞清楚的是這通電話還通的時候，裝在哪裡。她說她查不到這樣的資料。我接著問她，亞當・布萊特這個名字有沒有重新申請電話，不管地址有沒有登錄，都請她告訴我。她又查了一遍，告訴我沒有任何資料。

我掛上電話。阿傑問我，「這不犯法嗎？大哥。你現在明明不是警察，還去跟別人說你是警察。」

「犯法。」我同意。「我用的是犯罪的方法，但就這一點來說，我沒比亞當・布萊特高明到哪去。」

「亞當・布萊特跟雅頓・布理爾，」他說，「這兩個名字之間，有沒有什麼微妙的關聯？」

「也許有吧。等我們找到他，當面問他好了。」

「你如果還要打電話，」他說，「用這個好了。」他把手機遞給我後，利用電話撥接，讓他的電腦連上網路。當電腦接上網路，跟世界上其他空間連結在一起的時候，發出了很詭異的聲音。然後一個很溫和的聲音提醒阿傑，他有信件進來了。他說，「管他的，讓它們等好了。」繼續劈里啪啦的打他的電腦，皺著眉頭，看著電腦螢幕，舌尖咂呀咂的製造一些讓人聽來很煩的噪音。

我拿起經典小說——《雙城記》的漫畫版，讀起法國大革命的原委，當然，絕無意外——書裡面又提到了迪法吉夫人（譯註：《雙城記》裡面一心一意想要復仇的角色）跟她的毛線針。這時候，阿傑說，「百老匯，七二四號。」

「你說什麼？」

「電話號碼登錄的地址。」

「你是怎麼查到的？有從地址倒過去查電話的目錄嗎？」

「一種應有盡有的目錄，可以這麼說。」他說，「而且不用欺騙服務人員。」

「她說，他的辦公室在百老匯那邊，」我想起來了，「十四街下面一點。聽起來這地方是對的。」

「等一等，」他說，又查了一下資料，百老匯七二四號大約在威佛利廣場附近。我問他能不能查到還有誰住這個地址，他問我想要找誰。我跟他說，任何可能知道亞當·布萊特下落的人都成。

我因此得到十來個電話。五通沒有接，其他的電話倒是頗有參考價值。四個人說，他們從來沒有聽過亞當·布萊特這個名字，兩個人依稀記得，有一個人知道他搬走了，但不知道他現在在哪裡落腳。

我說，「你住在威佛利廣場附近吧。」

「在威佛利跟華盛頓中間。」他說，「但我正要出門，老兄，過來拜訪就不必了。」

「沒關係。」我跟他說，「反正你已經沒有利用價值了。」

「那麼，去死吧你。」他說，掛掉電話。

∞

阿傑說，他說不定有別的方法可以找到布萊特，所以，我留他在旅館裡打電腦，自己搭上往下城的地鐵。我在百老匯跟公共劇院之間出了地鐵站，走了一條半街，來到一間大門深鎖的建築物。原來是八層樓的商業大樓，現在多半改成私人住宅了。住戶在上面掛了信箱，巡了一遍，沒看到姓布萊特的，但這沒什麼好奇怪的。

一個牌子把我引到南邊兩個門之後的管理員室。我又花了一點時間，才在地下室找到他。他是膚色不深的黑人，一張橢圓長臉，兩撇小鬍子，像是鉛筆畫出來似的，講話帶著西印度群島的口音。我說，我找一個叫亞當．布萊特的人。他一聽，立刻捧腹大笑，好像聽到了世上最好笑的笑話。

「請問你知道他搬到哪裡去了嗎？」我說。

「喔，」他說，「每個人都想知道他搬到哪裡去了，你知道嗎？他搬走的時候，合約還有兩年，房租欠了三個月。房東也非常想知道他搬到哪裡去了。還有愛迪生先生跟貝爾太太。」

「愛迪生先生跟——」

「康拉德．愛迪生先生，」他說，還挺得意的，「跟亞力山大．葛拉漢．貝爾太太，大家管她叫老媽。他的水電費跟電話費都沒付。」

「他什麼時候搬走的？」

「這就是個謎了。根據我的看法，頭一年還算安分，第二年之後，行蹤就開始有些飄忽了，然後，不曉得哪一天，他就落跑了，至於確實的時間，我就真的不知道了。房東一直想把房租追回來，最後，沒奈何，只得找個鎖匠，把門打開，結果就印證了『哈伯老媽』（譯註：這是一首童謠，頭幾句是這樣唱的：她到廚櫃，為了老狗，找根骨頭。到了那裡，櫃子空空，可憐老狗，兩頭落空）那首老歌了。」

「怎麼說？」

「到了那裡，櫃子空空。他把衣服都拿走了，留下家具，出發另外開闢新天地去了。」
「就跟哈伯老媽一樣。」
「一點也沒錯。」
「家具值錢嗎？」
「他的貸款還沒付完呢。但我想值點錢吧，因為家具公司特別找人過來把它們搬走了。你老打聽這些幹嘛？你找他幹什麼？我這樣問沒太失禮吧。」
「這倒是個好問題。」我說，「說到這個，他在這裡的時候是幹什麼的？」
「說到這個，」他說，「我一天到晚忙著幹我自己的事情，他是幹什麼的，我也說不上來。他住在這裡，常有人在上班時間來找他，下班時間，也有人上門找他。你說，這個人工作的時間怎麼這麼怪啊。」
「對啊，照你說他是幹哪行的？」
「說是為非作歹，倒也不像。你下一個問題是不是要問這個？」
「不是。」
「現在我想起來了，你只有稱讚我問得不壞，卻沒有回答我的問題。你找他幹什麼？他也欠你錢不成？」
「沒有。」我本來可以不必跟他糾纏的，但是這位紳士的調調很合我的胃口，所以想跟他多聊兩句。「我還不是百分之百的確定，」我說，「我猜，他起碼殺了五個人。」

「喔，我的天啊，」他說，「五個人？你說。」

「看起來是這樣。」

「真糟糕啊。」他說，「他到底為什麼要幹這種壞事呢？」

∞

我回去找阿傑。出了地鐵站，直奔旅館，阿傑剛巧下樓梯，我們在大廳撞個正著。他說，「省了上去找我的麻煩了。我在網路上找遍了，這傢伙根本不存在。」

「亞當．布萊特。」

他點點頭。「中間不管怎麼拼，E－I－T或是I－G－H－T都找不到。他是精神病理學家、精神分析師，還是心理醫生，不管了，反正他就是吃這行飯的。他總得在哪登記一下吧。」

「什麼也沒找到？」

「我什麼都找了。」他說，「搜尋的範圍比你廣泛多了，但是挖出來的都是一堆廢物。輸入『亞當．布萊特』找到好多條新聞，有的是政客，預測他媽的『舒樂郡（譯註：紐約近郊的城鎮）今年前景看好』。如果把搜尋範圍定在相關領域，就怎麼也找不到亞當．布萊特。」

「反正他不在百老匯跟威佛利那邊就是了。」我說，把布萊特不辭而別，悄悄落跑的事情跟他說了一遍。

阿傑說，「也許他真的去開闢他的新天地了。要不，他是第一個被殺的人？」

「那個真正的凶手殺了亞當·布萊特，然後假冒他的身分？」

「你不相信？」

「沒法全盤接收。」我說，「你剛剛不是查過亞當·布萊特的相關資料？這個傢伙完全沒根柢，這種身分有什麼好混充的？」

「我剛剛也只是順口說說。」

「他一定還在附近。因為彼得·梅瑞迪斯跟他的朋友，經常去看他。我想，他是他們的導師，是他們這個小團體的精神領袖。」

「布什維克區的佛陀。」他說，「你要找他，就從那裡開始好了。」

「你說麥瑟羅街啊？我不知道。如果他們覺得這個人已經跟神沒差多少了，我們膽敢冒犯，他們做何感想？我保證我們會撞牆。」

「撞得鼻青臉腫。」

我們是該從什麼地方開始，但不是麥瑟羅街，我想了一會兒，說，「賽摩爾·納得樂。」

「你認為他跟亞當·布萊特是同一個人？他有兩個身分，其中一個在百老匯跟威佛利那邊開業，替彼得·梅瑞迪斯跟他的朋友看病；另外一個呢，就在——」他停了下來，搖搖頭，「不合理。」他說。

「我不是這麼想的。」

「那好。」

我說，「竊盜案。當初，我們覺得納得樂是嫌犯，那麼，就有兩種可能性。第一種，整起竊盜案，都是他自編自導；第二種，竊案真的發生了，兩天之後，他才申報槍枝遺失，替他以後的罪行預埋伏筆。」

「不是這樣，就一定是那樣。」

「但如果納得樂是清白的呢？」

「那麼竊盜案是真的，闖空門的小偷，把槍也給偷走了。」

「對。有沒有可能整起事件是亞當．布萊特幹的？」

「亞當．布萊特就是闖空門的小偷？」

「又對了。」我說，「這也解釋了為什麼這兩起竊案的手法都差不多，因為主謀是同一個人。」

「這我們都知道了。」他說，「單憑這些零碎，又能推論出什麼來呢？偷槍的就是殺人的，那又如何呢？」

「你再想想。」

他真的認真的想了一下。「第一起竊案是為了偷槍？」

「我也是這麼想。」

「那他怎麼知道納得樂醫生有把槍？」

「這就是關鍵了。」我說。

8

講講幾年前的事情吧，那時的我，還住在今天阿傑住的地方。兩個電腦駭客，大衛·金跟吉米·洪，為了幫我的忙花了一晚上的時間，侵入電話公司電腦系統的核心，挖出大家以為不可能找到的資料。當時他們還順手做了一件更大膽、對我更有利——在道理上，也更情有可原——的事情，留給我一個很棒的禮物，從此之後，我就擁有了終身免費的長途電話服務。我不知道他們做了什麼，也不知道他們是怎麼做的，反正從此之後，我就再也沒有收到跨州的電話帳單。

我覺得偷竊就是偷竊，不管是偷電話公司，還是偷街上賣報的盲眼小孩；我也確定道德相對主義在哲學上是站不住腳的，但那又如何，人非聖賢嘛。如果我非得打電話到瑪莎葡萄園去找納得樂醫生，我樂得在阿傑的房間裡面打，免得這筆帳胡亂栽在什麼倒楣鬼身上。

我終於找到他之後，我說，「納得樂醫生？我很抱歉打擾你。我想你還記得昨天跟艾拉·溫渥斯警官談過話吧。」

「怎樣？」

「這是後續訪談，醫生。我想麻煩你跟我們說明一下，你跟亞當·布萊特的關係。」

「我不能談我的病人。」他說，「我想你很清楚醫病關係的保密原則，而且——」

「據我所知，」我說，「這項原則並不適用於亞當·布萊特，因為他並不是你的病人。」

「如果他不是我的病人，」納得樂說，「那你打電話給我幹什麼？」

「我們相信他是你的同業。」

「同業？」

「心理醫生，或是精神病理學家，諸如此類的——」

「布萊特！」

「你想起來了是不是？」

「他跟我不是很熟，我們沒有一起工作過，也沒有一起上課，不過，沒錯，我認識他，不大熟，但認識他。」

「你是怎麼——」

「真的是純屬巧合。對了，我認識這個亞當·布萊特。一個很風趣的年輕人。他怎麼啦？」

「你到底是怎麼認識他的？」

「我是怎麼認識他的？巧合，就是湊巧嘛。我笑過去，他笑回來，我說，你好，他說，你好，就這麼聊上了。我跟他說，『布萊特，你這個人不錯，什麼時候到我家喝一杯，帶你太太來。』『我沒有太太。』他說。『那你就帶別人的太太來好了。』我說，這是笑話，他笑得很開心，看起來滿有幽默感的。」

「他真的去你家喝酒了嗎？」

「對，只有他一個人，這就不用說了。很帥的小夥子，故事說得傳神。我其實不知道他到底鑽研哪個領域，但是，我想你可以把他的方法歸類成現實導向的治療法。他提過他的一個病人，一個很有趣的故事。他的病人對狗敏感，所以，他想了個辦法，把她的愛心，轉到填充玩具上面，效果好得不得了。」他乾笑幾聲，「我想，像我這種老古董，會先去了解她為什麼會過敏，但是，布萊特卻用非常人性的方法，一下子就把她的毛病給解決掉了。」

「真有意思。」我說，「但我還是有一件事情沒弄明白。到現在為止，我還是不知道你們是怎麼碰到一塊兒的。」

「就這麼碰上了。」

「是在研討會上，還是——」

「就在大廳。我們樓下的大廳。」

「你們住在同一個地方？」

「是啊，要不然你以為我們住在哪裡？布萊特，呃，大概是在聖誕節前後搬進來的。你認識哈洛．費雪嗎？那個古生物學家？」

「我不認識。」

「聰明得不得了。他剛巧休假，一整年都待在法國，探探那邊的洞穴，於是就把房子轉租給布萊特了。」

「你們住在同一棟大樓裡。」

「我剛剛不是說過嗎？」

「對，對。他只去過你家一次嗎？」

「也許兩次吧。不會再多了。這個人當朋友不錯，可惜，我們沒有什麼共同的話題。」

「他知道那把槍的事情嗎？」

「槍？你說的是哪一把槍？」

「那把被人偷走的槍。」

「他來我家的時候，竊案還沒發生。」他說，「他怎麼會知道槍被人偷走的事情？」

「我是說：他知道你有一把槍嗎？」

「喔，我現在知道你的意思了。」他笑得快斷氣了，「我想你完全弄錯了，警官。」

「這話是什麼意思？」

「他一看到槍，就嚇得要命。」

「你拿槍給他看過嗎？」

「我試著拿槍給他看過。我把槍從抽屜裡拿出來，遞給他，他就好像看到珊瑚蛇（譯註：美國產的一種小蛇，有劇毒）一樣。他明明知道手槍裡面沒有子彈，但還是連碰都不敢碰。」

「你怎麼會拿槍給他看？」

「我不知道。就是聊到了吧。還有別的問題嗎？我們這裡有客人，我不好讓他們等太久。」

37

哈洛·費雪倒是有登錄電話，住址在中央公園附近，跟納得樂一樣。我撥他的電話試試看，響了四聲，答錄機接了起來。一個平平板板的男聲報上電話的最後四個號碼，請我在嗶聲之後留言。

「如果你一整年都待在國外，」我問阿傑，「又把公寓轉租給別人，你會把電話停掉嗎？」

「應該會吧，否則回國之後，說不定會收到一張嚇死人的帳單。」

「也許費雪把電話停掉了，布萊特又把它接回來了。」

「冒充他是費雪。」

「也許。我現在開始懷疑費雪到底有沒有把公寓轉租給布萊特。也許他前腳才出國，布萊特後腳就搬進來了。」

「布萊特還是在費雪從法國回來之前，趕緊溜掉得好。」

「這樣對費雪也好。」我又撥了一遍，還是答錄機。「他不在家。」我說。

「那我們還等什麼？」

8

那個門房有夠難搞。我給他看一封哈洛·費雪的授權信，請他不必懷疑在下，也就是馬修·史卡德，進入他在中央公園西路二四二號住宅，會幹什麼壞事。信紙稿頭附有兩個地址，左邊的那個是紐約的永久地址，右邊的那個是他在巴黎和平路的住處。這當然是阿傑的傑作，在電腦上搞的，信紙、授權信，全部出自他的手筆，雖然臨時拼湊的，但絕對唬得過去。至於哈洛·P·費雪的簽名，則是我的墨寶，筆意揮灑自如，足以讓所有古生物學家甘拜下風。

以前，想搞這麼一封有稿頭的假授權信，還得跑一趟印刷廠。現在，只要知道竅門，任何一個人在家裡五分鐘就可以搞定。桌上型偽造，這是阿傑造的名詞。

門房盯著這封信看了老半天。我還有三樣法寶增強他的自信心。第一是我的偵探贊助協會會員卡，然後是紐約州私家偵探執照，當然是過期的，我很技巧的用拇指遮住有效年限。如果這兩樣還不夠看的話，我還有真正的壓箱寶，兩張五十塊的紙鈔，輕描淡寫的往他手裡一塞。「老是麻煩你，」我嘟囔著說，「費雪先生聊表敬意。」

「我會惹上麻煩的。」門房說。

「會有什麼麻煩？我有授權信啊。」我跟他保證，「更何況誰會知道呢？」

「假如他突然回來，而你們還在房裡呢？」

「他在巴黎哪。」我說，「我就是代表他來處理一些私事的，更何況——」

「我不是說費雪先生，我是指新房客，布萊特先生。」

「儘管請他上來。」我說，「我很想見見他。」

他翻了翻抽屜，找出一串可以進到費雪住處的鑰匙。「如果有人問起來，」他說，「你就說鑰匙是你們自己弄來的，跟我沒有關係。」

「我根本沒見過你。」我同意。

我們搭電梯，來到十四樓。有個門鈴，我按了半晌，再敲了好一陣子的門。沒有回應。我把鑰匙插進去，把門打開，走了進去，阿傑跟在我後面。我扯開喉嚨叫道：「哈洛？哈洛．費雪？」進來的房間，屋頂挑高，一扇落地窗，可以俯視中央公園；屋裡有一張躺椅，兩把椅子，一張書桌，上面有個電腦。阿傑朝電腦走去，我則是四處打量這間公寓。臥室的窗簾拉上了，床整得清清爽爽。浴室裡的毛巾，還是濕的。

阿傑叫我。我到客廳，發現他已經在電腦前面坐下來了。他的眼睛盯著螢幕，「這裡有點東西，你最好自己來看看。」

∞

艾拉．溫渥斯花了不少時間，上上下下的把這篇剛剛列印出來、整整兩頁的文章，讀個透徹。他搖搖頭，把眼神移開，「再說一遍，這玩意兒你是從哪裡弄來的？」

「從網路上抓來的。」

「你知不知道這是什麼東西？不知道吧。幾個小時之前，剛發生一起謀殺案，還沒變成新聞呢。」

「我們也是剛剛知道的。」阿傑說，「就在這個網站上。這個網站裡面，都是有關於賀蘭德謀殺案的種種揣測，每個人都有自己的理論，穿鑿附會，自圓其說。」

「一群瘋子。」溫渥斯說，口氣異常不屑，就像是一個人打量別人家的廚房，卻看見一隻蟑螂一樣。他瞄到手上的文章，不禁又搖起頭來。他說，「就是這傢伙殺了阿姆斯特丹跟八十八街交叉口的那個女孩，在今天稍早的時候，殺人的手法跟他的描述一模一樣。這個案子是別的分局的，但是，大家都在談，因為這種謀殺案絕對不會只有這一起。凶手是瘋子，還會再下手的。」

「這個凶手以前也殺過人。」

「對啊，這是很明顯的，不是嗎？但是這裡面沒有提到賀蘭德，沒提到莉雅。也沒有提到這個人是誰。」

「他言下之意，似乎在說自己是心理衛教方面的專家？」

「我看他是操他媽心理衛教方面的『案例』才對吧。你說他的名字叫布萊特？」

「亞當．布萊特。」

「你怎麼認定這兩起命案都是他幹的？你剛剛說過，不過，再告訴我一遍。」

我說，「他認識克莉絲汀．賀蘭德。她跟她的前男友曾經一塊兒去找他做心理諮商。在她前男友的那個圈子裡，每個人都找他談心理方面的問題。他是個心理諮商師，不過，現在還搞不清楚他是法院指派的，還是毛遂自薦去接近傑森・畢爾曼的。」

「然後把康尼島租房子的那個人殺了？」

其實是米伍德區，我想，不過管他的。「他承租一間公寓，跟納得樂醫生在同一棟建築物裡面。」我說，「納得樂邀他來喝幾杯小酒，還把槍拿給他看。」

「沒錯。」

「後來這把槍被偷了，先是用在賀蘭德夫婦血案，然後又到布魯克林逞凶。」

「看來八九不離十，就是這個人了。」他說，「你知道我們現在還缺什麼嗎？萬事俱備，只欠證據。」

阿傑說，「這是他貼的。他應該是用他的家用電腦上網，如果他沒有清除記錄的話……」

「他刪除了也沒用，」溫渥斯說，「我們這裡有專家可以把先前的記錄翻出來。但是我們並沒有拘票，別說是扣押電腦了，連他家我們都進不去。」

「那又不是他的公寓。」

「總是他轉租來的吧，是不是？」

「這事大有蹊蹺，我看在法律上，不見得站得住腳。他很有可能是在原屋主不知情的狀況下，偷偷搬進去的。」

「原來的屋主呢？」

「在法國，沒有人能聯絡得上他。」我指著他手上的紙張，「這足夠開一張拘票嗎？」

「這個？誰知道它是打哪來的？」

阿傑指了指紙張的左上角，上面有一個網址，字體跟其他部分的文字不一樣。「網站的版主應該可以辨認出這傢伙用的電腦在哪裡。」

「這要花很多時間吧？」

「是要花點時間。」

「你還得讓他們合作才行，網路上的那些人難搞得很，要他們合作，可不簡單。」

「這倒是事實。」

「這麼做好了，」溫渥斯說，「我們就說，我們打過電話給這個傢伙了，從電話裡聽出不少端倪。當然，有的法官不會單憑這種說詞就開拘票。」他笑了笑，「幸好有的法官沒那麼堅持。」

∞

我們再到紐約州、紐約郡、紐約市，中央公園西路二四二號，準備搜索十四G的時候，手上已經有了法院開出的搜索令了。我們的陣容也變強大了，其中包括了二十分局的丹·史林，二十六分局的兩位警官，漢農跟菲斯克，還有兩個是北曼哈頓刑事組警官，不過，我不知道他們的名字。當然還有鑑識人員，除了相機之外，背包裡還有一大堆裝備。當班的還是上一次的那個門房，我們兩個很小心，假裝沒看過對方。溫渥斯拿搜索票給他看，他就領我們上樓。

「哈洛·費雪的授權信算不了什麼，」阿傑壓低聲音跟我說，「我大可再印一份搜索令，幫你省一百塊。」

「下次吧。」我說。

門房把房門打開後，就站在一邊，讓我們進去。溫渥斯帶頭。我正想指電腦的位置給他看，他自己卻看見了，朝電腦走去，還掏出橡皮手套，戴在手上，避免留下指紋。「紐約天際線，」他看到螢幕保護程式了，「是愛之入骨髓，還是棄之如敝屣？希望他愛到不忍心洗掉。」

他伸了根手指，按了一下鍵盤。螢幕保護程式消失了，上面是布萊特寫的訊息。在我們發現這篇文字之後，原封未動。

「天啊。」他說。溫渥斯叫鑑識人員過來，問他們能不能把電腦螢幕上的文字拍下來。我想螢幕反光可能會有些麻煩，但是，這傢伙說，加個濾鏡就行了，他來想辦法。

他讓那個人去忙電腦的事情，然後走近我們其他人身邊，站在那兒，直搖著頭說，「好得讓人難以置信。」

∞

我覺得他說得沒錯。好得讓人難以置信，或許誇張了一點，但也夠接近的了。

我們印給溫渥斯的那份文件上面，有個網站，倒是如假包換的真網站。在過去的一個星期中，阿傑經常會上去看看有什麼蹊蹺。如果，布萊特找到安全的方法，或許會把他的觀察貼在這個網站，或是什麼別的地方。但他還沒貼，我們也沒有幫他貼。我們考慮過乾脆幫他貼算了，阿傑說，他知道一個辦法可以留下蛛絲馬跡，輾轉上網，讓警方查到這裡，但要花很多時間。

所以，我們只好跟溫渥斯對賭一把了。看看我們提供給他的證據，到底有多少票面價值。阿傑在布萊特的文件上，找了個適當的位置，把網站的網址插進去，列印之後，再把他加上去的網址消掉，依舊是原先的模樣。

桌上型偽造，續集。

8

一個接著一個，房裡的警察戴上手套，有的還打了幾通電話；結果，愈來愈多的警察跟鑑識人員出現了。有的人刷粉，取指紋；有的人到衣櫥裡，拿出幾件衣服，還有人專門在搜他的櫥櫃。一個人在臥室，做的事情，讓我不敢恭維。他很仔細的查驗排水管，不時取出一些毛髮、一坨不明的體垢，把這些亂七八糟的東西放進塑膠袋裡，動作慢條斯理，仔細得很。

「他在這裡說得很清楚。」溫渥斯說，「沾滿精液的衛生紙被丟到垃圾桶裡面。也許他擦掉指紋，也許他把他的一百塊拿回來了，但你覺得他會到垃圾桶裡把那團黏呼呼的東西拿出來嗎？」

「我滿懷疑的。」我說。

「根據他的說法，」他說，「他射得很多，裡面應該有足夠的DNA樣本，起訴他六七次都行。」

「他說他很滿足，」我說，「但是，在他心裡卻有些東西原封未動。」

「等這個社會準備對付他的時候，」他說，「我猜他想靠這套胡說八道脫身，是辦不到的。我要把列印出來的東西全部帶走。你知道我們現在還缺什麼嗎？這個王八蛋的照片。這傢伙的自我跟蒙大拿一樣大，為什麼在他的房間裡，連張照片都找不到？」

「也許他覺得大家都知道他的長相。」

「你知道嗎？他長什麼樣子？」

「不知道，但是這棟大樓的管理人員應該知道。」

「這是重點。得找門房打聽一下這傢伙的特徵，再找個畫家來畫一下。這樣一來，報紙就會刊登一張一點也不像他的照片，不過，管他的呢。你知道在哪裡可以找到他嗎？」

「我一直到今天早上，才知道他的名字。在此之前，我連有沒有這個人都沒把握。」

「意思就是你不知道囉？」

「我會猜在克莉絲汀她家。」我說。

「已經有人守在那兒了。」

「哦？公文跑完了？」

他扮了個鬼臉。「我打了一通電話，跟他們說，找兩個穿制服的人坐在車裡，盯著那個地方看。如果有人接近那棟房子，立刻上前盤問。等拿到了畫像，我馬上就交給他們，叫他們看圖認人。」

「這就好，」我說，「但要他們千萬不能進門。裡面有個人會把他們的頭扭掉。」

「除了克莉絲汀家之外呢？」他說，「還有嗎？」

「他在格林威治村那邊有個地方。」我說，「百老匯大街上。但是，他搬到這裡之後，就沒有再回去了，那邊還欠了一屁股房租。我想，他還不至於笨到要躲到那邊。」

「他有女朋友嗎？」

「他有個做馬殺雞的女朋友。」有人插嘴，「看看她落到怎樣的下場？」

「那麼他在布魯克林的房子呢？」溫渥斯說，「那裡有沒有可能？」

「康尼島。」有人說。丹・史林馬上糾正說，「不，康尼島大道，在平林區附近。」

「其實比較接近米伍德區。」我說。

「機會不大。」溫渥斯說，「我想他不至於躲在那裡。」

「那地方是出租公寓。」我說，「跟上次發生凶殺案的時候一樣。」

「現在是空的？」

「可能吧。」

「那麼那個地方是可以躲一躲的。」他說。

「我跟一個叫艾佛森的警官去那裡問過話。」我說，「七十分局的樣子。」

「找個人打電話給他。」溫渥斯說。

「我去打好了。」有人接口，「第幾分局？」

「七十。」溫渥斯說，「對吧，馬修。七十？」

「對。」我說。

「我知道那個地方。」一個刑事組的警察說，「在羅倫斯大道嘛，是不是？」

「我不知道。」我說，「我是在現場跟他碰頭的。」

「七十分局，沒錯。」他說，「外觀醜得要命。」

「老天，」史林說，「你說得好像所有警局就它最醜一樣。」

溫渥斯突然說，「男朋友。你剛剛是不是提到男朋友？」

一個人插嘴，「他還有男朋友？那他還去找那個馬殺雞的幹嘛？」

「不是布萊特。」溫渥斯說。

「聰明個屁。（譯註：當然又是Breit跟Bright同音的緣故）」那個人說，「蠢得要命，聰明在哪？」

「我又不是說這個嫌犯的男朋友。」溫渥斯說，「你是在找碴是不是？」

「我有找你的碴嗎？」

「一天到晚好嗎？」溫渥斯說。轉過頭來跟我說，「克莉絲汀有個男朋友，是不是？」

「一年前分手了。」

「但你說，他們曾經一起去看過心理醫生，是不是？」

「是啊。」

「然後他現在還在輔導那個男朋友？」

我點點頭。「他可能會去他們家。」我說，「在布什維克站那邊。」

有人質疑，一個腦子正常的人怎麼會跑到那邊去？不過馬上就有人給他答案，布萊特的腦子實在不太正常。

我說，「可能你已經做了。不過，還是再提醒你一次好了：找個人到樓下，在門房旁邊，看看能不能當場逮到他。」

溫渥斯點點頭。「對，布萊特最可能出現的地方，其實就是這裡。要是他出現的時候，當場被人認出來，就太棒了。」

## 38

在紐約市買一把獵刀，其實也沒有想像中那麼難。

想弄一把槍，法律層層管制，就不容易了。你需要許可證，得花不少力氣才行。刀，就簡單多了，畢竟現在還沒有多少人在從事刀具管制運動。但他還是發現，有的刀是買不到的，因為犯法。舉個例子，彈簧刀跟重力彈簧刀就在禁止之列。把普通的刀改造成彈簧刀其實不難，賣刀給你的人，也可以把改造所需的工具包一塊賣給你。這種交易是合法的——但是，用合法的工具包，把普通的刀改裝成彈簧刀呢，你就觸法了。

彈簧刀不合法是因為你只要按一個按鍵，這把刀頓時就變成凶器。獵刀，本身殺傷力就夠強了，不用按鈕，就已經是把凶器了，偏偏它又合法。

話要說回來，如果刀鋒超過一定的長度，就不能隨身攜帶。這種東西稱之為致命武器。你可以買，可以在你家裡用刀玩遊戲，可以帶到森林裡，剝下獵物的皮。但是，如果帶著這種刀，在街上亂逛，你就犯法。

他就犯法了。

他的刀是鮑伊獵刀，總長十吋，刀鋒六吋。握柄用深褐色皮革纏住，刀鞘也是深色皮質，鑲上金屬強化，搭配得很雅致。刀鞘是南北戰爭時的雙方旗幟，北方聯邦旗跟南方邦聯旗。

刀鞘繫在他的皮帶上。走動的時候，他的手就按住這把刀，感覺它的存在，很舒服。他的外衣夠長，蓋住沒問題，還可以掩護他那隻握住刀柄的手。刀鞘上有一個小小的皮環，可以扣住刀柄，免得刀子滑出來；但他刻意不扣，這把刀一旦要派上用場，就方便多了。

這把刀是一個精巧的工藝品。製造商位於阿拉巴馬州的伯明罕，包裝異常精美。運動用品店的店員，鼓起如簧之舌，不斷強調這把刀是美國產品。美國做的刀是全世界最好的嗎？還是那個店員覺得顧客都會支持美國本土產品呢？

他不知道，也不在乎。有把刀在手上，他就很高興了；跟手裡握著一把槍的感覺，一模一樣。在從那個佛洛依德白癡的抽屜裡，把那把槍偷出來，還沒用到的時候，他就已經沉迷在槍枝的威嚇力裡。他喜歡把槍藏在身上，喜歡把它放在口袋裡，插在皮帶間。他就是喜歡興致來時，伸手去摸一摸。

帶著武器，貼身藏好，在街上亂逛，對他來說，有無比的滿足感。你的力量，外人壓根不知道。你身懷密技，卻渾若無事。坐在地鐵車廂裡，瞧著對面的那個男的，你心裡清楚：只要你掏出槍來，朝他開一槍，他馬上就死了，沒有任何徵兆，都到地府報到了，還是個糊塗鬼。

有一次，在黑漆漆的電影院裡，他掏出槍來，對著正前方觀眾的後腦勺，砰，他心裡暗自想道，然後把槍收回口袋裡。

終於，他等到用槍的一刻，打在那個傻瓜畢爾曼身上，這個場景，他不知道幻想過多少遍。

他現在該到哪裡去呢？帶著他美麗的刀子。他有一整天的時間，可以隨他運用，夢想終於實現了。他是不是應該把車開出來，到鄉間逛逛？還是回家，伸伸懶腰，蜷在沙發上，讀本好書？

當然，他也可以回到那棟房子。他的房子，他未來的家。那個巨人，那個愛爾蘭惡棍，現在應該已經離開了。如果，他膽敢留在那裡，他倒要試試那傢伙見到這六吋的利刃，心裡做何感想，臉上有什麼表情。這把刀磨得尖利，光耀奪目，洛氏硬度高達四百度，這是什麼意思，他不明白。不過這顯然是賣點，不單製造商在盒子上大肆宣揚，那個店員也不厭其煩，拚命吹噓。

反正這把刀很硬就是了，但是，鋼不就是該硬嗎？他想起他被趕走，那個大個子惡狠狠要他滾蛋的德性，如果他抽出刀子來，那對綠油油的眼睛，一定會睜得更大。

可能不會，他又想道。不管刀刃有多長、硬度有多高，殺到他身上，可能像樹枝碰到強韌的獸皮一樣，不是彈開，就會折斷。不只如此，他還預見那個惡漢，猛地將手一伸，快如閃電，把這把刀從他手上奪過去……

8

他很想試一試。

他在餐廳裡點了一份三明治，喝了一杯咖啡，然後把自己鎖在廁所裡，練習拔刀，一刀殺向假想敵的技巧。他面對鏡子，把自己的動作看個清楚；感覺起來，他對武器，有一份天生的感情。

他沒花多少時間，就把手槍玩得很老練（工作結束了，他怎麼也捨不得把槍丟掉），但是，從這把刀身上卻學不到什麼。這話應該說得精確一點：他對於武器的知識，與生俱來，發自內心，不假外求，這些年來，蟄伏在他內心，一旦啟發，頓時怒濤洶湧。真沒想到武器在手，他會判若兩人。

也許他前輩子是刀鋒戰士。說不定就是吉姆・鮑伊（譯註：阿勒摩戰役中，率領兩百人，力拒西班牙五千大軍的美軍名將。堅守十三天之後，城池陷落，鮑伊陣亡）本人，這玩意兒就是他發明的。在阿勒摩陣亡，是吧？在刀鋒的寒光中，將星殞落。

握著他最心愛的戰刀？有何不可？

有人試著開門。鎖上了。如果門打開了呢？一個人走進來，看見他手上有把刀，趕緊道歉，想要退回去……

他看到自己把沾滿鮮血的刀鋒，在那個人襯衫上拭了拭，精光一閃，刀鋒還鞘，冷酷的走出廁所，順手把門扣上。走過那個禿頭的韓國看門狗，昂首走下樓梯……

不對，那是先前的事情，那家馬殺雞店。他現在在餐廳，剛剛吃飽，到廁所打理一下，應該是付錢走人的時候。

到了街上，他跟自己說，剛才只是想像，如此而已。幻想一溜煙的滑進記憶中。用不著過分擔心，也用不著窮緊張。

現在要幹什麼呢？再去找一家馬殺雞店？

這個想法讓他大吃一驚，不敢置信。他自己也發現了：在回想的過程中，他覺得最不愉快的，就是馬殺雞的那一段。他不喜歡別人碰他，不喜歡被別人挑起性慾。他只想在拔刀的時候，看她的眼神。

∞

他的思考陷入混沌。

有一件事情他終於想清楚了。他在街上亂晃，忽而轉左，忽而轉右，走進店裡，東張西望，然後又走出來。他想找東西，卻不知道自己要什麼；總而言之，他就是沒想清楚，在這過程中，反而讓他身陷險地。

他的手又伸向襯衫，摸摸護身符。

他想到要做什麼了。他必須回家，躺下來，吞一顆煩寧錠（譯註：一種鎮靜劑），好好的休息一下。今天累得要命，筋疲力盡，要盡快讓體力恢復過來。一個熱水澡，來上一杯哈洛．費雪上好的單一麥芽威士忌、煩寧錠、八個小時不間斷的沉睡。這是他開出來的條件，也是他一定能得到滿足的需求。

他走到路邊，伸手一招，兩輛計程車連忙變換車道，急著搶生意。他把這筆生意賞給先趕到的那部，說了地址，就舒舒服服的縮進坐墊裡。他摸了摸刀柄，輕輕碰了碰菱錳礦石環。

力量充沛、心智澄明。他已經覺得好多了。

∞

中央公園西路，距離他的目的地還有一條半街的距離，計程車停了下來，等紅燈。沒有計畫，甚至於未經考慮，他突然說，「我在這裡下車。」然後，從皮夾裡掏錢出來。計程車在馬路當中，右邊還有一個車道，但是，沒有關係。他把錢塞進前方的小洞裡，完全不理司機的抗議，打開車門，走了出去。還是紅燈，車輛停在原地，他沒費什麼勁，就從兩輛車中間穿了過去，踏上人行道。

到底是為什麼？

一定有理由，他很確定，所以，他張大眼睛，提起精神，沿著公園周遭的人行道，繼續往前走。走到半路，他就知道為什麼他會匆忙離開計程車。其實，他也不明白什麼東西警告他，不明白到底是怎樣的細微線索，暗示他要採取行動，但是，他就是有這樣的感覺，一點也沒錯。

他家門口前面有一大堆警察。

到處都是警車——消防栓、公車站牌，從門口到街角，能停的，不能停的地方，都停滿了警車。有沒有消防車在附近？有沒有看到救護車？沒有，都沒有，就只有警車。入口還有穿著制服的員警在巡邏，跟門房有一搭沒一搭的在說話。裡面有個人沒穿制服，看來也是個警察。

他有沒有看到轉播車呢？有沒有拉出警戒線阻止群眾靠近呢？電影、電視影集裡，總是少不了紐約，說穿了，卻是在洛杉磯片廠，用搭好的街景，魚目混珠。這種故事通常跟犯罪、警察脫離不了關係。只要找到飾演人質的演員，應該很快就可以找到傑瑞・歐巴赫（譯註：影集《法網遊龍》的男主角。這部影集是以紐約為背景，講述警察與檢察官辦案的艱辛）。這傢伙演起警察來，比警察還像警察。

但是，傑瑞・歐巴赫不在，也沒有劇組人員。

一切都完了，他頓時領悟這點。他知道為什麼有那麼多警察在他家門口，不用再懷疑了。現在可不是只有一個警察上來隨口問問，現在是一大群，好幾部警車。他們是局裡來的，沒錯。他們一定進到他的公寓，看過他的電腦，這沒有什麼困難。那個被他塞進衣櫃裡的可憐馬殺雞女郎，想來也早被他們發現了。還有什麼可說的？一切都完了。

他們在門口等他自投羅網，每個人都想逮住他，要不是他福至心靈，突然下車，他早就被警察揪住了。

幸好，他現在還有一線生機。

他到車庫去取車。

∞

該你的，就是你的，他想。

但是怎麼利用，還是你的事。

他想到alt.crime.serialkillers。他會有自己的專屬討論區，對不對？還是網主乾脆把這個網站，改成他的個人網站，專門討論跟記載他的冷血酷行？

到底有多少警察，花了多少時間，上天入地的追捕他？家裡沒有他的照片，他早就預料到有這麼一天。他當然有家庭照、高中畢業冊裡面也有他的照片，但是，旁人找不到，找不到亞當．布萊特這個名字，當然就無緣得見他的廬山真面目。在《美國通緝要犯》的節目裡，最多只有一張他的素描。上不了什麼檯面。他可能在斯坦肯（譯註：在華盛頓州）或是聖保羅跟新朋友在一起，看這個節目，搖搖頭，和其他人一道嘆口氣。「真是個王八蛋。」他說，「真想看他被吊死，我要親手把繩索套在他的頭上。」

等紅燈的空檔，他的手又不由自主的摸到刀柄，感覺它的存在，然後又摸了摸他的護身符。

想著他愛的人。

天啊，他們遲早會知道這個消息的，想到這點就讓他心碎。彼得、露絲．安、魯遜、瑪莎、基倫，他的小家庭，他們會怎麼想，他們會有什麼感受？

他不能就這樣拋下他們。

他突然不想排在這些車後面了，狠命把車輪一轉，發出尖銳刺耳的噪音，來一個迴轉，嚇壞了對面車道的來車，猛按喇叭抗議，他充耳不聞，決定先朝德蘭西大街的方向，揚長而去，再上威廉斯堡橋。

還來得及嗎？他們還是會由衷的歡迎他嗎？還是消息已經走漏，他只能看到一張張恐懼驚駭的臉？

∞

他跳出車子，死命的往前衝，連忙趕到前門。門沒鎖，他一衝就開了，基倫跟露絲・安在裡面，欣賞自己的成品，大彼得在另外一邊清理石膏碎屑。他們臉上有什麼表情？恐懼？

不，不是。是驚喜。當然有些驚訝，他們沒有想到他會來。但難掩喜色，他看得出來。他們很高興，洋溢著愛意。「醫生，」他們叫道，「醫生，什麼風把你吹來的？真高興見到你！」

他繞了他們一圈，挨個抱了一下，然後他聽到樓上的腳步聲，回頭一看，瑪莎跟魯遜也來了，光彩洋溢，神采飛揚，加入他們的派對。大家都在，他的家人都齊了，他怎麼能一走了之，怎麼捨得離開他們？五個愛他至深的人。他怎麼能不管他們，自己走自己的呢？

他到底在想什麼？

# 39

溫渥斯打電話找我的時候，我正在看棒球。伊蓮在做晚餐，阿傑在她的電腦上，忙東忙西的，讓她這輩子可以省下很多不必要的工夫，工作更有效率。

先前，我打電話到克莉絲汀家，對著答錄機說，我要跟巴魯講話。他拿起電話之後，我說，警察已經就位了，他有什麼事情，就去忙吧。他說，他老早就在窗戶邊見到那些人了，就算是一整隊的軍人踢正步過去，他們也不會注意到。如果我不介意的話，他想留在那邊。那個小不點女孩，做菜手藝一流；她又找來了克里比奇牌戲計分板，他正在教她玩。

我說，「克里比奇牌戲？我不知道你還會玩遊戲。」

「你不知道的事情多著呢。」他說。

我不想跟他爭，回去看我的棒球。大都會隊的投手，正在苦苦掙扎。他今年賺了五百萬，勝投數只比敗投數多兩場。我發現我在琢磨鮑勃・吉布森〔譯註：大聯盟史上戰績最輝煌的黑人投手，六、七〇年代威風一時〕如果在今天可以賺多少錢，或是卡爾・哈伯爾〔譯註：九〇年代創下二十四連勝的傳奇投手〕，或是——

電話鈴響了，是艾拉・溫渥斯，問我有沒有在忙。我跟他說，我太太在弄晚餐，我在看棒球，幹嘛？

「你已經捲得這麼深了，」他說，「我想你有資格收看完結篇。但是，我建議你移動大駕。」

「我不明白你的意思。」

「我也不明白我自己的意思。」他說，「想跟來看熱鬧可以，五分鐘後在你家的大門口等我。我彎過來接你。」

伊蓮在弄義大利麵，水剛滾，我跟她說，只要煮一人份就夠了。「那我吃沙拉也行。」她說，「如果你回來還餓的話，我們再一起吃好了。你要上哪去？」

我說我也不知道。我叫阿傑別玩電腦了，跟我一起走，隨即下樓。一兩分鐘之後，我們倆就站在人行道上了。一輛不新不舊、三年前出廠的福特車，在馬路中間，一個非法迴轉，就停在我們面前。我打開門，坐進去，正想稱讚他開車的狠勁，話到嘴邊，一看他臉上的表情，又嚥回去了。我坐在他身邊，阿傑坐在後座，車門還沒關好，車又飛快的往前衝去。

他說，「我不知道我在急什麼。反正他們哪也去不成了。」

「你是說，他現在躲在某個地方？」

「這麼說也成。」

「還是他綁架了人質？」

他笑了，卻沒半點幽默的神氣。「一樣的答案，」他說。

我沒什麼話好說了，他轉向百老匯，在紅燈前面停了一下。他自以為夠久了，等到來車的空檔，一溜煙的衝過十字路口。他開車就是警察的調調，很小心，不會撞到人，但完全無視於交通規則的存在。

到了時代廣場，又切回百老匯，接近三十四街的時候，他說，「你還沒問我，我們要到哪去。」

「我想你遲早會告訴我。」

「布魯克林。」他說。

「康尼島大道？他還是躲回老巢去了？」

他沒說什麼。到了三十一街，兩輛車規規矩矩的排在紅燈前面。溫渥斯一個超車，衝到十字路口，再倒車回來。有人把整個身子都壓在喇叭上了。

「真不知道有什麼好按的。」他說，「按喇叭？有時間按喇叭？我老早就跑得無影無蹤了。」

「如果他們有槍，」我說，「他們就不會按喇叭了。」

「會咬的狗不會叫，有槍的人不會按喇叭。」他說，「我想這樣：我要切過休士頓街，轉到佛西斯街或是愛爾迪吉街，再往南。然後走德蘭西大街，隨便走哪座橋。」

「不對吧。」我說，「如果走曼哈頓橋的話，不就直接可以到平林大道了？」

「謝謝你的地理課，可我們不是要到那邊去。」

我不確定我知道多少，但至少有一件事情我清楚得很：少說兩句，準沒錯。

往東走到休士頓街的時候，他說，「有人提到她男朋友的名字。我現在忘了，可我記得明明聽到過一次。」

「彼得・梅瑞迪斯。」

「有人在布萊特的公寓裡，提到這個名字，我本來要打電話到布魯克林那邊，請他們找個人，安排輛警車，叫兩個穿制服的去走走。後來我一閃神，想說別人應該會處理，也就算了，反正這也不算是什麼當務之急。他們是他的病人沒錯，但他是心理醫生啊，專門看病的，誰知道他有多少病人？說不定病歷表滿滿一櫃子，難道我找人一個一個的去找，看他什麼時候會出現？」

「到底出了什麼事？」

「火災。」他說，「燒得跟片廠裡的火警一樣。麥瑟羅街不是？距離布什維克站只有兩條街不是？你不是提過這個地址？」

「是啊。」

「有沒有可能記得他們住在幾號？」

我正在翻我的筆記本，阿傑就說話了，「一六八號。」

「真有你的，記性不賴。」

「他去過那裡。」我說。

「什麼時候？」

「幾天前吧。」阿傑說，「除了一個室友以外，所有的人我都見著了。他們帶我去看他們翻修的成果。」

「他們讓你參加了什麼旅行團是不是？」

「我讓他們誤以為我是建管單位的，」他說，「他們在裡面的工程可不小，整棟房子幾乎換了個樣子。」

「這沒什麼，」溫渥斯說，「你去看看，現在才叫換了個樣子。」

8

消防單位花了好大的勁，才把火勢控制住。我們到了的時候，火已經完全撲滅了。溫渥斯把車子塞進紐約消防局鑑識車之間的同時，最後一個進行殘火處理的小隊正在撤離。

我掃了一眼周圍的環境，但多半是過目即忘，依稀覺得周遭盡是看熱鬧的人潮，穿著防火靴的救火員，穿梭其間。房屋的玻璃窗全都毀了，屋頂上到處都是一個個的洞。我們在火場鑑識人員跟管區員警的陪同下，走進公寓。犯罪現場的蒐證人員跟驗屍的法醫，也已經就位。

我們先爬到頂樓，再逐層下來。在改裝的過程中，隔間多半已經拆除掉了，我們用不著一個房間一個房間的看，因為整層樓已經變成了一個大房間，而每個房間都有人躺在地上。

在頂樓，一個大塊頭的男子，側身躺在地上，一隻手壓在身體下，另外一隻手向一邊伸開。他在大火中，幾乎被烤熟了，面容全毀，看了半天，也沒有辦法分辨他生前的長相。

「被刺兩刀，」一個人說，「說不定還不只。他們身上都有刀傷，有的很清楚，有的得花點時間找一下。地上到處都是空的鹽酸瓶子。鹽酸可以清理磚塊中的塑膠殘渣，行凶的人就地取材，把鹽酸潑在他們的臉上。但我們暫且還分不出來，臉部上的傷害，有多少來自於鹽酸，有多少來自於大火，因為在起火前，每個人身上又被灑了一身助燃劑。」

阿傑說，從壯碩的屍體來判斷，死在樓上的那個人是彼得．梅瑞迪斯。下一層樓，我們發現兩具屍體，一樣的死法，屍體變形，面目全非。這兩個人阿傑就不確定了，他猜可能是瑪莎．琪特吉跟魯遜．班密斯。他們倆肩靠肩的躺在一起，身軀較小的那個，還躺在大個子的臂彎裡。

一樓的火勢比較小，至少在躺著兩具屍體的前半部，看起來沒那麼嚴重。男人的臉跟手，被鹽酸嚴重腐蝕，頭髮跟衣服則是被燒個精光，在他的胸膛上，可以清楚的看到刀傷。

「基倫．艾克朗。」阿傑說，「沒見過他，但是，那邊躺著的是露絲．安．林平斯基，絕對沒錯。只有她一個人我還認得出來。」

她在幾呎之外，臉上也少不了鹽酸的肆虐，頭髮被火燒焦，喉嚨上有道割痕。鮮血從傷口流了出來，在她身體的周圍，有一大攤，一個大型的腳印，儘管在火後，還是看得清清楚楚，對角線走到屋子後面去了。

「他從後面逃走了。」我說，火場鑑識人員搖搖頭。

「他哪裡也沒去。」他說。

8

樓梯通向地下室，大部分的東西也都被燒毀了。一個可以移來移去的鐵梯子，架在那裡，上面有紐約消防局的標記。我們挨個走下去。下面有兩吋的積水，大部分的東西都泡在水裡。

樓梯旁邊還有一堆破布，但那只是看起來像破布的一團東西。

「這裡面什麼東西都被燒得很脆。」鑑識人員邊說，邊用穿了靴子的腳，輕輕的踢了屍體一下。「這具屍體旁邊有一把獵刀，你敢不敢跟我打賭，那就是凶刀？我覺得機率挺高的。你們還想知道到底發生什麼事吧？」

「我很想知道到底發生什麼事。」溫渥斯說。

「我可以告訴你們，根據我們現場重建的結果，有一些初步的心得。但我必須提醒你們，在正式的調查報告出爐之前，都還只是觀察而已，可能要修正調整。」

「明白了。」

「他是一樓樓的殺下去的，從頂樓開始。先把頂樓的那個大塊頭殺了，然後下一層，對付那對男女，再下一層，把最後兩個也解決掉。他是用什麼手段，怎麼讓這些人都不敢反抗，乖乖就範，就不是我的專長可以判斷的了。」

「他們是他的病人。」我說。「對他們來講，他差不多是介於父親形象跟邪教首領之間的存在。」

「也許他們是為了某種神祕信仰壯烈犧牲。」溫渥斯說。

「誰知道呢。」火場鑑識人員說。「他殺了最後一個人，又爬上樓去，在每個人身上都潑了不少鹽酸，再把助燃劑灑在他們的屍體上，剩下的也沒浪費，全屋子各個角落都灑遍了。他用的助燃劑種類可真不少，有油漆的稀釋劑、松節油，還把不同的溶劑混在一起，到處亂潑。他們是藝術家，本來就有一大堆顏料，又在改裝房屋，助燃劑多得可以把埃佛勒斯峰燒起來。所以，他第一遍是從上殺到下，第二遍是把鹽酸、助燃劑從上潑到下。

「然後，他又來到一樓，也許助燃劑已經被他倒得差不多了，也許他突然想到，趁著這裡還沒有被燒得跟火把一樣的時候，給自己留條後路，所以，一樓就灑得少些，踩著血跡，橫過一樓。」

「沿路拖泥帶水。」有人說。

「一路來到這裡。」鑑識人員繼續說，「這也許就是他還留了一點助燃劑的緣故。他的直覺很不錯，火是向上燒的，不會向下燒。他又在地下室把剩下的助燃劑全部灑光，最後，他做了一件在燒房子的時候，千萬不能做的事情。」

「抽菸？」

「有可能，如果他真的那麼笨的話。如果他沒那麼笨的話，我想他是為了別的原因，應該是覺得地下室太暗了吧，所以，他打開電燈開關，這時免不了產生一點小小的火花，通常你不會有感覺，也不會有什麼影響，但是，在全樓層都瀰漫著揮發性物質的時候，他這麼一幹，砰——馬上就爆炸了，火焰從牆壁竄出，我們只希望下次他能有這方面的常識。」

「去他媽的火花，」又不知道誰接嘴了，「他應該點蠟燭的。」

「如果，」一個鑑識人員說，「在你們結束這邊的工作，回家吃晚飯之前，如果你們還吃得下東西的話，其實，可以考慮另外一個可能性。其實，他自己心裡也清楚：這是很危險的，可是，他覺得事情已經告一段落，了無遺憾了，決定跟他的信徒攜手共赴黃泉。要死，就死得愈快愈好，所以他就硬幹了，不是很好玩，但是一下子就了事了。還有其他問題嗎，各位？」

溫渥斯說，「誰有手電筒？」有人遞給他一支。「開這個沒關係吧，安全嗎？」

「開手電筒，應該不會有火花才對。」鑑識人員說。

「你可能沒注意到，這裡已經燒過一場大火了。」

「牆上好像有什麼東西。」溫渥斯說，打開手電筒，照到牆壁上。

「我也注意到了。」鑑識人員說，「原本以為是血跡，後來覺得好像是暗紅色的墨水。」

「『我來似水，我去如風。』奧得利．比亞茲萊。誰是他媽的奧得利．比亞茲萊？」

「我想是奧布利．比亞茲萊（譯註：十九世紀末的插畫家，畫風邪異怪誕）吧。」

「這是個B嗎？也許吧，也許是個B。一樣的問題，誰是他媽的奧布利．比亞茲萊？」

「插畫家。」我說，「十九世紀末。不過這兩句詩不是他寫的，這兩句詩來自《魯拜集》（譯註：波斯古詩經典）。」

「原來比亞茲萊這個名字還不算拗口。」

溫渥斯說，「雅頓．布理爾、亞當．布萊特跟奧布利．比亞茲萊。這個人是不是對AB這個縮寫，特別有興趣？」他把手電筒移到地上那團、我們那位神祕客僅存的殘骸上。他說，「怎麼，看起來眼熟嗎？」

他看起來根本不像是個人。有一個小東西吸引住我的目光，我接過手電筒，蹲下來，把燈光集中在一個會發亮的東西上，順手把它撿了起來。

一條金項鍊，有一頭已經融化了，下面懸著一個有些斑爛的粉紅色石環。

## 40

星期六，「多半莫札特」樂團舉行最後一場音樂會。我跟伊蓮一起去，散場之後，我們倆還去吃了頓燭光晚餐。這音樂節，不過四個星期，但卻比一般歌劇裡面死的人還要多。算算還真不少——拜恩與蘇珊・賀蘭德、傑森・畢爾曼、卡爾・伊凡科、莉雅・柏克曼與馬殺雞女郎、彼得・梅瑞迪斯跟他四個室友，最後，當然還有亞當・布萊特或雅頓・布理爾，或是奧布利・比亞茲萊，看你喜歡叫他哪個名字。

這樣就整整十二個了。接下來的那個星期，剛過一半，死亡人數上升到十三人。艾拉・溫渥斯說，他早就有預感了，所以請法醫室的人，重新檢查過去八到十個月的無名屍體。春天，在哈德遜河，打撈起一具在水中漂浮了兩個月之久的浮屍，根據齒模記錄，證實是哈洛・費雪的遺骸。這個在學術界備受尊崇的古代生物學家，並沒有到法國去；很明顯的，扔下百老匯與威佛利交叉口的那間公寓，欠了一屁股債的亞當・布萊特，突然之間，有能力在中央公園西路租下豪宅，其中原因也就顯而易見了。

我把溫渥斯引進廚房，給他煮了一壺咖啡，他照例稱讚了這壺咖啡一番。我問起齒模比對結果，或是有沒有其他證據可以證明地下室那具屍體到底是誰。他說，「只能是他了，你不相信？」

「能證實當然比較好。DNA比對呢？他們沒從屍體上面取一些DNA樣本嗎？」

「從恐龍骨頭上面都採得到DNA樣本，」他說，「看過《侏羅紀公園》吧。當然，他們採到一大堆DNA樣本。」

「然後呢？」

「比對完全不符，問題就出在這裡。」

「馬殺雞店的垃圾桶裡，不是有衛生紙嗎？」

「有人把垃圾桶裡面的衛生紙，全部翻出來了。」他說，「你知道吧，以後我再抱怨我的工作是全世界最爛的時候，請提醒我還有個翻垃圾桶的可憐鬼。他們當然找過了，什麼都檢驗過一遍，可是什麼東西也比對不出來。看來這傢伙不是犯罪天才，百忙之中，還記得把垃圾桶裡沾了精液的衛生紙拿出來丟掉，就是這傢伙在電腦上說的故事，根本就是謊言。」

「他根本沒有去過馬殺雞店？」

「他根本沒有射精。他沒有高潮，我們當然找不到沾了精液的衛生紙，採不到DNA樣本。這也就是他為什麼要殺她的理由，因為他不想面對他性無能的事實，所以，他絕口不提真正的經過，自己另編了一套說詞，寫進電腦裡。」

「我雖然是個殺手，但在床上可不是個軟腳蝦。」

「大概是這個意思。」

「也許吧。」我說，「當然啦，還有一種我們沒有提到的可能性。」

「我連想都不敢想。」

「他之前就裝死過一次，」我說，「留一個替死鬼替他墊背。」

「傑森・畢爾曼。」

「沒錯。火場鑑識人員說，有兩種可能性。第一，他不小心引爆火苗，連累自己喪身火窟，要不就是他自己也不想活了。但我馬上就想到第三種可能性。」

「我也是。你知道我覺得最不舒服的是什麼嗎？」

「血腳印？」

「一語道破。就是他媽的血腳印。一路踩到地下室，好像刻意要引起我們注意似的。你猜我心裡浮現的第一個詞是什麼嗎？小聰明。」

「他以前也這麼幹過。」

「只要逮到機會，他就一定會來這一手。」

「齒模記錄呢？艾拉。火燒得再厲害，牙齒總是燒不壞的。」

「話是沒錯。但是，你要用他的齒模比對什麼呢？漂在哈德遜河的浮屍有牙齒，但我們得先拿去跟哈洛・費雪的齒模比對一下，才會有結果啊。問題是，我們根本不知道到底有沒有亞當・布萊特這個人，以前又用什麼化名。他並沒有用這個名字住在紐約，什麼記錄也沒有，就只知道他在百老匯跟威佛利交叉口住了一年半，在中央公園西路住了八個月。美國各地的醫學院，都找不到這個名字，也沒有參加過任何的職業工會。說不定他執業用的所有證照，都是偽造的呢。這又不是什麼做不到的事情。又不會有人要心理醫生割盲腸，解釋X光照片。你只要三不五時的點點頭，然後說一句，『那麼，你現在覺得怎麼樣呢？』常常有人混充醫生、律師，甚至薛尼．鮑迪〔譯註：美國知名的黑人演員〕的孩子，一時半刻，誰看得穿？」

「還經常有人冒充沙皇的女兒。」我補了一句。

「相較之下，混充心理醫生。」他說，「就跟小朋友扮家家酒一樣簡單。更何況一半以上的醫生根本就沒有資格證照。」

我拿起咖啡壺，把杯子倒滿。我說，「從指紋著手，大概也行不通吧。」

「你開什麼玩笑？火場裡連手指都燒沒了，遑論指紋？我們在中央公園西路倒是找到一些，數量不多，沒有辦法辨認哪一枚是他的。」

「為什麼呢？」

「因為沒有任何一枚的指紋特別多。我想他大概打掃得很勤，而且特別注意指紋，一有機會，就把它們擦得乾乾淨淨的。這麼說應該不誇張吧。我們所採集到的指紋，理論上有一大堆應該是麥瑟羅街那群人的，因為他們經常來這裡接受治療，跟他們無畏的領袖進行個別治療，或是集體治療。這樣一來，留下的指紋就不少了。但我們還是沒有辦法比對，因為鹽酸不只灑在他們的臉上，連他們的手指都沒有放過，又狠狠的燒了一下，什麼都不剩了。」

「一團混亂，面目難辨。」

「你說得一點也沒錯。」

我喝了一口咖啡，「他是怎麼到那裡去的？」

「哪裡？布魯克林？」

「他可不是走去的。」

「地鐵吧，我想。除非有人能指認他搭的是計程車。到目前為止，沒有司機出面說他載過這個神祕客。不過，即便是如此，也不能證明他不是坐計程車過去的。」

「他會不會有部車呢？」

「目前沒人知道。他的名字在監理所裡找不到，沒有任何的車輛登記。」

「我想他應該有部車才對。」

「登記在別人的名下？有可能。」

「我想他跟伊凡科也是開車到賀蘭德家去的。我一直這麼想。」

「有可能。但不代表他是開車到麥瑟羅街去的，不是嗎？」

「沒錯。」

「他又不是扛了兩大枕頭袋的贓物，馬修。他大可搭地鐵，沒人會多瞧他一眼的。」

「這倒是實話。」

「也許他搭麥瑟羅街那夥人的便車，先打通電話給誰，然後叫那個人去接他。到了之後，這些人束手就擒，乖乖排隊，等他一刀一刀的殺。你不覺得，只要他打個響指，那些信徒就乖乖搖尾巴進城裡來接他？」

「可以想見。」

「如果他有車，」他說，「那麼，那天，他可能是用別的方法，趕到現場的。這樣一來，他勢必得把車停在車庫，或是附近的路旁，這部車遲早會被拖吊，然後，被當成無主物品公開拍賣。但是我們一輩子也查不出個名堂，因為這部車是登記在別人的名下。」

「是啊。」

我們兩個沉默了一會兒，然後，溫渥斯說，「如果，他是開車去的，車應該停在麥瑟羅街附近才對。」

「你這麼想？」

「可是附近卻沒有。當然啦，他可能把鑰匙插在上面，所以這部車早就不知道跑到哪裡去了。」

「對。」

「也許他記得把鑰匙拿走，但是，結果還是一樣。那個地方的小朋友，還沒學會開車，就已經會私接汽車的點火裝置偷車了。」

「這話也是。」

「他怎麼這麼快就找到替身，你說？是去路上直接撿一個來？」

「這種事說來容易，做時難。」

「沒錯。你說，最近有沒有人失蹤呢？」

「我哪知道。」

「我也不知道。」他說，「沒收到報告。但是，有多少人失蹤之後，根本沒有報案的？馬修，我想躺在火場裡的人是他啦。」

「我想也是。」

「皮夾在他的口袋裡，你知道的。已經是一團混亂了，先是被火燒，救火的時候，又被水噴得亂七八糟，但是，裡面有證件。圖書館的借書證，可是這種玩意兒，你在時代廣場花點錢，就會有人幫你做一張。誰管你上面的名字是真是假？」

「有沒有駕照？」

「沒有駕照，沒有行照，也間接證明了他沒有車。」

「也許駕照跟行照上是別人的名字，他很小心，不但分開來收好，而且不讓它們留在現場，因為以後還用得上。」

「然後他開著車，駛入夕陽。但他卻把錢留在皮夾裡，你相信嗎？我的意思是說，誰會把錢扔下來呢？」

「多少錢？」

「一百七十塊。」他說，「如果你忘記了，我再提醒你一次。這筆金額跟電腦上的描述一模一樣，凶手離開馬殺雞店的時候，口袋裡就是這麼多錢。一張一百，三張二十，一張十塊，連鈔票張數都絲毫不差。」

「金額完全正確。」

「沒錯。」

「他晃蕩了一天，死的時候，皮夾裡的錢，一毛不多，一毛不少。」

我們倆對望一眼，他的眼睛睜大了。「你猜到我心裡面想到的那個詞了，是不是？」

「我想是吧。」

「要小聰明。」

「就是這個詞。」

「喔，天啊。」他說，「我現在已經有點神經兮兮的了，我可不想變成瘋子。樓梯腳下那具屍體就是他，除非有其他明確的證據足以推翻這點。」

「這我同意。」

「他已經死了。」溫渥斯說，「如果老天爺沒長眼，讓他逃過一劫，他也不會待在這個城裡了。只要他不在這個城裡，他就是別人的問題，跟我們沒有關係。地下室牆上的那句詩，是怎麼說來著的？」

「『我來似水，我去如風。』」

「是啊。」他說，「我只能說，他還真是一陣邪風。」

8

一個星期之後，伊蓮接到一通電話，跟對方還聊得挺起勁的，過了幾分鐘，她才掩住話筒，跟我說，「找你的，是安迪。」

還真是這小子。他說，他只是打電話過來，讓我知道他又搬家了。他離開土桑，先到處晃了晃，看看這個國家的風土人情，然後輾轉來到愛達荷州的多藍城（譯註：這裡有許多牧場與高爾夫球場，是著名的度假勝地），跟史柏肯市剛好隔條河。

「再過幾個月，」他說，「我想我會希望我還在土桑，因為每個人都告訴我，這裡的冬天長得要命。但目前我覺得這裡挺好的。」他找到了個酒保的工作，他說，住的地方不錯，上班只要走五分鐘路就行了。

「就算我灌足了黃湯，」他說，「回家也不是件難事，連馬路都不用過。」

「這個附帶的好處還真不賴。」

「講到了黃湯。」他說，「我那天是過分了點，喪禮那天，我在賀喜酒吧實在不該那樣講話。我不知道，也許是因為……因為我的情緒實在負荷不了吧。」

「不用想太多了。」

「我想要說的是：我很抱歉。」

我跟他說，我早就原諒他了，而且也忘得差不多了。我抄下他的地址跟電話號碼，互道珍重，說會常常聯絡。然後，我跟伊蓮說，「感覺還不錯，但是，一路講下來，我卻覺得像是冰山一樣。」

「很冷嗎？我倒沒有這種感覺。」

「看不見。」我說，「大部分都藏在水面下。他好像知道錢是從哪裡來的了。」

「麥可跟他說的？」

「可能隱約暗示過，大概沒有明說，就好像安迪講了老半天，其實只是想跟我說，他知道錢是我給的，謝謝我。」

「他說，他現在在愛達荷州。」

「在當酒保。跟華盛頓州的史柏肯市隔條河。幾步路就可以從住家走到上工的地方，就算喝得爛醉也不怕。」

「你還是擔心他嗎？」

「他的生活我管不著。」

「你沒有回答我的問題。」

「我答了吧，沒有嗎？我只是不知道『擔心』這個詞合不合適。難道我在這兒擔心，情勢就會不一樣？人是會變的，但只有在不得不然的時候，他們才會變。他在土桑扯的爛污，又被他逃過去了。那後果其實是很嚴重的，但是，他卻沒有學到教訓，輕輕鬆鬆的就躲開射偏了的子彈。」

「下一次呢？」

「一定還有下一次。」我說，「我只希望他能逃得一命，出獄之後，好好的重新做人。我會關心，因為他是我的孩子，但我沒有辦法介入。我又不是他的神，連他的戒酒輔導員都稱不上。」

「你只是他的爸爸而已。」

「也有點不夠格。」我說。

過了一會兒，我突然想起該給海倫・華廷太太，也就是傑森・畢爾曼的媽媽打通電話。她非常感激我洗刷她兒子的不白之冤，原來他只是連續殺人案裡第一名的犧牲者罷了，不是什麼冷血的江洋大盜。對她來說，這樣的結果，憂喜參半。她的兒子還是死了，死得不明不白，沒半點價值。她一直以為賜她兒子新生的人，不但背叛了他，還奪走他的生命。

「可是，你知道嗎？」她說，「我實在不想說，但我覺得這樣說不定對他比較好。我想傑森這輩子很難找到什麼出路了。也許我話不該說得那麼絕，因為我們永遠也不知道，是不是？」

「是啊，」我說，「我們永遠也不知道。」

∞

我又跟克莉絲汀・賀蘭德聊了兩次。有一天下午，她打電話給我，問我怎麼還沒把尾款的帳單寄給她。我跟她說，我沒有帳單，她又不欠我什麼。

「這不對啊。」她說，「你跟阿傑花了這麼多時間，應該會有費用產生才對。」

「這就不用提了。」我說，「我又沒幫上什麼忙。」

「是嗎？至少，我還活著。」

「你的表妹卻死了。」我說，「威廉斯堡的那些人，無一倖免。你給我一千塊，足夠了。」

她還想爭辯，過了一會兒，只得放棄。我想，這事大概就這麼結束了吧。兩天之後，門房打電話過來，說有一個伯格多夫（譯註：紐約著名的精品百貨公司）寄來的包裹，必須簽收。他找了個人送上來，我一邊簽，一邊跟他說，我已經授權樓下的管理人員代我簽收包裹。

「這個不一樣，一定要當事人簽收。」他說。

伊蓮回家的時候，我把這個包裹遞給她，她動手拆到一半，又還給我，說是我的包裹。

我說，「這不是伯格多夫寄來的嗎？」她說，那家百貨公司也有男性部門，這是一個禮物，包得很好，裡面還有張給我的卡片。我接過來，一時之間，摸不著頭腦。

那是一個鱷魚皮夾，漂亮得很。盒子裡面沒有名片，我把皮夾拿出來，再找找有沒有什麼線索，卻只發現皮夾裡面塞滿了錢，簇新的百元大鈔，總共五十張，一張卡片，「送你的禮物。」還有K. H.兩個縮寫。

我馬上打電話給她，她說，「你幫我這麼大的忙，我送你一個禮物，聊表心意，一般的人情世故不就是這樣嗎？」

如果有人給你錢，你就謝謝他們，放進口袋。這是一個叫做文森．馬哈菲的警察，在好多年前教我的，這一課，我學得不壞。

我把一半的錢分給阿傑，至少一半該是他的，說不定還得分多些才合理。他的眼睛頓時張得很大，然後，接過錢，謝謝我，折好鈔票，放進口袋裡。看來，他學得也不慢。

8

伊蓮跟我，找了溫渥斯夫婦，共進晚餐。一個下午，他又跑過來，跟我說，他剛巧在附近，實在想不到哪裡的咖啡比我家更好了。我們坐進廚房，聊了起來，多半是講棒球，盤算「地鐵大戰」（譯註：紐約兩支球隊，大都會隊跟洋基隊對決的世界大賽，由於兩隊主場都在地鐵站附近，所以獲得了這個綽號）的機率高不高。「其他地方的人一定很幹。」他說，「但是，你知道嗎？這也只能怪他們自己沒把球打好。」

過了一會兒，他說，「如果你想把你的私家偵探牌照弄回來，我們幾個很樂意幫你寫推薦信。」

「謝了。」我說，「我很感激。但是，我想順其自然就好。」

「有需要，隨時來找我。」他說，「萬一你改變主意，也沒關係。」

收到克莉絲汀．賀蘭德的禮物之後，我又把他這個提議收起來。然後，我發現我正踩在到教堂的階梯上，準備進入聖保羅教堂。教堂空蕩蕩的，我撿了後排的位子，沉坐半晌。然後，到燭台邊點了一整排的蠟燭，又坐了回去，想什麼事情變了，什麼沒變。

出門的時候，我在捐款箱裡放了兩百五十元。別問我為什麼。

# 41

要學的東西還真多。用刀，就是一個例子。在好長的一段時間裡，他只會用刀切肉。然後他才買了一把很帥的刀，很精緻的皮鞘，五十塊錢，稅外加，但他只擁有了多少時間？兩小時，還是三小時？

他倒不是心痛錢。那把很帥的刀不見了，他很想念它，但是，花在刀上的每一毛錢，都很值得。哦，不對，不對，那把鋒利至極的獵刀，稱得上是物超所值。

他這把新刀跟舊刀的模樣差不多。也是鮑伊獵刀，連外部的裝飾都一模一樣，只有血槽深了一些，一般外行人是看不出來的。

這把刀比先前那把貴四倍。兩百多塊——但是，免稅，在刀械展中買東西，不用課稅。他原本看到一把跟以前那把差不多的刀子，放在旁邊的，就是這把標價二百二十五元的鮑伊獵刀。他指著那把刀問那個一把大鬍子、身材像熊的銷售員，這把刀為什麼這麼貴？

「這是藍道公司做的。」他邊說邊把刀子遞給他，「手工做出來的，可不是工廠貨。你以前買過手工打造的刀子嗎？」

他以前可沒聽過手工打造的刀子。銷售員跟他說，有一種師傅是根據訂單的要求，一次做一把刀，更頂尖的師傅只接受委託，而且要在一兩年前預定才行。這些典故他聽起來，津津有味；銷售員感受到他的興趣，更是一發不可收拾，拿了一把又一把的刀給他看，解釋每把刀的特性，還請他握握看，感受一下刀的平衡感。

「你對刀有感覺。」銷售員跟他說，「買一把試過之後，我保證明年這個時候，你會有一屋子的這種刀。真的，我非常確定。」

他又打量桌上的十來把刀，最後選擇了他第一眼看到的那把，藍道刀。幾個星期過去了，往西千哩之遙，他現在坐在汽車旅館的床沿，握著刀，欣賞它的線條，感受它完美的平衡。

他現在還有兩把槍，也都是在刀械展上買的，真方便。一把是點二二手槍，跟他在紐約用的那把差不多，只是這把換裝了十發子彈的彈匣，他還買了三個備份彈匣。另外一把是五發左輪，外帶一盒點三八子彈。

他很喜歡這兩把槍，但是更愛那把刀。

然而，不管他有多愛這些東西，這兩把槍跟那把藍道刀，終究只是東西而已。它們就是被人擁有的、被人使用的、被人欣賞的身外之物而已，來來去去。

該你的，就是你的。

你的東西，是你掙來的。

然後，你繼續前進。

留下這麼多東西，真是讓人覺得遺憾。拋下他的公寓，拋下那麼棒的公園景觀，實在是捨不得。丟下那麼多衣服，精緻的襯衫與領帶，也讓人心疼。哈洛·費雪挑選領帶跟襯衫的品味，著實不壞。

更讓他放不下心的是他那棟房子、那棟還沒歸到他名下的產業。為了這棟豪宅，他工作得那麼辛苦、計畫得那麼周詳……

不過，最讓人黯然神傷的是，他竟然拋下他的朋友。那些人那麼的愛他。他還記得他們迎接他的歡喜模樣，「醫生，哈囉，醫生！醫生，見到你真好！我們愛你，醫生！」

魯遜跟瑪莎在樓梯口出現，後面跟著的是好害羞、眼睛睜得大大的陌生人。他是瑪莎大學時代的朋友，下午剛巧來訪，事前沒有徵兆，不在預期之中，但是，卻是讓人驚喜的巧合。他叫什麼名字？

艾薩克。

還能更完美嗎？能說這不是上蒼的旨意嗎？天父，您說誰是充做牲品的公羊呢？上帝會賜給你公羊做為牲品，孩子，就是我珍愛的艾薩克。

俱往矣，所有的人。忘不了，這些朋友，但不愁找不到另外一批，沒有人是不能取代的。想想那把刀。他很愛以前那把刀，喜歡它貼在大腿邊上的感覺，喜歡把它握在手中的感覺。這把刀被他扔了——現在他卻有一把更好的！

他的手又不由自主的摸到打開的領口，憶起菱錳礦石環的感覺，記起它提供的心智澄明。他把它留在一個永遠也不會回去的城市，但是它帶來的澄明，卻永遠成為身體的一部分。他當然可以找一塊一模一樣的石頭當護身符，菱錳礦不貴，也不難找；但是，你看，他不需要。

他把他現在戴的寶石拿出來，一顆水晶，幾近透明，只在有些破碎的頂端露出一團紫色而已。

他握住它，感受它的力量。

∞

他坐在桌前，打開電腦，連上網路。他還是比較喜歡先前的那部電腦，喜歡那個比較大的鍵盤，喜歡紐約夜景的螢幕保護程式。現在這台是筆記型電腦，用不著螢幕保護程式。不用的時候，把它闔上就好。跟先前那部桌上型電腦相比，這台筆電實在無法討他的歡心，但他也得承認，這種電腦比較適合他現在的生活風格。等到哪一天，他又決定落地生根了，再去買部桌上型電腦不遲。

他也會記取教訓，不會再把資料隨便放在桌面。

有一個很愉悅的聲音歡迎他，但是，並沒有跟他說，他有新的郵件。這個帳戶他才剛開，沒有人知道，當然更不可能有人寄信給他。

他直接上到alt.crime.serialkillers網站。

他瀏覽了一下最新張貼的文章，主題都是身分千變萬化，但卻英年早逝的亞當·布萊特。這又是一個例子。杯子是半空呢？還是半滿呢？從某個角度，亞當·布萊特死了，但從另外的角度來看，亞當．布萊特卻因此而得到永生！

布萊特的生命永不消逝，真的，就跟他從來沒有活過一樣。亞當．布萊特成名立萬，這個名字後面跟著長長的墓誌銘。他讀起新張貼的各種說法，有的讓他不禁搖起頭來。有的人把從緬因州到加州，所有的馬殺雞女郎命案，都賴在他身上。有的人言之鑿鑿，說他跟約翰．韋恩．凱西〔譯註：美國著名的同性戀連續殺人狂〕是老朋友。此外，除了這裡，還有一些專門架設來向布萊特致意的網站，其中不乏臆測他並沒有死的言論，認為火場裡的那具屍體並不是他；他成功脫逃，等待機會，再度犯案。

白癡。

亞當．布萊特已經死了。亞當．布萊特只活在人們的記憶中，活在傳奇中；他的血肉像是流星般的墜逝，跟吉姆．鮑伊力戰不屈，在阿勒摩壯烈犧牲，頗有神似之處。頂尖的刀鋒戰士，心願已償。

他是不會回來的。

亞爾文．班傑明倒是活得好好的。當然，現在並沒有人聽過這個名字。

但是他們將會……

他的指頭又摸上他的新護身符，撫摸之間，竟有些愛意。這塊石頭是石英，由於顏色偏紫，一般稱為紫水晶。

象徵永生。